KB014669

신한
이웃

• 이 도서의 국립중앙도서관 출판예정도서목록(CIP)은 서지정보유통지원시스템 홈페이지(http://seoji.nl.go.kr)와 국가자료공동목록시스템(http://www.nl.go.kr/kolisnet)에서 이용하실 수 있습니다.
(CIP제어번호: CIP2017010343)

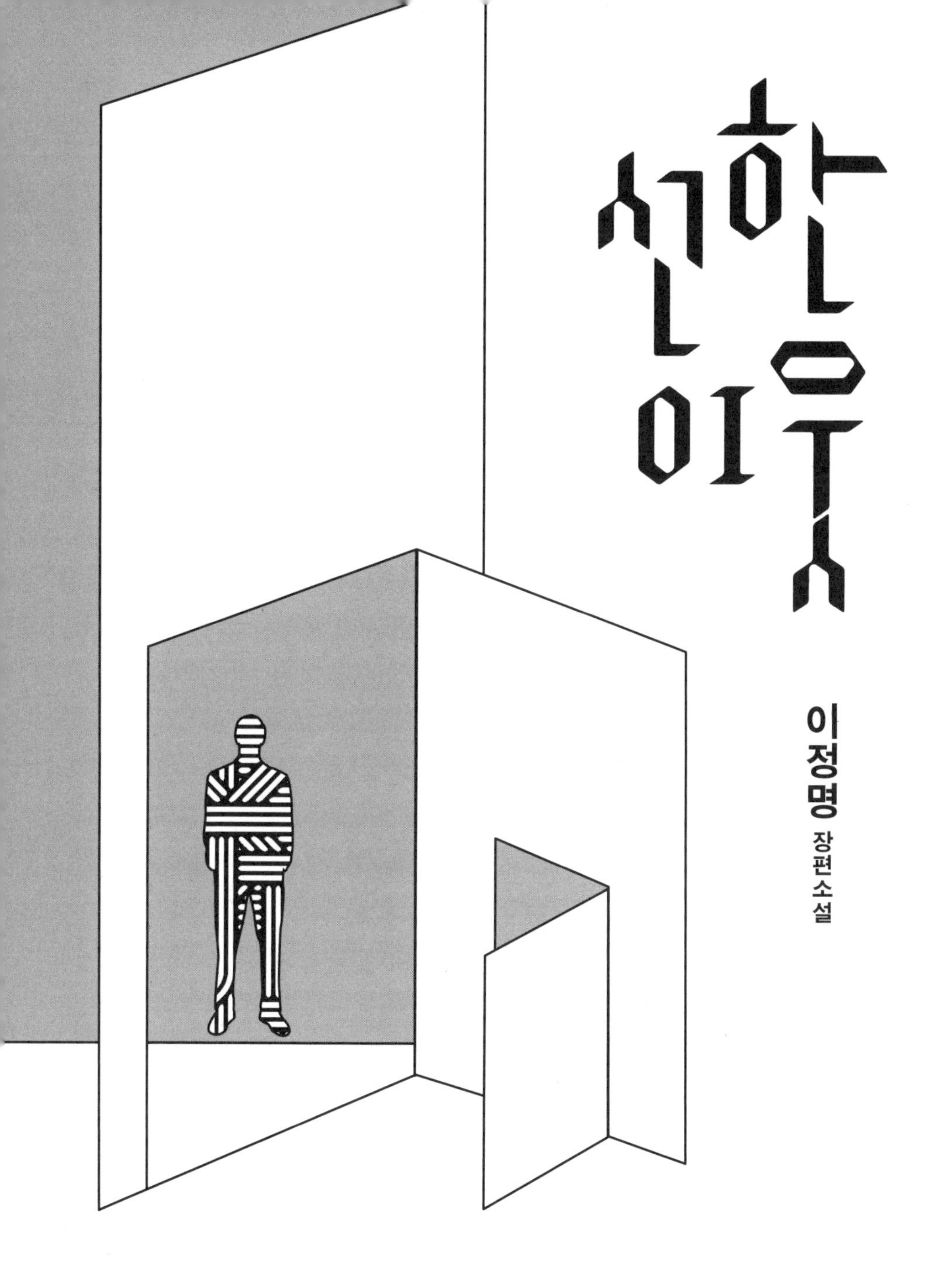

은행나무

"전 결국 이 몇 년 동안 원장님과 원생들의 관계에서, 한 선의의 지배자와 피지배자들 사이의 어떤 대등한 상호 지배 질서, 만인 공유의 화창한 지배 질서가 탄생하는 것을 본 것이 아니라, 한 지배자가 어떤 불변의 절대 상황 속에 갇힌 다수의 인간 집단을 얼마나 손쉽게, 그리고 어느 단계까지 저항 없는 조작을 행해갈 수 있는가 하는 슬픈 지배술의 시범을 보아왔던 셈입니다. 그 지배자가 최초에는 아무리 성실한 인간성과 선의의 명분을 지닌 사람이라 하더라도, 그리고 그 갇힌 인간의 무리가 아무리 그들의 지배자를 바로 경계한다 하더라도 다스리는 자와 다스림을 받는 자가 다 함께 그들을 가두고 있는 울타리에 대한 깊은 각성에 도달하지 못하는 한, 다스리는 자는 결국 그의 무리를 일방적으로 조작해나가게 마련이며, 다스림을 당하는 자들 또한 다스리는 자의 뜻을 재빨리 수락하고 그것에 봉사해나갈 수밖에 없게 된다는 말씀입니다."

_이청준, 《당신들의 천국》(1976)

차례

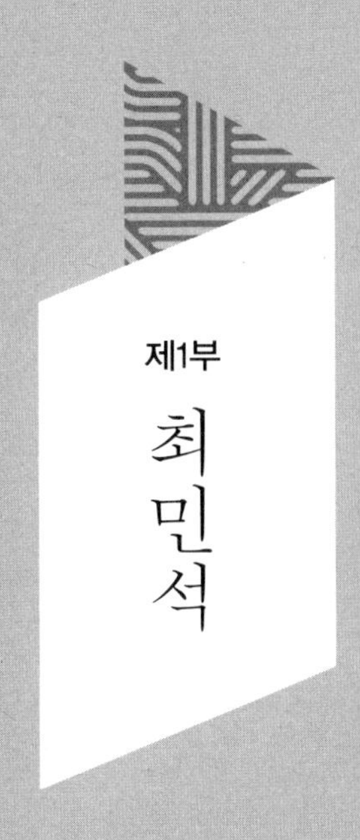

제1부

최민석

그들은 빠른 걸음으로 텅 빈 도로를 가로질렀다. 붉은 신호등이 깜빡였지만 무시했다. 곤죽이 된 아스팔트의 열기에 길가의 플라타너스잎들이 축축 늘어졌다. 신경질적인 순찰차 사이렌 소리와 호각 소리가 통제선 쪽에서 어지럽게 뒤섞여 들려왔다. 상점마다 철제 셔터를 내리느라 자갈이 쏟아지는 것 같은 요란한 소리가 났다. 방석복 차림의 전경들은 손바닥만 한 가로수 그늘 아래 널브러져 진압봉을 만지작거렸다. 시위가 시작되지도 않았는데 그들의 이마와 관자놀이는 어느새 땀으로 번들거렸다. 촘촘한 쇠창살이 쳐진 전경 버스 뒤에 쌓인 식판 더미에서 시큼한 된장국 냄새가 풍겼다.

"한바탕할라믄 뭘 좀 잘 먹어야 될 낀데…… 저거 먹고 무슨 힘을 쓰겠노?"

마흔을 넘긴 고참 요원 윤보암이 아들뻘의 전경들을 지나가며 혀를 찼다. 젊은 시절 부산시 대표로 전국체전에 출전한 웰터급 권투 선수였던 그는 일선 경찰서를 전전하다 서른네 살 되던 해 요원으로 특채되었다.

16년의 현장 근무를 거치는 동안 그는 고1, 중2에다 늦둥이 막내아들까지 둔, 뱃살이 출렁대는 늙다리가 되었다. 김기준은 그의 막내아들이 올해 초등학교 2학년인지 3학년인지 생각나지 않아 짜증이 났다. 점심 끼니로 급하게 우겨넣은 김밥의 더부룩한 냄새가 식도를 타고 올라왔다.

왕복 8차선의 완만한 내리막길이 1.5킬로미터가량 남북으로 곧게 뻗어 있었다. 도로는 텅 비었고 거리는 물속처럼 조용했다. 20분 전, 교문에서 300미터 떨어진 내리막 정상에 차량 통제 바리케이드가 설치되었다. 그곳은 일종의 요충지로 시위와 진압이 가장 격렬하게 충돌하는 지점이었다. 내리막 정상에서 교문에 이르는 전 구역에서 투석과 달음박질, 몸싸움과 몽둥이질의 공방이 계속되었다. 시위대 본진이 가두로 진출하면 투석조가 내리막 중턱에서 돌과 보도블록 조각을 던졌다. 진압대가 기동대원을 투입해 위로 몰면 시위대는 더 높은 곳으로 이동했다.

교문에서 50미터 정도 떨어진 곳에 검은 박스카가 대기하고 있었다. 팀장 김기준을 필두로 윤보암, 김태호, 노도칠은 곧장 차 뒤편으로 돌아갔다. 뒷문 도어록은 손이 데일 정도로 뜨겁게 달아올라 있었다. 문을 열어젖히자 고장 난 에어컨의 곰팡내와 뜨거운 공기가 쏟아져 나왔다. 진작에 정비 신청을 했지만 연일 계속되는 출동 탓에 정비창 갈 시간조차 빠듯해 차일피일 미루어온 터였다. 기준을 따라 건장한 사내들이 차례로 발판에 올라설 때마다 차 바닥이 삐걱거리는 소리를 내며 꿀렁거렸다. 서스펜션도 손을 봐야 할 것 같았다. 상황요원 김민수는 차 옆으로 돌아가 앞문을 열고 조수석에 자리 잡았다. 열흘 전, 신입 요원 교육을 마친 그는 첫 근무지로 기준의 팀에 배속되었다.

한 달 넘게 집에 들어가지 못한 그들의 몸에선 고약한 냄새가 코를 찔렀다. 윤보암은 목이 쉬었고 도로 위로 튀어 오른 보도블록 조각에 정강

이를 다친 김태호는 왼쪽 다리를 절뚝거렸다. 노도칠은 이틀 전 바로 옆에서 터진 최루탄 폭음 때문에 이명이 멈추지 않는다고 징징댔다. 그는 상대에게 표정과 눈빛을 숨기기 위해 실내에서도 좀처럼 선글라스를 벗지 않았지만 그 때문에 더 눈에 띄었다. 윤보암은 한 달 동안 보지 못한 아이들을 생각했다. 불쑥불쑥 커버려 볼 때마다 큰놈인지 작은놈인지 헷갈리는 여드름투성이 아들들. 아버지를 부끄러워하고, 눈길을 피하는 사춘기의 자식들. 오늘 일만 잘되면 그들은 집으로 돌아갈 수 있다.

통신요원 김태호는 차에 오르자마자 셔츠를 벗어 던지고 러닝셔츠 바람으로 장비 앞에 앉았다. 숙달된 동작으로 헤드폰을 쓴 그는 소리에 집중하기 위해 눈을 감고 미리 개방된 주파수로 진압대장과 교통 통제관, 기동대장과 통신을 연 뒤 본부 라인을 연결했다. 수많은 회선들을 조작하느라 바쁜 와중에도 그는 연신 습진으로 짓무른 사타구니를 벅벅 긁어댔다. 신입 요원 김민수는 엉거주춤한 자세로 조수석에 앉아 차창 정면을 뚫어져라 살피고 있었다. 김기준은 윤보암, 노도칠에게 망원경을 배부하고 감시 구역을 정해주었다. 그들은 교문 맞은편 상가 건물들과 그늘진 골목들과 창들을 샅샅이 관찰할 것이다.

기준은 100-300밀리 줌렌즈를 장착한 니콘 카메라를 삼각대에 장착하고 초점을 맞추었다. 맞은편 도로를 따라 2, 3층의 잿빛 건물들이 늘어서 있었다. 조금 전까지 학생들로 복닥거리던 서점은 셔터를 내렸다. 학생들이 투척용 보도블록을 파헤치느라 인도 곳곳에 사각형 구멍이 흉하게 뚫려 있었다. 후줄근한 서점의 차양과 때가 탄 식당 간판, 우중충한 당구장의 외벽 타일은 햇살에 녹아내릴 것 같았다.

윤보암은 반대편 차창 너머로 학교 안을 살폈다. 넓은 진입로 양쪽으로 녹음이 부풀어 올라 있었고 단단한 석조 건물의 화강암 기둥들이 햇살에 빛났다. 30분 후에 있을 격렬한 충돌을 상상할 수 없을 만큼 평화로운 오후. 시위대는 아직 모습을 드러내지 않았다. 그들은 1.2킬로미터 떨어진 본관 광장에서 출정식을 진행하고 있었다. 녹음 너머 간간이 매미 울음과 구호가 뒤섞여 들려왔다. 시위대는 이제 곧 영원히 풀리지 않을 쇠사슬처럼 서로의 어깨와 어깨를 걸고 성난 소 떼처럼 몰려올 것이다. 그들은 세상을 다시 짓겠다는 명분으로 세상을 무너뜨리려 하고 있었다. 기준은 그들이 무언가를 짓지 못할 것이며 짓는다 해도 곧 무너질 거라고 생각했다. 그는 자신이 긴장하고 있는지 두려워하고 있는지 알 수 없었다. 만일 그가 무언가를 두려워해야 한다면 그것은 시위대가 아니었다. 그때, 노도칠이 혼잣말로 웅얼거렸다.

"최민석이 오늘은 나타나겠죠?"

최민석은 이곳에 잠복한 그들의 목표 인물이었다. 그리고 기준이 두려워하는 대상이었다. 그들은 지난 6개월간 집요하게 최민석을 추적해왔다. 그를 만났던 자들을 탐문하고, 그의 은신처로 의심되는 가옥을 감시하고, 그로 의심되는 자들을 잡아 족치고, 그의 것으로 보이는 저작물들을 분석했다. 그럼에도 기준은 최민석이 나타나도 그를 알아보지 못할 거라는 불안을 떨쳐낼 수 없었다. 6개월 전, 그가 관리관으로부터 받은 최민석의 프로필은 그에 대해 알려진 정보가 아니라 모르거나 알아내야 할 정보들의 목록이었다. 최민석은 지난 2년 동안 공식 석상에 얼굴을 드러낸 적이 없었다. 하지만 대규모 연합 시위나 집회가 끝난 후에는 어김없이 그의 이름이 언급되었다. 그의 밀행은 철저했다. 지도부에 은밀하게 투쟁지침과 사상교양 서신을 보내는가 하면 극소수의 인물들과 불시에 접촉했다. 중요한 시위 현장에는 반드시 그가 나타난다는 소문이 돌았고 무장 경찰 30명의 감시망을 뚫고 도주했다는 믿지 못할 얘기도 떠돌았다.

그가 어느 서장에게 전화해 치안감 행세를 하며 진압 병력을 엉뚱한 대학으로 이동하도록 지시했다는 얘기, 진압 병력이 이동하는 동안 시위 현장에 나타나 짧은 연설을 하고 사라졌다는 목격담도 나왔다.

이러한 그의 비밀스런 면모는 역설적으로 그에 대한 관심을 촉발시켰다. 그의 서신은 특별한 권위를 가진 비밀문서로 여겨졌고, 수십 번씩 재생시켜 잡음이 섞인 카세트테이프 속 그의 목소리에는 신비감이 더해졌다. 테이프를 듣거나 서신을 읽은 사람들은 그의 어조가 얼마나 부드럽고 확신에 가득한지, 그의 필체가 얼마나 거침없는지 얘기했다. 파출소 외벽을 그을리는 정도의 방화나 투석 사건 같은 자잘한 사건들조차 최민석의 메시지로 받아들인 대학생들은 그 의미를 해석하느라 난상토론을 벌였다.

그런 와중에 한 시사 주간지에 수수께끼의 운동가에 대한 짤막한 기사가 터졌다. 그 후 몇 달 동안 각 신문 사회면에 교대로 최민석에 대한 기사가 실렸고 시사만평들은 그를 영웅으로 띄웠다. 그의 이름은 운동권을 벗어나 일반인들의 술자리에서 회자되었고 그의 영웅담은 풍자와 농담의 주제가 되기 시작했다. 급기야 한 유력 일간지는 그를 사회 안정을 해치는 암적 존재로 규정하고, 하릴없이 손을 놓고 있는 공안 당국을 질타하는 사설을 내보냈다. 이쯤 되니 소문이 진실인지 아닌지는 상관없었다.

처음에 그의 이름을 대수롭지 않게 넘겼던 관리관은 체포된 시국 사범들의 심문에서 잇달아 그에 관한 진술을 듣고 사태의 심각성을 인식했다. 관련 정보를 종합하면, 최민석은 탁월한 기획자이자 빈틈없는 조직가였다. 그는 한 번도 시국 사건으로 체포된 적이 없었으며 사진과 지문 같은 흔적도 남기지 않았다. 요원들은 그가 특정 대학이나 단체에 속하지 않고 독립적으로 행동하는 것으로 보아 노동계에 침투한 위장취업자이거나 혼자 사상교양과 투쟁 전략을 습득한 독립군일 거라고 보고했다. 상부에서는 1계급 특진이란 포상을 걸고 얼굴 없는 빨갱이를 잡아오라는 특명을 내렸다. 각 부서 요원들은 저마다 최민석으로 의심되는 인사들을 체포했지만 모두 그와 관련 없는 인물로 밝혀졌다. 전국 경찰서를 동원해 '최민석'이란 이름을 가진 289명을 일일이 탐문한 결과 가명임을 밝혀낸 것이 유일한 성과였다.

결국 정보 당국은 6개월 전 최민석 검거 전담반을 구성하기에 이르렀다. 기준은 자신이 왜 팀장으로 발탁되었는지 궁금했다. 발령 신고를 하기 위해 찾아온 기준에게 관리관은 말했다.

"놈은 놀랄 만큼 대담해. 자신이 기획한 시위나 범행 현장에 반드시 나타난다는 거야."

"그걸 어떻게 알죠?"

"간접적으로라도 접선했던 자들이 있어. 진술에 의하면 아무도 놈을 알아보지 못하지만 미리 접선하기로 한 누군가가 그에게 접근해 메시지를 전달받는다는 거지. 수많은 경찰관과 기동대원, 전경 들이 깔린 시위 현장에서 접선을 시도하는 걸 보면 가장 위험한 곳에 몸을 숨길 줄 아는 자야."

관리관은 180센티미터가 넘는 키에 그레고리 펙을 닮은 미남형이었다. 직속상관이었지만 그림자 같은 행적 때문에 기준도 그에 대해 아는 것이 별로 없었다. 50대 초반으로 보였지만 실제 나이를 가늠하기도 쉽지 않았다. 군인 출신이라는 말이 있지만 좌익 활동 혐의로 중정에 체포된 후 전향하는 과정에서 이중간첩을 자처함으로써 좌익 세력을 궤멸시키는 데 공을 세웠다는 설도 있었다. 사실이든 아니든 이러한 소문들이 관리관에게 묘한 오라를 제공한 것은 분명했다. 기준은 확신이 서지 않는 목소리로 물었다.

"제가 놈을 잡을 수 있다고 생각하십니까?"

관리관은 대답하지 않았다. 그것이 자신의 승부 근성을 자극하려는 시도라면 실패했다고 기준은 생각했다. 관리관은 한참 후에야 고개를 가로저으며 사무적으로 말했다.

"잡을 수 있기 때문이 아니라 잡아야 하기 때문이야. 자네가 최민석 검거에 적격이라고 난 보았네. 물론 지원은 충분할 거야. 팀 구성과 공작 설계, 운용에 대한 전권이 자네에게 부여될 것이고 필요한 장소에 안가를 제공하지. 최민석에 대한 정보 또한 확보되는 대로 즉각 제공될 거야."

그러나 관리관이 새 모이처럼 던져주는 정보는 턱없이 빈약할 뿐 아니라 부정확했고 숫제 믿을 수 없었다. 그러나 기준은 최민석의 존재를 맹목적으로 믿었다.

오후 2시가 되자 구호 소리가 가까워졌다. 길 건너 지휘차에서 사이렌 소리가 간헐적으로 들려왔다. 윤보암은 플라타너스 녹음 너머 수십 개의 만장을 앞세운 2천여 명의 시위대 선두를 확인했다. 흰 셔츠와 청바지를 맞춰 입은 데모대는 구호를 외치며 진입로를 따라 내려왔다. 그들은 어떤 바위에든 사정없이 부딪치려는 파도처럼 보였다. 그들은 하나같이 성난 얼굴이었고 굳게 입을 다물고 있었다. 그들이 입을 여는 순간은 오로지 구호를 외치고 운동가를 부를 때, 내부에서 끓어오르는 적의를 뿜어낼 때뿐이었다. 교문 앞에 다다른 시위대는 어깨를 풀고 주먹을 허공으로 내지르며 노래를 불렀다.

"앞-서서 나가니 산-자여 따르라!"

치켜든 그들의 팔뚝에 근육이 불끈거렸고 달아오른 목덜미에는 핏줄이 불거졌다. 그들의 함성은 때로 신음같이 들렸고 비명처럼 들리기도 했다. 기준은 그들이 지겨울 정도로 성가셨다. 그러나 그들이 나쁘다고 생각한 적은 없었다. 오히려 그들은 선하다고 할 만했다. 그러나 세상은 선한 것만으로는 부족한 곳이있다. 대책 없는 선함은 어리석음과 다를 바 없었다. 경우에 따라선 기소를 당하거나 감옥살이를 면할 수 없었다. 착하기 때문에 그들은 나쁜 놈이 될 수밖에 없는 것이다. 그렇다고 해도 그것은 기준의 잘못이 아니었다. 잘못은 어딘가 망가지거나 삐뚤어진 세상에 있기 때문이다. 종종 기준은 자신이 잘못된 세상에 부역하는 것이 아닌가 하는 생각을 했다. 하지만 그렇다 해도 어쩔 수 없었다. 비뚤어졌건 망가졌건 그가 숙주로 삼아 살아가야 할 곳은 그 세상밖에 없었으니까.

교문 밖에는 진압대가 분주히 움직였다. 청바지에 무릎보호대를 찬 기동대원들이 성난 말처럼 몰려다녔다. 차도 위에 대형을 갖춘 진압대원들은 방패와 진압봉을 곧추세우고 투구의 철망 사이로 교문을 노려보았다. 기준은 교문 맞은편 건물의 창들을 향해 망원렌즈의 초점을 조절했다. 그가 찾는 인물은 시위대가 아니었다. 그의 적은 눈에 보이지 않는 인물이었다. 최민석은 화염병을 들지도, 얼굴을 수건으로 싸매지도, 깨진 보도블록을 던지지도 않을 것이다. 기준은 그자가 나타나기만 하면 반드시 알아볼 수 있을 거라고 스스로를 설득했지만 그러지 못할 것이 못내 두려웠다.

통신요원 김태호는 본부 담당관, 주요 거점의 잠복요원들과 상황을 공유하기 위해 모든 통신 채널을 개방했다. 벌써부터 땀에 젖은 러닝셔츠가 그의 어깨와 등에 달라붙어 있었다. 시위대의 규모와 동선, 진압 작전을 전파하는 진압대장의 긴장된 목소리가 노이즈에 섞여 들렸다. 좁은 골목 모퉁이에, 초라한 구멍가게 처마 밑에, 컴컴한 지하 다방 구석 자리에, 뙤약볕에 달아오른 보도블록 위에 웅크리고 앉아 리시버에 귀 기울이고 있던 요원들이 짧게 보고했다. P1에서 P6까지 모든 요원의 보고는 동일했다.

특이 동향 없음. 거리 곳곳의 금속과 유리 들에 반사된 햇빛에 눈이 부셔 기준은 망원경을 내리고 눈을 비볐다. 그때 교문 도르래가 구르며 귀청이 찢어질 것 같은 금속성 소음을 냈다. 통신기에서 진압대장의 새된 목소리가 흘러나왔다.

"교문 개방! 시위대 진출! ……기동대 위치로!"

폭음과 함께 최루탄이 텅 빈 차도 위로 튀어 오르며 뿌연 분말을 뿜어냈다. 최루탄이 터지는 것을 신호로 멈춰 있던 시간이 다시 흐르기 시작했다. 대치선에서 맞선 시위대와 전경들은 안간힘을 다해 서로를 밀어내느라 꿈틀거렸다. 전의에 불타는 학생들은 단단히 자신의 자리를 고수했고, 전경들도 밀리지 않기 위해 방패를 앞세우고 안간힘을 썼다. 여학생들은 잘게 깨뜨린 보도블록 조각들을 척탄병 역할의 남학생들에게 전했다. 허공을 거쳐 날아온 보도블록 파편들이 아스팔트 바닥에 흰 자국을 남기며 타닥타닥 튀어 올랐다. 견고한 방어선이 조금씩 허물어지며 대오에 균열이 생겼다. 곳곳에서 최루탄이 터지고 불붙은 화염병이 날아다녔다. 화염병은 아스팔트 바닥에 떨어져 보일 듯 말 듯한 불꽃과 검은 연기를 뿜어냈다.

달아오를 대로 달아오른 차 안의 열기에 기준과 팀원들은 숨이 막힐 지경이었다. 온몸이 땀범벅이 된 채 기준은 오른쪽 귀에 리시버를 단단히 밀어 넣고 줌렌즈를 교문 맞은편 건물로 맞췄다.

1층에 작은 서점과 복사집이 있고 지하 당구장이 있는 건물의 2층 창문이 반쯤 열려 있었다. 원래 열려 있었던가? 아니다. 분명 모든 창은 닫혀 있었다. 그럼 어떤 정신 나간 놈이 곧 최루탄이 터질 판에 창문을 열었을까? 기준은 셔터 위에 손가락을 올리고 핏발 선 눈을 파인더에 바짝 갖다 댔다. 차 안으로 스며든 최루가스 때문에 눈물이 고였다. 비늘이 낀 것처럼 시야가 흐릿해졌다. 희뿌연 가스 너머 어둑한 그림자가 어른거렸다. 기준은 반사적으로 셔터를 눌렀다. 동시에 그는 송신기 마이크가 달린 셔츠 자락을 입가로 당겼다.

"A3, A4, A6!"

기준은 서두르지 않기 위해 안간힘을 썼다.

"P4 지점 확인 요망! 반복한다. P4로 집결할 것!"

운전요원 박진만이 조심스럽게 사이드브레이크를 풀었다. 기준은 김태호에게 잠복요원을 제외한 모든 통신 채널을 차단하도록 지시했다. 깜빡이던 통신기 전원 불빛이 꺼졌다. 이제부터 벌어지는 작전은 누구도 간섭할 수 없고 알 수도 없다. 모든 상황을 장악하고 통제해야 한다는 중압감으로 기준의 모든 감각은 극도의 긴장 상태가 되었다.

그층 카페의 창가 테이블에 누군가가 앉아 있는 것은 분명했다. 그러나 실내의 어둠 때문에 얼굴을 알아볼 수 없었다. 기준은 창 너머로 발갛게 타오르는 담뱃불을 향해 정신없이 셔터를 눌렀다. 유일한 가능성은 담배 연기를 빠는 짧은 순간 그의 입 주변 윤곽이 드러나리라는 것이었다. 땀에 젖은 셔츠 자락이 등에 달라붙어 끈적거렸다. 의문의 인물은 생쥐처럼 날렵하게 오른손을 창틀에 걸쳤다. 기준은 한 손으로 셔터를 누르며 리시버와 마이크로 잠복조의 위치를 확인했다. A3, A4, A6는 분투 중이었지만 목표 지점에 접근하는 데 애를 먹고 있었다. 교문 정면 구역에 최루탄이 집중되었고 상가 쪽으로 밀린 방어선은 아수라장인데다 날아드는 돌멩이와 보도블록 조각을 피하느라 요원들의 이동은 쉽지 않았다.

기준은 파인더에서 눈을 떼지 않은 채 셔터를 누르며 박진만에게 차도 건너편 P4 지점으로 차를 이동시키라고 지시했다. 최루탄과 돌멩이가 뒤섞인 아수라장을 내다보며 난감해하던 박진만은 신경질적으로 액셀러레이터를 밟았다. 날카로운 타이어 마찰음과 고무 타는 냄새와 함께 차가 오른쪽으로 기우뚱했다. 요란한 엔진음과 함께 돌진하는 검은 차량에 놀란 진압대원들이 뒤로 물러섰다. 교문 쪽으로 접근한 차 지붕에 돌덩이가 우박처럼 떨어지는 소리가 들렸다. 기준은 기우뚱거리는 차 안에서 중심을 잡고 박진만에게 차를 바짝 들이대라고 소리쳤다. 그러고는 따가운 눈을 부릅뜨고 창가 자리에 초점을 맞추고 셔터를 눌러댔다. 어디선가 날아든 보도블록 조각에 차의 앞 유리가 퍽 소리와 함께 부서졌다. 박진만이 급브레이크를 밟았다. 요란한 브레이크 소리에 창틀의 손가락이 어둑한 그늘 속으로 사라졌다. 누군가 재빨리 움직이는 윤곽이 보였다.

"제기랄……."

기준은 반사적으로 뒷문을 박차고 차에서 뛰어내렸다. 거리는 아수라장이었다. 시위대의 함성과 앵앵대는 사이렌 소리, 최루탄의 폭음과 매캐한 연기, 아스팔트 바닥에 돌멩이가 부딪치는 소음이 한 덩어리가 되어 달려들었다. 기준은 건물을 향해 달려갔다. 눈물과 최루가스가 뒤섞여 얼굴에 불이 붙은 듯 따가웠다. 팔뚝으로 연신 눈물을 닦으며 앞으로 나아가는데 갑자기 귓가에서 휙 하는 바람 소리가 났다. 이윽고 둔탁한 소리와 함께 눈앞이 확 밝아지며 누가 뒷덜미를 잡아챈 듯 머리가 뒤로 젖혀졌다. 전기가 끊어진 것처럼 눈앞에서 모든 빛이 사라졌다. 쟁쟁거리는 목소리가 잡음과 함께 이어폰에서 울렸다.

"A6 보고! P4 지점 확보. 특이 사항 없음!"

기준은 가물가물해지는 의식으로 안간힘을 다해 생각했다. 작전은 실패했다.

기준이 입원해 있는 사흘 동안 윤보암은 다방 주인과 종업원 두 명을 가까운 파출소로 불렀다. 다방 주인은 서른 살의 정민수란 사내로 아파트 건설 현장에 벽지와 타일 등 인테리어 자재를 납품해 돈을 모은 건설업자의 외아들이었다. 모 대학 영문과를 나온 뒤 모교 근처 당구장과 다방을 빈둥거리던 그를 보다 못해 아버지가 아예 다방을 차려주었던 것이다. 정민수는 드러내기를 꺼렸지만 여종업원 중 하나가 그의 애인이라는 것을 윤보암은 알아차렸다. 신원 조회 결과는 셋 다 깨끗했다. 음주 후 폭력으로 서너 차례 경찰 조사를 받은 적이 있기는 했지만 정민수는 시국사건 등과 관련 없는 인물이었다. 반듯한 모범 시민은 아니었지만 이념이나 운동 따위엔 관심 없는 '먹물 혐오자'로 보였다.

마른 수건을 쥐어짜듯 취조해 얻은 단서의 부스러기들을 이리저리 조합한 결과, 윤보암은 창가의 인물에 대해 어렴풋한 윤곽을 그려냈다. 사내가 다방에 들어온 시간은 시위 시작 30분 전쯤이었다. 시위대가 금방이라도 교문 밖으로 밀고 나올 태세라 손님들이 빠져나갔던 시간대였다. 정민수는 사내의 커다란 마스크를 최루탄에 대비한 거라고 가볍게 생각해 전혀 의심하지 않았다고 했다. 사내는 정문이 잘 내려다보이는 창가에 앉아 사이다 한 잔을 주문하더니 창을 반쯤 열었다. 날씨도 더운 데다 곧 최루탄이 터질 판이라 한마디하고 싶었지만, 손님들이 거의 빠져나간 다방 안의 유일한 손님이라 정민수는 분을 삭였다. 시위대가 교문 밖으로 진출하고 최루탄이 터지자 사내는 창문을 반쯤 닫은 후 5분여 동안 담배를 피우며 창밖을 골똘히 살폈다. 그때 검은 박스카가 차도를 가로질러 달려왔고 브레이크 소리와 함께 급정거했다. 누군가 차 뒷문으로 뛰어내리는 것을 본 사내가 서둘러 1000원짜리 한 장을 카운터에 놓고 사라졌다.

정민수는 마스크를 쓴 사내의 얼굴을 세세히 기억하지 못했다. 다만 쌍꺼풀이 없고 귀를 완전히 덮는 장발이었다는 진술은 세 명의 목격자가 같았다.

"이상한 건 담배를 피우면서도 마스크를 벗지 않았어요. 불을 붙일 때는 고개를 푹 숙여서 얼굴을 못 봤구요. 마스크를 하고 담배를 피우다니 웃기지 않아요? 그러고 보니 불만 붙이고 담배를 피우지는 않았을지도 모르겠네요."

기준의 부상은 생각보다 심각했다. 의사는 찢어진 이마와 두개골의 실금이 회복되려면 3주가량 걸릴 거라고 말했다. 충분한 휴식을 취하라는 의료진의 반대에도 그는 사흘 만에 퇴원을 강행했다. 머리에서 묵직한 통증이 떠나지 않았지만 상관할 바 아니었다. 그는 붕대를 푼 자리에 볼품없이 떡 져 있는 머리카락을 쓸어 넘겼다. 안가로 돌아간 그는 곧장 지하 암실에 틀어박혔다. 어둠 속에서 그는 현상액 속에 떠오른 희미한 형상들을 골똘히 쏘아보았다. 의미 없는 빛들이 그려낸 우연의 그림자, 카메라 몸체가 흔들리며 흐려진 창틀의 불명확한 선들, 대기 속에 흩어지는 최루가스의 희뿌연 형체…….

두 시간이 넘도록 필름과 씨름한 그는 그나마 유의미하다고 여겨지는 넉 장의 영상을 건져냈다. 창틀에 살짝 걸친 세 개의 손가락은 길이와 비교해 손마디가 상대적으로 굵었고, 반지는 끼고 있지 않았다. 기준은 드디어 최민석의 꼬리를 잡았다고 생각했다. 체포에는 실패했지만 몇몇 증언을 얻었고, 손가락 세 개가 전부이기는 하지만 신체 일부의 사진 자료도 확보했다. 암실에서 나온 기준은 바로 팀 회의를 소집했다. 회의실에 모인 다섯 명의 팀원들은 넉 장의 흐릿한 사진들을 돌려 보았다. 닫힌 창 너머 어두컴컴한 실내 컷 석 장과 창틀에 걸친 오른손을 찍은 한 장이었다. 실내 컷에는 담뱃불로 보이는 하얀 반점이 눈에 띄었다. 손 사진에는 새끼손가락과 약지, 중지의 일부가 보였다.

“오른손을 창틀에 두고 왼손으로 담배를 피운 걸 보면 왼손잡이일 가능성이 있어.”

기준의 단정에 윤보암은 펜으로 글을 쓰거나 다른 작업을 하며 왼손으로 담배를 피우던 습관이 굳어진 골초라면 왼손잡이라 단정할 수 없다고 주장했다. 노도칠은 최루탄이 터지는 가운데 마스크를 쓴 채 담배를 피울 정도라면 여간 골초가 아닐 거라고 대꾸했다.

“그럼 왼손으로 담배 피우는 습관을 지녔다고 하면 되겠군.”

기준은 길고 가는 손가락으로 보아 키가 175센티미터 이상에 호리호리한 체형일 거라고 예상했다. 윤보암은 손마디가 굵은 것으로 보아 힘든 노동이나 훈련을 받았거나 주먹을 쓰는 자일 거라는 짐작을 보탰다. 조리개를 F5.6으로 개방해 촬영한 사진에는 놈의 오른쪽 턱으로 보이는 희뿌연 윤곽이 엑스레이 사진처럼 흐릿하게 드러나 있었다. 또 다른 사진에는 카메라 쪽을 돌아보는 목선이 보였고 마지막 한 장에는 흘러내린 장발의 곱슬머리 윤곽이 드러났다.

“얼굴 윤곽 사진 세 장 잘 조합해봐. 몽타주 나오는지…… 아니, 무조건 몽타주 완성해야 돼.”

팀원들은 난감한 표정을 애써 감추려들지 않았다. 김태호는 푹 숙인 목덜미를 손으로 쓸었고 노도칠은 상체를 뒤로 젖혀 천장을 멍하니 바라보았다.

“내 참, 팀장! 제대로 나온 구석이라곤 하나도 없는데 어떻게 이걸 갖다 몽타주를 만들라 그러쇼? 장님 코끼리 만지는 식으로 해봐야 엉뚱한 제보나 쏟아져 들어올 텐데…….”

윤보암이 며칠 감지 못해 푸석한 머리카락을 헝클어뜨리며 구시렁댔다. 기준은 현재 시점에서 몽타주를 확보한다는 것의 의미를 찬찬히 설명했다.

"일단 몽타주를 확보하면 전국에 수배 전단을 뿌릴 수 있게 돼. 놈을 잡지 못한다 해도 행동을 제약하는 심리적 압박효과를 기대할 수 있게 되는 거야. 몽타주가 정확한가, 그렇지 않은가는 차후의 문제라고."

기준은 작전이 완전히 실패한 것은 아니라고 팀원들을 북돋웠다. 무엇보다 베일에 싸인 최민석을 직접 대면했다는 사실이 중요했다. 선명하진 않지만 상당한 분량의 사진을 확보했고 이를 통해 놈의 행동을 그만큼 압박할 수 있게 되었다. 무엇보다 중요한 것은 손을 놓은 채 그 자리에 멈추지 않고 어떻게든 앞으로 나아가고 있다는 사실이었다. 추적의 핵심은 멈추지 않는 것이다. 막강한 정보와 조직과 자금보다 중요한 것은 추적 의지다. 잡겠다는 의지가 남아 있는 한, 공작은 언제까지고 계속되는 것이다.

그러나 팀원들은 실패를 기정사실로 받아들인 눈치였다. 공작 세계에서 통용되는 공식 언어는 설계나 실행이 아닌 결과였다. 작전 목표를 최민석 검거로 본다면 그들이 실패했다는 사실은 분명했다. 거기에는 어떤 이견도 있을 수 없었다. 지휘부의 냉엄한 평가가 어떤 방식으로 그들을 몰아붙일지도 불을 보듯 뻔했다. 먼저 정교하지 못한 현장 지휘와 허술한 상황 대처에 추궁이 따를 것이다. 그럴 경우 기준은 자신이 혼자 책임을 지고 팀을 떠남으로써 팀원들에 대한 문책이 모두 무마될 수 있기를 바랐다. 자신은 어떻게 되든 팀은 깨지지 않고 계속 이어져야 했다. 기준은 자신이 팀을 떠날 경우 윤보암이 팀장 역할을 대신할 수 있을지 가늠해 보았다. 몇몇 예상되는 허점이 없진 않지만 그럭저럭 굴러갈 순 있을 것이다. 깨진 이마가 다시 지끈거렸다.

이틀 후, 기준의 책상 위에서 인터폰이 울렸다. 관리관과 바로 연결되는 F1 직통 회선이었다. 기준은 경직된 자세로 상반신을 곧추세우고 수화기를 들었다.

"어떤가? 부상이 심하다고 들었는데……."

의외로 부드러운 관리관의 언사에 기준은 안도감을 느꼈다. 아랫사람을 대하는 세심하고 다정한 그의 태도는 한때 대학에서 학생들을 가르친 그의 전력과 연관이 있었다. 그는 서른이 다 된 나이에 대학에 입학하여 영문학 박사 학위를 취득한 만학도였다. 중세 영미 문학과 셰익스피어에 천착한 그는 통찰력과 분석력을 겸비한 저작으로 학계의 주목을 받았다. 어떤 연유에서인지 대학을 떠나 종적을 감추었던 그는 4년이 지난 어느 날 느닷없이 정보부에 나타났다. 그의 전력과 정보부 내 역할은 전부 비밀로 붙여졌다. 그러나 기준은 그가 5·16군사혁명위원회의 국가 장학생으로 미국에서 유학하던 시절 빈민 무료 급식과 구호품으로 연명하며 셰익스피어를 공부했다는 고생담을 누구로부턴가 전해 들었던 적이 있었다. 관리관이라는 직책으로 조심스럽고 주도면밀하게, 온건하면서도 집요하게 조직 내에서 자신의 영역을 확보한 그는 더 이상 최루탄과 몽둥이로 학생들을 제어할 수 없다는 지론을 통해 구태의연했던 정보 업무의 획기적 변화를 추진했다.

확실치는 않지만 기준은 관리관이 자신의 팀과 같은 소규모 특별팀을 최소한 일곱 개 이상 가동하고 있을 거라고 짐작했다. 예닐곱 명의 팀원으로 구성된 각각의 팀은 팀장 주도하에 독자적인 공작을 기획, 설계하고 실행했다. 공작금 관리와 정산, 인력 지원과 자금 처리 같은 지원 업무는 안가로 파견된 세 명의 인력이 처리했는데 그들은 팀의 일거수일투족을 감시하고 평가하는 역할도 동시에 수행했다. 관리관은 직통 회선을 통해 지령 하달과 보고 접수 등 필요 사항을 수시로 점검했고 공작의 전 과정을 평가했다. 이번 작전 또한 이 같은 시스템에 따른 평가가 끝났을 것이다. 그 결과에 따라 팀은 다른 공작에 투입되거나 혹은 새 과업을 수행하거나 그렇지 않으면 해체될 것이다. 그의 거취도 팀의 운명에 따라 결정될 것이다.

수화기를 통해 들려온 관리관의 평가는 논리에 충실했고 반박의 여지가 없었다. 그의 냉정한 평가에 따르면 작전의 전 단계와 모든 순간에 판단 착오와 정보 해석 오류, 과도하거나 부주의한 대처가 있었다. 일을 그르친 요인은 부족한 정보와 안이한 설계, 서투른 접근과 성급한 판단이었다. 그는 좀 더 명확히 목표의 위치를 파악해야 했고, 더 잘 조직된 요원들을 더 조밀하게 배치해야 했으며, 현장 기동대나 경찰 자원과 좀 더 유기적으로 협조해야 했다. 그리고 1차 계획이 실패할 경우에 대비해야 했으며, 긴박한 상황에서 흔히 저지르는 성급한 대응을 자제했어야 했다.

기준은 과오를 인정했다. 그러나 작전이 완전히 실패했다는 평가는 받아들일 수 없었다. 그는 미미하지만 유의미한 성과—용의자의 손 부위와 안면의 일부 같은 신체 부분 촬영—가 있었다고 항변했다. 반드시 최민석을 검거하겠다는 호소도 덧붙였다. 곤경에서 벗어나려는 생각에 그는 점점 말이 많아졌다. 급기야 말을 더듬기까지 했다. 수화기 너머에서 관리관의 결정적 한마디가 들려왔다.

"여우가 굴로 돌아갔으니 사냥개를 묶어야지."

기준은 낭패감에 휩싸였다. 수화기를 쥔 손이 부들부들 떨렸다. 최민석에 대한 정보를 수집하여 분석하고, 놈이 흘린 가짜 정보와 역정보를 가려내며 조심스럽게 접근해온 지난 6개월의 공작이 물거품이 되고 있었다. 체포 전담반이 따라 붙은 것을 눈치챘으니 놈은 최소 12개월 이상 일체의 활동을 중단하고 잠행에 들어갈 것이다. 긴 겨울잠에서 깨어도 이름을 바꾸고 다른 인물로 위장할 공산이 컸다. 성형수술을 하고 완전히 다른 인물로 위장하거나, 영원히 모습을 나타내지 않고 평범한 시민으로 살아갈 가능성도 있었다.

체포 작전은 참사에 가까운 실패로 끝났다. 관리관은 최민석 체포에 실패했을 뿐 아니라 결과적으로 그의 도피를 방조한 책임을 물어 그를 업무에서 배제할 것이라고 통보했다. 팀은 해체될 것이며 팀원들은 직능과 역량에 따라 적절한 부서로 재배치될 것이라고도 덧붙였다.

사흘 후 오전 10시, 기준은 보직 없는 내근직 대기 발령을 통보받았다.

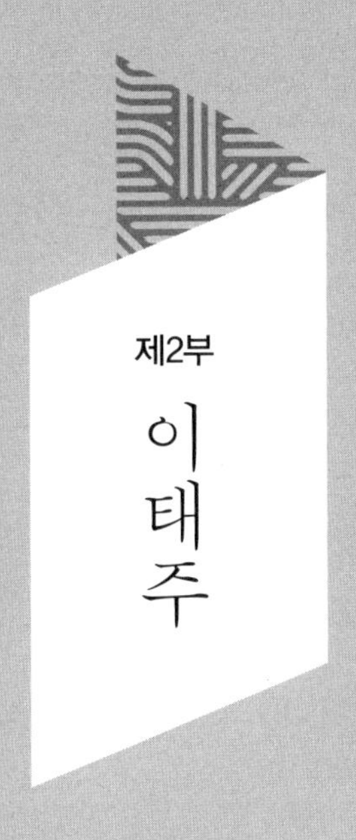

제2부

이태주

"여러분은 시저가 죽고 모두가 자유인으로 살기보다는 시저가 살고 여러분 모두가 노예로 살기를 바랍니까? 시저가 날 사랑했기에 난 그를 위해 울었고, 시저가 행운을 차지했기에 난 그걸 기뻐했고, 시저가 용감했기에 난 그를 존경했습니다. 하지만 시저가 야심가였기에 그를 죽였소."

남자 분장실 문밖으로 담배 연기와 함께 브루터스의 대사가 흘러나왔다. '벗는 연극'과 말장난 같은 소극으로 도배된 극장가에서 비교적 작품성 있는 레퍼토리로 연명해온 100석 규모의 소극장 '프라임'. 연출가 이태주는 석 달 동안 준비해온 연극 〈줄리어스 시저〉의 최종 점검을 위해 3층 적색 벽돌 건물의 지하 계단을 내려섰다. 좁은 복도 양쪽에 남자 분장실과 여자 분장실이 마주 보고 있었다. 여성 출연자가 없는 탓에 여자 분장실은 시저와 안토니 패거리가, 남자 분장실은 브루터스와 캐시어스 패가 나누어 썼다. 복도를 따라가면 오른쪽에 무대로 통하는 문이 있었고, 막다른 끝에 하늘색 들창문이 보였다. 창가에서 담배를 피우던 브루터스의 하인 클로디어스와 시세로의 일인이역 배우가 태주를 보고는 후닥닥 담배를 끄더니 굽실거리며 사라졌다. 분장실 쪽에서 카랑카랑한 배우의 독백이 흘러나왔다.

"브루터스여, 그대는 잠자고 있다. 깨어나 자신을 바라보라……. 외치라, 타도하라, 바로잡아라. 브루터스여, 그대는 잠자고 있다. 깨어나라!"

브루터스 역을 맡은 배우 박희도가 시저 살해를 충동하는 공화파 주모자 캐시어스의 편지를 읽는 부분이었다. 도덕적인 딜레마에 직면한 브루터스를 표현하기에 박희도만 한 배우는 없다고 태주는 생각했다. 태주는 브루터스의 대사를 한 줄 한 줄 따라하며 배우가 어떤 음성으로 말해야 하는지, 동선은 어때야 하는지를 거듭 생각했다.

영문학을 전공한 이태주는 대학 시절 내내 연극반에서 활동했다. 처음에는 무대장치 보조나 홍보 일을 도우며 영미 희곡 작품을 구해 읽는 정도였지만, 곧 학내 공연에서 역할을 맡기도 하고 졸업 무렵에는 연출을 하기도 했다. 대학원에 진학한 후에도 그는 연극을 떠나지 않았다.

그는 위대한 희곡이라면 누구에 의해서든 언제, 어떤 방식으로든 재해석되고 고쳐 써질 수 있어야 한다고 생각했다. 시대와 지역에 따라, 관객과 연출가에 따라 세심하고 정확한 과정을 통해 형태와 스타일이 변용되면, 텍스트는 새롭게 태어나고 관객들에게 깊은 인상을 남길 수 있는 것이다. 각각의 시대상을 반영하며 수천 년을 살아남은 고전 비극의 강렬한 플롯과 매력적인 캐릭터는 태주를 매혹시켰다.

그의 석사 학위 논문 제목 또한 「텍스트의 시공간적 변용과 그에 따른 의미 전환에 대한 고찰」이었다. 호메로스부터 셰익스피어, 유진 오닐과 테네시 윌리엄스의 텍스트가 전혀 다른 문화와 토양을 지닌 한국에서 재해석되고 수용되는 과정에 주목한 연구였다. 셰익스피어에 의해 다시 쓰인 〈줄리어스 시저〉, 소포클레스와 아이스킬로스, 에우리피데스에 이어 유진 오닐에 의해 재구성된 〈엘렉트라〉는 시대와 작가에 따라 변용되고 수용되는 텍스트의 양상을 잘 보여줄 작품들이었다. 그러나 대본이 아닌 실제 공연으로 그 작품들을 접하기는 쉽지 않았다. 권력의 속성을 보여주는 동시에 군중의 우매함을 고발한 정치극 〈줄리어스 시저〉는 당연히 사전 검열 대상이었다. 아끼는 심복의 칼에 죽는 로마의 영웅 이야기가 몇 해 전 자신이 창설한 정보부 수장에게 살해된 전 대통령을 떠오르게 했기 때문이었다. 아버지의 동생과 동침한 어머니를 죽이는 왕녀의 복수극 〈엘렉트라〉 또한 미풍양속 저해로 검열을 통과하지 못했다.

운 좋게도 그는 한 지하 극단이 기습적으로 무대에 올린 〈줄리어스 시저〉를 관람할 수 있었다. 비록 검열과 감시로 망가졌지만 엄혹한 통제 사회에서 정치극이 표현되고 수용되는 방식을 파악하기에는 모자람이 없는 공연이었다. 그러나 공연 다음 날 오전에 극단 연습실로 들이닥친 경찰이 관계자 전원을 체포한 순간, 〈줄리어스 시저〉의 사례를 논문에 인용하는 건 불가능한 일이 되었다. 불법 공연을 관람한 사실을 만천하에 실토하는 셈이 될 것이기 때문이었다. 결국 그는 상대적으로 검열에서 자유로워 수차례 공연된 〈햄릿〉과 〈로미오와 줄리엣〉, 〈욕망이라는 이름의 전차〉의 예를 선택할 수밖에 없었다. 지도교수의 지적에 따라 두 차례의 수정을 거친 논문이 통과된 것은 그가 스물여덟 살 되던 해의 일이었다.

연출가의 길을 모색하던 태주는 졸업 후 곧장 연극판에 뛰어들었다. 대학 연극반 지인들의 극단에 빌붙어 대본을 검토하고 검열에 걸린 대사를 손봐주는 일부터 시작했다. 몇몇 극단의 포스터와 프로그램 문구를 대신 써주고 언론 보도 자료를 작성해주며 약간의 돈을 받았다. 생활비에는 턱도 없이 미치지 못했지만 온갖 허드렛일도 마다하지 않으며 무대에 올릴 자신의 대본을 써나갔다.

그가 선택한 작품은 〈줄리어스 시저〉였다. 그는 셰익스피어의 의도를 해치지 않으면서도 원작을 과감하게 해체할 핵심 요소로 등장인물들의 명확한 캐릭터와 선명한 대립에 주목했다. 모두가 영웅으로 받들지만 두려움에 떠는 나약한 시저, 윤리와 현실 사이에서 갈등하는 브루터스, 권력을 쥐지만 영웅이 되지 못한 선동가 안토니, 암살을 주도한 캐시어스. 이상주의자 브루터스와 현실주의자 안토니, 황제의 야망을 가진 시저와 그를 살해하는 공화주의자 브루터스의 대립은 단순하지만 그렇기 때문에 더욱 주제를 선명하게 드러낼 것이었다.

때맞춰 이뤄진 검열 완화 조치는 연극계에 활력을 불어넣었다. 얼마 전까지만 해도 연극계는 대학 연극반 출신 운동가들이 주도하는 격렬한 사회운동의 장이었다. 풍물이나 탈춤, 판소리 같은 전통연희나 독재 권력에 맞선 민중극 들이 강력한 사회적 발언을 이어나갔다. 공안 당국의 대응 수위도 점점 높아졌다. 사전 검열이 강화되면서 공연 금지가 비일비재했고, 체포되거나 도피 중인 배우와 연출가도 적지 않았다. 새로 권력을 잡은 신군부 세력은 비등하는 저항 열기를 식히기 위해 사회 전반에 걸쳐 규제 완화 조치들을 단행했다. 표면적 조치에 불과했지만 예술 작품에 대한 검열 기준도 완화되었다. 다소 누그러진 외설 기준에 따라 데이트족을 노린 달콤한 연애담과 '벗기기 연극'이 쏟아져 나오는 한편, 정치적 이유로 상연이 금지되었던 작품들도 대사를 순화하고 표현을 완곡하게 바꾸어 조심스럽게 무대에 올라갔다. 〈당통의 죽음〉이 그 대표적인 사례였다.

혁명 후 로베스피에르와 대립하던 당통의 몰락을 그린 이 연극은 작가 뷔히너의 사회주의 성향과 프랑스혁명이라는 배경 때문에 한때 검열 당국을 긴장시켰다. 그러나 검열 당국이 알레르기 반응을 보인 더 직접적인 이유는 〈당통의 죽음〉이란 제목이었다. '당통'이라는 어감이 심복인 중앙

정보부장의 총에 맞아 비참한 최후를 맞은 전 대통령의 별칭을 떠올리게 했기 때문이다. 〈당통의 죽음〉이라는 제목만으로도 '박통의 죽음'을 떠올릴 사람이 한둘이 아니었다. 누구도 무대에 올릴 수 있으리라고 생각하지 않았던 〈당통의 죽음〉이 버젓이 검열을 통과하고 무대에 오른 것은 일대 사건이었다. 검열 당국이 공연을 허가한 이유를 들으면 누구라도 헛웃음이 터지지 않을 수 없었다. 수정 사항이라고는 문제가 된 제목 〈당통의 죽음〉을 〈단톤의 죽음〉으로 고친 것이 전부였다. 프랑스 원어 발음에 가까운 '당통(Danton)'을 알파벳 'n'의 영미식 발음에 충실한 '단톤'으로 표기했던 것이다. 표면적인 어감으로만 본다면 이제 '단톤'은 '박통'과 전혀 상관없는 인물이 되었다. 마침내 무대에 오른 〈단톤의 죽음〉은 '박통의 죽음'이라는 관객의 호기심과 결부해 생각지 못한 흥행 수익을 올렸다.

〈단톤의 죽음〉의 성공에 흥분한 수많은 극단주들 중에 극단 '커튼콜' 대표 박주호가 있었다. 대학 시절 연극반을 기웃거리다 두어 편의 연애극으로 짭짤한 수익을 올린 그는 더 큰 건수를 찾아 헤매던 참이었다. 〈줄리어스 시저〉의 극본을 들고 찾아온 태주에게 박주호는 말끔하게 손질한 콧수염을 매만지며 말했다.

"민중극도 노동극도 좋아. 하지만 그건 운동이지 예술이 아니잖아? 예술이라면 적어도 당대의 정신을 보여줄 수 있어야지."

다그치는 듯한 그의 태도에서 협상을 유리하게 돌리려는 뻔한 의도가 느껴졌다. 그것을 알면서도 태주는 사회운동이나 이념 선전의 도구로서의 연극에 반대하며 당대 정신을 치열하게 탐색해 작품으로 구현해야 한다는 박주호에게 공감했다.

"전 이 시대의 정신이 부당한 권력과 그에 대한 저항이라고 생각합니다. 그 나머지는 부수적인 문제일 뿐이죠."

박주호는 흥미롭다는 표정으로 곱슬곱슬한 파마머리를 손가락으로 빗어 넘겼다.

"독재 타도, 대통령 직선, 민주 회복…… 좋지! 하지만 나로 말하면 이 시대의 정수가 자본이라 생각한다네. 권력도 그에 대한 저항도 허망하지. 그러나 자본은 그렇지 않아. 권력은 기껏 자본을 부릴 뿐이지만 자본은 권력 자체가 되는 거야. 권력은 유한해도 돈은 영원하단 말이지. 내 말, 이해가 가나?"

완전히 부정할 수는 없는 말이었다. 박주호는 씁쓸한 미소를 짓는 태주 앞에 허술하게 제본된 대본을 던졌다.

〈불 꺼진 나의 창〉.

"어떤가? 여섯 자 제목이야. 입에 짝 달라붙지 않나?"

박주호는 기대에 찬 표정으로 물었다. 태주는 여섯 자의 제목이 노골적으로 드러내는 저속함을 알아차렸다. 이 대본도 〈타인의 아파트〉 〈불 끄지 마세요〉와 같은 선정적인 여섯 자 제목이 대박을 터뜨린다는 속설을 따른 성애극이 분명했다. 기승전결조차 없는 어설픈 연애담, 말초신경을 자극하는 저속한 대사, 중간중간 맥락 없이 등장하는 노출 장면. 그렇다고 모처럼 찾아온 첫 연출 기회를 제 발로 걷어차버리고 싶지는 않았다. 그는 되든 안 되든 부딪쳐나 보자는 심정으로 말했다.

"대표님이 여섯 글자 제목을 고집하는 건 흥행 때문이죠? 이를테면 '너희들은 저속한 벗기기 연극이라고 욕해라. 난 돈을 벌 테니……' 이런 거 아닌가요?"

"당연하지. 연극은 예술이지만 공연은 장사니까."

"제게도 기가 막힌 여섯 자짜리 제목 대본이 있어요."

박주호는 구미가 당기는 표정을 짓고 탁자 너머로 목을 뺐았다. 태주는 잠시 뜸을 들인 후 손가락을 꼽아가며 한 자 한 자 발음했다. 두 달 동안 공들여 번역한 작품의 제목이었다.

"줄. 리. 어. 스. 시. 저."

"셰익스피어는 고리타분해. 시대가 이렇게 더러운데 누가 따분한 고전 정치극을 보러 오겠나? 하다못해 〈로미오와 줄리엣〉의 연애담이라면 몰라도."

박주호는 반짝이는 혀로 아랫입술을 핥고 말을 이었다.

"차라리 〈로미오와 줄리엣〉의 에로틱 버전은 어떨까? 대사를 노골적으로 고치고 줄리엣을 벗기면 관객들이 좋아하지 않을까?"

태주는 위대한 작품은 어떤 방식으로든 재해석되고 고쳐 써져야 한다고 박주호를 설득했다. 적확한 해석으로 형태와 스타일을 바꾼다면 아무리 오래된 텍스트라도 당대 관객들에게 새롭게 다가갈 수 있다는 것이었다.

"중요한 건 관객이 무엇을 좋아할 건가가 아니라 그들에게 무엇을 말할 건가입니다. 그냥 무엇을 말할 건가가 아니라 언제, 누구에게 말할 것인가 하는 점이 더 중요하죠. 수천 년 전 로마의 독재자와 권력자를 그린 구닥다리 셰익스피어극을 이 시대, 이 도시가 직면한 이야기로 되살려내는 겁니다."

박주호는 태주의 말 한마디 한마디에 쏘인 듯 인상을 찡그리며 말했다.

"좋아! 자네 말대로 한다 치자. 그럼 검열관의 가위질은 어떻게 감당할 건가?"

태주는 셰익스피어 원문을 충실히 살리는 것으로 검열 당국의 의혹을 불식시킬 수 있다고 답변했다. 〈줄리어스 시저〉의 텍스트는 권력의 속성에 대한 날카로운 견해이자 언어의 기능에 대한 개념이라는 두 가지 속성을 지니고 있었다. 그는 측근에 의한 대통령 시해를 연상케 하는 시저 살해 사건의 정치적 선동성을 배제하되, 언어를 통한 권력의 상호작용과 인물 내면의 묘사에 주력할 거라고 박주호를 설득했다. 그래도 대본이 문제가 된다면 검열 당국의 마음에 들 때까지 몇 번이라도 고쳐 쓰겠다고 덧붙였다. 여전히 고개를 갸우뚱하는 박주호에게 태주는 마지막으로 선포했다.

"평생 싸구려 에로극이나 하며 살겠다면 그렇게 사세요. 〈줄리어스 시저〉가 당신에게 가져다줄 돈과 명예를 동시에 놓치고 싶거든 말이에요."

일주일의 고민 끝에 박주호는 도박하는 심정으로 〈줄리어스 시저〉를 선택했다. 그는 관객들이 몰려들고 실력 있는 제작자로 이름이 오르내릴 거라는 자신의 베팅을 믿었다. 그러나 작중 여자 배역을 모두 빼버린 대본을 보고서는 소파에 주저앉을 수밖에 없었다.

"여배우가 떼로 벗고 설쳐도 될까 말깐데, 아예 없다고? 셰익스피어 선생도 대본에 버젓이 써놓은 여배우를 왜 빼겠다는 거야?"

박주호의 목소리는 사무실 밖까지 울렸지만 태주를 막지 못했다. 지적 사항으로 붉게 도배된 대본은 몇 차례의 수정 끝에 가까스로 검열을 통과했다. 두 달 동안의 캐스팅과 대관 절차도 어렵사리 마무리되고 첫 공연의 막이 올랐다. 떨떠름하던 관객 반응은 몇몇 신문 주말판에 호의적인 공연 평이 실리며 바뀌기 시작했다. 〈민주일보〉는 "권력을 해부하며 고결한 인간의 몰락을 묘사한, 한국 무대에서 볼 수 없었던 작품"이란 평을 실었다. 공연 전문지 〈공연예술〉의 손범훈은 두 쪽에 걸친 장문의 평에서 "셰익스피어의 고결한 품격을 해치지 않으면서도 숙련된 외과의처럼 날카로운 메스로 동시대 관객의 폐부를 갈랐다"는 찬사를 보냈다. 물론 모든 평이 호의적이지는 않았고 대놓고 혹평을 한 매체도 없지 않았다. "어떻게 이따위 연극이 지금의 한국 무대에 올려질 수 있었는가?"라는 질문으로 시작한 한 일간지의 칼럼은 "권력과 정치의 속성을 가감 없이 그려낸 셰익스피어의 관점을 왜곡해 현실을 조롱하고 관객을 선동하는 고약한 해석"이라는 적대적 논조를 폈다.

악의적 혹평이었지만 태주는 고무되었다. 〈줄리어스 시저〉가 불러일으킬 논란은 번역과 각색 과정에서부터 이미 예상한 바였고 한편으론 원한 것이기도 했다. 어떤 연극이 언제, 어디서, 왜 공연되는가는 작품 자체의 주제와 별개의 방식으로 텍스트에 생명을 불어넣기도 하고, 또 잠식하기도 한다는 지론을 확인할 수 있었기 때문이었다. 절대 권력자와 그에 대항하는 공화주의자를 그린 〈줄리어스 시저〉가 근대적 이성의 맹아가 움트던 셰익스피어 대에 되살아난 것이 좋은 선례였다. 왕권에 반기를 든 공화주의자들의 공화정에 대한 열망과 교황과 불화를 빚던 개혁가들의 절대 권력에 대한 반감이 고대 로마의 정치극을 소환했던 것이다. 킹스맨 극단의 대머리 작가는 1000년 전 이야기를 다시 써서 동시대 관객에게 '무능한 절대왕권에 대한 저항은 정당한가?'라는 화두를 던졌다. 400년 전 셰익스피어의 질문은 독재 치하의 한국에도 여전히 유효했다.

주말을 지나며 빈자리는 눈에 띄게 줄었고 2주 차에 접어들자 만석을 이어갔다. 극단주와 검열 당국의 이중 검열을 통과하는 과정에서 정치색이 대거 삭제되었지만 관객들은 용케도 현실보다 더 실감나는 작중 사건과 대사에 숨은 문제의식을 공유했다. 겁에 질린 시저를 통해 자신들의 지도자를 희화화하며 대리만족하는가 하면, 브루터스의 윤리적인 갈등에 감정이입하며 그의 몰락을 안타까워했다. 정보요원들이 객석에 상주해 있었지만 특별한 조치를 취하지는 않았다. 언론의 호평과 관객 호응으로 보아 관계자 소환이나 공연 중단이 불러올 반발에 부담을 느낀 눈치였다.

계획된 공연 일정을 지키겠다는 태주의 고집에 박주호는 어쩔 수 없이 연장 공연을 포기했지만 휴가철이 끝나고 찬바람이 불면 바로 이어질 2차 공연 계획에 한껏 들떠 있었다. 그는 태주를 사무실로 불러 마지막 공연 커튼콜에 입고 나갈 재킷 안주머니에 금일봉을 찔러주었다. 봉투 안에는 빳빳한 10000원짜리 열 장이 들어 있었다. 태주는 그의 천박한 장사꾼 기질을 혐오했지만 일을 밀어붙이는 뚝심만은 내심 부러웠다. 분장실 쪽에서 묵직한 박희도의 목소리가 흘러나왔다.

"로마는 한 사람의 권위 아래 무릎을 꿇을 것인가? '외쳐라, 타도하라, 바로잡아라!' 날더러 외치고 타도하라는 건가? 오, 로마여! 약속하마. 그렇게 해서 바로잡을 수 있다면 브루터스의 손으로 그대 소망을 이루어줄 거라고!"

이상과 윤리 사이에서 고민하다 마침내 시저 살해를 결심하는 브루터스의 대사였다. 이 한마디로 그는 시저와의 의리를 끝까지 지킬 것인가, 아니면 로마를 위해 그를 죽일 것인가라는 딜레마를 단숨에 깨뜨렸다.

그런데 플롯이 본격적으로 진행되는 도약대가 되어야 할 그 대사에 뭔가 미심쩍은 점이 있었다. 거기에는 반드시 말해야 할 어떤 단어가, 관객들이 간절히 듣기를 원하는 모종의 표현이 빠져 있었다. 태주는 작품 전체를 훼손하고 있는 그 문장의 불성실을 견딜 수 없었다. 그는 뒷주머니에서 대본을 꺼내 문제가 된 2막 1장을 펼쳐 대사를 확인했다.

'로마는 한 사람의 권위 아래 무릎을 꿇을 것인가?'

박희도의 연기에는 실수가 없었다. 무엇이 잘못되었을까? 그는 다시 왼쪽 주머니에서 셰익스피어의 원저 대본을 꺼내 확인했다.

Shall Rome stand under one man's awe?

그는 'awe'라는 단어에 주목했다. '경외'로 번역되는 그 단어는 공경과 두려움이라는 상반된 의미를 동시에 지니고 있었다. 모든 권력이 존경과 공포의 두 가지 속성을 동시에 지녔다는 점에서 다분히 정치적인 함의를 지닌 단어이기도 했다. 두려움은 지배를 용이하게 하고 체제를 안정적으로 유지토록하는 가장 효과적인 수단이다. 존경을 얻지 못하거나 혹은 일시적으로 얻었던 존경을 철회당한 지배자들은 어김없이 공포를 행사해왔다. 대본 집필 당시, 태주는 그 단어를 로마인들의 칭송을 받는 시저의 정치적 '권위'로 해석했다. 그러나 그 대사가 브루터스의 입에서 나왔다는 점을 생각하면 정반대의 의미로 해석해야 하는 것이 아닐까? 동조와 협력을 이끌어내는 정치적 권위가 아니라 복종과 굴욕을 강요하는 공포, 즉 '독재'를 상징하는 것으로 보는 것이 옳을 것이다. 그 근거는 다음 행에 이어지는 브루터스의 선동적 대사에서 드러났다.

"내 조상들은 타퀸이 왕으로 불리자 그를 로마에서 추방하지 않았던가? 외치라, 타도하라, 바로 잡아라."

타퀸이 누구인가? 기원전 509년 로마 시민들에게 쫓겨난 에트루리아 왕조의 포악한 마지막 왕이 아니었던가? 그러므로 그것은 명백한 오역이었다. 셰익스피어의 원문은 이렇게 번역되어야 옳았다.

'로마는 한 사람의 독재 아래 무릎을 꿇을 것인가?'

태주는 어째서 그런 어처구니없는 실수가 빚어졌는지 이해할 수 없었다. 검열 당국의 지적에 어쩔 수 없이 '독재'라는 단어를 '권위'로 순화시켰던 것일까? 그렇지는 않았다. 다섯 번의 거듭된 검열에서 그 단어가 문제가 된 적은 없었다. 그가 처음부터 독재라는 단어를 제거했기 때문이었다. 그것은 오역이 아니라 의도된 자기검열이었고, 선택한 굴종이었다. 그가 자의적으로 삭제한 단어야말로 〈줄리어스 시저〉의 출발점이었고, 그 연극이 좁고 허름한 무대에라도 올라야 하는 이유였다. 물론 관객들은 단어 하나에 연연하지는 않을 것이다. 혹 원문을 순화한 대사를 더 선호할지도 몰랐다. 그렇지만 그는 셰익스피어의 의도를 왜곡했다는 자괴감과 2주 동안 관객을 속여왔다는 수치심을 떨칠 수 없었다. 할 수 있는 일은 지금이라도 오류를 바로잡는 것뿐이었다.

연습실로 가서 대본 수정이 필요하다고 말하는 그에게 박희도는 뚱한 표정을 지었다.

"지금껏 아무 문제 없었잖아. 문제가 있다 해도 피날레 공연인데 굳이 고칠 필요가 있을까?"

태주는 문제가 없던 것이 아니라 문제가 있는 것을 몰랐다고 설명했다. 박희도는 여전히 뚱한 표정을 풀지 않았다. 태주는 대본을 펼쳐 들고 붉은색 펜으로 고친 대사를 손가락으로 짚어가며 설명했다.

"권위가 아니라 독재예요. '로마는 한 사람의 권위 아래 무릎을 꿇을 것인가'가 아니라 '로마는 한 사람의 독재 아래 무릎을 꿇을 것인가?'로 바꾸어야 한다고요."

떨떠름한 얼굴로 몇 차례나 대사를 중얼거리던 박희도가 마침내 고개를 끄덕였다.

"그렇구먼. 권위보다는 독재라는 말이 훨씬 입에 짝짝 들러붙는걸."

그렇게 마지막 무대에 오른 박희도는 '독재'란 대사에 유난히 힘을 주었다. '독재'라는 단어가 발음될 때 객석 여기저기에서 신음과 한숨 소리가 났다. 연극은 "승리의 영광을 함께 누리자"는 옥타비우스의 대사로 막을 내렸다. 두 차례의 커튼콜을 마친 뒤, 배우들은 땀투성이가 된 채 분장실에 모였다. 자욱한 담배 연기에 웃음소리와 고함이 뒤섞여 시끌시끌했다. 박주호는 뭉글뭉글 거품을 게우는 맥주병을 쳐들며 가을 시즌 장기 공연을 기대하라고 소리쳤다. 분장을 지우지 않은 배우들은 로마인처럼 웃으며 맥주잔에 넘치는 거품을 핥았다. 뒤쪽 벽에 기대선 태주를 발견한 박주호가 반색하며 손짓했다. 스태프들이 우르르 몰려와 머뭇거리는 태주를 가운데로 끌어왔다. 감흥에 젖은 브루터스와 안토니가 격정적인 극중 대사를 주고받았다.

"동지 여러분, 생기 넘치고 즐거운 표정을 지으시오. 우리의 계획이 얼굴에 나타나지 않도록 합시다. 불굴의 정신과 일상적인 침착성을 지닙시다."

"루시어스, 잔이 넘치도록 술을 부으시오. 브루터스와의 우정이면 아무리 마셔도 부족할 거요."

캐시어스 역의 고대규가 고개를 꺾어 맥주를 단숨에 들이켰다. 곳곳에서 잔이 부딪치는 경쾌한 소리가 났다. 모두가 기쁨에 도취되었다.

그때, 누구보다 호탕하게 웃던 안토니가 웃음을 멈추었다. 누군가 촛불을 훅 불어 끄기라도 한 것처럼 달아오른 분위기가 한순간에 싸늘해졌다. 누구도 말하지 않았지만 모든 사람들의 시선이 출입구 쪽으로 향했다. 열린 문틈 양쪽에 흰 반팔 셔츠 차림의 남자 두 명이 기대어 안을 주시하고 있었다. 분명 무슨 일이 일어나고 있었지만 누구도 무슨 일인지 알지 못했다. 키 큰 사내가 분장실 안으로 성큼성큼 들어와 극단주를 찾았다. 캐시어스가 반쯤 마신 술잔을 바닥에 떨어뜨렸다. 박주호가 쭈뼛거리며 앞으로 나섰다. 사내는 정중하지만 강압적인 목소리로 공연에 대해 몇 가지 알아볼 것이 있으니 협조를 요청한다고 말했다. 배우들은 불안한 표정으로 침묵에 빠지거나, 웅성거리거나, 우왕좌왕했다. 그 자리의 누구도 그 상황을 현실로 받아들이지 못했다. 마치 5막짜리 〈줄리어스 시저〉의 6막이 시작되기나 한 것처럼. 긴 복도와 좁은 분장실은 새로운 무대장치가 되었고 그들은 배우인 동시에 자신들이 연기하는 장면을 바라보는 관객이었다. 그것은 현실이 아닌 거대한 거짓말처럼 보였다.

키 작은 사내가 땀 냄새를 풍기며 다가와 태주를 행렬 속으로 밀어 넣었다.

"뭐하쇼? 연출 선생도 빨리 따라가지 않고!"

태주는 분장도 지우지 못한 안토니의 어깨에 손을 짚고 계단을 올랐다. 건물 정면에는 검은 지프차와 두 대의 승합차가 대기하고 있었다. 줄줄이 앞사람의 어깨에 손을 짚고 계단을 올라간 배우들은 차례대로 승합차에 태워졌다. 눈부신 연출 데뷔에 이은 체포와 구금은 태주가 겪어본 적이 없는 극적 반전이었다. 최고의 사건이 채 모습을 갖추기도 전에 최악의 사건이 뒤따랐다. 더 정확하게 말하면 최고의 사건이 곧 최악의 사건이었다. 앞으로 어떤 일이 일어나도 이보다 더 좋을 수 없을 것이며 동시에 더 나쁠 수도 없을 것이었다.

덜컹거리며 30분 정도 달린 승합차는 자갈이 쓸리는 소리와 함께 멈추었다. 을씨년스런 2층짜리 콘크리트 건물이 어둠 속에 덩그러니 서 있었다. 승합차에 탈 때와 마찬가지로 앞사람의 어깨에 두 손을 올리고 줄줄이 차에서 내린 그들은 건물 옆 계단을 내려가 여섯 명씩 들어가는 지하실에 수용되었다. 좁은 방 안에는 퀴퀴한 악취가 배어 있었다. 30분 전의 열광과 흥분은 2천 년 전 로마의 일처럼 아득해졌다. 배우들은 밀랍 인형처럼 침묵했다. 눈 그늘 분장이 뭉개지고 눈썹 한쪽이 지워진 우스꽝스러운 얼굴들.

좁고 침침한 방 안에는 모르는 사람들의 체취와 분비물의 냄새가 배어 있었다. 시위를 주동한 학생 대표와 도주 중인 수배자를 숨겨준 신부, 불온서적을 소지하고 있던 철학도와 철야 파업을 하던 열여섯 살짜리 봉제공장 직공, 독서 모임에서 몇 마디를 주워섬긴 청년……. 그들은 태주와 상관없는 사람들이었다. 그들처럼 세상을 바꾸려는 큰 뜻을 품은 적은 없었다. 철저히 개인적인 눈으로 세상을 바라본 후 그것을 무대 위에 재현하려 했을 뿐이었다. 수정에 수정을 거친 극본, 대본을 걸레로 만든 배우들의 연습, 관객들과 평론가들의 찬사……. 그런데 왜 자신이 그곳에 와 있는지, 자신을 끌고 온 사람들은 누구인지 알 수 없었다. 다만 앞으로 무슨 일이 일어날지는 어렴풋이 알 것 같았다.

"조그만 탁자가 앞에 있는데 그 위에 갱지 100장과 볼펜이 딱 놓여 있더라고. 그게 뭔가 하고 있는데 어떤 새끼가 들어오더니 실실 웃으며 지금 기억할 수 있는 인생의 제일 첫 기억이 뭐냐고 묻는 거야. 이왕이면 좀 똑똑하게 보이고 싶어서 세 살 때 엄마랑 외갓집에 갔던 기억이라고 했지? 그러니까 그 자식이 실실 웃대. 왜 그러는가 했더니 그때부터 내 인생을 통틀어 잘못한 일을 모조리 쓰라는 거야. 하나도 빼놓지 말고. 종이가 모자라면 얼마든지 주겠다면서…… 열흘 동안 갱지 60장을 채우다 보니 내가 얼마나 죄 많고 못된 놈인지 알겠더라고."

도시 빈민을 다룬 연극의 불온성이 문제가 되어 잡혀갔던 선배 배우가 한 달 만에 훈방되어 나와 막걸리 사발을 들이키며 해준 이야기였다. 그런 이야기는 부지기수였다. 통닭구이나 원산폭격 같은 신체 학대는 물론, 매일 한마디도 묻지 않고 몽둥이찜질만 당했다는 경험담이나 전기고문, 물고문에 대한 전언도 널려 있었다. 태주는 내심 매질을 견디는 데 자신이 있었다.

어린 시절, 그는 두들겨 맞는 아이였다. 주먹으로 머리통을 맞았고, 손바닥으로 뺨을 맞았으며, 작대기와 몽둥이로 온몸에 멍이 들었다. 손바닥만 한 땅뙈기를 노름으로 날린 그의 아버지는 아내와 자식들을 두들겨 패며 삶마저 탕진했다. 초등학교 3학년 때부터 그는 아버지의 주먹 앞으로 달려들었다. 어머니에게 도망갈 시간을 벌어주기 위해서였다. 그의 어머니는 아버지의 구타를 감당할 맷집이 없었다. 중학교 2학년이 되자 그는 어머니를 향해 몽둥이를 쳐든 아버지의 손목을 움켜잡았다. 그는 자신의 완력이 아버지를 제압할 수 있을 때까지 참아왔던 말을 독처럼 내뱉었다. 그만하라고, 더 이상 맞지 않을 거라고. 취한 아버지는 소리를 지르며 허공에 몽둥이를 휘둘렀지만 그가 몸을 밀치자 마당 구석에 나동그라졌다. 그토록 폭력적이던 아버지가 자기 몸 하나 가누지 못하는 연약한 사내라는 사실에 그는 서글픔을 느꼈다.

나중에야 그는 아버지가 자신을 고문하는 하나의 방식으로 식구들을 두들겨 팼던 건지도 모른다고 생각했다. 아끼는 사람에게 고통을 줌으로써 자신을 벌할 수 있을 거라고 믿었던 바보를 그는 증오할 수도, 불쌍히 여길 수도 없었다.

심문실은 정면을 제외한 삼면이 검은색으로 칠해져 있었다. 생각보다 어둡다는 걸 빼면 넓고 깨끗했다. 중앙의 탁자와 마주 보는 두 개의 의자를 제외하면 다른 집기는 없었다. 축축한 바닥과 물고문 욕조를 상상하며 겁을 먹었던 태주는 살짝 안도했다. 그를 짐처럼 방 안에 부려놓은 젊은 요원이 말없이 사라졌다. 시간이 얼마나 지났는지, 지나가기나 하는 건지 알 수 없었다. 무엇보다 자신의 죄가 무엇인지 알 수 없다는 것이 가장 난감했다. 죄를 짓지 않았다는 사실을 확신했지만 그 사실을 증명할 수 있을지는 미지수였다.

두 시간 정도 지났다고 느꼈을 때, 전력에 과부하가 걸렸는지 윙 하는 굉음과 함께 맞은편 벽에 강한 조명이 들어왔다. 정면에서 비추는 스포트라이트처럼 날카로운 빛이 두 눈을 찔렀다. 눈을 감았지만 눈꺼풀을 뚫고 들어온 빛에 눈알이 아렸다. 문이 열리는 소리와 구둣발 소리가 났다.

남자인 것 같았다. 얼굴과 표정은 제대로 보이지 않았고 두툼한 어깨선이 어른거렸다. 그는 어둠이 아닌 빛 속에 숨어 10분 정도 말없이 태주를 지켜보았다. 반면 태주는 그의 얼굴조차 알아볼 수 없었다. 그 상황은 태주와 그 남자의 관계에 대한 그럴듯한 은유로 보였다. 태주가 조금씩 빛에 익숙해진 눈동자에 힘을 주려 했을 때 갑자기 조명이 꺼졌다. 강한 빛의 잔상이 아지랑이처럼 눈꺼풀에 아른거리며 시야를 방해했다.

어둠 속에서 의자가 끌리는 소리가 났고 남자가, 아니 남자의 그림자가 태주에게로 다가오는 것이 어렴풋이 느껴졌다. 그림자는 탁자 맞은편 의자에 반듯이 앉았다. 잠시 후, 조서 작성용 타자기의 키가 탁탁 소리를 냈고 이름과 주소를 묻는 질문이 지나가는 말처럼 들려왔다. 태주는 최면에 걸린 것처럼 반사적으로 자신의 이름과 주소를 불렀다. 타이핑 소리가 의외로 요란하다는 생각이 들었다. 남자는 농담처럼 10년도 더 된 고물이지만 그 타자기로 처음 조서를 작성해 감옥에 보낸 자가 아직까지 나오지 못했다고 말했다. 그리고 태주에게 어떤 타자기를 쓰냐고 물었다. 4년 전에 산 중고 타자기인데 가끔 'ㄷ'자 키와 'ㅑ'자 키가 엉켜 말썽이라는 태주의 답변에 남자가 대꾸했다.

"타자기는 여자 같지. 한번 바꾸기 시작하면 자꾸 바꿔야 하거든. 서로 익숙해지는 과정이 필요해. 헐겁거나 빡빡한 키에 손가락이 익으면 오래 될수록 좋아지지."

타자기에 대한 짧은 대화는 두 사람 사이에 묘한 유대감을 형성했다. 그들은 관절염이나 만성위염처럼 같은 병을 앓았기에 서로의 고통을 잘 이해하고 있는 사람들 같았다. 그는 미리 준비한 자료를 토대로 태주의 출신과 가족 관계, 성장 환경에 관한 질문을 했다. 태주가 어린 시절 겪은 큰 사건, 어머니의 죽음, 아버지의 정신병원 입원 등에 관해서였다. 열흘 동안 갱지 60장을 채우는 식의 자기고백보다는 낫다고 태주는 생각했다.

"학적부 상 고교 졸업한 후 대학 입학까지 1년의 공백 기간에 대해 설명해보겠소?"

"고등학교 1학년 때 어머니께서 폐암으로 세상을 떠나셨습니다. 아버지는 수차례 자해를 거듭한 끝에 정신병원으로 가셨죠. 자책감 때문이었는지, 타인에 대한 분노 때문이었는지는 모르겠습니다. 전 주변 친척의 도움으로 겨우 고등학교를 마쳤지만 대학을 포기하고 하루 벌이에 나섰습니다. 양계장에서 계육을 분리했고, 건축 현장에서 벽돌을 날랐으며, 운송회사 짐꾼으로 일했죠. 그해 가을, 고3 때의 담임 선생님께서 한 재단의 장학금을 받을 수 있도록 주선해주셨습니다. 입학금과 생활비를 지원받고 대학 졸업 후 취업 알선과 함께 받은 장학금을 갚는 조건으로 대학에 갈 수 있었습니다."

"대학 생활은 어땠소?"

"쉽지 않았습니다. 장학금을 받았지만 공부와 돈벌이라는 두 개의 수레바퀴를 동시에 굴려야 했죠."

"1학년 성적은 괜찮더군. 1학기 중간고사에서 강영래 교수의 교양 과목 〈인간과 문학〉에서 A+를 받았고."

희끗희끗한 새치머리 때문에 실제보다 나이 들어 보이는 강영래 교수는 신입생들에게 교양과목을 강의하는 외래 교수였다. 그는 수업 시간에 자신은 너절한 교양과목 시험을 위해 도서관에 처박히는 좀팽이를 가르치지는 않을 것이며, 지식은 시험지 위에 쓰는 정답이 아니라 거리에 찍힌 발자국에서 얻는 거라고 말하곤 했다. 정보기관에 잡혀갈 각오를 하지 않으면 함부로 입 밖에 내뱉지 못할 위험한 말이었다. 그의 말 때문인지 몰라도 태주는 2학기에 접어들면서 독서회를 들락거렸고, 몇 차례 시위에 참여했으며, 한두 차례 격정적인 즉흥 연설도 했다. 남자는 다음 질문으로 넘어갔다.

"시위 현장에서 체포된 기록이 있더군. 그렇게 어렵게 대학에 가서 고작 한 일이 데모였소?"

"몇 차례 시위에 참여했지만 대학 생활은 연극이 전부였습니다. 한순간도 연극을 생각하지 않은 적이 없었죠."

남자는 그렇게 말할 줄 알았다는 듯 고개를 끄덕였다.

"연극은, 자기가 아닌 다른 사람 흉내나 내는 거짓 인생은 그나마 당신이 제일 잘하는 일이지. 그렇지 않소?"

"그렇습니다. 전 거리로 뛰쳐나갈 때도 셰익스피어 희곡집을 손에서 놓지 않았고 총장실 점거 중에도 영어 희곡을 읽었습니다. 무대는 부정한 세계의 유일한 성소였고 연극은 세상을 정화할 유효한 수단이었으니까요."

연극에 대해 말하는 태주의 목소리는 고해성사 같았다. 방 안의 조도는 일정 시간을 주기로 세심하게 조절되고 있었다. 남자의 실루엣이 보였지만 그의 얼굴과 표정은 여전히 보이지 않았다. 마치 그림자와 대화를 나누는 것 같았다. 그때 탁자 위의 빛 속으로 네모난 노란 포장지를 든 손이 다가왔다.

"긴장 좀 풀어요. 담배보다는 껌이 나을 거요."

그가 아니라 손이 말하는 것 같았다. 태주는 눈치를 살피며 은박지를 벗기고 입안에 껌을 넣었다. 강렬한 향기와 단내에 안도감이 느껴졌다. 의도적인 친밀감을 드러내지도, 강압적으로 공포를 조장하지도 않았지만 태주는 그의 유창한 언변과 너그러운 태도가 은근히 부러웠다.

구금된 지 사흘째 되던 날부터 태주는 자신을 주목하는 동료들의 시선이 싸늘하게 식어가는 것을 느꼈다. 좁은 방 안에서 서로의 땀 냄새와 역겨운 똥통 냄새를 함께 맡고 있지만, 그들은 태주가 자신들과 다른 어떤 입장에 있으며 특별 대우를 받는다고 생각하는 것 같았다. 그들의 의구심은 충분히 이해할 만한 것이었다. 심문을 받으러 갔던 감방 동료들이 거의 혼이 나간 몰골로 돌아왔기 때문이다. 이마에 달라붙은 그들의 젖은 머리카락은 심문실에서 당한 강요와 협박, 추궁과 신체적 가해를 짐작하게 했다. 그러나 감방으로 돌아오는 태주의 모습은 기진맥진한 그들의 몰골과 확연히 달랐다. 그의 표정과 몸 어디에서도 심문실에서 당했을 법한 강요와 협박, 추궁의 흔적을 찾아볼 수 없었다.

그들은 태주의 심문이 심야보다는 주로 낮 동안 이루어지는 점, 다른 배우들은 물론 극단주와 별도로 진행된다는 점, 심문을 마치고 돌아올 때 머리카락이 젖어 있지 않다는 점, 몸에서 껌 향기를 풍긴다는 점에 주목했다. 결론은 명확했다. 조사관들은 그의 머리카락 한 올도 건드리지 않았다. 독사 같은 인간들이 아무 대가 없이 그랬을 리 없다고 그들은 확신했다. 게다가 태주는 이 모든 고난을 부른 〈줄리어스 시저〉를 기획한 주모자였고, 공연을 추진하고 연출한 장본인이었다. 그들은 태주를 더 이상 동료가 아니라 모든 참극을 부른 원흉, 자신들을 팔아먹은 가롯 유다로 여겼다. 박주호는 그의 작품을 받아들인 자기 머리를 쥐어뜯었고, 박희도는 무대 위에서 '독재'라는 단어를 내뱉은 자기 혀를 저주하며 태주가 들을 수 있게 소리쳤다.

"몽둥이질을 하든 고춧물을 먹이든 책임질 사람이 따로 있는데 왜 아무것도 모르는 배우 나부랭이를 조져대냐고!"

그의 하소연은 태주가 들어도 이해할 만했다.

심문은 매일 계속되었다. 심문 도중 태주는 언제 〈줄리어스 시저〉의 불온성이나 브루터스의 대사에 관한 질문이 나올지 궁금했다. 그는 연극의 순수성이나 대사의 적확성에 대한 나름의 방어 논리를 가다듬었다. 심복에게 죽음을 당한 시저가 현실을 은유한 것이 아니냐는 추궁이나 '독재'를 들먹인 대사의 선동성에 대한 반박 논리도 준비했다. 그러나 며칠간 이어진 심문에서 〈줄리어스 시저〉에 대한 질문은 없었다. 남자는 태주의 일상이나 연극계 소식, 극단들의 사정이나 여배우들의 사생활 같은 시시껄렁한 질문을 던질 뿐이었다. 자신이 대학에서 문학을 공부했다는 둥, 어설픈 습작 대본 몇 편이 있다는 둥 관심없는 개인사를 늘어놓기도 했다. 어떻게 보면 〈줄리어스 시저〉라는 화제를 피하려고 기를 쓰는 사람 같았다. 핵심을 벗어나 주변을 빙빙 도는 질문이나 실마리를 찾지 못하는 대화 방식은 주변을 건드려서 핵심을 포착하려는 술수일 수 있었다. 아니면 태주의 실수를 유도해 벌어진 틈을 파고들려는 의도일지도 몰랐다. 어느 쪽이든 그의 심문 방식은 낯설고 이상했다. 태주는 그가 무엇을 알고 싶은지, 누구를 쫓고 있는지 궁금했다.

심문 마지막 날, 그들은 일전에 공연된 〈단톤의 죽음〉에 대해 의견을 나누었다. 뷔히너가 당통을 혁명 지도자가 아닌 단두대로 가는 몰락자로 그린 이유가 혁명의 총체적 죽음을 은유한 것이라는 남자의 의견에 태주는 동의했다. 그는 또 신념이 약한 회의주의자들의 비극을 다룬다는 면에서 〈줄리어스 시저〉와 〈단톤의 죽음〉이 상당한 유사점을 보인다고 주장했다. 끊임없이 시저 살해를 갈등하다 전쟁터에서 죽어가는 브루터스나, 집요하게 혁명을 회의하다 향락에 빠진 당통의 죽음에 대한 남자의 견해는 브루터스와 당통을 빗대어 태주를 조소하는 것 같았다.

그들은 심문이라기보다 세미나가 끝난 후에도 남아서 논쟁을 계속하는 대학생들처럼 대화를 이어나갔다. 갑자기 두꺼운 벽 너머에서 누군가가 지르는 비명 소리가 들려왔다. 그것이 자신이 팔아먹은 동료의 것일지도 모른다는 생각에 태주는 형벌을 받는 기분이었다. 심문이 끝나갈 무렵 남자는 여느 때처럼 태주에게 껌 하나를 건넸다. 그리고 어둠 속에서 몸을 일으키며 그가 내일 아침 방면될 거라고 말했다. 마치 '고도가 오늘은 못 오지만 내일은 꼭 온다'는 전갈을 전하는 전령 같은 목소리였다. 태주는 자신이 에스트라공인지 블라디미르인지 알 수 없었다.

태주는 15일 만에 방면되었다. 단역들과 스태프들은 태주와 거의 같은 시점에 방면되었지만 극단주 박주호는 구속을 피하지 못했다. 사무실을 빌려 극단으로 위장하고 여배우들을 고용해 매춘을 강요했다는 것이었다. 브루터스 박희도는 곧 풀려났으나 그의 아내에게 간통죄로 고소당해 다시 구금되었다. 구속 후 재판에 넘겨진 박주호는 매춘금지법 위반죄로 징역 1년 형을 선고받았다. 연극계 인사들의 탄원서가 쇄도했지만 집행유예를 기대할 수는 없었다. 그들의 죄목은 국가보안법이나 사회안전법 위반이 아니라 매춘금지법과 간통죄였다. 그들은 양심에 근거한 사상범이 아닌 파렴치범으로 전락했다. 셰익스피어극을 공연했거나 무대에서 '독재'라는 단어를 읊었다고 감옥에 처넣을 수는 없었을 테니까.

〈줄리어스 시저〉 사태를 계기로 연극계에는 다시 살얼음판이 깔렸다. 권력을 희화화한 연극을 준비하던 극단 관계자들은 공연 계획을 접었고, 비참한 서민의 삶을 그린 연극의 주연배우는 도피에 들어갔다. 탈춤과 풍물, 판소리를 접목시킨 전통연희극을 무대에 올린 공연 기획자도 예외 없이 당국의 조사를 받았다. 연극계에는 이 대대적인 강압 조치가 권력층이나 공안 기관의 의지가 아니라 내부 사정에 정통한 누군가의 제보에 의한 것이라는 소문이 퍼졌다. 조직적이고 전격적인 일련의 조치가 정확한 정보에 근거를 두고 있다는 사실에는 의심의 여지가 없었다. 연극계 내부 사정에 정통한 누군가가 정보를 제공한 것이 분명했다. 배신과 밀고가 흔하지는 않았지만 가능성이 아주 없지는 않았다. 상상을 초월하는 육체적 고문과 동시에 정신적 강압과 회유를 버티기는 쉽지 않았다.

사람들은 박주호와 박희도를 배신한 자가 태주라고 믿기 시작했다. 감옥에서 썩고 있는 극단주와 주연배우의 이야기가 나올 때마다 그들은 모든 참사를 촉발시키고도 멀쩡하게 거리를 활보하는 그를 경멸하지 않을 수 없었다. 출구를 찾지 못한 의구심은 막연한 증오로 변했다. 불온한 작품을 선택했고, 문제가 된 대사를 썼고, 공연을 연출한 그에게 비난이 쏟아지는 것은 당연했다. 자신의 의도와 상관없이 태주는 배신자가 되었고 밀고자가 되었다. 받아들이고 싶지 않았지만 받아들이지 않을 방법이 없었다.

생각해보면 그의 체포와 구금, 석방에 이르는 일련의 상황을 명쾌하게 설명할 수 있는 사람은 아무도 없었다. 그 자신조차 마찬가지였다. 가장 쉬운 추측은 그의 공연이 공안 당국의 심기를 건드렸다는 것이었다. 특히 피날레 공연에서 바뀐 대사가 결정적으로 문제를 일으켰을 것이다. 그렇지 않다면 2주 동안 아무 문제도 없었던 공연의 마지막 날에 경찰이 들이닥칠 이유가 어디 있겠는가? 그러나 조사 기간 내내 문제의 대사에 대한 추궁은커녕 비슷한 언급조차 없었다. 풀려나고 꽤 시간이 지난 후에도 그는 자신이 왜 체포되었는지, 누가 자신을 구금했는지, 그들이 자신에게 무슨 짓을 했는지에 대한 생각을 멈출 수 없었다. 더 궁금한 의문은 따로 있었다. 그들이 왜 자신을 느닷없이 풀어주었는가 하는 것이었다. 단순하게 보면 죄가 없기 때문이겠지만 그것만으로는 설명이 되지 않았다. 애초부터 혐의라 할 만한 것이 명확하지 않았고 숫제 존재하지 않았기 때문이었다. 그것이 그가 생각할 수 있는 한계였는데 사실 거의 없다고 하는 편이 옳았다. 그는 자신에게 일어난 일을 이해할 수도, 설명할 수도 없었다.

마치 다른 별에 다녀온 기분이었다. 보름 동안 지구의 시간이 무한히 빨리 흘러 다른 세상이 되어 있는 것 같았다. 알던 사람들은 사라졌고, 사라지지 않은 사람들은 그를 기억하지 못하거나 기억하지 않았다. 그는 타인이 아닌 스스로에게 소외되고 세계가 아닌 자신으로부터 추방된 신세였다. 그는 고아처럼 자신을 불쌍히 여기며 걸었다. 햇살에 달아오른 광장에서 모이를 쪼던 비둘기들이 떼 지어 날아올랐다. 사람들은 성난 얼굴로 걸어갔고, 젊은이들은 공허한 눈빛으로 앞을 응시했다. 적색 벽돌 건물 그늘 아래 예닐곱 명의 남자들이 칼레의 시민들처럼 구부정한 등과 비극적인 표정으로 두런거렸다.

그는 공원 중앙 나무 벤치에 앉아 신문을 펼쳤다. 1면 톱기사로 대통령의 정상 외교가 큰 성과를 거두었다는 주먹만 한 헤드라인이 두 눈을 사로잡았다. 경제면에는 현 정부가 안전, 성장, 국제수지 흑자라는 세 마리 토끼를 한꺼번에 잡는 성과를 거두고 있다는 기사가 있었다. 사회면에는 젊은이들의 폭력 시위가 도를 넘었지만 대다수의 시민들은 생업에 열중하고 있다고 적혀져 있었다. 겉으로 보기에 이 세상에는 어떤 문제도 없는 듯했다. 그러나 보이지 않는 곳에서 모두가 분노하고 있었다. 지식인들뿐 아니라 노동자들, 상인들, 직장인들. 더 많은 돈을 벌지 못하고 자신들이 사는 사회가 공정하지 않다고 분노했지만 그들은 그 분노를 어떻게 표출해야 할지 몰랐다. 그는 햇살에 시큰해진 눈을 비비며 신문을 접어 벤치 위에 던졌다.

2시가 가까워오자 지나가는 사람들의 발자국이 눈에 띄게 빨라졌다. 가게마다 누가 시킨 것처럼 종업원들이 나와 셔터를 내렸다. 어디선가 구호와 함성 소리가 가까워지더니 공원 반대편 골목에서 한 무리의 학생들이 달려 나왔다. 시내 곳곳에서 산발적으로 이어지던 기습 가두시위였다. 30여 명 가량의 학생들이 무리 지어 공원을 돌더니 구호를 제창하고 유인물을 뿌렸다. 길 건너편에서 기다렸다는 듯이 사이렌 소리가 났고, 어디서 나타났는지 방패를 앞세운 기동대가 광장으로 달려왔다. 폭음과 함께 최루탄이 터지고 매캐한 연기가 퍼졌다. 흰 셔츠 차림의 학생들은 새떼처럼 골목 사이로 흩어졌다. 광장에서 모이를 쪼던 비둘기 떼가 녹슨 동전을 뿌린 듯 처마 사이로 날아올랐다. 태주는 엉덩이에 깔고 있던 신문을 말아 쥐고 가까운 골목으로 뛰어들었다.

좁고 구불구불한 골목 안에는 기와지붕의 처마가 이어졌고 모자나 스카프 같은 잡화를 파는 작은 가게와 낡은 세탁소가 늘어서 있었다. 벽돌담 너머로 자라나온 덩굴장미와 담쟁이덩굴이 바람에 서걱거렸다. 키 낮은 전신주와 낮은 담벼락에 붙은 연극 포스터들이 바람에 찢겨 너덜거리고 있었다. 〈리어 왕〉 〈밤으로의 긴 여로〉 〈에쿠우스〉 〈병신춤〉 〈어둠의 자식들〉 〈칠수와 만수〉 〈북회귀선〉 〈욕망이라는 이름의 전차〉 〈이제 불을 끌게요〉…….

전통극과 번역극, 사회극과 심리극, 정치극과 누드 연극이 뒤죽박죽으로 섞인 포스터들은 곧 시위가 잦아들 것이고, 최루가스가 날아갈 것이며, 거리가 다시 활기를 찾을 거라는 위안을 전해주었다. 그렇다. 어떤 독재자도 8시가 되면 극장의 막이 오르는 것을 막지 못할 것이다. 태주는 자신이 마치 오래된 애인에게 진저리가 나면서도 막상 헤어지지 못하는 우유부단한 남자처럼 느껴졌다. 연극을 사랑하는 동시에 연극에 넌덜머리가 났다. 고작 90분, 길어야 두 시간 남짓 동안 겨우 50평방미터의 어두컴한 공간에서 인생과 사랑을, 존재와 운명을 나불댄다는 게 우스웠다. 그것이 가당하기나 한 일일까? 그는 까끌까끌한 수염을 손바닥으로 쓸며 고개를 가로저었다.

그 순간 찌를 듯 뒷목에 꽂히는 누군가의 시선에 태주의 발걸음은 얼어붙었다. 보안분실에서 방면된 후, 그는 미행당하고 있다는 불안을 떨치지 못하고 있었다. 무심코 뒤를 돌아보았을 때 수상쩍게 서성거리는 남자를 실제로 본 적도 있었다. 그는 바짝 긴장한 표정으로 주위를 살폈다. 골목 안에는 아무도 없었다. 한참 후에야 그는 자신을 응시하는 강렬한 시선의 정체를 알아차렸다. 벽돌담에 붙어 있는 포스터 속 여인이었다. 집배원 모자를 삐딱하게 쓰고 항공우편 봉투를 들어 보이는 그녀의 시선은 그가 아니라 그의 어깨 너머에 있는 허공을 응시하고 있었다. 그 시선이 너무도 구체적이어서 그는 반사적으로 자신의 어깨 너머를 돌아볼 뻔했다. 그녀의 가슴 부위에 크고 붉은 글씨가 박혀 있었다.

〈그녀의 우편배달부〉.

잭 니콜슨과 제시카 랭이 출연한 〈포스트맨은 벨을 두 번 울린다〉에서 따온 것이 분명한 제목은 시대 흐름에 발맞춰 봇물처럼 쏟아지는 에로티시즘 연극의 아류작임을 대놓고 자백하고 있었다. 여기저기서 따다 붙인 듯 뚝뚝 끊어지는 이야기, 맥락 없는 대사, 적당히 어두침침한 조명, 시도 때도 없이 끈적이는 음악, 무대 위에서 하나씩 옷을 벗어 던지는 여배우들…….

'격정적 에로티시즘과 포스트모더니즘이 무대에서 충돌한다!!!'

세 개의 느낌표가 연극이 아니라 벗은 여자의 몸을 보기를 원하는 남자 관객들의 관음증을 노골적으로 겨냥하고 있었다. 촌스러운 홍보 문구였지만 포스터 속 그녀는 제시카 랭을 연상시키기에 충분했다. 커다란 집배원 모자 아래 삐친 머리카락은 소년 같은 장난기를 풍겼고 미소와 보조개는 너절한 삼류극에 생기를 부여했다. 당신이 누구든 이곳이 어디든 상관없어. 무슨 일이든 어떤 말이든 난 내가 원하는 걸 할 테니까. 이중창처럼 비밀스러운 쌍꺼풀 아래 눈빛은 그렇게 외치는 것만 같았다. 태주는 언젠가 그녀를 본 적이 있는 것 같은 생각이 들었지만 그게 어디서였는지는 기억나지 않았다. 포스터 아래쪽에 작은 글자들이 보였다.

5월 17일~5월 31일까지. 대학로 파랑소극장. 평일 오후 8시. 공휴일 3시, 7시.

태주는 연극이라는 예술형식이 가진 배타성을 사랑했다. 특정한 시간과 공간의 교차점에서 특정한 인물들에게만 공유되는 한 회 한 회의 공연에는 유일성이 있었다. 전원 버튼만 누르면 언제든 따따부따 떠벌리는 TV 드라마나 극장마다 몇 차례씩 틀어대는 영화와는 달랐다. 수백 년 동안 수천수만 번 공연되었을지라도 오직 그 시간과 장소에서만 만날 수 있는, 이전에도 없었고 이후에도 없을 독자적인 언어와 몸짓. 그는 사라진 화석을 찾는 고고학자처럼 오래전에 잊힌 신화들을, 왕들과 공주들을, 기사들과 어릿광대들을 사랑하지 않을 수 없었다.

오늘 오후 7시, 그녀는 무대에 오를 것이다.

〈그녀의 우편배달부〉는 선정적 연애극에다 젊은 관객들이 선호하는 사회극을 어설프게 접목시킨 작품이었다. 도피 중인 운동권 대학생을 숨겨주게 된 여공의 불안한 사랑과 그 학생의 애인을 향한 여공의 질투를 시종 자극적으로 그리고 있었다. 대학생과 여공, 대학생의 애인, 두 명의 형사가 등장한 연극은 대학생이 체포당하는 것으로 끝났다. 우편배달부는 아예 나오지도 않았다.

태주는 연극이 진행되는 내내 등장인물이나 무대장치 같은 연극적 요소보다 여공 역을 맡은 배우에게 더 주목했다. 작품 중반부에서 그녀는 운동권 애인을 찾아온 형사에게 "당신이 뭐라 하건 나는 믿지 않아요. 난 내가 믿고 싶은 걸 믿으니까요"라고 말했고, 그는 "아가씨, 당돌하군. 진실을 말하는 수사관을 못 믿겠다면 누구 말을 믿겠다는 거야?"라고 윽박질렀다. 그러자 그녀는 "난 내가 믿는 것이 진실이기를 바랄 뿐이에요"라고 대꾸했다. 겉멋 들린 현학적 대사였지만 귓가에 속삭이는 것처럼 친밀하게 느껴졌다.

극본에 따라 재킷과 셔츠를 벗어 던지고 브래지어를 끄르는 그녀의 연기는 어딘지 모르게 어설펐고, 허술한 무대와 결합해 총체적 마찰을 빚었다. 하지만 그럴수록 관객들은 연극에 집중했다. 무대 위에서 발음되고 의미화되는 그녀의 언어는 희곡에 의존한 언어적 발화가 아닌 자신의 생명력에 근거한 육체적 발화였다. 그녀는 자신의 몸으로써 너절한 대사와 자신이 연기하는 인물의 작위성을 조소했고 연출가의 멍청한 의도를 비웃었다. 의도했든 하지 않았든 무대 위의 그녀는 언어를 믿지 않고 연극에 반대하는 것처럼 보였다.

심각한 기술적 결함에도 몰입을 이끌어낸다는 점에서 그녀의 연기는 인상적이었다. 어두운 배경에 떠오른 렘브란트의 자화상처럼 허름한 무대와 대비를 이룬 그녀는 아름답다기보다 고개를 갸웃거리게 했다. 그녀는 뛰어난 미모를 지녔다기보다 자신의 외모에 광채를 부여하는 재능이 있는 것 같았다. 그 아름다움에는 언제라도 사라져버릴 것 같은 불안이 깃들어 있었다. 그것은 아름다움이 축복이 아니라 저주라는 사실 그리고 아름다움이 영원할 수 없다는 가혹한 사실의 표식처럼 느껴졌다.

그녀가 옷가지를 하나씩 벗어 던질 때마다 객석에서는 신음에 가까운 탄성이 터져 나왔다. 그들의 말초적 호기심에는 단순히 음란함이라고 치부하기에 부족한 뭔가가 있었다. 당대의 예술이 바로 그 시대의 인간을 반영한다고 하면, 천박함과 저속함으로의 끌림이야말로 오늘날 우리의 삶이 낡고 마모되고 엉망진창이라는 사실에 대한 움직일 수 없는 증거가 아닐까?

연극 자체의 흡인력 때문인지 그녀의 연기 덕인지, 아니면 그녀라는 존재 자체 때문인지 확실치 않았지만 매회 만석이라는 제작자의 목표는 보기 좋게 성공했다. 입장 수익도 짭짤할 터였다. 그러나 태주는 이러한 상업적 성공에도 불구하고, 아니 바로 그 때문에 그 연극이 실패했다고 판단했다. 그는 그 점에 대한 그녀의 생각을 듣고 싶어졌다.

분장실은 무대 뒤에 있는 좁은 복도 끝에 있었다. 문 앞에 수북이 쌓인 배달 음식 쟁반들 사이에 빈 소주병 두어 개가 쓰러져 있었다. 열린 문 안으로 들어서자 가운데에 흰 가림막이 쳐져 있었다. 양쪽으로 나누어진 실내 공간의 오른쪽을 남자 배우들이, 왼쪽을 여자 배우들이 쓰고 있었다. 여자 분장실 가림막을 젖히자 실내에 담배 연기가 가득했다. 휴지 조각과 버려진 소품들이 지저분하게 나뒹굴고 벽 여기저기에 담배를 비벼 끈 자국이 있었다. 구석 탁자의 먹다 남은 음료수병 안에 수북이 담긴 담배꽁초에서 비릿하고 시큼한 냄새가 났다. 태주는 무대의상과 소품들의 난장판을 헤치며 그녀에게로 나아갔다.

그녀는 오른손 검지와 중지에 담배를 끼운 채 클렌징크림으로 분장을 지우고 있었다. 그녀는 귓속말로 어떤 남자가 찾아왔다고 전하는 스태프에게 고개를 까딱했다. 화장대 불빛이 머릿결을 따라 반들거리며 흘러내렸다. 반쯤 닦아낸 눈 화장 아래 맨얼굴이 드러났다. 태주가 눈인사를 건네자 그녀는 뒤를 돌아보지 않은 채 거울 정면에 비친 태주를 향해 고개를 까딱했다. 자신이 온실 속의 화초가 아니라고 소리치는 듯한 오만함, 누구든 굴복시키겠다는 자신만만함이 엿보였다.

그가 만나온 여자들은 그렇지 않았다. 그들은 예쁘거나 상냥하거나 지적이었지만 그를 수눅 늘게 하지는 못했다. 그는 지금껏 첫눈에 반한다는 말이 거짓말이거나 성적 욕망을 해결하기 위해 어떻게 한번 해보려는 수컷들의 안달에 불과하다고 믿었다. 그렇다고 그가 여자를 돌같이 보거나 낯을 가리는 숙맥은 아니었다. 대학 시절부터 그는 몇 차례의 짧은 연애를 했고 그중에는 졸업 후까지 이어진 관계도 있었다. 그러나 대부분의 여자들, 그가 경험했던 모든 여자들은 하나같이 그를 견디지 못했다. 그 자신이 견디지 못한 경우도 있었다. 그는 사랑이 어떤 경로를 통해서든 마침내 파국에 이르고 마는 인생을 닮은 단거리경주 같다고 생각했다. 돈을 따겠다는 일념으로 집문서를 챙겨온 농사꾼과 사기도박꾼의 노름판같이, 불공정할 뿐 아니라 부도덕하기까지 한 게임. 사랑은 스스로를 속이는 속임수에 불과했고 그는 그런 감정적 소모전에 휘둘리고 싶지 않았다.

자신을 연출가로 소개하려던 태주는 연극 평론가라고 말을 바꾸었다. 〈줄리어스 시저〉 사건의 굴욕이 떠올랐기 때문이었다. 거짓말은 아니었다. 수년 전부터 그는 공연 전문지 〈무대와 객석〉에 관극 리뷰를 정기적으로 기고해왔으니까. 사회 비판적 관점이나 단순 감상평을 벗어나 미학적 관점으로 접근한 그의 리뷰는 연극인들은 물론 일반 독자들의 눈길까지 끌었다. 간단한 인터뷰 요청에 그녀는 피우던 담배의 마지막 연기 한 모금을 내뱉었다. 그는 극장 건물 1층 카페에서 기다리겠다는 말을 남기고 돌아섰다. 그녀는 들은 척도 않고 수건을 터번처럼 머리에 두르며 세면장으로 향했다.

'데지레'는 낮에는 커피와 음료를 팔고 오후 8시 이후에는 위스키나 칵테일을 파는 카페 겸 주점이었다. 늦은 밤에는 으레 연극인들의 술판이 벌어졌다. 담배 연기가 자욱한 실내에서 공연을 끝낸 배우와 스태프들이 몰려와 목소리를 높였다. 한 테이블의 음성이 커지면 모든 테이블에서 목소리를 높였고 순식간에 실내가 왁자지껄해졌다. 천진한 웃음소리, 호기로운 고함 소리, 씨발, 개새끼들 같은 상소리, 잔들이 공중에서 부딪치는 소리……. 맥주에 찌든 카펫에서 퀴퀴한 냄새가 났고, 주방의 낡은 냉장고에서 징징거리는 소음이 간헐적으로 들려왔다. 가끔 지인들의 연극에 조연으로 출연하기도 하는 꽁지머리에 배불뚝이 카페 주인은 단골들과 거친 농담을 주고받으며 바쁜 손놀림으로 생맥주를 따랐다. 태주는 구석 테이블에 앉아 생맥주 한 잔을 시키고 창밖에 지나가는 사람들을 지켜보았다.

얼마나 시간이 지났을까? 목청을 높이던 남자들이 갑자기 말을 멈추더니 시선을 허공의 한 점에 고정시켰다. 갑자기 실내의 공기가 팽팽하게 부풀어 오르는가 싶더니 시간이 멈춘 듯한 느낌이 들었다. 2초가량의 짧은 정적이 영원처럼 아득하게 느껴졌다. 그러다 새 공기가 들어차듯 자세를 바꾸어 앉느라 삐걱거리는 의자 소리가 났다. 그러고는 나직한 웅성거림이 이어졌다. 낯설고 불안정한 공기의 흐름이 그에게 알지 못할 긴장감을 유발시켰다. 어느새 다가왔는지 테이블 옆에 그녀가 서 있었다. 분장을 지운 맨얼굴에서 무대 위의 그녀가 보여주었던 존재감은 흔적조차 찾을 수 없었다. 숱 많은 앞머리, 헐렁한 티셔츠와 청바지 차림의 그녀는 소녀 같은 인상을 풍겼다. 야릇한 미소가 '난 세상을 알아. 당신은 연극에 기생하는 형편없는 불한당에 불과해'라고 말하는 것 같았다.

그녀는 어깨에 메고 있던 캔버스 가방을 던지듯 옆자리에 내려놓고 앉았다. 태주는 분위기를 자연스럽게 이끌 갖가지 화제를 떠올렸다. 그녀가 왜 싸구려 누드 연극에 출연하게 되었는지, 출연료는 얼마나 받는지, 자신의 글이 삼류 여배우에 불과한 그녀에게 얼마나 도움이 될지……. 그러나 어색함을 없애기는커녕 무례하게 받아들여질 것이 분명한 화제가 느닷없이 튀어나왔다. 예술과 외설 논쟁이 일 때마다 어김없이 등장하는 '세계의 기원(L'Origine du Monde)'에 대해 태주는 얘기하기 시작했다.

"쿠르베는 여성의 음모와 성기를 정면으로 사진 찍듯 정확하게 그렸어요. 그럼으로써 모델의 몸을 틀거나 간접적으로 그리던 당시 누드화의 위선을 비웃었죠. 그가 후레자식이라서 어머니의 음부를 그토록 적나라하게 그렸을까요?"

처음 만난 여자에게는 부적절하고 무례한 화제였다. 그는 당장 멈추어야 한다고 생각하면서도 튀어나오는 말을 그칠 수도 주워 담을 수도 없었다. 잘못을 감추려고 변명을 늘어놓다 더 많은 잘못을 발설하는 아이처럼 그는 말했다.

"그는 미화하지도 비하하지도 않았어요. 여성의 성기가 아닌, 존재의 진실을 탐구했던 거죠."

그는 무대에서 옷을 벗은 그녀의 모습에서 같은 진실을 보았다고 덧붙일지 망설였다. 그녀는 주눅 들거나 아부하는 기색이 없었다. 태주가 자신의 삶에 어떤 의미도 없다는 듯 무심했다.

"내가 대단한 일을 했거나 아니면 아주 나쁜 일을 한 것처럼 들리네요?"

그녀의 사무적인 말투는 현학적인 태주의 태도를 조롱하는 것처럼 들렸다. 태주는 자신도 모르게 말을 더듬었다.

"그, 그냥…… 인상적이란 얘깁니다. 나쁜 일은 아니지만 그래도 모르는 남자들 앞에서 아무나 옷을 훌렁훌렁 벗지는 않죠."

"그렇다고 대단한 일도 아니죠. 난 그냥…… 길을 잃고 싶었어요. 그래야 구원받을 테니까요."

그녀는 소꿉장난하는 아이처럼 위스키잔에 담긴 얼음을 만지작거리며 소년처럼 웃었다. 이후 그녀는 열두 살 되던 해 크리스마스 날 밤 성극에서 마리아 역을 맡았던 얘기며, 2년 전 서울로 올라와 극단 허드렛일을 하다 어찌어찌 맡았던 작은 역할들—술집 여자 1, 창녀 2, 술 취한 여자같이 대사 한 줄 없이 몸으로 때우는, 있으나 없으나 한 역할—에 관한 이야기를 조잘거렸다. 상대에게 운명적인 인상을 주려고 연극에의 열망을 자신의 어린 시절과 결합시킨, 악의 없는 의도였겠지만 그녀의 이야기들은 약간 과장되거나 꾸며진 느낌을 주었다.

"그래도 시작은 괜찮았던 셈이죠? 인류 역사에서 최고로 성스러운 여인 역할이었으니까."

그녀는 자신의 아름다움에 코웃음이라도 치듯 태연자약했다. 화장기 없이 립스틱만 바른 입술 사이로 하얀 이가 도드라졌다. 평범했기에 더욱 마음을 끄는 그녀의 미색이 금방 스러질 것처럼 덧없이 느껴졌다. 그녀에게는 과거나 미래 같은 시간개념이 존재하지 않는 것처럼 보였다. 어제까지만 해도 존재를 몰랐던 피조물이 지금 눈앞에 있다는 사실이 그는 믿기지 않았다.

이틀 후, 그는 원고지 12장 분량의 원고를 들고 〈무대와 객석〉 편집실을 찾았다.

편집장 장일호는 보라색 나비넥타이를 맨 불그데데한 목덜미로 태주를 반겼다. 장일호는 100킬로그램에 육박하는 거구에 어울리지 않는 식견의 소유자였다. '풍부한 정보와 내실 있는 비평'이라는 편집 방침을 고수해온 그는 자신이 동의하든 그렇지 않든 태주의 진지한 관점과 논점을 제시하는 솜씨를 높이 샀다. 〈그녀의 우편배달부〉에 대한 리뷰는 작품에 대한 감상평이라기보다는 그녀라는 인간 자체에 대한 탐방기라 할 만했다. 태주는 자신의 리뷰가 채택될지 확신할 수 없었다. 정기적으로 기고해오던 고정 칼럼은 〈줄리어스 시저〉 사건 이후 중단된 상태였고, 〈무대와 객석〉의 권위를 감안할 때 싸구려 벗기기 연극에 관한 글은 적절치 않았다. 다행히도 원고를 검토한 장일호는 삼류극에 정색하고 덤비는 태주의 안목과 배우에 대한 시각에 흥미를 보였다.

일주일 후 발간된 〈무대와 객석〉 최신호에는 "〈그녀의 우편배달부〉는 '성공한' 실패작이다."라는 문장으로 시작되는 리뷰가 게재되었다. 허술한 대본과 안일한 연출, 미숙하거나 타성적인 배우들과 조악한 무대, 천박한 상업성에 대한 비판 뒤에 다음 문장들이 이어졌다.

> 그 모든 엉망진창 속에서 유독 주연배우 김진아가 눈길을 끌었다. 그녀의 연기에 상찬을 늘어놓으려는 것은 아니다. 그녀의 연기는 서투르다 못해 재앙에 가까웠으니까. 그러나 눈 밝은 관객들은 그녀가 발산하는 낯선 감수성을 알아차릴 것이다. 그녀의 대사에는 의미가 배제된 독자적 운율이 있었고, 설득력 있는 몸짓은 선정성을 불식시켰다. 그녀는 노래와 춤, 팬터마임과 가부키의 양식을 자기식으로 소화해 사랑과 질투, 조바심과 공포, 유혹과 파멸의 스펙터클을 구현했다. 무언가를 설명하기보다 어떤 감정을 불러일으킴으로써 설득력을 확보한 연기였다. 그녀의 존재감은 연극이 엉망진창이었기 때문에 오히려 더욱 돋보였다…….

이어진 리뷰는 다음과 같은 문장으로 마무리되었다.

> 연극에서 눈길을 끈 유일한 요소는 여주인공이었다. 그러나 연극은 그녀 때문에 실패했다. 그녀는 충분히 매력적이었으므로 이질적이었다. 충분히 뛰어났으므로 불안했다. 그녀는 빈약한 줄거리를 잊게 했고, 천박한 노출에 설득력

을 부여했으며, 허황된 대사를 견디게 했지만 그 때문에 연극에 녹아들지 못했다. 그녀는 작중인물이 아닌 현실의 자신을 연기했던 것이다.

진아는 칼럼에 묘사된 배우의 면면이 자신의 실체와 상관없다고 생각했지만 그의 글은 무척 마음에 들었다. 리뷰를 읽은 그녀가 받은 첫인상은 그 칼럼니스트가 진지한 남자일 거라는 점이었다. 〈무대와 객석〉이 발매된 목요일 저녁, 한 카페에서 태주와 마주 앉은 그녀는 그 점에 대해 말했다. 태주는 진지하다는 말이 생각이 진중하고 깊이 있다는 찬사인지, 아니면 글이 딱딱하고 재미없다는 힐난인지 한참 생각한 후 진아에게 대꾸했다.

"쓰는 사람이 진지해야 읽는 사람도 진지하게 받아들이니까요."

도피 중인 독립군처럼 조심스러운 태주의 변명에 그녀는 물러서지 않았다.

"당신은 진지해도 너무 진지해요."

창밖의 가로등 불빛이 그녀의 목걸이에 맺혔다가 반짝이며 흘러내렸다. 진아는 태주의 반듯한 이마와 두개골 윤곽을 살피며 그가 날카로우면서도 재치 있고 강경하면서도 섬세한 남자일 거라고 짐작했다. 그가 〈줄리어스 시저〉를 연출했다고 말하자 그녀는 잠시 생각에 빠졌다. 자기가 본 적 있는 연극인지 생각하는 것 같기도 했고, 내용을 되새기는 것 같기도 했다. 생각을 마친 그녀는 '왜 여성 등장인물들을 모두 없애버렸느냐? 당신은 여성혐오주의자냐?'는 질문들을 쏟아냈다. 그는 불장난에 대해 변명을 늘어놓는 소년처럼 떠듬거리며, 권력을 둘러싼 수컷들의 야만성이란 테마를 구현하는 데 시저의 아내 캘퍼니아와 브루터스의 아내 포샤 역할은 중요하지 않았다고 대답했다. 그리고 그 점 때문에 연극이 좋은 평가를 받았다고 덧붙였다.

태주는 만약 그때 그녀를 알았다면 시저의 아내 캘퍼니아를 빼지 않았을 거라고 생각했다. 만약 그때 그녀를 알았다면 연극의 많은 부분은 달라졌을 것이었다. 한편 진아는 그가 말하는 내용이 아니라 방식에 흥미를 느꼈다. 작고 보잘것없는 것에 대해 그토록 진지한 태도로 말하는 남자를 그녀는 본 적이 없었다. 그 진지함이 맹목적 주관이라기보다 자부심이나 위엄으로 비쳤다.

밤이 늦었고 사람들이 하나둘 카페를 빠져나갔다. 말간 알전구 빛에 진아의 부드러운 얼굴 윤곽이 드러났다. 그녀의 얼굴에 비친 것이 호기심인지 비웃음인지 그는 알 수 없었다. 다만 그녀의 혀를 깨물고 싶은 충동이 고통스러울 정도의 쾌감으로 온몸에 번질 뿐이었다.

그날 그녀를 바래다주다 골목길에서 서로의 혀를 깨문 그들은 그때부터 삼류 연애극의 주인공이 되었다. 낄낄거리며 거리를 쏘다니고, 카페와 술집에서 말싸움을 벌이고, 어두운 골목에서 끌어안은 채 몸을 비비는 행각이 말도 못하게 즐거웠다. 일요일이면 그들은 좁은 침대에 누워 오전 내내 창밖의 새소리를 함께 들었다. 오후가 되면 거리의 연극 포스터를 꼼꼼하게 살펴봤고, 저녁이면 공습에 대비해 피신하는 전쟁 통의 연인들처럼 세상의 소음을 피해 지하 소극장으로 숨어들었다.

모든 극장은 인간의 체취처럼 각각의 냄새를 지니고 있었다. 석회가 굳어가는 씁쓸한 냄새와 비릿한 이유식 냄새, 싱싱한 송진과 촛농과 흙의 냄새, 분장용 화장품과 담배 연기와 뒤섞인 페인트와 연막의 냄새……. 거기다 배우들의 체취와 관객들의 구취까지 총체적으로 어우러져 다른 어떤 것으로도 대체할 수 없는 고유한 냄새들.

극장의 불이 꺼지면 그들은 어둠 속에서 숨을 죽이고 무대 위 여인들의 숨소리와 표정과 대사와 몸짓에 집중했다. 그리스 신화에서 되살아난 비극적 여주인공 에비, 집 안에 틀어박혀 유리동물만 돌보는 로라, "난 의심받을 짓을 하진 않았어."라고 말하는 데스데모나에게 "의심 많은 사람들에게는 그런 대답이 통하지 않는 법이죠. 이유가 있어서 의심하는 게 아니라, 의심하기 때문에 의심하는 거니까요."라고 대답하는 에밀리아……. 실연당하고 헛된 꿈을 꾸고 살인을 계획하고 죽음을 기다리는 여인들, 불타는 욕망으로 자신을 둘러싼 세계와 충돌하여 부서지기를 두려워하지 않았던 여자들. 그들은 어항 속을 들여다보는 소년들처럼 긴장한 채 무대 위의 일들을 지켜보았다. 삶의 진실을 엿본다는 기대와 만족감이 뒤섞인 낙관적 정서를 통해 태주는 서서히 회복되었다. 그는 이제 이야기를 해야 한다고 생각했다. 그런데 어떤 이야기를?

수많은 연극의 등장인물들 가운데 태주를 가장 사로잡았던 인물은 엘렉트라였다. 아버지의 복수를 위해 어머니를 죽인 비극적 여성 드라마야말로 그가 하고 싶은 이야기이자 잘할 수 있는 이야기였다. 그녀는 결코 엘렉트라에 어울리는 배우가 아니었다. 엘렉트라가 되기 위해 태어난 배우였다. 어디에도 없는 엘렉트라를 진아의 내부에서 불러내겠다는 욕망이 불현듯 그를 사로잡았다.

며칠 후, 그는 한 특급 호텔 양식당에서 그녀를 만났다. 아르누보풍 벽지와 색유리로 장식된 실내에 쇼팽의 녹턴이 흐르고 있었다. 검은 원피스의 길고 가는 곡선 실루엣이 그녀라는 존재에 대한 총체적 의문부호처럼 느껴졌다. 그는 식전 기도를 끝내기도 전에 음식으로 달려드는 성미 급한 소년처럼 살해당한 왕과 버림받은 딸, 후회하지 않는 살인자들과 가련한 여인들의 이야기를 쏟아냈다. 대본 한 줄도 없이 엘렉트라 역을 맡아줄 수 있겠냐고 묻는 그의 목소리가 청혼하는 남자처럼 떨려왔다. 그녀는 오만함이 느껴지는 웃음을 터뜨렸다.

"자기 연극에 나가려면 콩밥 먹을 각오 정돈 해놔야 되는 거 아닌가?"

구속된 브루터스를 끌어다 댄 농담이었다. 태주는 조롱당한 것 같았다. 그의 치욕감은 자신이 아니라 뒤틀린 세상을 향한 것이었다. 이별을 통보받은 남자처럼 그가 난폭하게 소리쳤다.

"당신이 서 있는 그 무대가 당신의 감옥이야! 그 천박한 무대가 당신을, 당신의 재능을, 당신의 육체를 가두고 있는 걸 몰라? 언제까지 당신의 몸을 눈요기로 팔아먹으려 눈알이 뒤집힌 장사치들에게 이용만 당하고 있을 거야?"

그는 얼음을 채운 위스키잔을 입에 털어 넣고 흥분을 가라앉혔다. 그의 난폭함 안에는 그녀에 대한 놀라운 이해가 깃들어 있었다. 진아는 자신의 한마디가 그를 흥분시켰다는 사실에 흥미를 느꼈다. 하지만 그녀는 아무렇지 않은 척하며 되물었다.

"엘렉트라라면 당연히 에우리피데스의 〈엘렉트라〉를 말하는 거겠지?"

그녀는 그 질문으로써 자신이 원하는 엘렉트라의 면모를 명확히 규정했다. 엘렉트라보다 오레스테스에 중점을 둔 아이스킬로스나 오레스테스에게 복수를 추동하는 소극적 역할로 엘렉트라를 격하시킨 소포클레스보다, 잔혹한 운명과 악한 성격을 엘렉트라에게 부여함으로써 인간적 면모를 이끌어낸 에우리피데스를 선호한 것이었다. 태주는 그녀와 의견이 정확히 일치했다는 사실보다 삼류 에로 배우가 세 작가의 관점을 정확히 이해하고 있다는 사실에 더 놀랐다. 밤늦은 카페에서, 어질러진 침대 위에서, 그녀는 맥락 없는 질문을 던지곤 했다.

"연극이 뭐라고 생각해? 그건 잊힌 것들에 대한 기억이야. 우리가 한때 기억했다는 사실조차 잊어버린 무엇, 우리는 그걸 연극으로 되살리는 거야. 우리가 선하다는 것, 그러면서도 동시에 악하다는 것, 어설픈 행운 같은 걸 기대해선 안 된다는 것, 끝없이 고통당할 거라는 것, 그래도 끈질기게 살아남으리란 것, 그래서 우리가 숭고하면서도 비천하다는 것 말이야. 우리는 그런 우리 자신에 대해 알지 못하거나 잊고 있지 않아? 자긴 그렇다고 생각 안 해?"

연극에 관한 그녀의 견해는 언뜻 그럴듯하게 들리기도 했다. 하지만 자세히 들여다보면 즉흥적인 데다 바람이 잔뜩 들어가 있었다. 연결될 것 같지 않은 조악한 에로극과 유진 오닐의 작품을 섞어 언급하는가 하면, 얼토당토않은 배우의 이름을 예로 들거나 자기만의 엉뚱한 주장을 펼치기도 했다. 연극의 기본 상식조차 모르는 경우도 비일비재했다. 차분하고 끈기 있게 쌓은 지식이라기보다는 어깨너머로 급하게 배웠다는 인상을 받았다.

그럼에도 그녀의 말에는 긴장을 유지시키며, 귀를 기울이고, 시시각각 반응하게 하는 힘이 있었다. 그녀의 견해는 생뚱맞았지만 설득력이 있었다. 논리는 엉성할지라도 동의를 끌어내기에는 부족함이 없었다.

후에 태주는 햇병아리 배우 지망생의 무분별한 연극적 소양을 왜 의심하거나 따져보지 않았는지 자문했다. 그 이유가 그녀라는 신비를 훼손하고 싶지 않았기 때문이라 생각했을 때, 그는 자신이 미소 짓고 있다는 사실을 깨달았고 그 사실이 우스웠다.

3주 후, 그는 30매짜리 극본의 초고 복사본 20부를 만들었다. 제목은 〈엘렉트라의 변명〉이었다. 수천 년 동안 이어져온 에우리피데스의 〈엘렉트라〉를 자신만의 언어로 번역해 재창조한 것이었다. 대본 작업을 마무리한 그는 며칠 후 카페에서 그녀에게 초고를 건넸다. 그녀가 대본을 읽는 동안 그는 이청준을 읽다가, 그녀를 바라보다가, 피우지 않던 담배를 물었다. 그러나 글자는 눈에 들어오지 않았고 담배 연기를 삼킬 수도, 그녀의 얼굴을 제대로 볼 수도 없었다. 마지막 장을 덮은 진아는 눈을 가늘게 뜨고 창밖을 바라보며 말했다.

"난 자기가 진지한 사람인 줄 알았는데 위험한 사람이었어. 꼭 집어서 말할 수는 없지만 이 연극엔 드러나지 않은 무엇이 있는 것 같아."

갑자기 주위의 소음이 뚝 끊겼다. 그는 그 말이 칭찬인지 비난인지 알 수 없다는 생각을 했고 그 생각을 그녀에게 말했다. 그녀는 대답 대신 미소를 지었다. 그가 진지한 사람인지 위험한 사람인지 돌이켜보는 것 같기도, 자신의 말이 칭찬인지 비난인지 곰곰이 따져보는 것 같기도 했다. 주방 냉장고 본체에서 떨어져 나온 부속품이 툭툭대는 소리가 규칙적으로 들려왔다. 세계의 축이 약간 비틀어져 지구가 덜컹거리는 기분이 들었다.

극본을 완성한 그는 복사본 몇 부를 가방에 챙겨 넣고 제작자를 찾아 나섰다. 연극은 끊임없이 배를 채워줘야만 달리는 먹성 좋은 말이었다. 사무실을 제공하고 대관을 결정하고 배우를 캐스팅하고 홍보물을 제작하고 관객들을 유혹할 돈을 댈 누군가가 필요했다. 그는 브리태니커 백과사전 외판원 같은 몰골로 대학로 구석구석을 돌아다녔다. 〈엘렉트라의 변명〉이란 제목을 듣자 극단주들은 고개를 가로저었다. 몇몇 극단주들은 태주에게 노골적으로 극본 수정을 요구했다.

"엘렉트라를 다른 관점으로 해석해보는 건 어때? 가령 에로 버전의 엘렉트라 같은 거 말이야. 엘렉트라와 아가멤논, 클리타임네스트라와 아이기스토스를 사각관계로 엮는 거지. 아니면 아버지를 죽인 어머니의 정부를 유혹하는 구도는?"

천박한 장삿속에 그는 구역질이 치밀었다. 그렇지만 수많은 벗기기 연극들의 틈바구니 속에 놓여질 그리스 고전극이 무모한 프로젝트란 사실을 수긍할 수밖에 없었다. 걸림돌은 또 있었다. 그의 이마에는 아직 '〈줄리어스 시저〉 사건 당사자'란 주홍글씨가 뚜렷하게 새겨져 있었다. 극단주들은 아직도 감옥에 있는 박주호 핑계를 대며 고개를 가로저었다. 더 심각한 문제는 캐스팅이었다. 등장인물란의 엘렉트라 옆에 선명하게 인쇄된 김진아라는 이름을 본 극단주들은 얼굴을 찌푸리며 그녀가 누구인지 물었고, 그녀의 프로필과 출연작을 듣고는 손사래를 쳤다. 그의 재능을 아끼던 몇몇 극단주들마저 삼류 여배우와 사랑놀이에 빠진 그에게 혀를 찼다.

번번이 그는 판매에 실패한 외판원처럼 극단을 나왔다. 그나마 청을 거절한 게 미안했던 한 극단주가 떡이 되도록 소주를 먹이고 바지 주머니에 택시비를 찔러주었다. 집에 도착한 그는 땀에 절은 재킷을 벗고 소파에 널브러졌다. 잠을 청하려고 토마스 만과 포크너를 번갈아 집어 들었지만 책을 펼치자마자 냉담한 거절과 핀잔의 장면들이 차례로 떠올랐다. 입안에서 사금파리처럼 날카로운 말들이 씹혔다. 원망과 증오, 서운함과 불안이 동시에 혹은 교대로 그를 괴롭혔다.

진아는 여행 가방 하나를 들고 그가 기거하는 20평짜리 오피스텔로 옮겨 왔다. 실내는 더웠다. 침대에는 새로 산 시트가 깔려 있었다. 기운 햇살이 서창으로 비쳐들었고, 커튼 너머 날아가는 새의 그림자가 스쳤다. 그녀는 방금 그게 뭐였지 하는 표정을 짓고는 까르르 웃었다. 웃음이 비어져 나올 때마다 탱탱한 고무 같은 배가 꼬물거렸다. 그녀는 땀으로 눅눅한 시트를 걷고 알몸을 스치며 그를 타고 넘어 샤워실로 들어갔다. 화장실에서 샤워기 물소리와 가벼운 콧노래가 흘러나왔다. 태주는 느른한

동작으로 냉장고에서 오렌지 주스를 꺼내 따랐다. 그때, 전화벨이 울렸다. 그는 잠시 전화통을 노려보다 수화기를 들었다. 유들유들한 50대 남자의 걸걸한 목소리가 들려왔다.

"진아 씨? 나 장강재 회장이오. 저번에 만났을 때 얘기들 아주 좋았어요……."

예상치 못한 인물의 예상치 못한 말이었다. 태주는 목소리를 가다듬지 못한 채 그녀가 잠시 자리를 비웠다고 대답했다. 상대는 당황한 듯 잠시 침묵하더니 껄껄 헛웃음을 터뜨리고는 한층 톤을 높여 실례했다고 말하고 전화를 끊었다. 태주는 수화기를 든 채 얼떨떨한 기분에서 빠져나오지 못했다. 장강재라고 했던가? 그는 누구일까? 그녀와 어떤 사이일까? 왜 전화를 했을까? 샤워를 끝낸 그녀가 젖은 머리를 털며 무슨 전화냐고 물었다. 그는 반사적으로 잘못 걸려온 전화라고 말했다. 거짓말을 하려는 의도는 없었지만 결과적으로 거짓말을 한 셈이 되었다. 그는 그런 자신이 한심했다.

늦은 오후, 그들은 거리로 나갔다. 달아오른 광장의 마로니에잎들이 석양 속에서 황금빛으로 부풀어 올랐다. 웃으며 지나가는 사람들의 이마와 어깨에서 꿀처럼 진하게 빛나는 햇살이 흘러내렸다. 그들은 서로의 어깨와 허리를 껴안고 떠들며 콧노래를 불렀다. 그들은 간단한 스낵과 아이스크림을 파는 길가의 노점 앞에서 발을 멈추었다. 하나의 아이스크림콘을 번갈아 핥으며 그들은 웃다가 다투다가 했다. 그때, 길 건너편에서 그들을 골똘히 주시하던 제복 경찰관 두 명이 다가왔다. 키가 크고 희멀건 낯빛의 경관이 그에게 신분증을 요구했다. 주민등록증을 건네자 그는 주민등록증 사진과 태주를 번갈아 확인하며 여기서 뭘 하는지 물었다.

"젊은 남녀가 할 게 뭐가 있겠어요? 데이트나 하지."

그사이에 제복 겨드랑이에 땀자국이 선명한 땅딸보가 그의 가방을 낚아채 샅샅이 살폈다. 그녀의 손가락 사이로 분홍색 아이스크림이 녹아내렸다. 경관은 마뜩잖은 눈빛으로 그녀에게 주민등록증을 돌려주었다.

"아저씨 땜에 아이스크림 다 녹았잖아요!"

진아는 멀어지는 경관들에게 들리도록 소리치고는 까르르 웃었다. 그녀의 웃음은 발작적이었다. 꼭 마음껏 웃는 것이 죄가 되는 시대를 비웃는 것 같았다. 한참 웃던 그녀는 배가 고프다며 그를 생맥주집으로 이끌었다. 실내는 땀 냄새와 싸구려 가죽 냄새, 시큼한 맥주 냄새에 절어 있었다. 달달거리며 돌아가는 낡은 에어컨이 텁텁한 공기를 뿜어냈다. 헐렁한 셔츠에 실밥이 해진 검은 나비넥타이를 맨 종업원이 소시지볶음 한 접시와 생맥주 두 잔을 내왔다.

"장강재 회장이라고 있어. 건설 회사 오너인데, 자기가 만나보면 좋을 텐데."

그는 그 이름을 기억했지만 못 들은 척하며 맥주잔을 들이켰다. 그래야만 했다. 그녀가 손안에 쥐고 있는 새처럼 느껴졌다. 너무 세게 쥐면 숨이 막혀 죽어버릴 것 같고, 힘을 빼면 금방 날아가버릴 듯한 변덕스런 존재. 그래서 그녀가 엉큼한 수작을 거는 제작자를 흉보거나 헤어진 남자들 이야기를 하며 깔깔대도 그는 모른 척했다. 그녀는 잔에 남은 맥주를 할짝거리고 말을 이었다.

"그 사람이 노가다 출신인데 연극에 관심이 어마어마하대. 공사 현장은 쉴 새 없이 돌아가고 인부들은 개미 떼처럼 집을 지으니 돈은 마구 들어오는데, 폼 나게 쓸 데가 없다는 거지."

태주는 말없이 창밖을 내다보았다. 갑자기 하늘이 어둑해지더니 바람의 방향이 바뀌었다. 길가의 나뭇가지들이 이리저리 뒤틀리며 거리의 색

조가 미묘하게 변했다. 눈에 거의 보이지 않을 만큼 가는 빗방울이 하나둘 떨어졌다. 사람들의 발걸음이 빨라지기 시작했다. 잠시 후에는 빗방울이 눈에 보일 정도로 굵어졌다. 사람들은 들고 있던 서류 봉투나 신문지로 머리를 가리고서 종종걸음을 쳤다. 빗방울이 하나둘 유리창에 튀더니 굵은 물줄기가 되어 줄줄 흘렀다. 길 건너편 상점의 간판 불빛이 빗물에 뭉개져 어룽거렸다. 거리에는 지나가는 사람들이 거의 없었다. 나지막한 목소리들과 마일스 데이비스의 연주곡 때문에 실내의 공기는 탁류처럼 빽빽했다. 그는 마지막 카드를 뒤집는 도박사처럼 한참을 망설이던 질문을 그녀에게 던졌다.

"장 회장이라는 사람, 한번 만날 수 있을까?"

태주는 굴욕을 감당할 준비가 충분하지 않았지만 가능성을 놓치기는 더욱 싫었다. 부유하거나 능력 있는 여자들의 등에 올라타 인생을 즐기고 성공을 꿈꾸는 남자들의 이야기를 그는 잘 알았다. 그는 라스티냐크나 톰 리플리 같은 파렴치한이 된 것 같았다.

〈유한건설〉은 다닥다닥 이어진 2, 3층 건물들 사이에 우뚝 솟은 5층짜리 대리석 건물에 있었다. 남쪽을 향해 나 있는 회장실의 무릎 높이 창틀 너머로 한강 자락이 시원하게 펼쳐졌다. 실내장식에 사용된 자재나 마감재에서 건설 회사 특유의 과도한 윤택함이 넘쳤다. 고풍스런 원목 장식장, 각종 양주병과 크리스털 잔, 동물 모형들…….

장강재는 예술에 조예가 깊고 세련된 경영자의 풍모와는 어딘가 어긋나 보였다. 반쯤 벗어진 이마와 두툼한 눈꺼풀, 커다란 콧방울은 다소 위압적인 분위기를 풍겼다. 하지만 너그러운 인상과 묘하게 어울려 순박한 느낌을 주었다. 중간중간 상대를 주시하는 눈빛, 재촉하는 듯한 말투에서 태주는 그의 본모습을 보았다. 한마디로 그는 썩 세련된 사람이 아니었고 상상했던 이미지와도 다른 인물이었다. 그러나 세련된 교양인의 면모를 갖추지 못했다고 해서 그의 돈이 휴지 조각은 아니었다. 지금은 도둑놈의 돈이건 살인자의 돈이건 가릴 처지가 아니었다.

태주가 자리에 앉자 장강재는 연극계의 이런저런 동향과 알만한 여배우들의 근황을 묻는 것으로 인사치레를 했다. 거드름이 배어 있고 장황했지만 악의가 느껴지지는 않는 말투였다. 태주는 얼렁뚱땅 그의 잡담을 자르고 〈엘렉트라의 변명〉 기획서를 건넨 후 설명을 이어나갔다.

장강재는 여주인공으로 김진아를 캐스팅했다는 태주의 말을 의외로 쉽게 수긍했다. 태주의 머릿속에 수십 가지 찜찜한 물음이 동시에 떠올랐다. 이 남자가 그녀를 어떻게 아는지, 그가 그녀를 어떻게 생각하는지, 어느 정도의 관계인지, 그가 그녀의 누드 공연을 보고 그녀에게 접근한 것이 아닌지, 그녀가 자신을 위해 그에게 미리 대가를 지불했는지, 만약 지불했다면 무엇을 지불했는지…….

나무 벽시계가 째깍거리는 소리가 유난히 크게 들렸다. 문득 그것이 협상 상대를 심리적으로 압박하기 위해 이 늙다리가 의도적으로 배치한 소품일지 모른다는 생각이 들었다. 태주가 잠시 말을 흐리는 틈에 장강재가 소파에서 벌떡 일어서며 말했다.

"설명은 그 정도면 됐소. 바쁜 사람들끼리 시간 낭비 같으니까……."

태주는 그가 무슨 말을 하는지 알 수 없어 두 눈을 치켜떴다. 장강재는 느긋하게 말을 이었다.

"연극 투자 의향은 이미 결정된 바요."

"하지만 아직 제 설명을 다 듣지도 않았잖습니까?"

"안 들어도 알 만하오. 난 사업하는 사람이라 협상을 질질 끄는 건 딱

질색이거든."

마주 앉은 태수를 본 척도 하지 않고 장강제는 성큼성큼 맞은편 벽으로 다가갔다. 그리고 유리 장식장에서 시바스 리갈을 꺼내 두 개의 잔에 나누어 따른 후 양손에 들고 돌아와 오른쪽 잔을 태주에게 건넸다. 내키는 대로 하는 행동처럼 보였지만 어딘지 모르게 치밀하게 계산된 것 같기도 했다. 두 개의 크리스털 잔이 맑은 소리를 내며 부딪치고 호박색 액체가 찰랑거렸다. 이로써 투자는 결정되었다. 일이 의외로 쉽게 풀리고 있었다. 처음부터 그렇게 되도록 계획한 것처럼.

태주는 대학로 이면 골목 4층 건물 꼭대기 층에 사무실을 꾸렸다. 극단 이름은 '호메로스'로 정했다. 대표이자 연출가인 태주, 직원이자 배우인 진아, 경리 한 명이 전부인 초미니 극단이었다. 단원 모집과 스태프 간 미팅, 대본 연습과 대관 섭외, 홍보 기획 등 태주는 공연을 위한 모든 업무를 연출 작업과 동시다발적으로 진행했다.

첫 번째 난관은 대본 작업 내내 염려했던 검열이었다. 〈엘렉트라의 변명〉은 이념이나 정치색에서는 자유로웠지만 강간과 모친 살해라는 비윤리성을 안고 있었다. 그는 대사 한마디도 건드릴 수 없으며 자신의 의도대로가 아니면 무대에 올리지 않겠다는 완강한 태도를 고집했다. 대본은 예상대로 '퇴폐' '미풍양속 저해' 사유로 반송되었다.

그는 검열관과 숨바꼭질하듯 표현과 설정의 수위를 완화시켰다. 하지만 재검에서도 결과는 바뀌지 않았다. 거듭된 수정과 재검을 거치는 동안 대본을 불살라버리고 싶은 충동이 치솟았다. 그럼에도 그때마다 그는 한 줄의 꼬투리조차 잡히지 않으면서 작품의 품위를 유지해야 한다고 다짐했다. 검열 당국의 지적 사항을 고심하는 과정에서 보이지 않던 결함들이 눈에 띄었고, 태주는 극본을 점점 개선해나갔다.

다섯 번째 대본이 반려되었을 때, 그는 지푸라기라도 잡고 싶은 심정이었다. 문득 장강재가 나서면 검열관을 구워삶거나 문공부 관료를 움직일 수 있을 거라는 생각이 떠올랐을 때 그는 자신에게 수치심을 느꼈다. 자신이 못났으며 무능하다는 사실을 인정하는 것 같아 부끄러웠고, 그녀가 그 사실을 알게 될까 두려웠다. 그래도 엘렉트라를 무대에 세울 수만 있다면 악마에게 영혼이라도 팔아야 했다.

태주의 전화를 받은 장강재는 지나가는 말처럼 몇 군데 수정한 후 다시 검열 신청을 해보라고 조언했다. 듣기에 따라선 검열 당국의 지시나 명령처럼 들렸다.

"검열도 결국 사람이 하는 일 아니겠소? 죽으라는 법은 없으니 기다려 봅시다."

태주는 그의 말을 믿을 수도 무시할 수도 없었다. 그저 따라야 했다. 공연을 성공시켜야 한다는 점에서는 장강재 또한 그와 같은 배를 탄 처지였으니까. 사흘 후, 검열필 도장이 찍힌 대본이 돌아왔다. 관료들과 고급 술집에서 잔을 기울이고 두툼한 봉투를 주머니에 찔러주었을 장강재의 너털웃음을 떠올리며 태주는 씁쓸한 미소를 지었다.

무대미술과 조명, 음향 스태프를 구성한 그는 곧바로 오디션에 들어갔다. 오디션이라고 해야 남은 배역은 클리타임네스트라가 유일했다. 엘렉트라의 생모이면서도 딸을 몰락시키는 이중적 성격을 살려야 하고, 주인공의 강력한 대적자인 동시에 또 다른 주인공이라는 대칭적 면모를 능숙히 소화해야 하는 까다로운 역할이었다.

큰 주목을 끌지 못하는 고전극인데다 상대역 엘렉트라가 연기 경력이 일천한 신인이라는 점 때문에 지원자는 많지 않았다. 캐스팅은 3주간 난

항을 거듭했다. 온 세상이 작당을 해서 그를 막다른 벽 구석으로 몰아대는 것 같았다.

해법은 엉뚱하게도 2년 전 〈무대와 객석〉 갈피에서 나왔다. 무심코 과월호 잡지를 뒤적이던 태주의 눈에 한 여배우의 인터뷰 사진이 들어왔다. 〈페드라〉로 데뷔한 이래 〈위기의 여자〉 〈대머리 여가수〉를 화제작으로 이끈 중견 여배우 박인자였다. 연극계의 확실한 흥행 보증수표로 자리매김했을 뿐 아니라 영화계의 러브콜이 잇따랐고, 출연한 영화마다 뚜렷한 존재감을 구축해온 실력파였다. 단순한 대중적 명성뿐 아니라 목소리와 눈빛으로 관객의 감흥을 이끌어내는 연기력을 겸비한 배우였다.

태주의 눈길을 끈 문장은 네 페이지짜리 인터뷰 기사 말미에 있었다. 어떤 인물에 매력을 느끼느냐는 기자의 질문에 그녀는 "그리스 고전극이야말로 연극이 표현할 수 있는 심오한 경지에 닿아 있어 여러 대본을 즐겨 읽는다"라고 답했고 "〈오이디푸스〉나 〈안티고네〉 같은 그리스비극은 인간의 원초적 향수를 자극한다"라고 덧붙였다. 〈엘렉트라〉를 직접 언급하지는 않았지만 태주는 밑져야 본전이라는 생각으로 대본을 전달했다. 그리고 사흘 만에 그녀의 전화가 걸려왔다.

"극본…… 재미있더군요. 왠지 내겐 〈엘렉트라의 변명〉보다는 〈클리타임네스트라의 변명〉처럼 느껴졌어. 그래서 하고 싶어졌어요."

톱클래스 배우 박인자가 클리타임네스트라 역을 자처하자 공연 준비에 더욱 속도가 붙었다.

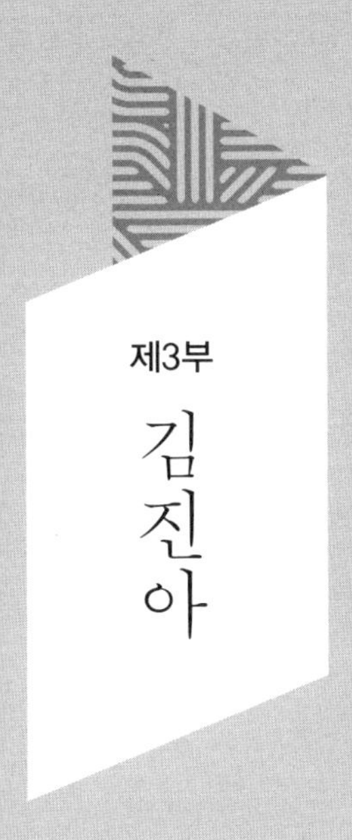

제3부

김진아

진아는 매일 아침 창덕궁을 갔다 돌아오는 왕복 4킬로미터의 코스를 달렸다. 땀에 젖은 트레이닝복과 피부 사이로 스며드는 아침 공기는 뜨거워진 몸을 상쾌하게 식혀주었다. 반환점을 돌면 근육은 더할 수 없이 유연해졌고, 터질 것 같은 다리는 더욱 민첩하게 움직였다. 육체의 탈진 너머에 존재하는 정신적 쾌감, 입 밖으로 튀어나올 듯한 심장박동, 미세하게 떨리는 종아리근육. 고궁의 긴 돌담을 따라 달릴 때면 그녀는 완강한 자의식에서 벗어나 자유로운 연상과 사색에 집중했다. 넌 행복하게 살았다고 생각하겠지? 아이기스토스! 하지만 네 삶은 비참했어. 너는 성스럽다고 생각했겠지만 그건 불경스런 결합일 뿐이야. 자신의 입술에서 흘러나오는 엘렉트라의 대사에 귀를 기울이면 유폐당한 왕녀의 유독한 증오가 느껴졌다. 그녀는 숨을 헐떡거리며 야릇한 쾌감을 느꼈다.

한 달이 지나자 4킬로그램이 빠지며 몸매의 윤곽이 드러나기 시작했다. 샤워실 거울에 비친 얼굴을 보니 볼살이 빠지고 광대뼈와 턱뼈가 도드라졌다. 궁 밖으로 쫓겨나 온갖 수모를 당한 엘렉트라의 수척한 몰골이 김 서린 거울에 비쳤다.

샤워를 마친 진아는 화장기 없는 얼굴로 집을 나섰다. 골목 모퉁이를 돌면 큰길로 통하는 거리가 나오고 광장과 공원이 이어졌다. 그녀는 콧노래를 흥얼거리며 거리를 따라 걷다 작은 제과점으로 들어섰다. 실내에는 부드러운 버터 냄새와 구수한 발효종 냄새가 코를 자극했다. 갓 구운 빵과 우유를 산 그녀는 쟁반을 받쳐 들고 가파른 계단을 올라가 2층 창가에 자리 잡았다. 창을 열자 기지개를 켜듯 부풀어 오른 연둣빛 나무 향이 밀려들어와 부드러운 버터 냄새와 뒤섞였다. 저 아래 거리에 개를 데리고 산책 나온 노인들과 가게 앞을 청소하는 상인들이 내려다보였다.

그 거리에서 그녀는 이제껏 혼자였다. 세 살 때 죽었다는 아버지의 얼굴은 기억나지 않았고 초등학교 5학년 때 헤어진 어머니의 모습도 까마득했다. 한때는 세 살 무렵 부모님과 함께 찍은 가족사진을 간직한 적도 있었다. 사진 속의 어머니는 눈부시게 아름다웠다. 검은 생머리를 고데기로 말고 치파오를 닮은 가늘고 긴 원피스를 입은 여인이었다. 코 옆에 난 점이 장난스러운 인상을 주었고 할리우드 배우처럼 비현실적인 분위기를 풍기게 했다. 검은 양복 차림의 아버지는 콧수염을 가늘게 기른 신사였다. 나중에 여기저기서 전해 들은 이야기는 아버지가 가정이 있는 50대 남자였고 두 차례의 국회의원 선거에서 낙선한 후 폐결핵으로 죽었다는 것이 전부였다. 어머니는 아버지가 죽은 지 두 달 후, 그녀를 데리고 부산의 새아버지 집으로 들어갔다.

그렇게 부유한 어시장 상인의 딸이 된 진아는 이전보다 한결 평탄한 어린 시절을 보냈다. 학교생활도 그럭저럭 만족할 만했다. 성적표에는 전 과목 수에다 "학업에 뛰어나고 품행이 방정함"이라든가 "명랑하고 리더십이 뛰어나 타의 모범이 됨" 같은 문구들이 적혀 있었다. 그럼에도 그녀는 여름날 교정에 떠도는 라일락 향기에 울컥하여 눈물을 흘렸고, 하굣길에는 길을 잃고 싶은 욕망에 집의 방향과 반대쪽으로 오랫동안 혼자 걷기도 하며 우울한 날들을 보냈다. 가끔 무언가가 어긋나 있다는 불편한 느낌이 들기도 했다. 그녀의 어머니가 지나가면 마을 여인들이 두 눈을 부라리며 입을 삐죽거렸기 때문이었다.

진아가 초등학교 4학년이 되었던 때부터 어머니는 자주 집을 비웠고 새아버지와 말다툼이 늘었다. 집에 들어서면 으레 두 사람의 언성이 높아져 있거나 물샐틈없는 침묵이 자리 잡고 있었다. 그러다 그녀가 초등학교 5학년 때, 어머니가 집을 떠났다. 다른 남자가 있었다. 이웃 여인들은 진아가 지나가면 증오와 연민을 동시에 담은 얼굴로 수군거렸다. 하지만 그녀는 상관하지 않았다. 어차피 무슨 말인지 알아들을 수도 없었기 때문이었다.

어머니가 떠나간 후, 진아는 조금 더 우울해졌지만 슬프지는 않았다. 엄마가 도망간 아이라는 소문은 그녀에게 알 수 없는 신비감을 부여했고, 인생의 비밀을 경험하지 못한 평범한 또래 아이들의 경외감을 불러일으켰다. 엄마 없는 아이라는 비아냥거림은 오히려 그녀의 존재감을 돋보이게 하는 수식어가 되었다. 새아버지는 어머니에게 버림받은 딸을 연민하며 돌봤다. 네 어머니는 우리 둘을 동시에 버렸어. 그러니 우린 서로 의지할 수 있고 그렇게 해야 해.

같은 여자에게 버림받았다는 동질감이 그들에게 굳은 연대감을 갖게 했다. 그들은 애착의 대상을 상실했다는 동질감을 통해 서로를 지탱했다. 새아버지가 자신에게 그리고 자신을 떠난 여인에게 좌절할수록 그녀와의 결속은 굳어졌다. 그는 진아에게 헌신적이었다. 그러면서도 그는 자신을 버린 여자의 딸이라는 사실을 내내 그녀에게 상기시켰다. 그녀는 자신을 향한 새아버지의 적대감이 부당하다고 생각했지만 그가 아내를 얼마나 사랑했는지를 떠올리면 받아들일 수 있었다. 그녀는 어머니에게 버림받은 남자를, 무력한 새아버지를 위로했다. 엄마는 자기 인생을 찾아 떠났을 뿐 우리가 버림받은 건 아니에요.

고등학교를 졸업한 후, 그녀는 부산의 한 극단 오디션에 응모했다. 왜 배우가 되고 싶냐는 사장 겸 면접관의 질문에 그녀는 대답했다.

"전 배우가 아니라 여배우가 되고 싶어요."

얼굴이 불그레한 50대 사장은 요것 봐라 하는 표정을 짓고 재미있어 했다.

"배우나 여배우나야. 여자가 배우가 되면 여배우라고. 똥이나 된장이나지."

그녀에게 필요한 건 여배우가 아니면 안 되는, 여배우여야만 하는 배역이었다. 남자 배우의 주변 인물이나 남자들이 이끌어가는 이야기의 장식품, 남자들에게 밟히는 여자가 아니라 자신의 두 발로 당당히 무대 위에 서서 극을 이끌어가는 강한 여인들. 사장은 오디션 말미에 다음 주 월요일부터 출근하라고 말했다. 비서 겸 경리 겸 사무보조 겸 사환 겸 커피 타는 아가씨 겸 배우 연습생 자격이었다.

사장은 11시쯤 극단 사무실로 나와 세 종류의 조간신문을 샅샅이 읽었다. 그것이 오전 일과의 전부였다. 점심을 먹고 들어오면 그녀에게 커피 한 잔을 타오게 한 뒤, 한잠 늘어지게 자고 술 약속을 잡았다. 4시가 넘으면 사무실로 몰려드는 술친구들과 내기 바둑을 두었다. 그녀는 사장의 술친구들에게 커피를 타 내었고, 재떨이를 비웠고 사무실을 청소했다. 남자들은 바닥을 훔치는 그녀의 엉덩이를 쓰다듬기도, 가슴을 툭툭 치기도 하며 농을 건넸다.

그 극단에서는 어떤 연극도 기획되지 않았고 어떤 대본도 건네지지 않았다. 잡담과 음담패설, 욕설과 신세 한탄이 번갈아 이어졌다. 니미, 씨팔 같은 상스러운 말들이 아무렇지도 않게 실내를 돌아다녔다. 우격다짐과 몸싸움을 벌이다가도 날이 저물면 그들은 언제 다퉜냐는 듯 우르르 술집으로 몰려갔다. 첫 달 급여는 제날 나왔지만 다음 달부터 밀리기 시작했다.

출근한 지 석 달이 되던 날, 진아는 사장의 책상 서랍을 따고 20만 원을 훔쳐내는 것으로 그동안 밀린 급여의 계산을 끝냈다. 그녀는 모스크바를 꿈꾸며 지긋지긋한 시골 영지에서 달아나는 체호프 연극의 여주인공처럼 서울행 기차를 탔다.

대학로에 처음 발을 들인 순간, 그녀는 그 거리에 홀딱 마음을 빼앗겼다. 생전 처음 보는 풍경이었지만 전혀 낯설지 않았고 오히려 편안함이 느껴졌다. 오래전에 와본 적이 있거나 언젠가 살았던 장소에 대한 기억보다 더욱 편안한, 어느 소설에서 읽은 후로 잊히지 않는 어떤 거리에 대한 묘사처럼 친숙한 느낌이었다. 코트 깃을 세우고 지나가는 남자들, 두꺼운 뿔테 안경을 쓰고 무언가를 골똘히 읽는 청년들, 존재하지 않는 작중인물들을 두고 논쟁하는 남루한 젊은이들, 배우가 되고 싶어 밤거리를 헤매는 여자들, 포스터와 풀칠로 더럽혀진 벽과 전신주들, 아침이면 골목마다 쌓이는 간밤의 쓰레기들, 빈 술병들, 담배꽁초들……. 그 모든 것들이 그녀의 갈망과 영감을 자극했고 뒤흔들었다.

이튿날 진아는 한 식당 주방 보조와 홀 서빙 점원으로 취직했다. 하루에 열두 시간 동안 설거지를 하고, 바닥을 닦고, 취객들과 씨름해야 하는 중노동이었다.

사장의 서랍에서 훔쳐온 돈으로 구한 뒷골목의 옥탑방은 한밤에도 가마솥처럼 끓었다. 새벽이면 옥상 지붕 처마에 둥지를 튼 비둘기들이 구구

거리는 소리에 잠을 이룰 수 없었고, 현관문을 열면 옥상 바닥은 새똥 범벅이었다. 그녀는 말라붙은 비둘기 똥을 긁어모으며 새를 좋아했던 어린 시절을 떠올렸다. 실제로 그런 적이 있었는지 확신하진 못했다. 그래도 그녀는 자신이 어떤 종류의 새를 좋아한 적이 분명히 있었을 거라고 믿었다. 노란 깃털과 황금색 부리를 가진 자그마한 새. 연약한 다리 때문에 땅에 내려앉기 싫어하는 새. 착각인지 거짓인지 모를 막연한 믿음이 고단한 현실을 견디는 데 도움이 된 건 확실했다.

그 모든 너절함에도 불구하고 그녀는 숭고한 연극의 성지에 자리 잡은 스스로를 대견스럽게 여겼다. 그녀에게는 버림받은 왕녀의 위엄과 같은 인상이 깃들어 있었다. 무엇보다 그 사실을 굳게 믿은 사람은 그녀 자신이었다. 실제로 진아는 자신과 버려진 왕녀들의 공통점과 차이점을 따져 보기도 했다. 공통점 (1) 백설 공주는 예쁘다. 나도 예쁘다. (2) 신데렐라는 중노동에 시달린다. 나도. 차이점 (1) 신데렐라와 백설 공주는 운명을 바꿀 왕자를 만난다. 나는 왕자를 원하지 않는다. 나는 스스로 내 운명을 바꿀 것이다. (2) 그녀들은 결국 백성의 사랑을 받는다. 나도 그럴 수 있을까? 그녀는 나약한 옛날이야기 속의 왕녀들을 경멸했다. 자신이 그들과 다르다는 점을 몇 번이나 확인하고 나서야 그녀는 안도했다.

주말이면 진아는 연극 홍보 간판을 멘 샌드위치우먼을 자청하며 극단의 허드렛일을 도왔다. 그리고 열두 번의 오디션 끝에 한 극단의 무대 보조 겸 대사 없는 단역을 따냈다. 격심한 노동과 그로 인한 피로 때문에 간혹 마음속에 간직한 연극에의 열망이 신기루처럼 흐릿해져 갔다. 그럼에도 속절없이 연극을 사랑하는 자신이 바보같이 생각되었지만 그녀는 남편의 전사 통지를 믿지 않는 아내처럼 막무가내였다. 독재와 데모가 계속되고 허드렛일과 궁핍함이 이어질지라도 그녀는 연극이 그것들보다 오래, 훨씬 더 오래, 어쩌면 영원히 살아남을 거라고 믿었다. 어두컴컴하고 가파른 소극장 계단, 불편한 객석에 앉아 막이 오르기를 기다리는 관객들, 어둠을 향해 소리치는 배우들…….

그녀는 실눈을 뜨고 말간 격자창 너머를 바라보았다. 지난 3년의 슬픔과 행복이 아침 공기에 섞여 빵 반죽처럼 부풀어 올랐다. 소품실 정리를 하며 아무도 모르게 써보았던 깃털 달린 펠트 모자, 주연 여배우용 분장 팔레트의 화려한 색깔들이 떠올랐고 객석의 커튼콜, 박수와 휘파람 소리가 들릴 듯했다. 그녀는 자신이 살아 있으며 자신의 인생을 사랑하고 있다는 사실에 육체적 쾌감을 느꼈다. 언어와 관념으로 구축된 영혼의 구조물을 떠받칠 기둥이 자신의 연약한 몸 하나뿐이라는 사실에 그녀는 느닷없이 울음이 터질 것 같았다.

진아가 오영수 박사를 만난 것은 열여섯 번째 오디션에서였다. 그때 그녀는 자신에게 재능이 있는지 없는지도 모르고 연극을 사랑했던 혹은 연극을 사랑한다고 착각했던 배우 지망생에 불과했다. 오디션을 보느라 그녀는 일주일에 한 번 꼴로 대학로와 명동, 신촌의 극단 문을 두드리고 있었다. 저항하는 빈민을 그린 사회극이나 제목을 들어본 적이 있는 영미극, 장기 공연을 이어가는 연극의 단역은 물론 데이트족을 유혹하는 시시한 연애극까지 종류와 역할을 가리지 않았다. 심지어 마임이나 인형극, 마당놀이 오디션에도 달려갔지만 역할은 주어지지 않았다. 그녀는 주방 바닥을 쓸면서도 새 오디션과 배우 모집 공고를 확인하느라 식당 유리 밖 게시판에 시선을 집중했다. 그러던 어느 날, 처음 보는 오디션 공지 벽보가 눈에 들어왔다. 장식 없는 모조지 위에 눈에 띌까 말까 한 작은 글자들이 얹혀 있었다.

'배우 공모. 0명. 당 극단에서는 준비 중인 연극에 출연할 패기 있는 연기자를 모십니다.'

맨 아랫줄에는 극단 사무실 전화번호인 듯한 숫자가 적혀 있었다. 제목은 물론 역할까지 시시콜콜 공지하는 일반적인 오디션 포스터와 달리 극단 이름조차 나와 있지 않은, 정체불명의 벽보였다. 진아는 한 시간 동안 532장의 접시를 닦고 난 다음 식당 입구의 공중전화로 달려갔다. 전화를 받은 남자는 다음 날 오전 9시에 명륜동 극단 사무실로 찾아오라며 주소를 불러주었다.

다음 날 아침 8시 50분, 그녀는 굳게 닫힌 철문 앞에서 전날 급하게 받아 적은 주소를 꺼내 다시 확인했다. 비스듬한 언덕 사면에 올라앉은 2층짜리 저택은 파도를 헤치고 나아가는 함선처럼 듬직해 보였다. 벨을 누르자 철제 대문 옆 주차장으로 통하는 쪽문이 덜컹 소리를 내며 열렸다. 그녀는 토끼 굴 속으로 들어가는 앨리스처럼 안으로 들어갔다. 1층으로 올라가는 계단 끝에 넓은 집무실이 나타났다.

그녀는 미묘한 실내의 냄새와 분위기를 감지하기 위해 모든 감각기관을 동원했다. 변변한 가구 하나 없이 장식장 하나가 덜렁 놓인 실내는 무미건조한 느낌을 주었다. 오래된 신문지와 습기 먹은 옷가지와 희미한 나프탈렌 냄새가 떠돌았다. 남향 통유리창에는 색 바란 커튼 너머로 잘 가꾸어진 잔디 정원이 보였다.

잠시 후, 노크도 없이 조용히 문이 열렸다. 한 남자가 방 안으로 들어섰다. 그녀는 자신도 모르게 자리에서 일어났다. 남자는 180센티미터에 가까운 키에 이목구비가 준수했다. 칠흑 같은 머리카락은 기름칠을 해서 반듯이 빗어 넘겼다. 마흔 살 전후로 보였지만 다부진 체격 때문에 나이

들어 보일 뿐이지, 실제 나이는 30대 초반일지도 몰랐다. 특별한 표정을 짓지 않는데도 다양한 감정을 눈빛에 담고 있어 배우를 해도 좋겠다는 생각이 들었다. 회색 바지에 흰 셔츠와 카키색 카디건을 걸쳤는데 어딘지 모르게 군인처럼 빈틈없는 인상이었다. 굵은 뿔테 안경은 예리함을 감추고 어리숙해 보이려는 위장 소품처럼 보였다.

그는 들고 있던 서류 뭉치를 회의용 탁자 위에 내려놓고 인색하게 웃었다. 단단하고 내구성이 좋을 것 같은 미소, 난관에도 쉽게 일그러지지 않을 미소였다. 그는 쉽게 빠져나오지 못할 것 같은, 부드러우면서도 결속력이 느껴지는 손으로 악수하며 자신을 소개했다.

"이곳까지 와주어서 고맙소. 난 이곳 '마타도르' 극단을 운영하는 오영수요."

그녀로서는 이름을 들어본 적이 없는 극단이었다. 미심쩍어하는 그녀에게 그는 마타도르가 아직 출범하지 않은 신생극단이지만 큰 작품을 준비 중이며 여배우를 구하고 있다고 설명했다.

"여배우라고 했나요? 주인공이 아니라요?"

"우리 연극은 여배우가 주인공이오. 당신 말고 다른 여배우는 없소."

오영수가 인터폰을 누르자 젊은 여자 한 명과 남자 한 명이 들어왔다. 심사위원인 듯했다. 진아는 숨을 크게 들이쉬었다. 심사위원들이 자리에 앉자 오영수는 혹시 준비해 온 대사가 있냐고 물었다. 그녀는 〈느릅나무 밑의 욕망〉이라고 대답하며 애비의 대사를 입안에서 오물거렸다. 오영수는 그녀에게 연기를 주문하는 대신 뜻밖의 질문을 던졌다.

"〈느릅나무 밑의 욕망〉에 대해 어떻게 생각하죠? 혹은 유진 오닐에 대해서는?"

"〈느릅나무 밑의 욕망〉은 메데이아와 페드라 신화의 완결판이에요. 이 두 그리스 비극은 유진 오닐에 와서야 비로소 완성되었죠. 복수를 위해 두 아들을 희생시킨 메데이아는 사랑을 증명하려고 갓난아이를 질식사시킨 애비로, 의붓아들 히폴리투스와 그를 보고 한눈에 사랑에 빠진 계모 페드라는 에벤과 애비로 되살아났다고 할 수 있죠."

그녀는 대답을 이어나가려고 애썼지만 아는 건 거기까지였다. 자꾸 딴 생각이 떠올라 그의 질문에 집중할 수가 없었다. 문득 어젯밤 12시까지 주방 정리를 하느라 늦게 잠든 바람에 화장이 제대로 먹지 않은 얼굴이 어떻게 보일지 몰라 그녀는 조바심이 났다. 공기 중에서 비 맞은 고양이의 비릿한 냄새가 났다.

질문은 계속되었다. 아가멤논의 두 딸의 운명에 대해 어떻게 생각하는가? 체호프의 〈벚꽃 동산〉은 비극인가, 희극인가? 비극이라면 그렇게 보는 이유는 무엇인가? 그녀는 한마디도 못한 채 눈만 멀뚱거렸다. 겪어본 적 없는 수모에 온몸이 달아오르고 화가 치밀었다.

"이건 오디션이 아니에요."

"오디션이 아니면 이게 뭐 하는 짓으로 보이지?"

"난 연극 박사가 아니라 배우가 되려고 왔어요. 꼬장꼬장한 얘기나 물을 게 아니라 연기를 보세요. 뭘 보여드릴까요? 절망에 빠진 오필리아의 탄식? 브릭의 사랑을 갈구하는 매기의 독백? 아니, 애비로 하겠어요."

그녀는 심사위원들이 뭐라고 하든 상관하지 않고 준비해 온 〈느릅나무 밑의 욕망〉의 대사를 연기했다. 내가 당신을 위해 노랠 불러줄게. 내가 당신을 위해 죽을게. (저항할 수 없는 정욕에도 그녀의 태도와 목소리에는 진지한 모성애가 담겨 있다. 정욕과 모성애의 조합이 무서울 정도로 적나라하게 드러난다.) 울지 마, 에벤! 내가 당신 엄마가 되어줄게. 어머니가 당신한테 해주었던 건 뭐든 다 해줄 거야. 키스해줄게, 에벤! 두려워하지 마. 순결한 키스를 할 거야, 에벤. 마치 어머니가 당신에게 하는 것 같은 키스. 그리고 당신도 아들이 어머니에게 하듯 내게 키스를 돌려줄 수 있어…….

오영수는 손을 들어 그녀를 제지했다. 그래도 그녀가 멈추지 않자 주먹으로 탁자를 탕탕 내리쳤다.

"됐소!"

진아는 겨우 대사를 멈추고 가쁜 숨을 골랐다. 그는 불룩거리는 그녀의 가슴을 응시하며 딱딱하게 말했다.

"당신은 오디션을 통과했소."

그녀는 전기가 오른 듯 몸을 움찔했다. 마치 엄청난 물량을 들이부어 잘 꾸민 사기극 한 편을 보고 있는 기분이었다. 하지만 사기를 치려면 그로부터 취할 수 있는 이득이 분명해야 한다. 가난뱅이 배우 지망생에게 뭘 훑어내겠다고 대저택까지 동원해 사기를 친단 말인가? 하기야 그녀가 가진 것이 전혀 없지는 않았다. 그런대로 눈길을 끌 만한 육체가 있긴 했다. 그런데 그까짓 게 뭐라고? 진아는 의구심 가득한 눈으로 오영수를 주시했다. 오영수는 그제야 지난 석 달간 그녀가 참가한 오디션에 입회해 독자적인 캐스팅을 진행해왔다고 털어놓으며 그간 지켜봐온 그녀에 대해 이야기했다. 두 달 전 〈북회귀선〉 오디션에서 그녀가 보여준 신랄한 대사들, 5주 전 〈봄 소녀, 겨울 여자〉 오디션에서 브래지어를 벗어보라는 연출자에게 침을 뱉었던 일, 보름 전 〈어젯밤에 생긴 일〉 오디션에서 심사위원을 놀라게 했던 노골적인 몸짓 등등.

그녀는 그들이 자신에 대해 어쩌면 더 많은 것을, 모든 것을 알고 있을지도 모른다는 생각이 들었다. 자신이 매일 음식점 주방을 청소하고 쟁반을 닦고 맥주를 나르며 연명하는 극빈자라는 것과 역할을 가리지 않고 오디션이란 오디션에 모두 얼굴을 들이미는 재능 없는 배우 지망생이라는 것도, 벽에 곰팡이가 핀 월세방에서 혈거인처럼 기거한다는 것도. 꽤 오래전부터 그들은 자신을 감시해왔거나 속여왔을지도 모른다. 어쩌면 둘 다인지도 모른다. 그런데 불쾌하거나 화가 나지는 않았다. 자신도 모르게 누군가의 관심을 받았다는 사실이 오히려 가벼운 설렘을 가져다주었다.

오영수는 진아에게 배우가 되려는 이유를 물었다. 단순하고 천편일률적인 오디션용 질문이었지만 그녀의 삶에 대한 총체적 물음이기도 했다. 그녀는 꿈꾸는 표정으로 대답했다.

"무대의 시간은 현실의 시간과 다르게 흘러요. 아니, 그곳에선 시간이 흐르지 않죠. 연극 속에는 과거도 미래도 없어요. 오로지 현재뿐이죠. 그곳에서 흐르는 건 시간이 아닌 모든 것들, 가령 온갖 종류의 감정들, 관계들, 존재들이에요. 난 가끔 우리가 사는 현실이 거짓이 아닌가 하는 생각이 들어요. 그러나 무대 위에선 거짓조차도 진실해지죠. 내가 무대에 오르고 싶은 이유는 그게 다예요."

"당신은 그렇게 될 거요. 우리가 당신의 잠재력을 최대한으로 뽑아낼 거니까."

"제가 어떻게 하면 되죠?"

"훈련이 필요하오. 힘들 거요. 버티지 못하면 당신은 음식점 주방으로 돌아가 남들이 먹다 남긴 음식 찌꺼기나 치워야겠지."

그의 목소리가 잡음이 많은 라디오처럼 자글거렸다. 칭찬 같기도 값싼 위로 같기도 한 그 말을 모두 이해할 수 없었지만 그 순간만은 오영수가 잃어버린 유리 구두를 신겨주는 왕자처럼 보였다. 그녀는 위엄과 강압을 동시에 담아 보내고 있는 그의 눈빛을 피하고 싶었다. 잠시 후 오영수가 말을 이었다.

"A급 배우에 준하는 최고 대우를 약속하오. 우선 대학로 인근에 있는 맨션이 제공될 거요. 넓진 않지만 도시가스와 보일러가 구비된 20평짜리 최신식 맨션이니 지금 사는 옥탑방보다는 나을 거요. 연습이 시작되는 것과 동시에 월 15만 원의 급여가 지불될 거요. 세금을 떼지 않는 조건으로."

파격적인 조건이었다. 그녀는 자신이 처한 그 순간이 말도 되지 않는 행운이라고 생각했다. 그도 그럴 것이 그녀는 그때까지 연극계에서 부당하게 차별받아왔다는 피해 의식에 빠져 있었다. 오디션에서 떨어지고 돌아와 수세미로 쟁반을 닦는 밤이면 자신의 삶이 퀴퀴한 주방에서 끝날 것만 같은 두려움에 휩싸였다. 늦은 밤, 빈 테이블을 훔치다 걸레질을 멈추고 손님이 남기고 간 소주병을 기울이다 보면 그토록 연극을 사랑하는 자신이 한심하면서도 한편으론 자랑스러웠다.

평생의 꿈이 그 한순간에 수렴하며 선명하게 모습을 드러내고 있었다. 그동안 자신이 얼마나 간절히 그 일을 원했는지, 그 갈망 때문에 몸과 마음이 얼마나 기진맥진했는지가 생생하게 실감 났다. 진아는 자신이 어떤 표정을 짓고 있는지, 혹시 멍한 눈으로 입을 헤벌리고 있지는 않은지를 생각할 여유가 없었다. 설사 그렇게 바보처럼 보인다 해도 신경 쓰고 싶지 않았다. 단지 어떤 연극이 되었든, 무슨 역할이 맡겨지든 해낼 수 있다는 자신감으로 벅찼다. 단순히 해내는 것이 아니라 잘해낼 자신이 있었다.

계약은 성립되었다. 그녀는 무대에 설 것이다. 모호한 작품의 주제를 드러내기 위해 숨겨진 플롯을 찾고, 대사를 구사하는 데에 온 힘을 다할 것이다. 그리고 그는 그녀에게 대가를 지급할 것이다. 그녀는 다음 질문으로 넘어갔다.

"공연은 언제 시작되죠? 연습 일정은? 바로 지금부터 시작하나요?"

오영수는 냉정한 눈빛으로 그녀를 부추기는 동시에 압박했다.

"공연 시점은 당신에게 달려 있소. 당신이 준비되었다고 생각될 때, 공연은 시작될 테니까."

"그러니까 그게 언제냐구요?"

"바로 내일이 될 수도 있고, 3개월 혹은 3년 후가 될지도 모르오. 우린 제목이 없는 연극, 우리의 신념이 되고 삶이 되는 연극, 이전의 누구도 만들지 못했고 이후에도 못 만들 연극을 만들 거요. 한 편의 연극을 위해 몇 편의 극중극과 가상극을 연기해야 할지도 모르오. 격렬한 연습으로 뼈가 부러지고 얼굴이 찢겨지며 척추가 부러질 수도 있소."

그것은 연극에 대해 아주 잘 알거나 전혀 모르는 사람만이 할 수 있는 말이었다. 연극이라는 것이 고도로 집적된 기예 혹은 수련의 과정이라면, 그는 연극에 문외한이었다. 그러나 그것이 불가해한 세계의 틈과 타인의 삶을 들여다보며 그들 자신도 모르고 있던 연약함과 누추함을 드러내는 일이라면, 그는 전문가였다. 그는 그녀를 설득하고 독려하고 추궁하고 아침까지 해가며 할 수 있는 모든 일을 할 것이었다.

한편 오영수의 설명에도 진아는 그가 대체 무슨 소리를 하는 건지 알아들을 길이 없었다. 그런데도 읽어보기는커녕 존재 자체조차 모르는 연극의 대본이 미치도록 궁금했다. 그녀는 찰진 입술을 오물거리며 물었다.

"좋아요. 그냥 엄청난 연극이란 얘기로 알아들을게요. 근데 제목이 뭐죠?"

그는 한동안 생각에 빠졌다. 연극 제목을 생각하는지, 그것을 그녀에게 말해줄까 말까 고민하는지 알 수 없었다. 2분쯤 생각에 빠졌던 그가 조심스럽게 연극 제목을 말했다.

〈회전목마 위에서〉.

그 자리에서 즉흥적으로 지어낸 것이 아닌가 하는 생각이 들 정도로 성의 없게 느껴지는 제목이었다. 그러나 그녀는 일곱 음절이 지닌 우아한 어감을 되새기며 그 속에 감추어진 작품의 비밀을 상상했다. 그녀는 선물

상자를 여는 계집아이처럼 조심성 없이 작품의 내용과 자신의 역할을 물었다. 그러자 오영수는 호기심 가득한 그녀의 표정을 한참 들여다본 후, 심문관에게 동료의 이름을 대는 지하조직원처럼 신중하게 말했다.

"지금은 말해줘도 이해하지 못할 거요. 우리 연극은 이전의 어떤 연극과도 완전히 다를 테니까. 어떻게 다르냐고 묻는다면, 어떻게 다르다고 설명할 수 없을 정도로 다르다고 할 수밖에 없소. 이야기가 어디에서 시작되어 어떻게 결말을 맺을지도 알 수 없소. 누구도 모르지."

"그런 연극을 어떻게 연극이라 할 수 있어요? 누군가는 이야기가 어떻게 돌아가는지 알아야 할 것 아니에요?"

"당신은 자신의 직관에 따라 플롯을 풀어나가고, 영감에 따라 연기해야 하오. 누가 이야기를 구성할 주요 인물인지 스쳐가는 단역인지 파악하고, 연극이 엉뚱한 방향으로 흘러가면 키잡이가 되어 원래 위치로 돌려야 하오."

"무슨 그런 뜬구름 잡는 연극이 다 있어요?"

그녀는 입술을 삐죽거렸다. 그러나 상관없었다. 그것이 어떤 연극이든 자신의 것이 될 테니까. 아무리 쓰레기 같은 연극이라도 자신의 연기로 살려낼 테니까.

연습실은 그녀의 맨션에서 가까운 대학로 3층 건물의 지하층에 있었다. 지저분한 계단을 내려가면 출근 카드가 걸려 있는 회색 철문이 나타났다. 문을 열면 삼면이 거울로 둘러싸인 30평 규모의 마룻바닥이 펼쳐졌다. 한쪽 벽을 마주 보고 트레드밀과 덤벨 세트, 벤치프레스 같은 운동기구들이 비치되어 있어 연기 연습실이라기보다 피트니스클럽이나 권투도장 같은 분위기였다. 거울이 없는 한쪽 벽면에 사무실과 탈의실, 샤워실로 통하는 세 개의 문이 보였다. 책상과 회의용 탁자, TV와 VTR이 비치된 사무실에는 싸구려 양탄자가 깔려 있었고, 탈의실에는 바퀴 달린 이동식 옷걸이가 있었다.

아침 8시부터 한 시간의 조깅과 근력운동으로 시작된 그녀의 일과는 저녁 9시까지 이어졌다. 그 후에는 대본 숙독을 비롯해 다양한 연극 이론서와 비평문, 작품 탐독이 이어졌다. 호메로스와 소포클레스부터 셰익스피어와 체호프, 입센과 오닐, 유치진과 최인훈과 오태석까지…… 시대와 국적, 체계를 무시한 독서 목록에 그녀는 머리가 어질어질했다. 매주 화요일과 금요일 오후에는 중견 배우 윤민천의 네 시간짜리 일대일 연기 수업이 있었다. 숱 많은 곱슬머리와 지적인 눈매, 예민함이 느껴지는 콧날을 지닌 그는 TV 수사물의 형사나 운동권 지식인 역할에 어울리는 30대 중반의 조연배우였다. 오영수의 말에 따르면 배우 지망생뿐 아니라 현직 배우들까지 그의 연기 지도를 받기 위해 줄을 선다는 것이었다. 저녁 식사 후에는 비디오로 출시된 영화들—최신 영화부터 극장 개봉 없이 바로 비디오로 출시된 B급 영화까지—을 시청했다. TV 화면 조정 색띠만 봐도 구토가 치밀었지만 그녀는 이러한 만성적 수면 부족마저 즐겼다.

오영수는 일주일에 두 번꼴로 연습실에 들렀다. 직접 연기 지도를 하지는 않았지만 대본과 책을 꼼꼼히 점검하며 훈련을 관리했다. 어려운 점은 없느냐는 그의 질문에 그녀는 대답하지 않았다.

그는 한쪽 팔걸이에 몸을 비스듬히 기대고는 그녀의 표정을 살폈다. 그녀의 관자놀이에서 보일 듯 말 듯 맥박이 뛰었고 그 때문에 그녀의 표정은 골똘해 보였다. 어린 나이에 혼자 세상을 헤쳐 나온 탓인지 그녀에게는 기질뿐 아니라 육체에도 대담함이 배어 있었다. 짧은 원피스를 입었지만 소매 아래로 보이는 까무잡잡한 근육질의 팔뚝이 그는 마음에 들었다. 생각해보면 그녀가 질문할 때 눈을 깜빡이는 것도 좋았고, 책을 읽을 때 눈살을 찌푸리는 것도 좋았다. 자신이 그녀의 어떤 행동이 아니라 그녀라는 존재 자체를 좋아하는 것이 아닐까 하는 생각이 들자 그는 당황스러웠다. 침묵이 지나치게 길게 느껴졌다. 그는 다리를 반대쪽으로 꼬며 말했다.

"뭐든 한번 해보지."

진아는 무엇을 하라는지 몰라 아무것도 하지 않았다. 오영수는 잠시 그녀를 빤히 바라보더니 고개를 끄덕였다. 아무것도 하지 않는 행위를 했다고 평가한 듯했다. 재차 다른 걸 해보라는 요구에 그녀는 인상 깊었던 연극의 한 장면을 즉흥적으로 연기했다. 그 후로도 그녀는 기억에 남는 남자 코미디언의 성대모사를 하거나 개나 고양이, 비둘기나 나무의 특징을 캐리커처식으로 흉내 냈으며, 벌거벗고도 부끄러움을 모르는 여자처럼 에로영화의 정사 장면을 연기했다. 그녀는 언어가 아닌 몸짓을 통해 자의식의 껍질을 깨고 자신을 표현하기를 서슴지 않았다. 그녀는 또 초등학교 때 집을 나간 어머니에 대한, 짤막하지만 내밀한 이야기를 하기도 했다.

"어머니가 커다란 가방을 들고 대문을 나설 때, 집 안엔 나 혼자였어요. 어머니가 날 돌아보더니 쪽마루로 돌아와 갖고 싶은 게 있냐고 묻더군요. 그때 어머니를 다시 볼 수 없을 거라는 생각이 들었는데 원하는 게 없다는 사실이 조금 당황스러웠어요. 굳이 말한다면 난 어머니가 조금 슬퍼하기를 바랐던 것 같아요. 많이는 아니더라도 조금만."

그들은 연극과 연기에 관한 다양한 논제를 두고 토론을 벌였다. 배우는 배역을 모방하는 것인가, 창조하는 것인가? 연기는 직관에 따라야 하는가, 논리에 따라야 하는가? 배우의 자의식은 배역 표현에 어디까지 활용

될 수 있는가? 연극의 언어는 일상의 언어와 어떻게 다른가? 오영수는 세상에 없는 무언가를 주조하려는 대장장이처럼 김진아라는 거푸집에 질문과 생각들을 부어 넣었다.

게걸스러운 독서와 맹렬한 토론 덕에 3개월이 지날 무렵 그녀는 어설프게나마 내러티브를 파악하고 플롯을 짚어낼 수 있게 되었다. 쓰레기 같은 연극들을 맹렬하게 씹어대며 자신의 방식대로 고쳐 쓰기도 했다. 탁월하다고는 할 수 없었지만 텍스트를 분석하고 맥락을 추출해내는 그녀의 시각에는 날카로운 데가 있었다. 그녀는 허술한 무협극의 군더더기를 쳐내 주제에 집중하거나 허접한 에로극의 인물에 세밀한 현실성을 부여하는 연습을 했다. 그럴 때마다 눈에 띄는 그녀의 가지런한 단발머리와 작고 모난 얼굴은 〈페드라〉의 멜리나 메르쿠리 혹은 〈느릅나무 밑의 욕망〉의 소피아 로렌을 보는 듯했다.

오영수는 멍청한 남자가 아니었다. 그는 가혹한 훈육자인 동시에 교활한 조종자였다. 그는 부드럽게 설득하다가도 냉혹하게 몰아붙였다. 담배에 불을 붙인 채 한마디 없이 그녀의 연기를 바라보다가도 느닷없이 소리를 지르곤 했다.

"아니지. 그런 식으로 하려면 당장 집어치워. 술꾼들의 토사물을 훔치고 구정물을 튀기며 접시를 닦던 술집으로 돌아가라고!"

"난 돌아갈 곳이 없어요. 알잖아요."

"아니, 난 몰라. 알 필요도 없고."

그녀는 그의 교수법이 냉혹하다는 생각이 들었지만 불쾌하지 않았다. 그의 태도에 불만이 아주 없진 않았지만 생각해보면 그건 그의 잘못이 아니었다. 그는 기억력과 관찰력에 의거한 모사가 아니라 타인의 감정을 해석하는 공감력에서 연기가 시작된다고 입버릇처럼 말했다. 그는 가끔 백인들이 버리고 간 성냥을 숭배하다 멸망한 부족의 이야기를 해주기도 했다.

"그들은 눈앞의 기발함에 탐닉하다 보이지 않는 진실을 놓쳐버렸지. 그들은 성냥이 아니라 불을 숭배했어야 해. 화르르 타오르다 꺼지는 성냥보다는 모든 것을 정화하고 파멸시키는 불을 숭배했어야 옳지. 기능이 아닌 관념, 보이는 현상이 아닌 보이지 않는 원리 말이야."

어느 날, 그는 의자 팔걸이에 비스듬히 몸을 기대고 말했다.

"뭐든 한번 해봐."

"뭘 해요?"

"아무거나…… 할 줄 아는 걸로……. 아니면 하고 싶은 걸로."

그녀는 그것이 질문인지 아닌지, 질문이라면 대답을 해야 할지 말아야 할지, 대답한다면 어떻게 해야 할지 망설였다. 그러다 배우가 되려는 갈망에 냉혹한 이기주의자로 변신했지만 결국 파멸한 〈갈매기〉의 니나를 떠올렸다. 실패한 작가 트레블레프를 버리고 유명 작가 트리골린을 따라 모스크바로 갔지만 그에게 버림받고 다시 트레블레프에게 돌아온 그녀의 독백.

"나는 갈매기예요. 아니, 그게 아냐. 난 배우야……. 당신은 연기를 하면서 '이게 아닌데', 자기가 하는 연기가 형편없다는 걸 알 때의 배우의 심정이 어떻다는 걸 짐작도 못할 거예요. 난 갈매기예요. 아냐, 그 얘기를 하려던 것이 아니었는데……. 갈매기를 쏜 적이 있죠, 기억나요? 한 남자가 지나가다 갈매기를 봤다. 그는 장난삼아 그 갈매기를 죽였다. 단편소설감이죠. 아냐 그게 아냐. 무슨 얘기를 했었죠? 내 연기에 대해서? 지금은 그렇지 않아요. 이젠 진짜 배우예요. 그 사실을 즐기고요. 거기에 빠져 있는걸요. 무대 위에 서면 취해요. 거기서는 나 자신이 아름답게 느껴져요……. 작가든 배우든 우리 일에는 내가 꿈꾸었던 어떤 것들도, 명예나 성공도 문제가 되는 게 아니고 어떻게 견디느냐, 어떻게 자기의 십자가를 짊어지고 믿음을 갖고 버티느냐를 알아야 해요. 이젠 믿음이 생겼어요. 그리고 더 이상 고통스럽지도 않아. 내 일을 생각할 때는 산다는 것도 이제는 더 이상 두렵지 않아. 이젠 갈게요. 안녕. 내가 위대한 배우가 되면 꼭 와서 봐야 해요. 약속하죠? 지금은…… 늦었어. 서 있지를 못하겠어요. 어지러워……. 밖에 마차가 기다려요. 트리골린을 보면 아무 얘기 마세요. 그이를 사랑해요. 옛날보다 더 열렬히 그이를 사랑해. 정열적으로, 절망적으로 그이를 사랑해요. 단편소설감으로 좋은 소재야, 그렇지? 코스챠, 옛날엔 모든 게 아름다웠어. 기억나? 우리의 인생은 얼마나 순수하고 즐겁고 따뜻했어? 우리의 감정은 향기롭고 섬세한 꽃 같았잖아, 기억나?"

진아는 니나가 트레블레프에게 하듯 충동적으로 두 팔로 영수의 목을 감은 뒤 그를 껴안았다. 대사 다음에 바로 "트레블레프를 충동적으로 껴안고 뛰어나간다"라는 지문이 이어졌기 때문이었다. 오영수는 멈칫했지만 이내 자신의 배역에 최선을 다했다. 목덜미를 감은 그녀의 가는 팔뚝과 가슴골이 느껴졌다. 그는 계속 트레블레프로 남아 있어야 할지, 아니면 오영수로 돌아와야 할지 갈등했다. 불빛이 그녀의 이마와 광대뼈를 타고 흘러 턱에 맺히고 있었다. 마침내 그녀가 두 팔을 풀었을 때 그는 자신으로 돌아왔다. 그 일은 뜻하지 않은 연극적 몰입이 만들어낸 우스꽝스러운 해프닝으로 치부되었다.

그날 그들은 체호프의 연극에 대해 세 시간이 넘도록 이야기를 나누었다. 니나의 선택에 대한 생각, 갈매기의 상징에 대한 다양한 해석들. 두 사람 모두 나중에 그 내용을 기억하지는 못했다.

자정이 가까운 시간, 하루치의 피로를 지고 어둑한 거리를 걸어 집으로 갈 때 그녀는 온몸의 진이 빠졌다. 그녀는 발을 멈추고 길가 벤치에 주저앉았다. 부드럽게 퍼지는 가로등 불빛에 광장에 웅크린 나무들의 여린 잎맥이 선명하게 드러났다. 격심한 피로로 기진맥진했지만 그녀는 알 수 없는 존재에게 자신을 증명해 보였다는 방탕한 승리감에 도취되어 있었다. 기진맥진했지만 황홀한 기진맥진함이었고, 피로했지만 만족스러운 피로였다. 그녀는 자신을 다그치던 오영수의 어투와 눈빛과 행동과 토론 내용을 하나하나 곱씹으며 웃기도 하고 때로는 생각에 잠기기도, 우울해지기도 했다.

"핵심은 재현이 아니라 창조야. 배우는 앵무새가 아니라 예술가니까. 대본만 달달 외워 조잘댄다고 문장 속의 인물을 표현할 수 있을 것 같아? 천만에. 그건 연기가 아니라 흉내에 지나지 않아. 동물원 우리 안에 있는 원숭이도 할 수 있는 거라고!"

그런 질책을 들으면 그녀는 가슴이 찢어질 듯 괴로웠지만 그런 말을 또 듣고 다시 듣고 싶었다. 자신이 인간의 심연을 탐구하는 배우이고 예술가라고 말해주는, 나직하고 확신에 찬 그 목소리를.

어둠이 점점 탁한 색으로 가라앉은 후에야 진아는 공기가 차가워졌다는 것을 깨달았다. 그녀는 오랫동안 차갑고 딱딱한 벤치에 앉아 있었다. 집으로 돌아온 그녀는 오영수의 앞에서 꾹꾹 참았던 웃음과 눈물을 번갈아 터뜨렸다. 그러고는 그가 자신을 웃기고 울릴 수 있는 유일한 남자라는 기쁨과 두려움을 간직한 채 잠들었다.

맑은 수요일 아침이었다. 지난밤 늦도록 캔 맥주를 할짝거리다 새벽에야 잠든 바람에 그녀는 늦게야 잠을 깼다. 환절기의 밤공기가 싸늘했지만 강한 햇살이 아침부터 맹렬하게 방 안을 달구었다. 억지로 잠에서 깨긴 했지만 그녀는 침대를 빠져나오지 못한 채 뒹굴었다. 몸 여기저기가 쑤셨고 약간의 미열이 느껴졌다. 억지로 침대를 빠져나온 그녀는 눅눅해진 머리를 틀어 올리고 운동복을 주섬주섬 챙겨 입었다. 계단을 내려가 현관문을 나서는데 눈에 익은 승용차가 보였다. 차에서 젊은 남자가 황급히 뛰어내리더니 뒷문을 열고 그녀를 맞았다. 마타도르 사무실에 들렀을 때 본 적이 있는 사람이었다. 선글라스를 벗은 그의 얼굴은 이른 나이에 죽은 어느 가수를 떠올리게 했다. 튀어나온 광대뼈와 갸름한 턱, 숱이 많지도 적지도 않은 눈썹, 내성적인 인상을 주는 창백한 안색. 그는 자신의 이름이 박경수라고 말하고는 차를 출발시켰다. 어디로 가느냐는 물음에도 그는 말없이 액셀러레이터를 밟았다. 갑작스런 상황이 불안하고 당황스러웠지만 그녀는 내색하지 않기 위해 눈을 감고 잠을 청했다.

강변도로로 접어든 검은 그랜저 승용차는 이후 30분 정도를 더 달려 둔촌동의 한 건물로 들어섰다. 진입로 양쪽으로 잘 다듬어진 정원수들이 본관 현관의 소실점을 향해 줄지어 서 있었다. 3층짜리 콘크리트 건물 정면에 빨간 십자가 표지와 함께 '보훈병원'이라는 간판이 보였다. 가까이 다가가니 건물은 사람들의 오랜 무관심과 싸우느라 지쳐 보였다. 칠한 지 오래되어 광택을 잃은 벽이 우중충한 회색빛으로 가라앉아 있었다. 박경수는 층별로 각 과 병동이 있는 본관 건물을 지나 왼쪽에 떨어져 있는 별관으로 그녀를 안내했다. 병리학실과 영안실, 장례식장이 위치한 2층짜리 화강석 건물이었다. 별관 로비는 텅 비어 있었다. 간호사 두어 명과 야윈 남자가 어두컴컴한 복도를 바쁘게 지나갔다. 먼저 도착해 진아를 기다리고 있던 오영수가 대기석에서 일어났다. 박경수는 그에게 가벼운 목례를 한 뒤 현관문 밖으로 사라졌다. 오영수는 주머니에서 손을 빼고 말없이 걸음을 옮겼다.

지하로 이어진 계단참 아래로 내려서자 서늘한 공기와 침묵이 그들을 맞았다. 오영수는 여러 번 와본 적 있는 것처럼 익숙하게 성큼성큼 나아갔다. 복도 끝에 천장과 사방 벽을 흰색으로 칠한 20여 평의 방이 나타났다. 방 안에는 긴 나무 의자가 놓여 있었고, 앞쪽 벽에는 옆방을 들여다볼 수 있는 유리 칸막이가 있었다. 유리 너머 옆방은 흰 타일 벽이었고 한가운데에 좁고 긴 금속 침상이 놓여 있었다. 강한 인공 조명이 비치는 침상 주위를 흰 마스크로 얼굴을 가린 두 명의 의사가 서성거렸다. 순간 진아는 누가 말해주지 않아도 그곳이 해부 참관실이란 사실을 깨달았다. 냉랭한 공기가 그녀의 목덜미를 감싸왔다. 소름이 끼친 팔뚝의 피부가 땅겨왔다. 의사 중 한 명이 침상에 덮인 흰 천을 걷어냈다. 그러자 실오라기 하나 걸치지 않은 시신이 조명 아래 드러났다.

서른 살 정도 되어 보이는 남자였다. 머리에는 반투명 캡이 씌워져 있었고 이마에 푸르스름한 혈관이 비쳤다. 무표정한 얼굴에는 핏기가 없었고 발목과 발가락도 창백했다. 머리가 어지럽고 속이 메슥거리기 시작했다. 준비를 끝낸 검시관들이 해부대로 다가섰다. 오영수가 짧게 말했다.

"정신 바짝 차려. 공연이 시작되니까."

해부가 시작되지도 않았는데 속이 메슥거리고 어지러웠다. 그녀는 오영수가 어떻게 이런 곳을 자유롭게 드나들 수 있는지 이해할 수 없었다. 검시관의 손끝에 들린 메스의 은빛 표면이 차갑게 번득였다. 커대버(cadaver)의 양 쇄골을 따라 가슴을 와이(Y) 자로 벌린 메스는 음모가 시작되는 아랫배까지 거침없이 그어 내렸다. 그녀는 고개를 돌렸다. 오영수가 그녀의 턱을 움켜쥐고 억지로 정면으로 돌려놓았다. 그녀는 본능적으로 두 눈을 감았다.

"눈 떠! 눈을 감아선 안 돼!"

그녀는 눈을 부릅뜨려 안간힘을 썼지만 소용없었다. 쇠사슬 같은 오영수의 손바닥이 그녀의 뺨을 찰싹 후려쳤다. 눈물이 줄줄 흘렀고, 뺨은 얼얼하다 못해 감각이 없어졌다.

"똑똑히 봐. 저것이 인간이야. 울고 웃고 욕하고 여자들과 시시덕거리던 몸이 차갑게 식어 말라가고 있어."

그녀는 억지로 힘을 주어 눈꺼풀을 열었다. 한 인간이 누워 있었다. 침묵하는 인간, 아무것도 아닌 인간, 물질로 돌아간 인간. 모든 것이 고요했다. 하지만 평화로운 고요가 아니라 불안을 잉태한 고요, 공포를 발산하는 침묵이었다. 잘생긴 젊은이의 얼굴에서 더 이상 오만과 자긍심을 찾아볼 수 없었다. 내장들을 제자리에 담고 절개한 가죽을 꿰매면 이제 그는 세상과 단절될 것이었다. 그는 더 이상 주장하지도, 울부짖지도, 몸을 떨지도 못할 것이다. 두 손을 앞으로 가만히 모으고 흙 속으로, 어둠 속으로 가라앉을 것이다. 나무뿌리들이 온갖 생각으로 들끓던 그의 두개골을 뚫을 것이고, 구더기와 흙 속의 작은 생명체들이 욕망으로 달아오르던 그의 몸을 파먹을 것이다. 머릿속에서 생각의 톱니바퀴들이 덜거덕거리는 소리가 났다. 아냐. 저건 인간이 아냐. 자기가 인간이라고 외칠 수 없는 인간은 더 이상 인간이 아니야.

느닷없이 피 냄새가 끼쳤고, 진아의 한쪽 콧구멍에서 피가 흘러나왔다. 공포와 역겨움으로 인하여 속이 울렁거렸다. 오영수가 주머니에서 비닐봉지를 꺼내 건넸다. 부끄러운 줄도 모르고 진아는 비닐봉지에 코를 박고는 꽥꽥 소리를 내며 시큼한 오물을 게워냈다. 그러다 뭔가를 깨달은 사람처럼 두 눈을 부릅뜨고 해부대를 노려보았다. 갈라진 붉은 틈 사이로 장기들이 반짝였다. 각각의 영역에 온순하게 들어차 있는 조직들, 검붉거나 누렇거나 희멀겋게 뭉글거리는 주름 덩어리들. 아침을 먹지 못한데다 배 속에 있는 것마저 몽땅 토하고 나니 목구멍에서 시큼한 액체가 넘어왔다. 그녀는 헛되이 꺽꺽대다가 욕설을 내뱉은 뒤 겨우 정신을 차리고 더러워진 입가를 닦았다.

30분 후, 그들은 주차장으로 향했다. 진아는 자신의 구토물이 든 비닐봉지를 쓰레기통에 처넣었다. 그녀는 화단 울타리에 주저앉아 바닥에다 침을 뱉었다. 당장 때려치우고 싶었지만 그럴 수 없었고, 그럴 수 있어도 그러면 안 된다는 생각이 들었다. 그녀는 빠르게 돌아가는 회전목마 위에서 멈추지도 뛰어내리지도 못하는 소녀였다. 중간에 내리려 했다면 애초에 올라타지 말았어야 했다. 그녀는 코와 피를 한꺼번에 풀어내고는 어질어질한 눈으로 정원을 바라보았다. 오영수는 그녀의 기분을 이해한다는 표정으로 그녀를 주시했다. 그녀의 눈은 이렇게 대꾸했다. 당신은 이해하지 못해. 설사 이해한다 해도 그건 이해한다고 생각하는 것일 뿐이야.

그녀는 큰 심호흡으로 공기를 깊게 들이마셨다. 귀에서 쉴 새 없이 울리던 찌르레기 우는 소리가 뚝 그쳤다. 별안간 세상이 너무도 생생하게 느껴졌고 눈앞의 풍경들이 기이할 정도로 새로웠다. 이전에는 한 번도 본 적이 없는 것처럼. 자신이 부검실의 해부대 위가 아니라 밝은 대낮에 살아 숨 쉬고 있다는 사실이 놀랍도록 절절하게 다가왔다.

주차장을 가로질러 걸어가는 동안 오영수는 16세기 파두아대학의 해부극장 이야기를 꺼냈다.

"동심원 모양의 계단식 객석에서 수많은 관객이 지켜보는 가운데, 중앙 해부대에서 인간의 사체 해부가 실연되었어. 고요한 무대 위에 피가 흘렀고 내장이 드러났지. 비싼 관람료에도 인간의 장기와 조직을 공부하는 의대생들과 인간에 대한 탐구욕에 불타는 화가와 철학자, 들뜬 작가와 인

문학자들이 생명의 신비와 죽음의 실체를 지켜보았어. 배우들은 그중에서도 가장 진지한 참관자들이었어."

차 문을 열고 뒷자리에 앉은 후에도 오영수는 해부극장에 대한 이야기를 계속했다. 그에게는 그보다 흥미로운 화제가 없는 것 같았다. 그녀는 듣고 있기가 힘들었다. 그래도 그는 이야기를 이어나갔다.

해부극장은 당시의 어떤 연극보다 원초적이고도 강렬한 공연장이었다. 주인공인 시체의 배를 가르고 장기를 하나하나 분리하는 해부의의 집도 행위는 단순한 구경거리가 아닌, 세계와 인간, 삶과 죽음에 대한 진지한 질문이었다. 해부의들은 인간의 몸을 절개함으로써 세계에 대한 인식도 함께 분해했고, 시체는 대사 한마디 없이도 관객의 시선을 집중시켰다. 관객들은 사형당한 범죄자의 시체 내부에 있을지 모르는 도덕적 결함이나 악덕의 흔적을 찾는 데 혈안이었다. 그리고 병이 어떻게 인간을 갉아먹는지, 시간이 얼마나 잔인하게 인간을 무너뜨리는지 알아내기 위해 기를 썼다. 의사들은 대본도 지문도 없이 매 순간 관객들의 생각과 의심 그리고 질문을 충동질했다. 이곳에 말없이 누운 자는 누구인가? 의사들은 무엇 때문에 그의 몸을 가르는가? 그의 장기를 난도질하는 행위는 정당한가? 그렇다면 저 난도질을 보는 당신은 도덕적인가?

그녀는 그 이야기가 마음에 들지 않았지만 싫은 티를 내지는 않았다. 오후 2시 반이 지나 있었다. 배 속에 있는 것들을 몽땅 게워냈더니 속이 허해 죽을 지경이었다. 박경수가 주차장에서 차를 빼서 그들에게 다가왔다. 본관 건물을 지날 때 3층 유리창에 반사되어 오는 오후의 햇살이 그들에게 비쳤다. 마치 창가의 검은 커튼 뒤에 숨어 있는 수십 명의 암살자들이 그들의 목덜미를 향해 빛나는 은빛 단도를 던지는 것 같았다. 돌아가는 길은 올 때보다 멀게 느껴졌다. 진아는 기진맥진한 채 창밖의 먼 풍경에 시선을 두고 멀미를 달랬다.

강변도로를 따라 달리던 차는 이태원으로 접어들었다. 박경수는 외국인들을 상대로 소시지 요리와 맥주를 파는 독일식 레스토랑 앞에 차를 댔다. 점심시간이 지나간 식당 안은 조용했다. 종업원들이 구석 테이블에서 늦은 식사를 하고 있었다. 진아는 독일식 소시지볶음과 구운 빵을 시켰다. 주문한 음식이 나왔지만 입맛이 떨어져 그녀는 포크를 내려놓았다. 오영수는 맥주 한 병을 각자의 잔에 나누어 따르며 근대 의학의 요람이었던 네덜란드 라이덴대학 해부극장에 걸린 팻말의 문구를 중얼거렸다.

"메멘토 모리(Memento mori). 죽음을 기억하라는 뜻이지."

지랄! 살기도 바쁜데 죽음을 기억하라고? 진아는 그렇게 생각하면서도 물방울 맺힌 맥주잔을 그의 잔에 부딪치면서 억지로 웃었다. 부어오른 뺨이 후끈거렸고 콧날이 시큰했다. 따귀를 몇 대나 맞은 걸까. 진아는 자기가 도대체 왜 맞은 건지 이해할 수 없었다. 정신을 차릴 겨를도 없이 뺨을 후려치던 오영수의 냉혹한 얼굴만 떠올랐다. 갑자기 무력감과 육체적 피로가 한 번에 몰려들었다. 귀에서 이명이 울렸다. 앞으로 두 번 다시 소시지 요리는 먹지 못할 거라고 그녀는 확신했다.

진아는 그 주 내내 커튼을 쳐놓고 집 안에 드러누워만 있었다. 밤에는 잠이 달아났고, 선잠을 깬 아침이면 임신한 여자처럼 자꾸 구역질이 났다. 그때까지 그녀는 죽은 사람을 본 적이 없었다. 사람이 죽는 일에 대해 생각해본 적도 없었다. 아버지의 죽음은 기억의 범위 밖에 있는 일이기에 아무것도 떠올릴 수 없었다. 죽음은 그녀와는 아예 다른 세상의 일이었다. 그런 그녀에게 죽은 청년의 육체는 압도적인 공포를 불러일으킨 시각적 폭력이었다. 그 공포에는 대상이 없고 이유도 없었다. 어디까지일지 또는 언제까지일지 그 한계를 알 수 없는 불가항력적 공포였다.

그때부터 그녀는 아침 운동을 빼먹었고 연습실에 나가지 않았으며 끼니를 걸렀다. 세수도 하지 않고 화장실 가는 것도 잊었다. 아무것도 삼킬 수가 없었다. 하루 종일 죽은 청년의 육체와 정지된 시간, 아니 어쩌면 박탈된 시간에 대한 생각이 두서없이 떠올랐다. 한 공기의 밥을 보면 젖혀진 거죽 안쪽에 보이던 지방층의 하얀 돌기들이 떠올랐고, 김치 종지를 보면 붉은 피에 뒤덮인 하얀 근막이 생각나 구토가 치밀었다. 그녀는 자신이 오염되어버렸다고 생각했다. 이제 다시는 그 장면을 보기 전의 자신으로 돌아갈 수 없었다. 그녀는 포획된 연체동물처럼 늘어져 죽음의 기억을 떨쳐내느라 도리질하며 하루하루를 보냈다. 그녀는 오영수의 의도를 이해할 수도 용서할 수도 없었다. 그는 왜 아무 이유도 설명도 없이 자신을 부검실로 떠밀었던 것일까? 그 거지 같은 곳에서 자신이 무엇을 보길 원했을까?

오영수의 전화가 걸려온 건 결국 나흘째 날 아침이었다. 진아가 전화를 받지 않자 그는 자동 응답기에 다음 주 월요일 아침에 다시 전화하겠다는 지시를 남겼다. 그의 목소리는 듣기에 따라서 지시가 아닌 부탁이나 애원 같기도 했다. 그녀는 그와의 주도권 싸움에서 우위에 섰다고 생각했다.

월요일 아침, 그녀는 늘 해오던 대로 토마토 주스를 마신 후 운동복으로 갈아입고 조깅을 시작했다. 달리는 동안 그녀는 그동안 어떻게 지냈냐는 오영수의 질문에 대비해 다양한 버전의 대답을 떠올렸다. 그리고 그중에서 '내내 죽음과 뒹굴었다'는 대답이 그럴듯하다고 생각했다.

집으로 돌아와 샤워를 마치고 나오는데 전화벨이 울렸다. 벽시계는 9시 5분을 지나고 있었다. 오영수는 그동안 어떻게 지냈는지 묻지 않았다. 준비한 대답은 필요 없어졌다. 오영수는 그녀가 좋아하는 차분하고도 냉정한 목소리로 뜻밖의 질문을 던졌다. 그녀가 미처 대답을 준비하지 못한 질문이었다.

“무단결근은 계약 위반이라는 걸 알고 있겠지?”

“당신이 날 그렇게 만들었어요.”

그것은 사실이었다. 아무런 예고 없이 그녀를 해부실에 내팽개쳤던 사람은 다른 누구도 아닌 오영수였다. 그날 이후 일주일 내내 그녀는 아무것도 먹지 못하고 토하기만 했다. 수화기 너머에서 간결하고 사무적인 목소리가 이어졌다.

“난 당신이 좋은 배우가 될 것으로 생각했어. 그래서 시간과 돈을 투자했지. 하지만 당신은 관객들의 박수만 쫓는, 그렇고 그런 배우 지망생에 불과했어.”

“난 당신이 요구하는 건 무엇이든 했어요. 이유를 묻지도 않았고, 투정을 부리지도 않았어요. 그런데 이제 와서 어떡하라는 거죠?”

“당신은 지금 이 순간부로 해고당했어.”

그녀는 자신이 무슨 말을 들었는지 알 수 없었다. 확실히 들은 단어는 “해고”라는 두 음절뿐이었다. 그러나 자신이 처한 상황을 알아차리기엔 충분했다. 그녀는 자신도 모르게 수화기 선을 감아쥔 손가락에 힘을 주었다. 한 가닥 자일(seil)에 의지해 절벽에 매달린 암벽등반가처럼. 그녀의 입에서 말인지 중얼거림인지 모를 소리들이 흘러나왔다. 안 돼. 이럴 순 없어. 만나서 얘기해요. 그녀는 수화기가 부서지도록 내던지고 헝클어진 머리를 말아 올리며 뛰쳐나갔다. 만약 내가 당신 눈앞에 서 있었다면 해고라는 끔찍한 말은 꺼내지 못했을 거야. 전화니까 그런 말을 할 수 있는 거야. 내가 눈앞에 없으니 아무 말이나 뱉었던 거라고.

숨이 턱까지 차 마타도르에 당도한 진아는 초인종을 누르는 대신 주먹으로 문을 두드렸다. 그리고 헐떡거리며 회의실로 뛰어들어 갔다.

"왜 날 내쫓겠다는 거죠?"

차분한 오영수의 시선은 그녀의 모든 감정을 마비시키는 듯했다. 그는 모호해진 분위기를 다잡으려는 듯 호흡을 가다듬고 말했다.

"당신은 기대를 저버렸어. 해부극장이 내포한 삶의 엄혹함을 간파하기는커녕 엽기적인 퍼포먼스로 치부했지."

그녀는 오영수가 자신을 나무라는지 간청하는지 알 수 없었다. 어느 쪽이든 해고 조치가 번복되지 않을 것은 분명했다. 빠르게 돌아가고 있는 회전목마에서 패대기쳐진 것처럼 눈앞이 핑핑 돌았다. 그녀는 헝클어진 머리카락을 쓸어 넘기며 생각했다. 정신을 차려야 해. 나중에 이 지랄 같은 순간을 똑똑히 떠올리고 재현해낼 수 있게. 우선 이 남자에게 자신이 무슨 짓을 하는지 정확하게 말해주어야 해. 이 일이 얼마나 어처구니없는 건지, 얼마나 바보 같고 미련한지. 그녀는 복식호흡으로 아랫배에 힘을 주고 목소리를 밀어냈다.

"그럼…… 내가 그만두면 공연은, 공연은 어떻게 되죠? 〈회전목마 위에서〉 말이에요."

자신의 목소리가 지나칠 정도로 차분하게 들려서 그녀는 깜짝 놀랐다. 동정이 필요한 사람은 자신이 아니라 오영수라는 듯 당당한 태도였다. 당신이 일을 이렇게 만들었어. 당신은 날 망가뜨린다고 생각하겠지만 당신 자신의 일을 망치고 있어. 오영수는 그런 반응을 예상한 것처럼 침착했다.

"공연은 계속될 거야."

자기 없이 계속될 공연을 생각하며 그녀는 치를 떨었다. 그토록 섬뜩한 배신감, 그토록 잔인한 소외감. 있는 힘을 다해 말아 쥔 주먹의 손톱 끝이 손바닥을 파고들었다. 오영수는 단조로운 목소리로 말을 이었다.

"다른 배우를 찾아야겠지. 아니, 못 찾아도 상관없어. 모든 연극엔 스스로 진화하는 생명력이 있으니까."

"날 배우로 만들더니 이제 날 다시 시궁창으로 돌려보내려는 건가요?"

"난 당신을 배우로 만든 적이 없어."

그녀는 푸른 정맥이 불거진 손아귀로 후줄근한 운동복 허벅지를 쥐어짰다. 그가 아무리 머물러달라고 해도 그곳에 남는 것이 아무 의미가 없을 것 같았다. 이전의 진아였다면 해고를 통보한 그에게 비난을 퍼붓고 침을 뱉은 후 문을 발길로 차고 제 발로 떠났을 것이다. 아니면 정신을 단단히 차리고 처량한 표정으로 이렇게 애원했을 것이다. 그러지 말아요. 다시 할게요. 마음에 안 드는 게 있으면 말해줘요. 제가 잘못한 걸 말해줘요. 그렇게 해줄 수 있잖아요. 당신이 하라는 대로 다 하고, 고치라는 대로 다 고칠게요. 그러나 이번에는 그러지 않았다. 대신 그녀의 입에서 그녀 자신도 이해할 수 없는 말들이 튀어나왔다.

"날더러 이제 어떻게 하라는 거죠? 난 무엇에 어울리는 사람이죠? 나를 무엇에 어울리는 사람으로 만든 거예요? 나는 어디로 가야 해요? 난 뭘 해야 하죠? 나는 어떻게 될까요?"

"무슨 말이야?"

그녀는 〈피그말리온〉 4막에 나오는 일라이자의 독백이라고 대답하지 않았다. 단순히 일라이자를 연기한 것이 아니기 때문이었다. 그녀는 그 인물에 자신의 기쁨과 슬픔, 고통과 남루함을 송두리째 투영했던 것이었다. 그 순간의 분노, 그 순간의 자기비하, 그 순간의 원망, 그 순간의 낙담과 정체를 알 수 없는 감정 모두를.

그러나 그녀의 독백은 아무것도 바꾸지 못했다. 자신이 벼랑 끝에 서 있으며, 그곳에서 뛰어내려야 한다는 생각이 움직일 수 없는 사실로 다가

울 뿐이었다. 자기도 모르게 입술 근육이 씰룩이고 몸이 떨렸다. 얼굴이 뜨거워지고 가슴이 답답해 숨을 쉴 수 없었다. 그녀는 그에게 창을 좀 열어달라고 간청했다. 그는 색 바랜 카펫을 가로질러 가더니 여닫이 창문을 밀어젖혔다. 그녀는 크게 심호흡을 하고 버림받은 일라이자의 5막 대사를 이어나갔다.

"내가 재수 없고 무식한 아이고 당신은 유식한 신사인 거 알아요. 그렇다고 당신 발톱의 때는 아니에요. 내가 그 일을 했는데, (자신의 표현을 바로잡으며) 내가 그 일을 했던 건 옷을 얻거나 돈을 위해서가 아니었어요. 당신이 나를 사랑하게 되기를 원했던 것도 아니에요. 난 한순간도 〈회전목마 위에서〉의 여주인공을 생각하지 않은 적이 없어요. 그녀의 이름은 무엇일까? 그녀는 어떻게 생겼을까? 하지만 난 그녀에 대해 아는 게 없어요. 하나도 없죠. 당신은 대본을 보여주지도 않았잖아요. 난 연극에 배반당했어요."

어디까지가 리사의 독백이고 어디부터 자신의 목소리인지 그녀 자신도 알지 못했다. 그것은 계산된 연기가 아니라 격한 감정에 휩싸인 그녀 자신의 독백이었다. 그녀는 실제 삶의 모든 영역을 치환할 수 있는 작중인물들과 장면들을 알고 있었고, 삶의 순간순간을 연극적 감정으로 승화시킬 수도 있었다. 사랑에 빠진 줄리엣, 불륜에 빠진 뻔뻔한 애비, 약물중독에 빠진 메리 캐번 티론, 버림받은 오필리아와 죽음을 기다리는 왕들의 대사를 기억했다. 그리고 그들의 감정을 일상으로 불러낼 수도 있었다. 그리고 자신의 기쁨과 슬픔 그리고 고난과 남루함을 작중인물들의 시선으로 냉정하게 관찰할 수도 있었다. 그러나 지금은 가슴속에 들끓는 감정들의 정체를 알 수 없었다. 아니 알고 싶지 않았다. 오영수는 오래전에 헤어진 애인이나 10년 전에 이혼한 전 부인에게 하는 것 같은 사무적인 말투로 대꾸했다.

"한 여자가 있어. 젊고 아름답고 사랑스러운 여자야. 과거는 알려지지 않았고, 알려진 부분은 믿을 수 없어. 그녀는 한 남자를 사랑하게 돼. 아는 것이 많고, 생각이 복잡하고, 비밀이 많고, 숨어 지내는 남자야."

그녀는 그 남자가 무엇으로부터 숨어 지내는지 되물었다. 그가 대답했다.

"모든 것들로부터. 사람, 사회, 조직, 미디어, 심지어 자기 자신으로부터."

그녀는 무슨 말을 할 것처럼 입술을 오물거렸지만 끝내 아무 말도 하지 못했다. 그저 자신을 둘러싼 세상이 흐릿하게 뭉개지는 것을 지켜볼 뿐이었다. 흰 벽이 사방으로, 진아에게서 한없이 멀어졌다. 회의실이 갑자기 넓어 보였다. 너무나 작고 초라해진 자신이 수치스러워 그녀는 그곳을 뛰쳐나가고 싶었다. 그녀는 자신도 모르게 자리에서 벌떡 일어났다. 하지만 다음 순간에는 어떤 행동을 해야 할지 알 수 없었다. 뒤도 돌아보지 않고 문을 박차고 달려 나갈 수도 있었고, 그 자리에 꿇어앉아 한 번만 더 기회를 달라고 애원할 수도 있었다. 그러나 다음 순간 그녀가 한 일은 너무도 뜻밖이었다. 오영수를 똑바로 노려보던 그녀가 느닷없이 그의 따귀를 후려쳤던 것이다. 의도를 가지고 한 행동은 아니었다. 상황이 너무 심각해서였을 수도 있고 오영수의 태도가 너무 냉정했기 때문일 수도 있었다. 경위야 어쨌든 그녀 자신도 믿지 못할 정도로 그녀답지 않은 행동임은 분명했다.

갑작스러운 상황에 오영수는 멍한 표정을 감추지 못했다. 방금 무슨 일이 일어났는지 깨닫지 못한 표정이었다. 그때 그녀는 생각할 틈도 주지 않고 다시 그의 반대쪽 뺨을 후려쳤다. 손바닥이 얼얼하고 손가락의 뼈마디가 욱신거렸다. 다시 오른뺨, 다시 왼뺨. 팔이 후들거리고 숨이 차올랐다. 그녀는 탁자 위의 얼음물을 벌컥벌컥 들이켜고 반쯤 녹은 얼음을 어금니로 우두둑 깨물었다. 그때서야 그녀는 자신이 왜 그런 행동을 했는지 깨달았다. 해부 참관실에서 그에게 뺨을 맞을 때 그녀는 아픔을 느낄 틈도 없이 폭력이 그것을 행사하는 사람의 감정에 어떤 영향을 미칠지 궁금했다. 이제, 진아는 그 느낌을 알게 되었다.

먼저 급여가 끊겼다. 그리고 살던 맨션을 비워야 했다. 진아는 싸구려 광택이 번질거리는 커다란 트렁크 두 개를 방 한가운데에 펼치고 옷가지를 한 벌씩 던져 넣었다. 방 안의 모든 물건들이 그녀에게 적의를 드러내는 것 같았다. 〈세 자매〉 오디션에 갈 때 입었던 파란 물무늬 원피스와 맥줏집에서 서빙 일을 할 때 입은 청바지와 흰 티셔츠, 운동복 여섯 벌과 러닝화 두 켤레, 배역에 따른 의상들, 크고 작은 빗들과 헤어 세팅기, 〈카사블랑카〉 비디오테이프와 등사본 〈배우 수업〉, 〈체호프 단편선〉과 몇 편의 대본, 분장 도구함……. 한때 그녀의 삶을 가득 채웠지만 이제 더 이상 쓸모없는 것들.

그녀는 욱여넣은 물건들 때문에 제대로 닫히지 않는 트렁크와 한참 씨름했다. 마침내 트렁크를 닫고 잠금 쇠를 확인한 그녀는 이제 더 이상 자기 것이 아닌 방 안을 괜히 둘러보았다. 창밖의 단풍나무 가지가 바람에 깔짝깔짝 유리창을 긁으며 이를 가는 소리를 냈다.

진아는 두 개의 트렁크를 양손으로 끌며 길 건너 새로 얻은 월세 옥탑방을 향해 터덜터덜 걸었다. 유리 구두는 신는 게 아니야. 그건 그냥 진열대의 장식품일 뿐. 모든 사람들이 감탄하며 바라보지만 누구의 것도 될 수 없어. 그걸 신는 순간 자신의 몸무게에 눌려 바스러진 유리 조각이 발바닥에 박힐 테니까. 하지만 그녀는 어리석게도 그걸 신었다.

좁은 골목 끝 집에 들어선 그녀는 건물 외벽에 붙은 가파른 철 계단을 올라갔다. 군데군데 칠이 벗겨진 현관문을 열자 곰팡이 냄새가 났고, 창틀을 타고 새어든 빗물 자국이 보였다. 손을 대면 부스러질 것처럼 녹이 슨 창살은 자신이 누구에게도 보호받지 못할 거라는 섬뜩한 경고 같았다. 낯선 방 안으로 들어선 그녀는 짐을 풀지 않았다. 그 집에 당도한 바로 그 순간 그녀는 그곳을 떠날 준비를 끝냈던 것이다. 난 배우야. 내가 있을 곳은 이런 썩어빠진 시궁창이 아냐. 이 방은 내가 잠시 머무는 곳일 뿐. 결코 살 곳이 아니야. 그녀는 여배우가 된다는 것이 어떤 의미인지 알았다. 아무에게나 허락되지 않으며 준비 없이는 더더욱 얻을 수 없는 자리란 것을. 자신에게 주제넘은 자리일 수도 있었지만 거의 손아귀에 넣을 뻔도 했다는 것을.

재투성이 아가씨로 돌아가기를 거부한 그녀는 온갖 극단의 오디션을 쫓아다녔다. 그러나 현실은 그녀에게 친절하지 않았다. 진아의 연기를 본 극단주와 연출자들은 고개를 끄덕였지만 최종 캐스팅 명단에 그녀의 이름을 올리지 않았다. 여덟 번의 오디션에서 떨어지자 그녀는 〈마타도르〉의 훈련이 성과가 없다고 판단했다. 그녀는 바뀌거나 나아진 것이 아니라 그럴 거라고 착각했을 뿐이었다. 그녀는 잘 해냈지만 오영수가 원하는 만큼 완벽하지는 못했고, 충분히 강했지만 그가 요구하는 만큼은 아니었다. 그것이 그녀의 결함이었고 그에게 버림받은 이유였다. 오영수는 전부가 아니면 아무것도 갖기를 원하지 않는 사람이었다. 그때서야 그녀는 그를 조금 알게 된 것 같았다. 그가 자신을 내친 이유는 아무짝에도 쓸모없는 쓰레기이기 때문이었다. 그녀는 자신에게 내밀었던 오영수의 손을 떠올렸다. 가만히 〈욕망이라는 이름의 전차〉 대본을 건네던 손, 니나의 대사를 읊으며 달려든 자신의 등을 토닥이던 손, 소리 지르며 뺨을 때리던 갈고리 같은 손. 그 손은 그녀를 이끌었고 더 나은 사람으로 만들었고 스스로 자격이 있다고 믿게 했지만 지금은 아니었다. 그러나 그녀는 그럴 거라고, 그랬으면 좋겠다고 막무가내로 믿고 싶었다. 혼자만의 바보 같은 상상이었지만 절망을 견디는 데 도움이 되었고, 그런 생각을 하는 동안에는 얼마간 행복하기까지 했기 때문이었다.

그녀는 이제 결함만이 자신이 가진 유일한 자산임을 알게 되었다. 자신의 결함이 결코 자신을 망가뜨리지 못하리라는 것도. 그녀는 결함을 통해 넘어진 곳에서 일어서고 결함을 무기로 자기 앞의 세상과 맞서야 했다.

다음 날 아침, 그녀는 4킬로미터 달리기를 다시 시작했다. 육체는 무대 위의 배우가 세계와 대적하는 유일한 수단이었다. 말로 할 수 있는 것은 많지 않았다. 거의 없었다. 관객을 생각하게 하고 의심하게 하는 질문을 던지는 도구는 오로지 스스로의 육체뿐이었다.

두 달 후 〈그녀의 우편배달부〉 오디션 공고를 보았을 때, 진아는 그것이 행운인지 불행인지 알 수 없었다. 단독 여주인공에 전 막의 3분의 2에 달하는 대사 분량으로 보면 최고의 배역이었다. 누드? 그것은 생각하기에 따라 양날의 검이 될 수 있었다. 확실한 흥행의 밑밥이지만 '벗는 배우'란 딱지가 붙을 것을 각오해야 했다. 여배우에게는 평생을 따라다닐 치명적 낙인이었다. 그녀는 오디션을 결심하기까지 사흘을 망설였다. 극단 사무실 문 앞에 당도해서도 발길을 돌려야 하는 것이 아닌지 망설였다. 문을 열고 들어서자 퀴퀴한 배달 음식과 담배 냄새, 오래된 벽돌의 씁쓸한 냄새가 코를 찔렀다.

극단주 겸 연출자로 보이는 남자는 170센티미터 남짓에 100킬로그램에 육박하는 똥자루였다. 남종구라고 자기 이름을 밝힌 그는 북통처럼 나온 배 때문에 허리띠 대신 넓은 멜빵으로 자신의 몸을 짐짝처럼 걸머지고 씩씩거렸다. 그는 감았는지 떴는지 분간하기 어려운 실눈으로 그녀의 몸 이곳저곳을 훑어보았다. 그러더니 수작을 거는 치한처럼 뭐 할 줄 아는 게 있냐고 물었다. 그녀는 시키는 건 뭐든 할 수 있다고 대답했다. 남종구는 의미심장한 미소를 짓더니 집게손가락으로 허공의 한 점을 찍고 작은 원을 그렸다.

"뒤로 돌아봐. 어…… 괜찮군. 겉옷을 벗어볼 수 있나?"

최선을 다해야 한다는 생각과 그래서는 안 된다는 생각이 그녀의 마음속에서 뒤엉겼다. 그녀는 검은 재킷을 벗어 의자에 걸쳤다. 남종구의 목소리가 점점 고조되었다.

"좋았어. 그 자리에서 한 바퀴 돌아보고…… 반대쪽으로 한 바퀴 더!"

나흘 후, 1층 주인집 여자가 외출에서 돌아온 그녀를 불러 세웠다. 그러더니 웬 남자가 전화를 했다며 메모지 한 장을 전해주었다.

"무슨 극단이라는 것 같던데…… 거기 전화번호 적혀 있지?"

여자는 골목 공중전화로 가려는 그녀를 돌려세우더니 1층 마루에 놓인 전화기를 가리켰다.

"맘 놓고 써. 전화비 걱정일랑 말구……."

주인집 여자는 호기심 가득한 눈빛을 하고 친절하게 보이는 웃음을 지었다. 전화기에 대고 하는 자신의 한마디 한마디가 그 여자를 통해 동네 여자들의 입에 오르내릴 것이 뻔했지만 그녀는 1층 마루에 걸터앉았다. 수화기를 들고 다이얼을 돌렸다. 단조로운 신호음이 끊기고 남종구의 걸걸한 목소리가 들려왔다. 합격 통보였다. 그녀는 기쁘기도 했고 기분이 더럽기도 했다. 기분과 상관없이 그것이 유일한 기회라는 생각이 들었다. '삼류 누드 배우'가 자신이 움켜쥔 유일한 기회라니……. 진아는 쯧쯧 혀를 차다가 그 대상이 자신이라는 사실을 깨닫고 울음이 터질 뻔했다. 그녀가 수화기를 내려놓자마자 주인집 여자가 득달같이 물었다.

"합격이야? 그럼 이제 배우가 되는 거네."

"아뇨. 난 원래부터 배우였어요."

한 달의 준비 끝에 진아는 첫 여주인공 역으로 무대 위에 올랐다. 허황된 성적 판타지에 기댄 대본, 조악한 무대와 서투른 연출, 응집되지 못하고 흩어지는 배우들의 연기, 눈요기를 기대하고 몰려온 관객들……. 그녀는 한 겹씩 옷가지를 벗어 무대 바닥에 내려놓았다. 색색의 조명이 옷가지 대신 그녀의 헐벗은 육체를 감쌌다. 짓궂은 관객들은 연극이 진행되는 도중에도 키득거리며 휘파람을 불었다. 저속하고 음란했지만 어떤 박수갈채보다 즉각적이고 솔직한 반응이었다. 그녀가, 한쪽 브래지어 끈을 늘어뜨리고 헝클어진 머리카락 사이로 객석을 노려보는 그녀가 고단한 현실로부터 무대 위로 도망 온 망명자라는 사실을 그들은 알지 못했다.

진아는 풀이 죽지도 그렇다고 낙담하지도 않았다. 관객의 환심을 기대하지도, 배역에 치어 안달복달하지도 않았다. 그녀는 의도적으로 자신의 영혼을 육체에서 분리해 객석으로 이동시켰다. 그곳에서 무대 위의 자신, 즉 객관화된 대상을 응시했다. 마치 자기가 자신이 아닌 것처럼. 관객을 무시하고 자신에게로 집중하는 그녀의 이런 초연함은 역설적으로 관객을 끌어당기는 긍정적 결과를 가져왔다. 젊은 남자들이 대여섯 명씩 떼를 지어 왔고, 50대 남자들도 극장 앞에 줄을 섰다. 표가 떨어지면 그들은 주저 없이 암표를 샀다.

남종구는 〈무대와 객석〉에서 태주의 리뷰를 오려내 확대 복사한 뒤 극장 벽 곳곳에 도배했다. 그는 극장 입구에 길게 늘어선 줄을 보고 연신 키들거리며 그녀를 치켜세울 화제를 찾았다.

"당장 8시 공연부터 중간 통로에 보조 의자를 더 배치해야겠어. 그리고 다음 주부터는 입석권을 팔자고."

계단을 오르내릴 때마다 그녀는 벽에 붙은 태주의 글을 되풀이해 읽었다. 그녀가 좋아한 부분은 연극에 대한 혹평과 그녀에 대한 인상을 묘사한 부분 그다음에 이어진 리뷰의 마지막 문단이었다.

> 연극에서 눈길을 끈 유일한 요소는 여주인공이었다. 그러나 연극은 그녀 때문에 실패했다. 그녀는 충분히 매력적이었으므로 이질적이었다. 충분히 뛰어났으므로 불안했다. 그녀는 빈약한 줄거리를 잊게 했고, 천박한 노출에 설득력을 부여했으며, 허황된 대사를 견디게 했지만 그 때문에 연극에 녹아들지 못했다. 그녀는 작중인물이 아닌 현실의 자신을 연기했던 것이다.

싸구려 누드 연극을 비난하면서도 여주인공의 재능을 평가하는 신랄한 언어들. 그녀는 자신도 모르게 특별한 사람이 된 것 같은 기분이 들었고 우쭐해질 권리를 얻은 것 같았다. 마치 오래전에 헤어진 연인처럼 태주가 그리웠다. 그 사람의 글에서는 냄새가 나는 것 같아. 절절한 연애편지를 읽는 것처럼.

그해 8월은 그들에게 기대에 찬 동시에 남루했으며, 달콤하면서도 불안한 여름이었다. 햇살이 거리의 아스팔트를 녹일 듯 맹렬하게 쏟아졌고, 달아오른 공기는 밤이 되어도 식지 않았다. 여자들은 꽉 끼는 청바지와 땀방울이 점점이 등에 밴 티셔츠를 입고서 손바닥을 파닥거려가며 부채질을 했다.

최루탄과 시위대의 구호가 난무하던 그 여름 내내 그들은 태주의 방에서 거의 벌거벗고 지냈다. 급하게 휘갈겨 쓴 대사의 인덱스카드와 각 장에서 표현되어야 할 핵심 개념이 적힌 메모장, 각 장의 유기적인 관계를 화살표와 선과 점선으로 표시한 도표들이 널려 있는 방 안에서 그들은 사랑에 빠진 연인들이 함께 할 수 있는 모든 일을 다 했다. 델 것처럼 뜨거운 서로의 몸을 안고 혀와 코, 손과 성기를 비롯한 온몸의 점막과 돌기를 사용해 서로의 구석구석을 더듬었다. 그의 손가락은 길고 섬세해서 그녀의 몸을 쓰다듬고 어루만지기에 좋았다.

주말이면 그들은 좁은 침대에서 연극 대사를 주고받으며 빈둥거렸다. 졸린 눈으로 서로를 바라보며 주고받는 말들뿐 아니라 한마디 없이 서로를 감지하는 침묵도 즐겼다. 그러다 더위에 지치면 냉장고의 냉동실 문을 연 뒤, 그 안에 얼굴을 들이밀거나 먹다 남은 아이스크림을 퍼먹었다. 배가 고프면 딱딱한 빵조각을 뜯어 먹다가 그 시간을 돌이킬 수 없다는 사실을 문득 깨달은 사람들처럼 서로에게 달려들었다. 싱크대에는 설거지하지 않은 커피잔들이 쌓여 있었고, 휴지통 주변에는 축축하게 젖은 휴지뭉치들이 널려 있었다. 천장의 선풍기는 가래가 목에 걸린 노인처럼 그렁대며 돌아갔다. 그들은 자신들의 누추함을 알아차리지 못했다. 혹 알았다 해도 상관하지 않았을 것이다. 그들은 인간이 닿을 수 있는 쾌락의 끝을 향해 달리고 있었다. 진실한 삶은 그곳에 있다고 믿었기 때문이었다. 서로의 육체 안에서 그들은 이전에 죄지은 적이 없으며 설사 그렇더라도 이미 용서받았다고 확신했다. 좁고 뜨거운 방은 그들의 방주였고, 그들은 구원받은 단 한 쌍의 짐승이었다. 그들은 결코 멸종되지 않을 종이었다.

그들은 흔하고 지루한 방식으로 서로를 받아들이기를 거부했다. 섹스 도중에도 그들은 연극을 지켜보는 관객들처럼 골똘히 서로를 관찰했다. 서로의 숨소리, 신음 하나도 놓치지 않을 것처럼. 웃고 장난치고 괴로워하는 표정 하나하나를 머리에 새기기라도 할 것처럼. 땀에 젖어 헐떡거리면서도 성적 쾌락의 생리적 작동방식과 그것이 서로의 감정에 미칠 영향을 냉정하게 살피고 기억하는 데 골몰했다. 진아는 한마디로 정의할 수 없는 섹스의 여러 면을 좋아했다. 그중에서도 발가벗은 채 손끝 하나 움직일 힘도 없는 기진맥진함 속에 잠드는 순간을 좋아했다. 그 방탕한 나날들, 싸구려 멜로 영화처럼 누추하면서도 말랑말랑한 순간들. 즐겁다 못해 경이로운 하루하루들.

낡은 TV를 켜면 최루탄 연기 사이를 달음박질하는 진압경찰과 몽둥이에 쓰러지는 학생 들의 모습이 흘러나왔다. 10월에는 건국대학교에서 전두환 정권 퇴진 요구 시위를 벌이고 해산하려던 학생 2000여 명 중 1500여 명이 좌경 용공 분자로 연행되었고 1288명이 구속되었다. 검찰은 그중 398명을 기소했다. 그토록 무도하고 파렴치한 조치에도 두 사람은 아랑곳하지 않았다. 둘만의 시간이 질리도록 밝고 즐거워서 그 외의 모든 것들이 단순하고 무의미하게까지 느껴졌다. 독재 타도의 구호조차 아련하기만 했다. 그들의 머릿속을 채운 것은 오직 서로의 존재와 함께 있다는 사실뿐이었다. 나머지는 아무것도 눈에 보이지 않았다. 설령 보였다 해도 못 본 척했다.

나른한 방종의 시간 속에 영원히 머물고 싶은 욕망과 현실에 눈감고 있다는 죄책감이 번갈아 몰려왔다가 사라질 때면 태주는 엘렉트라를 머릿속에 떠올렸다. 그 순간, 잠자고 있던 감각들이 놀랍도록 예민하게 되살아났다. 수십 세기 전, 지구 반대편에서 선보여졌던 어느 왕녀의 대사와 몸짓이 지금 이 도시에서 벌어지는 일들보다 즉각적으로 감각에 와닿았다. 엘렉트라의 머리카락 한 올의 빛깔과 윤기, 속이 비치는 겉옷의 주름 하나까지 생생하게 표현해낼 수 있을 것 같았다. 그는 토굴로 돌아가는 승냥이처럼 다급하게 책상으로 다가가 타이프라이터에 종이를 끼웠다. 그는 등장인물들의 심리를 묘사하는 데 모든 감각을 집중했으며 세밀한 상황 묘사에 짜증스러우리만치 공을 들였다. 어느 날인가에는 일곱 시간 20분 동안 앉은뱅이책상에서 엉덩이도 떼지 않고 타자기만 두드린 적도 있었다 그럴 때 그는 결승점에 무엇이 있을지 모르거나, 아무것도 없다는 걸 알고도 전력 질주하는 단거리 주자처럼 맹렬했다. 진아는 그의 눈에 서린 붉은 핏발이나 초췌하게 자란 턱수염마저 자랑스러웠다. 그녀는 그가 쓴 극본을 반복해 읽었으며 엘렉트라와 클리타임네스트라의 대사를 끊임없이 그와 주고받았다. 그의 짜증과 고함을 견뎌가며 그녀는 그가 쏟아내는 질문들의 대답을 생각했다. 엘렉트라는 왜 눈물을 흘리지 않지? 눈물은 나약한 여자가 아니라 어리석은 여자들이 흘리기 때문이야. 엘렉트라는 왜 어머니를 죽이려 하지? 그녀는 현실을 파괴함으로써 과거를 되찾겠다고 생각해. 엘렉트라는 왜? 엘렉트라는 왜?

질문과 답변, 반박과 논쟁이 반복되며 이어졌다. 그럴 때 그들의 표정은 부품을 점검하고 밸브를 조정하며 배선을 파악하는 함선 정비공과 조수가 된 것처럼 진지했다. 극본은 모습을 갖추어갔다. 이따금 그의 질문은 장난처럼 핵심에서 비껴나가기도 했다. 당신은 날 얼마나 좋아하지? 사랑을 나눌 때 어떻게 해주는 걸 가장 좋아하지? 그때마다 그녀는 자신의 육욕과 쾌락에 관해 숨김없이 말해주며 그의 영혼뿐 아니라 육체의 한 부분이 되고 싶다고 말했다. 한 사람의 육체가 다른 사람의 육체를 대신하는 일이 어떻게 가능하냐는 태주의 반문에 진아는 장황한 이야기를 늘어놓았다.

"사람을 화장시키면 재 속에 반짝이는 작은 것들이 섞여 있겠지. 금니나 임플란트 치아나 인공관절 같은 거 말이야. 유족들은 그것이 죽은 남편이나 아버지의 몸의 일부라고 생각할까? 그냥 쓸모없어진 쇠붙이라고 생각할까? 난 그것들이 죽은 사람의 일부일 거란 생각이 들어. 그것들이 죽은 사람의 몸이라면 목발이나 안경, 연필과 망치, 가위나 국자가 우리의 몸이 아니라고 어떻게 말할 수 있겠어? 그러니 내가 자기를 위해 목발이나 금니, 인공관절이 되지 못할 이유도 없지."

그녀는 실제로 그를 대신해 극단의 잡다한 일을 도맡아 처리했다. 극단으로 걸려오는 전화를 받고 극본을 복사하고 우편물을 정리했다. 며칠간의 불면으로 멍한 그를 대신해 참고 자료를 찾으려 도서관을 뒤지고 홍보 전단 문구를 작성했다. 포스터의 카피를 제안하거나 배우의 동선을 변경하는 등의 사소한 아이디어를 내기도 했다.

태주는 여전히 〈줄리어스 시저〉 사건의 충격에서 완전히 벗어나지 못했다. 언제 다시 곤욕을 치를지 모른다는 피해의식이 그를 사로잡고 괴롭혔다. 진아와 함께 거리를 걸을 때도 그는 누가 미행을 하고 있지는 않은지 주위를 두리번거렸고 뒤따라오는 행인을 정보과 형사로 착각하고 걸음을 늦추었다. 행인이 그를 본체만체하고 지나간 후에도 그는 불안감을 떨치지 못했다. 그런 날 밤이면 태주는 진아가 짐작도 못할 악몽에 시달렸고 알아들을 수 없는 잠꼬대를 했다. 그러나 다음 날 아침이 되면 그는 지옥에서 돌아온 오르페우스처럼 맑은 표정으로 깨어났다. 실제로 그는 지난밤의 악몽을 기억하기는커녕 그런 꿈을 꾸었다는 사실조차 인식하지 못했다. 악몽에 시달리던 그의 표정을 생생히 기억하는 그녀가 가벼운 배신감마저 느낄 정도였다. 그래도 그녀는 그가 고통을 까맣게 잊어버렸다는 사실을 다행스럽게 여겼다.

그녀의 눈에 태주는 여전히 운동권과의 고리를 끊지 못한 것 같았다. 그는 틈날 때마다 심각한 표정으로 자유와 정의 그리고 독재에 짓밟힌 민중의 삶에 대해 목소리를 높였다. 그를 만나기 전의 그녀였다면 뜬구름 잡는 소리라며 웃어넘겼을 말들이었다. 그러나 그에겐 허황된 말조차 진실하게 만드는 능력이 있었다. 아니면 진실하다고 믿게 만드는 어떤 능력이. 가끔 그는 그녀가 모르는 사람들을 만나고 돌아왔다. 누구냐고 물으면 아무도 아니라며 얼버무렸다. 은밀한 기쁨이 깃든 그의 얼굴이 마치 처음 보는 사람처럼 낯설었다. 그는 다시 세상을 바꾸려 하고 있는지도 몰랐다. 그녀는 그런 그가 좋아할 만한 말들을 알고 있었다.

"자기가 독재자에게 몸을 파는 개자식이 아니어서 다행이야. 자긴 그 개자식들과 싸우다가 감방까지 갔다 왔잖아."

학습을 통해 습득한 논리나 신념이 아니라 태생적으로 형성된 저항의 언어들. 그 격렬한 말들의 뿌리는 바로 분노였다. 진아의 분노는 그 누구도 향하지 않았기에 더욱 격렬하고 자기 파괴적이었다. 그녀가 불온한 언사를 내뱉을 때마다 태주는 그동안 그 날선 분노를 감추어온 그녀의 자제심에 소름이 끼쳤고, 대상 없는 분노가 그녀 자신을 망가뜨리지 않을까 두려워졌다.

며칠 후, 그녀는 모종의 약속 장소로 나가 누군가에게 자신의 메모를 전해달라는 태주의 부탁을 받았다. 태주의 설명에 따르면 그 '누군가'는 〈엘렉트라의 변명〉의 무대장치를 맡은 디자이너였다. 하지만 그녀에겐 그 부탁이 무대장치와는 관련 없다는 것을 알아차릴 만한 분별력이 있었다. 그 일은 비밀스러웠고 위험할 수도 있었다. 그러나 태주 혹은 그의 대의를 위해서라면 진아는 어떤 위험도 감수할 수 있었고, 어떤 치욕도 감당하고 싶었다.

약속 장소인 종각역에는 겁먹은 눈으로 주위를 두리번거리는 여드름투성이의 대학생이 나와 있었다. 그는 그녀를 제대로 쳐다보지도 않은 채 봉투를 낚아채더니 달아났다. 멀어지는 그의 뒷모습을 보며 그녀는 어떤 비밀스러운 사명을 완수했다는 성취감에 마음껏 고함을 지르고 싶었다. 며칠 뒤 그녀는 신촌의 한 다방에서 대학 연극 동아리 회장에게 녹음테이프가 담긴 서류 봉투를 전했고, 그다음 주에는 청계천 자재상에게 무대장치에 소요되는 자재 대금을 전달했다. 남자들의 몸에서는 바람 냄새와 땀 냄새, 매캐한 최루탄 냄새가 났다. 세상을 바꾸겠다며 역사의 수레바퀴에 개미 떼처럼 달려든 남자들. 고통에 마모되지 않고 괴로움에 침식당하지 않는 남자들.

어느 날 진아는 시청역 4번 출구에서 갈색 중절모를 쓴 30대 남자와 만나 그에게 갈색 서류 봉투를 전했다. 돌아오는 길에 그녀는 처음으로 그 봉투 안에 든 내용물이 궁금해졌다. 태주가 건넨 봉투는 밀봉되어 있었던 적이 없었다. 그러나 그녀는 한 번도 내용물을 확인하지 않았다. 봉투에 든 서류가 무엇이든 상관없고 열어볼 마음도 없었다. 문득 봉투가 열려 있는데도 그 안을 들여다보지 않을 자유를 가졌다는 사실에 그녀는 스스로가 자랑스럽게 느껴졌다. 태주가 그녀에게 자유를 주었고, 그 대가로 그녀는 태주에게 믿음을 주었다. 그녀는 자신이 만난 남자들이 연극판 선후배나 협력업자라는 그의 말을 의심하지 않았다. 그렇다고 그들이 그의 운동권 동료나 연락책일 가능성을 부인할 수도 없었다. 그게 사실이라면 태주는 그녀의 믿음을 이중으로 이용한 셈이었다. 그녀는 태주가 자신을 속일 거라고 생각하지 않았지만 그렇지 않다고 확신할 수도 없었다. 갑자기 온몸에 오한이 이는 듯했다.

집으로 돌아온 진아는 작업 중인 태주의 등 뒤에 말없이 섰다. 자판을 두들기던 그의 손이 멈추었다. 그녀의 바바리코트 자락에서 비릿한 바람 내가 났다. 태주는 의자에서 돌아앉아 그녀를 껴안았다. 그러고는 그동안 작업에 쫓겨 번역해놓은 베케트의 대본을 선배 연출가에게 전할 시간이

나지 않았는데 대신 다녀와줘서 고맙다고 말했다.

봉투 속에 든 것이 베케트든 이오네스코든 그녀에겐 의미가 없었다. 그녀는 한쪽 팔로 그를 밀쳐내면서도 그의 품으로 파고들었다. 알아? 난 자기를 탓할 수 없는 여자야. 자기가 도망자라면 나도 도망자고, 자기가 살인자라면 나도 살인자가 될 거야. 그는 그녀의 머릿결 사이로 손가락을 넣어 쓸다가 움켜쥐고 끌어당겨 키스했다.

살짝 벌어진 그녀의 입술은 차가웠고, 혀는 불덩이처럼 뜨거웠다. 그는 자기 때문에 그녀가 감기에 걸렸다는 생각에 죄책감을 느꼈다. 그녀는 터틀넥 셔츠를 훌렁 벗더니 그를 안고서 소파에 몸을 던졌다. 그녀는 그에게 꾀병을 앓아본 적이 있는지 물었다. 그는 초등학교 시절 배탈을 핑계로 학교를 두 번 빼먹은 적이 있었고, 그중 한 번은 꾀병이 들통나기도 했다고 답했다. 그러자 그녀는 꾀병이 아닌 진짜 병을 앓는 것이 즐겁다고 말했다.

"이 병이 주는 고통이 난 즐거워. 온몸은 불덩이처럼 활활 타오르고 정신은 몽롱하지만 이건 꾀병이 아니니까. 이 아픔은 연기가 아닌 진짜니까."

진아는 눈살을 찌푸리고 땀 흘리고 신음하며 진짜 고통을 즐겼다. 약을 챙겨 먹이고 이마에 물수건을 대느라 우왕좌왕하면서도 태주는 그녀가 짓는 변화무쌍한 표정에 집중했다. 생생한 눈동자와 움찔거리는 눈썹, 찡긋거리는 콧잔등과 도드라진 대문니는 그녀라는 비밀에 대한 암호처럼 보였다. 거울 앞에서 콧잔등의 뾰루지를 한참 흘겨보다 갑자기 웃는 그녀. 화장하지 않은 얼굴로 부스스한 머리카락을 터는 그녀. 일상의 소소한 순간조차 본연의 자신을 연기하듯, 꾸밈없어 보이는 그녀의 태도는 진실을 말하는 것 같으면서도 뭔지 모를 의구심을 불러일으켰다.

태주는 그녀의 능력에 감탄하면서도 그 특별한 재능이 그녀를 망칠 것 같아 자주 걱정과 불안에 시달렸다. 조바심은 연습 도중에도 시시때때로 찾아왔다. 그는 그럴 때마다 요란한 박수로 그녀의 연기를 중단시켰다.

"연기는 단순한 재현이 아니야. 일상적인 사건과 행동을 낯설게 하려면 감정이입을 배제해야 해. 몸짓과 대사를 극도로 절제하고 관객과의 거리를 유지해야 한다고."

배우와 인물을 철저히 분리함으로써 과도한 감정이입을 경계하는 소외 연기론에 천착한 태주의 견해는 배우와 등장인물의 동화를 강조하는 스타니슬랍스키시스템에 근거한 오영수와 충돌했다. 그녀는 그어진 성냥 대가리처럼 화르르 타올랐다.

"감정이입을 배제하면 연극은 뭐가 되지? 그건 구질구질한 연설일 뿐이야."

〈마타도르〉 시절 오영수는 그녀에게 인위적 상황설정을 통한 감정 표현을 유도하곤 했었다. 아버지의 딸을 낳은 소녀, 자살한 어머니를 묻는 여인, 남자를 사랑하게 되어 정체성의 혼란을 겪는 레즈비언……. 지나치게 엄격하고 교조적이기까지 한 훈련법이었지만 그녀는 그 모든 역할들을 통해 몰입이라는 개념을 비교적 쉽게 받아들였고 지금의 자신이 될 수 있었다. 그녀는 연기에 대한 자신의 다짐을 다시 한번 확인하며 덧붙였다.

"배우는 타인을 재현하기보다 자신으로 현존해야 해. 배우가 배역이 되는 것이 아니라 배역이 배우가 되어야 한다고."

배우가 배역이 되는 것이 아니라 배역이 배우가 되어야 한다? 태주는 진아의 견해에 동의할 수 없었지만 그녀의 말에서 신선함을 느꼈다. 때로 그는 그녀가 생각하고 말하는 방식이 말도 못하게 부러웠다. 지루한 사례와 젠체하는 이론을 동원한 자신의 설명에 비해 그녀의 주장은 듣는 사람을 즐겁게 만들 정도로 명쾌했다. 그들은 밤의 틈새에 웅크리고 앉아 토론하고 논박했다. 한밤 내내 쫓겨난 왕들과 결함을 지닌 자들의 몰락, 완고한 남자들과 어리석은 여사들의 행위, 무자비한 권력의 덧없음, 썩은 내 나는 법과 제도 그리고 그 때문에 희생당하는 연약한 연인들에 대해 이야기했다. 격렬한 토론은 대부분 그보다 더 격렬한 섹스로 이어졌다.

그런 밤이면 진아는 침대 머리에 팔을 괸 채 먼저 잠든 태주의 얼굴을 이리저리 뜯어보았다. 어리석고 무모하게 보이는 얼굴. 하지만 그렇기 때문에 사랑스러운 얼굴이었다. 그녀는 아무 말도 하지 않고 흘러내린 그의 머리카락을 손가락빗으로 쓸어 올려주지도 않고 가만히 내려다보기만 했다. 그의 몸은 강철처럼 번들거렸지만 그 내면은 스치기만 해도 터지는 폭탄처럼 섬세했다. 그 강인함과 민감함이 하나의 육체에 공존할 수 있다는 사실이 믿기지 않았다. 창밖의 거리를 지나는 자동차 헤드라이트 불빛이 그의 얼굴을 스치면 그는 눈살을 찌푸리며 보일 듯 말 듯 입술을 달싹거렸다. 누군가에게 하소연을 하는 것 같기도 하고 용서를 구하는 것 같기도, 어떤 억울함을 호소하는 것 같기도 했다. 도대체 어떤 낯설고 잔혹한 기억이 잠 속에서 그를 괴롭히는 것일까? 그의 복잡다단한 감정과 의식을 그녀는 알 수 없었다.

한동안 말없이 그를 내려다보고 있으면 그의 얼굴은 신기하게도 평온함을 되찾았다. 다른 누구도 건드릴 수 없는 그만의 평온이었다. 어둠은 점점 부드럽게 풀어졌고, 창밖의 가로등 불빛이 축축한 밤공기에 젖었다. 진아는 그 밤 내내 태주를 무릎에 펼쳐놓고 책처럼 읽을 수 있기를 갈망했다. 오래된 이야기책처럼, 믿을 수 없는 모험담처럼, '내일은 괜찮을 거야'라고 말해주는 별자리 점 책처럼.

제4부
김기준

정보요원이 된 후 7년 동안 기준은 전투병처럼 임무를 수행했고, 고행하는 티베트 승려처럼 일해왔다. 사회 안녕이나 체제 수호라는, 허울 좋은 이념적 공명심 때문은 아니었다. 그는 세상을 바로 세우기도 하고 뒤집어엎어버리기도 하는 정치나 이념에 무심했다. 그가 보기에 세상은 이미 바로잡을 수 없을 정도로 망가졌고, 믿을 수 없을 정도로 뒤죽박죽이었으므로. 동료들은 국가를 위해, 사회를 위해, 이웃을 위해 봉사하고 있다고 입버릇처럼 떠벌리고 다녔다. 그렇게 하지 못하더라도 그들은 그래야 한다고 믿었다. 그러나 그는 그러고 싶지 않았다. 허울 좋은 대의를 내세우며 권위적이 되고 안하무인이 되고 잔인해지는 인간들을 그는 수도 없이 보아왔다. 또한 그릇된 신념에 대한 헌신이 자신뿐 아니라 이웃과 사회와 국가에 얼마나 막대한 해악을 끼치는지도 알았다. 얼마나 많은 학살과 범죄가 조국의 이름으로, 평화의 깃발 아래서, 이웃을 위한다는 신념으로 치러지고 저질러졌던가?

그는 무언가를 위해 일을 해야 한다고 생각하지 않았다. 그렇게 하지 않아도 일은 충분히 할 만했고 의미도 있었다. 굳이 무언가를 위해야 한다면, 자신을 위해 일하고 싶었다. 약간의 돈과 자부심, 때때로 얻는 작은 성취감. 그는 단순하고 한정된 자신의 임무에 몰두했으며, 작고 하찮은 일상적 업무에 성심을 다했다.

철저한 보안을 생명으로 하는 정보기관의 특성상 모든 업무를 파악하진 못했지만 그의 눈에 중앙정보부의 조직과 운용은 믿을 수 없을 만큼 비효율적이었다. 조직은 쓸데없이 비대했고, 요원들은 수사 업무보다는 조직 자체를 유지·증강하는 관리 업무에 과도하게 투입되었다. 책상머리에서 결재 판에 사인하는 걸로 일을 처리하려 드는 관료적 상관들과 거칠기만 할 뿐 매사에 서툰 요원들, 운동권에 대한 맹목적인 적개심을 에너지로 하는 가혹한 소탕 작전과 수사의 핵심과는 상관없는 파렴치한 기만 공작들. 조직은 괴물이 되어가고 있었다.

1980년 12월 31일, 새 군부 정권은 대대적 조직 정비를 통해 중앙정보부를 국가안전기획부로 개편하고 국내 정보 역량을 강화했다. 가중되는 사회불안과 좌파들의 준동에 대처하기 위해 정치인이나 학생운동 지도부, 노조 운동가와 재야인사뿐 아니라 사회 각 분야의 잠재적 반체제 성향 인사들로 감시 범위를 확대했다. 3차장 직속으로 창설된 기획수사국은 시민사회에 침투한 좌파 세력에 대응할 비밀 조직이었다. 경제, 문화, 예술, 학술, 미디어 등 분야별로 서너 팀이 운용되었으며 전체 규모나 계통, 운용 방식과 활동 내용은 기밀에 부쳐졌다. 수뇌부를 제외하면 그 존재를 아는 내부 인물 또한 극소수였다.

각 팀은 네 명에서 여덟 명의 요원들로 구성되었다. 그들은 주택가나 낡은 공장, 고층 사무실 등 공작 규모와 특성에 맞는 안가에 배정되었고, 팀장 외에 누구의 지시도 받지 않는 팀 중심, 요원 중심 활동을 수행했다.

8년 이상 근무한 우수 경력 요원 중에서 차출된 팀장에게는 독자적 공작 집행권이 부여되었다. 명시적 지휘 계통과 보고 라인은 없었다. 보고는 관리관과 연결된 직통 번호나 제3의 장소에서 접선을 통해 이루어졌다. 이른바 물리 영역의 뉴턴 제3법칙이 정보 세계에 적용된 셈이었다. 총을 쏘면 총신이 밀리고 지구와 달이 서로를 밀고 끌어당기는 작용과 반작용의 법칙처럼, 은밀하게 확산되는 반체제 활동에 맞서기 위해 정교하게 구축된 대응 체제였다.

3년 2개월 전에 기획수사국으로 합류한 기준은 독자적인 자신의 팀을 이끌며 공작을 수행해왔다. 5명으로 구성된 그의 팀은 제한된 자원을 효율적으로 활용하고, 돌발 상황에 탄력적으로 대처하며 불가능한 것처럼 보이는 임무들을 감당해왔다. 외부 지원 인력을 받는 경우가 없지 않았지만 팀 내부 역량을 최대한 활용한다는 그의 원칙은 팀원들에겐 가혹한 처사였다. 그럼에도 그는 상부의 신뢰를 바탕으로 보안상 비밀에 부쳐진 네 건의 공작을 연이어 성공시켰다. 그들은 공작의 성공 여부는 물론 자신들이 완수한 공작의 파급효과도 생각하지 않았다. 그저 공직을 수행한다는 자부심 하나로 상황에 대비하고 취약점을 분석하고 임기응변을 강구할 뿐이었다.

최민석 검거 작전의 궤멸적 실패는 기준이 일찍이 겪어본 적 없는 재앙이었다. 팀은 공중분해되었고, 팀원들은 뿔뿔이 흩어졌다. 설비기사로 좌천된 통신요원 김태호는 통신 정비실에 처박혀 고장 난 전화기를 수리하고 통신 단자함을 점검했다. 운 나쁜 날에는 무거운 수리 장비를 허리에 차고 천장으로 올라가 쥐가 갉아 먹은 전화선을 교체하기도 했다. 운전요원 박진만은 변두리 지역 경찰서로 배속되어 과속 딱지나 집계하는 처지가 되었다. 시위 현장 상황요원으로 차출된 노도칠은 90킬로그램에 육박하는 몸으로 박스카에 처박혀 팥죽 같은 땀을 흘려야 했다. 그나마 윤보암은 쉰을 바라보는 나이 덕에 본청 총무과로 전출되었다. 직원 경조사 처리 업무를 맡게 된 그는 화환을 보낼 결혼식장과 문상 일정을 챙기기에 바빴다. 복도에서 우연히 기준과 마주친 그는 안부 인사도 끝내기 전에 돋보기안경을 걸친 이마 가득 갈매기 주름을 지었다.

"팀장, 우리 영 가망 없는 거야? 서류철이나 붙들고 있자니 답답해서 돌아버리겠어. 돋보기 없이는 글씨도 안 보이는데. 내가 무슨 면서기도 아니고……."

기준은 윤보암이 기대하는 대답 대신 경찰기동대 소속 현장 채증요원으로 바뀐 자신의 보직 변경소식을 전했다. 순간 윤보암의 얼굴에서 핏기가 빠져나갔다. 천하의 김 팀장이 눈물 콧물 질질 짜며 시위 현장 사진사 노릇이나 해야 한다니. 그의 굴욕에 비하면 본부 근무는 호사라 할 만했다. 윤보암은 흘러내린 돋보기안경을 고쳐 쓰더니 경조사 일정표를 바지런히 점검하기 시작했다. 그러다 뭔가 생각났다는 듯 고개를 들고 불쑥 한마디를 내뱉었다.

"뭘 좀 잘 챙겨 드시라고, 김 팀장! 젊은 양반이 볼때기가 푹 꺼져갖구서는……."

사진을 찍히면 영혼을 강탈당한다고 생각하는 아프리카 부족이 있었다. 카메라를 들이대는 서구인에게 창을 겨누고 덤비다 총에 맞아 죽는 일이 다반사였다. 기준은 묵직한 카메라 바디에 35-70밀리 표준 렌즈를 장착한 후 두 개의 망원렌즈를 챙기며 생각했다. 그 이야기가 순간을 포착하는 미학적 행위를 피사체의 육체와 영혼을 송두리째 포획하는 야만적 행위로 전락시키는 시위 현장 채증 사진 촬영에 대한 적절한 은유라고. 채증요원이 시위 현장에서 촬영한 사진은 시위의 전 과정에 대한 기록일 뿐 아니라 중요 가담자를 색출하기 위한 증거자료였다. 사진에 찍힌 피사체의 인상착의를 토대로 시위 주동자를 추적하고 몽타주를 그려 수배 전단을 만들 수 있었다. 용의자 검거 후에는 시위의 폭력성을 입증하는 증거로 이용됐다. 목표물을 명중한 총알이 한 병사의 연약한 젊음을, 그의 짧은 삶을, 그가 가꾸려 했던 세계를 파괴시키는 것보다 집요하게 파인더는 피사체의 목에 올가미를 걸고 얼굴에 현상금을 걸어 감옥에 처넣었다. 굳건한 시위대를 와해시키는 것은 최루탄도 진압봉도 아닌, 파인더와 셔터의 우연한 선택이었다. 그러므로 카메라의 힘은 총보다 은밀하고 위력적이라 할 수 있었다.

채증반은 두 명의 촬영요원과 한 명의 취재요원 그리고 반장으로 구성되었다. 반원들을 태운 검은 지프차는 사전 작업을 위해 시위가 시작되기 적어도 두 시간 전에 현장에 도착했다. 기준은 왼쪽 팔뚝에 '보도'라고 새겨진 완장을 옷핀으로 꼼꼼하게 고정하고 하차했다. 우선 주변 건물의 계단과 옥상을 돌며 현장이 잘 보이는 포인트를 미리 점검해야 했다.

채증 사진 촬영은 치열한 시가전과 다를 바 없었다. 시위가 시작되면 상황은 통제를 벗어나기 마련이다. 움직이는 생명체처럼 순간순간 변모하는 시위대와 진압 병력의 대형에 대응하며 건물 옥상을 뛰어 넘나들고, 필요에 따라서는 돌멩이와 최루탄이 날아오는 거리로 달려 나가야 했다. 기준은 마치 저격수처럼 건물과 거리, 골목과 엄폐물을 활용해 시위대의 움직임을 주시하고, 대열 속의 중요 인물에 포커스를 맞추었다. 최루탄이 자욱한 거리를 말처럼 뛰어다니던 학생들은 자신들을 노리는 기준의 렌즈를 의식하지 못했다. 설사 얼굴이 찍혀도 기준의 보도 완장을 발견하고는 영웅적인 모습으로 다음 날 아침 신문을 장식하리라 짐작했다. 어떤 학생은 등을 돌리고 달아나다가 기준의 카메라를 발견하고 웃는 얼굴로 돌아보며 포즈를 취해준 후 최루가스 너머로 도망치기도 했다. 사신의 웃는 얼굴이 자신의 목을 옥죌 것을 모른 채.

거대한 군중 속 익명의 한 개인을 피사체로 특정한다는 점에서 채증 사진은 폭력적이었다. 그것은 거대한 임팔라 무리에서 새끼나 연약한 개체를 분리시켜 추적하는 고양잇과 포식자의 사냥법을 연상시켰다. 렌즈에 잡히는 순간 시위대의 개인은 무리에서 고립된 개체가 된다. 총구처럼 번득이는 렌즈 앞의 피사체는 자신도 모르는 사이에 무자비한 운명의 표적으로 전락한다. 일차적으로 용모와 신체 외관이 노출되며, 추적을 통해 이름과 교우 관계, 출신지가 드러나고, 종국에는 생각과 의도까지 까발려진다. 왜 하필 자신이냐는 항변은 소용없다.

시위가 끝나면 기준은 거리의 소음과 함성, 최루가스와 짱돌의 아수라장에서 도망쳐 경찰서 지하 창고 귀퉁이에 있는 암실에 틀어박혔다. 누구의 지시도 간섭도 없는 어둠 속에서 그는 현상한 필름들을 밀착인화하고 의미 있는 컷들을 선택했다. 노광을 거친 인화지들을 트레이에 담근 후, 그는 어둠 속에서 떠오를 얼굴을 기다렸다. 어떤 형체가 나타날지 모른다는 불확실성이야말로 그가 의지할 유일한 가능성이었다. 기준의 사진 속 인물들은 하나같이 무방비 상태였다. 구호를 외치거나 인상을 찡그리거나 두 주먹을 쥔 청년들. 활짝 웃거나 입술을 비틀어 조소하거나 손가락질하는 표정들. 그들은 허리에 손을 짚고 삐딱한 자세로 서서 뻐기지도, 멋지게 보이려고 담배 연기를 뿜지도, 활짝 웃는 표정을 위해 '김치'라고 외치지도 않았다. 하나같이 화나 있는 그들의 표정은 냉혹한 정복자에게 영혼을 빼앗기지 않으려고 온몸으로 저항하던 원주민들처럼 보였다. 수많은 낯선 얼굴들을 번갈아 주시하느라 기준은 신경을 곤두세웠다. 만약 각기 다른 시위 현장에서 반복적으로 포착되는 인물이 있다면 최민석일 가능성을 우선적으로 고려해야 했다.

암실의 시간은 천천히 흘렀다. 약품들의 악취로 인해 머리가 어질어질했다. 그때 시위 막바지에 70-200밀리 줌렌즈로 잡은 한 청년의 모습이 트레이에 떠올랐다. 튀어나온 광대뼈와 야윈 뺨에 길쭉한 상처처럼 난 팔자 주름 때문에 또래들보다 대여섯 살은 더 들어 보였다. 아마 군대를 제대했거나 장기간 제적되었다가 사면된 복학생 같았다. 윗단추 세 개가 뜯어진 셔츠, 어깨와 겨드랑이 자락이 배어나온 땀 얼룩. 앵글에서 벗어난 이마 위쪽은 보이지 않았지만 각진 턱에는 땀방울이 맺혔고, 목덜미의 곱슬머리는 땀으로 떡져 있었다. 청년의 발치에는 깨진 보도블록 잔해와 화염병에서 튄 기름 얼룩이 보였다. 뒤로는 얼룩처럼 번진 최루가스 너머 전경 두 명이 동상처럼 서 있었다.

그는 렌즈를 향해, 어쩌면 기준을 향해 웃고 있었다. 그때 자신이 그를 향해 함께 웃었는지 그렇지 않은지는 기억나지 않았다. 설사 웃었다 해도 함께 웃은 것이 아니라 각자 동시에 웃은 것이리라. 잠시 셔터를 누르기를 망설였던 기억은 났다. 기준은 청년의 시선이 향해 있는 프레임 밖 풍경을 상상했다. 그는 머리 위로 날아오는 최루탄을 발견하고 달아나려던 것일까? 아니면 급속히 무너지고 있던 시위대 전위에게 긴급한 메시지를 전하려던 것일까?

이처럼 그가 채증 사진에서 주목한 점은 기능적 측면이 아닌 텍스트적 속성이었다. 그는 사진 속 이미지가 말하기를 원했으며, 그 눈동자가 의미를 전달하기를 원했다. 그가 좋아하는 이미지는 가능한 한 조리개를 닫고 셔터 스피드를 느리게 하여 찍은 희미한 피사체들이었다. 시간에 멱살을 잡힌 것처럼 흐릿하게 뭉그러진 인물들, 부서진 돌들, 밀가루처럼 번지는 최루 분말들, 철제 셔터를 내린 상점의 부서진 간판들, 문을 닫은 교문들, 땀에 젖은 남자들, 머리띠를 두르고 주먹을 쳐들며 이를 가는 청년들, 최루탄의 독성에 눈물을 흘리는 여자들, 가로수를 붙잡고 구토하는 학생들…….

최루탄 연기가 떠도는 거리에서 그는 증거가 아닌 진실을, 아름다움을 포획했다. 푸르다고밖에 할 수 없는 하늘과 눈부신 햇빛, 녹슨 급수탑과 날아오르는 비둘기들, 그가 한때 본 적이 있지만 생각 없이 스쳤거나 자신이 알고 있다는 사실조차 잊고 있었던 풍경들……. 그것들은 아름다웠다. 그 아름다움은 가짜일지 모르고 싸구려일지도 몰랐다. 하지만 그럼에도 아름다웠다.

5개월 후, 기준에게 홍제동 보안분실 전보 발령이 떨어졌다. 주택가의 우중충한 2층 슬래브 건물에 자리 잡은 이 조직의 업무는 용공 사범을 색출하고 심문하는 대공 수사였다. 굳게 닫힌 회색 정문에는 '보안연구소'라는 현판이 붙어 있었다. 그런데 그 안에서 무슨 일이 일어나는지 아는 사람은 거의 없었다. 설사 알아도 발설할 수 없었다. 성난 얼굴로 드나드는 남자들, 먼지를 일으키고 지나가는 검은 지프차들, 밤늦도록 불이 켜져 있는 좁은 창들…….

보안분실의 주된 업무는 운동권 간부나 시위 주동자, 재야인사와 좌익 사범처럼 고질적인 사상범 동태 감시와 검거 및 심문이었다. 조사관들은 벨트컨베이어의 화물처럼 그들을 품목별로 분류하고 송장을 붙여 발송했다. 욕설과 폭언, 손찌검이 횡행했고 책략과 고문도 다반사였다. 조사관들에게 진실이나 결백은 뒷전이었다. 그들은 진실을 캐내기보다 가공하는 데에 실력을 발휘했던 것이다.

기준은 원칙적으로 욕설과 으름장, 구타와 고문을 이용한 취조 방식을 선호하지 않았다. 그가 특별한 인류애나 인도적인 신념을 가져서 그런 건 아니었다. 용의자의 입을 열고 증거를 발굴한다는 목표를 위해 강압과 고문을 능가할 심문 기법을 모색했을 뿐이었다. 그는 심문의 핵심이 행위라기보다 행위에 이르는 인과관계의 정합성이라고 보았다. 그러려면 숙련된 요리사가 양파 껍질을 까듯 세심하게 혐의자들을 다루어야 했다. 수십, 수백 번의 도끼질 끝에 나무를 쓰러트리는 벌목공처럼 끊임없이 설득하고, 회유하고, 거래를 시도해야 했다.

동료 수사관들은 이런 기준의 생각을 고깝게 여기거나 탐탁잖게 생각했다. 대부분 짧은 스포츠머리에 가죽 멜빵을 한, 비대한 심문관들은 노골적으로 그를 무시하거나 적대시했다. 그들은 인도적인 심문 방식을 몰라서 그렇게 하지 않는 게 아니라고 강변했다.

"나긋나긋한 말로 빨갱이 새끼들하고 노닥거리면 편하겠지. 하지만 시간만 질질 끌면 그 많은 빨갱이들을 언제 다 잡아넣나? 내 마음 하나 편하길 바라면서 어찌 국민 세금으로 나랏일을 하겠나?"

기준은 그들이 그렇게 하지 않는 것이 아니라 그렇게 하지 못하는 거라고 생각했다. 그들이 할 수 있는 것은 사람을 묶고, 패고, 물 먹이는 것뿐이었다. 그들은 기진맥진한 사람들에게 가장 중요한 건 고통에서 도망치는 것이라는 사실을 반복적으로 주지시켰다. 대부분의 용의자들은 그 사실을 받아들이지 않을 수 없었다. 엄밀히 말하면 그것은 거짓과 거짓의 담합에 지나지 않았다.

성과가 변변찮은 심문 업무에 투입된 지 3주 만에 기준에게 새로운 직책이 주어졌다. 용의자 심문조서를 비롯하여 보안분실에서 작성된 모든 문서를 검토, 분류하는 문서 관리관직이었다. 문서실에는 지난 3년간 작성된 428건의 조서 복사본이 시간별, 사건별 색인으로 분류되어 있었다. 대부분의 문서는 국가보안법, 집시법, 노동법 저촉 사건이었고 학도호국단 해체, 언론기본법 폐지, 집시법 철폐, 전두환 정권 타도 같은, 다양한 명분을 앞세운 시위 주동자들의 조서들이었다.

대부분의 조서에서 가공된 사실들과 왜곡된 진실들이 판쳤지만 제대로 작성된 심문조서가 전혀 없지는 않았다. 세심하게 취재된 구체적 사실들이 엄정한 형식으로 기술된 몇몇 조서에는 공정성과 설득력이 동시에 확보되어 있었다. 그것은 극단적으로 대비되는 두 인물이 질문과 대답, 논리와 인과, 주장과 반박의 기법을 총동원한 치열한 대화였다. 또한 범죄의 동기, 과정과 결과에 대한 총체적 분석이면서 생생하고 기능적인 대사로 구현해낸 타당한 서사라 할 만했다. 침묵과 발화, 설득과 부정, 속임수와 회피로 점철된 심문 과정은 어떤 연극보다 생생했다. 조사관과 용의자는 직관과 관찰을 통해 상대의 생각을 읽고, 지식과 정보를 이용해 서로를 압박하며, 상상력과 계략을 동원해 텍스트 안팎을 넘나들며 거래를 시도하는 주요 등장인물이었다. 피의자의 분노와 후회, 슬픔과 회한 같은 다양한 감정들이 기술되었고 괄호 속에 "괴로운 듯 두 손으로 머리카락을 쥐어뜯으며"라든가 "울음을 터뜨리며"라는 행동 지문도 제시되어 있었다. 생생한 진술은 피의자의 자백이 다른 어떤 강압이나 회유 없이 자발적으로 이루어졌다는 설득력을 부여했고 진실을 담고 있다고 믿게 했다. 부분적으로는 왜곡되어 있었고 훌륭한 문장이 구사된 것도 아니었지만 등장인물의 절실한 감정과 진실의 일부를 고스란히 담아냈다는 점에서 심문조서는 의미가 있었다.

자료실에 보관된 방대한 조서와 수사 기록 들은 기준에게 새로운 가능성을 제공했다. 최민석은 어떤 식으로든 이들 용의자들 중 몇몇과 접촉했을 것이다. 설사 그렇지 않다 해도 그들의 진술에서 최민석에 대한 직간접적 진술을 찾을 수 있을 것이다. 적어도 기준에게 최민석 체포는 실패한 작전이 아니었고, 종결된 사건은 더더욱 아니었다.

그는 자료실에 처박혀 기간별, 사건별, 인물별 조서를 검토하기 시작했다. 문장들을 분석하고 진위를 파악하는 데 그는 요원으로서의 경험과 직관을 총동원했다. 그는 폭력에 의한 억지 자백이나 회유를 통한 거짓 진술을 배제하기 위해 부자연스러운 대사와 허술한 논리 혹은 비약을 가려냈다. 문서의 순서를 바로잡고 단서를 조합해 공백을 메우고 의미 없는 서류들을 제외해나가는 작업은 지난했다. 단서들은 명확하지 않았고, 증언들은 서로 충돌했다. 그러나 그에겐 멈추지 않는 것이 중요했다. 단어와 행간의 의미와 암시를 숙고하느라 지칠 때면 그는 한 알의 사금 조각을 찾을 때까지 강변의 모든 모래알을 금으로 생각해야 한다며 마음을 다잡았다. 지나치게 폐쇄적이고 사무적인 그의 태도는 동료들에게 그가 본청에서 파견되어 온 암행감찰관이라는 의구심을 갖게 했다. 동료들은 그의 앞에서 말과 행동을 조심했고, 업무에 관해서도 함구했다. 그는 굳이 소문을 부인하지 않았다.

눈길을 끄는 단서는 거의 두 달 만에 발견되었다. 1년 전 전학련 산하의 삼민투위가 주도했던 서울 미문화원 점거 사건 관련자 중 한 명의 조서였다. 진술 내용 중 "사건 직전 최민석을 자처하는 인물의 전화 지시대로 종로서적 3층 영화·연극 서적 코너에 꽂힌《연극의 언어》라는 책 189페이지에 꽂힌 밀봉된 봉투를 수거해 소속 대학위원장에게 전달했다"는 짧은 문장이 있었다. 기준은 자료의 계통을 파악하고, 보조 자료를 확보하고, 시간별로 사건을 배치하며 더 이상 나올 것이 없을 때까지 자료실을 뒤졌다. 그로써 몇 가지 의미 있는 최민석 관련 진술이 확보되었다.

결정적 단서는 4월에 있었던 전국반제반파쇼민족민주투쟁학생연합 창립 결성대회 연합 시위에서 연행된 대학 2학년생이 최민석을 자처하는 자의 전화 지령을 지도부에 전달했다는 내용이었다. 진술에 따르면 최민석은 서울 말씨를 쓰며 정확한 어휘를 구사하는 20대 후반 혹은 30대 초반의 남자였다. 또 다른 조서에 의하면 그는 대화 도중 "캐스팅이 마무리되었다"거나 "주인공을 무대에 올릴 때가 되었다"는 표현을 쓰기도 했다. 독직 사건으로 시끄러웠던 노조 간부에게 〈줄리어스 시저〉의 4막 3장에 나오는 브루터스의 대사를 기억하라고 경고했다는 진술도 있었다.

단서를 바탕으로 기준은 최민석이란 대상의 인식 모델을 재조합했다. 최민석은 육화된 영혼이라고 정의할 수 있는 개인이 아니라 인격화된 사상, 육화된 이념이었고, 실재하는 개별적 인간을 넘어 총체적인 개념과 감정이 육화된 존재였다. 최민석이란 이름은 불온함과 위험, 저항과 혼란이라는 개념을 품은 동시에 순수와 희생, 탄압받는 자의 고통을 연상케 했고 동정을 불러일으켰다. 그에게는 영향력이 있었다. 존재만으로도 사람들에게 두려움과 분노, 동정심과 증오를 불러일으킬 수 있는 힘. 그는 타인의 마음에 불을 지르는 법을 알았고, 그것을 무기로 사람들을 위협하고 설득하고 기만하고 조종했다. 그것이 최민석이 위험한 이유였다.

마침내 기준은 한순간도 머릿속에서 떠난 적이 없는 전화번호 다이얼을 돌렸다. 약속대로 두 번 신호가 가는 것을 확인한 후 끊고 나서 정확히 25초 후 다시 시도했다. 그리고 이명처럼 단조로운 신호음에 필사적으로 귀를 기울였다.

관리관은 뚝섬 경마장의 2구역 스탠드에서 기준을 기다리고 있었다. 기준이 다가가는 것과 동시에 출발 신호가 울리고 주로 문이 젖혀졌다. 8명의 기수가 목각인형처럼 말 잔등에 붙어 고삐를 잡아챘다. 말발굽 소리가 지축을 울리고 땅의 진동이 느껴졌다. 관리관은 읽고 있던 책 표지를 보이며 기준에게 건넸다. 에밀 시오랑의《절망의 끝에서(On the Heights of Despair)》. 기준은 책을 받아 건성으로 갈피를 넘겼다. 〈나는 삶으로 죽었다〉와 같은 짧은 소제목과 "태어남이 하나의 파멸이라는 사실을 모든 사람이 인정할 때, 삶은 마침내 견딜 만한 것이 되고, 마치 항복한 다음 날처럼 투항한 자의 홀가분함과 편안함을 느낄 수 있을 것이다" 같은, 긍정도 부정도 할 수 없는 구절들이 눈에 들어왔다. 섣부른 일반화의 위험성을 도외시한 채 진실이 하나라고 믿는 머저리들에게나 통할 경구들.

코너를 돌아온 말들이 흙바람을 일으키며 결승선으로 치달았다. 지면에서 튕겨 오르는 말발굽 소리, 경마꾼들의 고함 소리. 1, 2등 말이 반마신(半馬身) 차이로 아슬아슬하게 들어왔고 잇따라 여덟 마리의 말들이 결승점을 통과했다. 관리관은 쥐고 있던 마권들을 찢어 바닥에 버린 후 코트 주머니에서 담뱃갑을 꺼내 불을 붙였다. 관리관은 승률 높은 경마꾼이었다. 지난 10년 동안 수많은 사람들이 경마로 재산을 털어먹었지만 그는 멀쩡했다. 잃는 날도 있었지만 아주 쪽박을 차지는 않았다. 적당히 나누어 걸면 한 놈만 제대로 달려도 크게 잃지는 않는다는 것이 비결이라면 비결이었다. 꼬리를 늘어뜨린 밤색 꼴등 말을 내려다보며 기준은 공작에 실패한 자신의 처지를 떠올렸다. 관리관이 휘하의 팀들을 운용하는 데도 경마의 베팅 방식을 적용할지 궁금했다.

"놈의 꼬리를 잡았습니다."

기준은 다급하게 말했다.

"최민석으로 짐작되는 인물에 대한 진술을 종합하면 서른 살 안팎의 남자로 곱슬머리에 머리숱이 많으며 짙은 눈썹을 지녔다는 공통점이 있습니다. 약간 길고 홀쭉한 미남형 얼굴에 호리호리한 몸매에 서울 말씨를 씁니다. 기회를 주시면 반드시 잡겠습니다."

관리관은 기준의 말을 듣지 못한 것처럼 코트 주머니에서 손수건을 꺼내 코를 풀었다. 그에겐 무리를 이끄는 늙은 코끼리 같은 위엄이 있었다. 그는 원칙을 지키며 설득과 회유, 침묵과 인내를 적절히 동원해 정밀한 공작에서 수완을 발휘해왔다. 요원으로서뿐만 아니라 관리자로서도 그는 최고였다.

"자네…… 승진하고 싶은 건가? 아니면 표창?"

관리관은 헝클어진 머리카락을 손가락으로 빗어 넘겼다. 그의 정수리는 두피가 보일 정도로 휑했고 군데군데 새치가 섞인 앞머리는 보풀처럼 가늘었다. 기준은 좀 더 젊은 시절의 그를 회상했다. 배속 신고를 하는 자리에서 그는 상대와 대화를 하면서 적어도 여섯 가지 이상 다른 생각을 하라고 주문했다. 지켜본 바에 의하면 그는 실제로 그렇게 할 수 있는 인물이었다. 그는 겉으로 웃으며 속으로는 상대를 분석했고 그 과정에서 자신의 사고와 감정을 철저히 통제할 수 있었다. 기준은 대답했다.

"제가 원하는 건 최민석을 잡는 겁니다."

"왜지?"

"그게 제 일이니까요."

그렇다. 빨갱이를 잡고 좌익분자를 색출하는 일은 정치적 신념 때문이 아니라 그의 일이기 때문이었다. 그는 최민석을 쫓기 위해 일한 것이 아니라 일을 하기 위해 최민석을 쫓았다. 그냥 일을 한 것이 아니라 자신의 일에 충실했고 최선을 다했다. 그것이 제대로 일하는 방식이었다. 회사원들이 정시에 출근을 하고, 신속하게 목표를 정하고, 정확하게 서류를 작성하고, 효율적으로 결론을 도출해내기 위해 머리를 쥐어짜는 것처럼 그는 있는 힘을 다해 정보를 끌어모으고, 분류하고, 가공하고, 용의자를 추려내고, 의심 가는 인물을 미행하고, 혐의가 확실한 자들을 추적했다. 상인들이 시장 바닥에서 목청을 높여 물건을 팔고, 직장인들이 사무실에서 부지런히 펜대를 놀리고, 철공소의 직공이 끊임없이 망치질을 하는 것처럼. 관리관은 고개를 끄덕이더니 말했다.

"최민석은 망에 잡히지 않는 인물이야. 거주지, 본명, 나이, 직업, 학력, 성격, 결혼 여부, 자녀 유무, 여자관계, 교우 관계 등 모든 것이 베일에 쌓여 있지. 늘 혼자 돌아다니고 쉽사리 타인과 접촉하지도 않지. 원한다면 공기처럼 사라져버릴 수도 있어. 그자는 그날 이후 굴속으로 들어가 머리카락 한 가닥도 들킨 적이 없어. 깊은 겨울잠에 빠져버린 거지. 그게 뭘 뜻하겠나?"

기준은 대답하지 못했다. 관리관은 꼴찌로 곡선 주로를 빠져나가는 말에서 눈을 떼지 않은 채 자신의 질문에 스스로 대답했다.

"그자는 우리와 타협을 시도했어. 조용히 지낼 테니 더 이상 쫓아오지 말라는 얘기지. 나 또한 타협을 받아들인 게 사실이야. 현실적인 이유 때문이었지. 토끼는 굴속으로 숨었고 사냥개는 잡아먹었으니 어쩌겠나."

관리관의 얼굴은 가난과 고독으로 고통받다 죽은 작곡가의 데스마스크처럼 표정이 없었다. 그의 잣대로 볼 때 기준은 낡고 고장 난 부품에 불과했다. 교체되거나 폐기되는 것이 마땅했다. 그러나 기준은 그렇게 되고 싶지 않았다.

"굴속에 숨은 토끼는 여전히 살아 있습니다. 사냥개는 죽지 않았고요."

"자넨 최민석의 출현 장소와 시각을 정확히 알면서도 눈앞에서 놓쳤어. 덕분에 자네 팀은 그자에게 궤멸당했지. 그자를 잡으려 했다면 그때 잡았어야 해. 그런데 지금 와서 어떻게 그자를 쫓겠다는 거지? 잠입? 매복? 기습? 기만? 우회? 위장? 대체 자네가 할 수 있는 게 뭐지?"

기준은 할 수 있는 게 없다면 할 수 없는 거라도 해야 한다고 했다. 그는 수만 페이지의 조서에서 걸러낸 조각 단서들을 가공한 정보 보고서를 조급하게 내밀었다. 관리관은 서류철을 멀찍이 들고 훑어보았다. 먼저 최민석의 습관과 말버릇, 동선이 언급되었고, 그의 독서와 연극 취향에 대한 진술도 기재되어 있었다. 기준은 조심스럽게 보고를 이어갔다. 최민석이 문화 전반, 특히 연극에 조예가 깊으며 셰익스피어를 인용하여 간결하고 정확한 문장을 구사한다는 사실, 500페이지가 넘는 노먼 베순의 영어 전기를 옆구리에 끼고 있었다는 진술로 보아 그가 영문학을 전공했을 거라는 가설도 보고되었다. 막연한 추측이 아니라 누가 언제 진술한 어떤 사건의 조서에서 인용했다는 근거도 적시했다. 진술이 허위가 아니라면 최민석의 실체에 상당히 접근한 정보였다. 그러나 관리관을 설득시키기엔 부족했다.

"진창에 처박혀 있는 동안 자넨 한 발짝도 못 나갔군."

관리관은 눈꼬리를 가늘게 치켜뜨고 기준을 바라보았다. 그의 눈은 모든 정보들이 불확실하다는 의구심과 그런 허섭스레기를 믿고 팀을 굴릴 수 없다는 의지를 담고 있었다. 하지만 기준은 물러설 수 없었다. 물러서고 싶어도 물러설 곳이 없었다. 6개월이란 시간은 사람을 망가뜨리기에 충분했지만 기준은 내구성이 강한 남자였다. 다시 시작할 의지도 그에겐 충분했다.

"최민석은 죽지 않았어요. 반드시 다시 나타날 겁니다. 더 큰일을 저지르기 위해서죠. 놈이 더 큰일을 저지르길 바라세요? 그래서 내부 청문회에 불려가기를 원하세요? 청문 위원들 앞에서 왜 요원도 있고 증거도 있는데 우물쭈물하다가 일을 망쳤는지 증언하고 싶으세요? 잘 기억나지 않는다는 관리관님의 면전에 제가 증인으로 출두해 그 일들을 생생하게 되살려드려야 할까요?"

관리관은 정보기관 내에서 산전수전 다 겪은 인물이었다. 오랫동안 그는 유능한 요원을 발탁하여 팀을 조직해왔다. 그리고 그 팀으로 하여금 조력자를 포섭하고 적을 매수하도록 지시했다. 허위 기사로 여론의 판도를 바꾸기도, 예상치 못한 프레임으로 수세에 몰린 장관을 구해내기도 했다. 은밀하게 반체제 진영과 대결해온 관리관은 강한 늑대보다 배고픈 늑대가 사냥에 성공한다고 생각하는 인물이었다. 그가 보기에 기준의 관심사는 실패한 작전의 복원이나 과오의 벌충이 아니라 개인적인 보복이었다. 추적팀이 재가동된다면 기준은 여우 몰이에 나선 테리어가 될 것이다. 기준은 최민석이 동굴 속에 숨어 있도록 내버려두지도, 밖으로 기어나오기를 기다리지도 않을 것이다. 놈이 자기 발로 은신처를 뛰쳐나오도록 들쑤시고 우왕좌왕하는 놈의 목덜미를 물어뜯을 것이다. 서류철을 덮은 관리관은 눈살을 찌푸리고 곧게 뻗은 주로와 흰 목책을 주시했다.

"꼭 해주겠다는 건 아니네만 내가 어떻게 해주길 원하지?"

달려오는 말발굽 소리와 관중들의 함성이 어지럽게 뒤섞였다. 말들의 양쪽 눈은 검은 눈가리개로 가려져 있었다. 말들은 옆 주로에서 어떤 일이 일어나는지, 관중석에서 누가 소리를 지르는지, 자기 등 위에 어떤 기수가 올라타고 있는지 보지 못했다. 그럴 필요가 없었다. 승리도 배당금도 그것들에게는 아무런 의미가 없었다. 그것들은 온몸의 근육을 씰룩이며 발굽에 흙덩이를 튀기며 그저 달리는 본능에 충실할 뿐이었다. 흥분과 실망과 좌절은 그들의 질주에 베팅한 관중들의 몫이었다. 주로를 한 바퀴 돈 말들이 결승선으로 달려들었다. 2번 말, 6번 말, 4번 말 순이었다.

지친 말들이 헐떡거리는 소리가 생생하게 들렸다. 기준은 관리관에게 팀 재건을 재가해달라고 요청했다. 관리관은 결승선을 통과한 말들의 이름을 하나하나 소리 내어 부르며 딴청을 부렸다.

"확고부동, 질풍노도, 천리만리!"

마감을 앞둔 마권 판매구는 몰려든 경매꾼들로 북새통을 이루었다. 다음 경주에 출전하는 말들이 출발선으로 이동했다. 기준은 다시 추적팀 조직과 활동 계획을 담은 공작 기획서를 관리관에게 건넸다. 천편일률적인 공작들과 차원이 다른, 최민석은 물론 추적팀 스스로도 모르게 놈의 가면을 벗겨낼 미학적 완결성을 갖춘 프로젝트였다. 관리관은 관중석 난간에 기대어 주로를 내려다보았다. 출발신호와 함께 3번 말과 1번 말이 치고 나갔다. 관리관은 저만치 코너를 돌아가는 경주마들의 뒷모습을 한참동안 물끄러미 바라보았다.

"그자가 자네에게 굴욕을 줬다는 사실을 잊지 말게."

기준은 자신의 호소가 먹혀들었다고 확신했다.

안가는 명륜동 주택가의 2층짜리 구옥에 꾸려졌다. 사무실을 중심으로 1층에는 반장실과 회의실과 주방이, 2층에는 직원 숙소로 쓰는 침실과 작은 휴게실이 있었다. 체육실과 통신실이 있는 지하실 전면은 안마당으로 이어졌다. 기준은 먼저 흩어진 팀원들을 수소문했다. 노도칠을 연락원으로 끌어들였고, 통신요원 김태호를 합류시켰다. 경조사 업무에 넌덜머리가 난 윤보암은 현장 근무를 자원했는데 그를 시위대로 오인한 기동대의 몽둥이에 늑골 세 대가 부러지고 디스크가 튀어나오는 부상으로 2개월째 입원 중이었다. 운전요원으로는 마음 편하게 기동대장 지휘차나 몰겠다는 박진만 대신 180센티미터의 키와 수려한 외모 때문에 뛰어난 요원이 되지 못할 거라는 자괴감에 시달리는 신참 박경수를 발탁했다. 자료 분석요원으로는 대학에서 영문학을 전공하고 동시통역대학원을 나온 안지영이, 학술요원으로는 연극 연출을 전공한 신입 요원 교육 프로그램 강사 윤종민이 합류했다. 두 편의 극본과 세 편의 시나리오를 쓰기도 했던 그는 강연 때마다 '정보요원은 가장 유능한 배우의 자질을 갖추어야 한다'라고 강조했다.

기준은 오전 내내 암실에 틀어박혀 최대한 크게 트리밍해 인화한 사진들을 들고 회의실로 들어섰다. 회의 탁자에 둘러앉은 요원들의 표정은 말에 안장을 얹는 현상금 사냥꾼처럼 결연했다. 그러나 그들 중 쓰라린 실패의 기억을 떨쳐낸 사람은 누구도 없었다. 실패를 만회하겠다는 과도한 자기암시 때문인지 노도칠과 김태호의 표정은 자신들도 모르는 누군가를 연기하는 것처럼 부자연스러웠다. 회의를 시작하기 전, 기준은 마지막 패를 돌리는 딜러처럼 아홉 장의 사진을 탁자 위에 펼쳤다. 형체들은 카메라의 떨림 때문에 뭉개졌거나, 피사체의 움직임으로 번졌거나 혹은 초점이 맞지 않아 흐릿했다. 희미한 오른쪽 턱 선, 흘러내린 장발의 윤곽, 손마디가 굵은 세 개의 손가락. 이미지가 확대된 만큼 망점이 깨지고 형체가 희미해진 건 감수해야 했다.

팀원들은 노련한 도박꾼이 패를 훑어보듯 골똘히 사진들을 내려다보았다. 사진들의 형상은 최민석의 얼굴이나 손이라기엔 너무 흐릿했다. 결과적으로 그것들은 아무것도 아니었다. 그럼에도 한결 개선된 이미지는 복잡한 사실들을 단순하게 정리했고, 모호한 가정들을 명확하게 규정했다. 사진들이 제시하는 진실은 '그것이 거기에 존재했다'라는 것이었다. 그림은 절대 그럴 수 없다. 아무리 생생하고 정밀하게 실제처럼 보이도록 묘사한 그림도 그 피사체가 그곳에 실제로 존재했다는 사실을 증명하지는 못한다. 그러나 사진은 피사체가 거기 존재했다는 증거이자 촬영자가 목격한 상황의 결과물이다. 그 한 가지 사실이 전체를 견인하는 것이다. 최민석이 프레임에 포착되고 필름에 찍히고 인화지에 새겨진 것은 그가 유령이 아니라 실재하는 인간이기 때문이었다. 그가 존재한다는 말은 그를 잡을 수 있다는 말과 같았다. 기준은 사진 속의 최민석을 노려보며 놈의 웃음소리를 상상했다. 그리고 팀원들에게 1년 전 작전이 실패가 아니며 계속 진행될 것임을 분명히 한 후 공작의 모호한 빈틈을 상상력으로 채우도록 주문했다.

"어떤 일이 가능한 이유는 우리가 그 일을 상상할 수 있기 때문이야. 마찬가지로 어떤 일이 이루어지지 않는 건 우리가 그 일을 상상하지 못하거나 상상하지 않기 때문이지. 우리에게 최민석을 잡을 유일한 무기는 상상력이야. 우리가 그를 잡는다고 상상함으로써 우리가 그를 잡을 수 있게 되는 거라고."

고도의 정합성이 요구되는 정보 업무에 상상력은 위험 요소였으며 어설픈 짐작이나 무모한 추측은 공작을 망치는 금기 사항이었다. 그런데도 그가 '정보적 상상'이라는 이율배반적인 개념을 수립한 근거는 의미 없는 조각 정보라도 어떻게 해석하느냐에 따라 재구성된다는 믿음 때문이었다. 그들이 추구해야 할 것은 정보가 아닌 해석, 행위가 아닌 의도, 문장이 아닌 의미였다. 거기에 상상력이 개입할 여지가 있었다. 그는 이어서 상상에는 반드시 행동이 뒤따라야 한다고 덧붙였다.

"공작은 행동을 쌓아올린 돌탑이야. 하나의 행동이 아니라 수많은 행동, 그보다 더 많은 행동이 필요해. 탐문, 미행, 감청, 감시, 유인, 기만……. 찌를 수 있는 건 다 찔러보고, 들쑤실 수 있는 건 다 들쑤셔놓아야 해. 뼈다구가 덜걱댈 때까지 상대를 못살게 굴어야 한다고."

기준은 빠져린 실패의 기억으로부터 팀원들을 건져내고 싶었다. 그러려면 먼저 자신의 실수와 과오를 직시해야 했다. 그는 작전이 실패한 원인이 외부 정보에 지나치게 의존했기 때문이라고 진단했다. 김태호는 자신들이 할 만큼 했다고, 그 외부 정보라는 것도 관리관으로부터 하달된 지령뿐이었는데 그것을 믿지 못하고서 어떻게 작전을 수행할 수 있었겠냐고 항변했다. 기준은 말했다.

"상부를 회피할 이유는 없지만 그들이 우리들만큼 절실하지 않았던 것도 사실이지. 관리관은 그냥 남의 그물에 든 물고기를 조금 나누어준 것뿐이야. 첩보가 사실이든 아니든 그에게 큰 의미는 없었어. 맞으면 좋고 아니면 말고……. 하지만 우린 새 모이처럼 관리관이 던져주는 첩보를 철저히 믿었고 작전은 실패했지."

"그 첩보가 없었다면 최민석에게 접근할 수조차 없었겠죠. 어떤 경로를 통해서든 첩보는 확보하고 봐야 해요. 맞고 틀리는 건 나중 문제고요."

김태호가 대꾸했다. 기준은 고개를 끄덕였다.

"태호 말이 맞아요. 독고다이로 나가서는 쥐새끼 한 마리 잡기 힘들다고요. 우리 말고도 수천수만의 요원들이 정보 업무를 하고 있어요. 우리 지부에만 해도 수를 짐작할 수 없는 요원들이 활동하고 있잖아요. 쥐새끼를 잡으려면 다 같이 손을 잡고 구석으로 몰아야 한다고요."

노도칠이 느긋하게 말한 뒤 마지막 연기를 길게 빨고 짧아진 꽁초를 재떨이에 짓이겼다. 기준이 덜 꺼진 불씨를 비벼 끄며 말했다.

"그런데 말이지. 최민석을 잡아야 하는 건 그 많은 요원들이 아니라 우리들이야. 그러니까 하나하나 우리 눈으로 확인하고, 우리 발로 밟고, 우리 머리로 생각해야 해. 느리고 더디더라도 우리가 직접 추적하고 확인해야 한다고. 지뢰밭을 건너는 것처럼 말이야."

기준을 필두로 안지영과 윤종민이 합류한 집필팀은 조서들의 진술에 함축된 모든 가능성들을 유추했다. 관련 인물과 장소 등의 사소한 단서부터 직간접으로 최민석을 언급한 진술자 6명, 관련자 17명의 거주지, 전화번호 등 인적 사항도 확보했다. 노도칠과 김태호, 박경수로 구성된 탐문팀은 관련 인물을 일일이 면담했고 언급된 명동, 신촌, 광화문과 대학로 일대를 헤집었다.

두 달의 잠복과 탐문 끝에 그들은 용의자를 4명으로 압축했다. 밀양 출신으로 국문학을 전공하고 민속극 운동을 하는 윤시영, 한 대학 연극영화과를 중퇴하고 배우로 활동하며 극본을 습작하는 김진우, 영문학을 전공하고 대학로에서 극작가 겸 연극 평론가로 활동하는 이태주, 고등학교 졸업 후 민중극단에 들어가 배우로 활동하다 연출가로 전향한 오만석이었다. 노도칠이 김진우와 오만석을, 신참 윤종민이 윤시영을, 박경수가 이태주를 감시하는 동안 안지영은 그들의 저술과 작품을 모니터링했다.

감시와 조사를 통해 한 명 한 명 용의자 후보가 걸러졌다. 노도칠이 찍은 김진우의 손가락 사진에는 오른손 집게손가락 끝마디가 없었다. 잠적 이후 손가락을 잘랐을 수도 있지만 관절이 더 굵고 울퉁불퉁했으며 길이도 짧았다. 최민석이 활동하던 시기에 오만석이 최전방 GOP 부대에 복무한 기록을 확인한 노도칠은 해당 부대 휴가 기록을 조회했다. 그 결과 4개 대학 연합 시위 현장에 최민석이 출현한 시각에 오만석은 경계 근무 중이었던 사실이 확인되었다. 윤시영은 소아마비로 오른쪽 다리를 절었는데 어떤 진술에도 최민석이 다리를 전다는 언급은 없었다. 마지막으로 남은 이태주에 대한 의심은 합리적이었다. 이태주가 열여덟 살까지 살았다는 경기도 양평의 중·고등학교 생활기록부를 열람한 박경수는 이태주의 대학 생활과 교우 관계를 탐문했다. 보고 내용은 다음과 같았다.

고등학교를 졸업한 이태주는 대학 시험을 치르지 않고 1년간 무위도식하다 다음 해 대학 영문과에 입학했다. 교내 극예술연구회에 가입한 그는 몇몇 학내 공연에 조연으로 출연하며 운동권에 발을 들여놓았다. 1학년 2학기 때 교내 시위 현장에서 연행되었지만 훈방되었으며 몇 차례 대자보를 집필했고 배우 경험을 살린 전달력으로 학내 집회 연설에 나서기도 했다. 2학년 2학기 때 서울 지역 대학생 연합 시위에서 연행된 후 징집되어 서울 근교에서 군 생활을 했으나 특이사항은 없었다. 복학 후에는 습작에 몰두했고 대학원에 진학해 영미 희곡을 전공했다. 한 공연 전문지에 칼럼과 연극 리뷰를 기고하며 최근 연극 〈줄리어스 시저〉로 첫 연출을 준비하고 있다. 이상.

기준은 팀 전원을 이태주 주변 조사에 투입했다. 안지영은 문공부 문화예술국 산하 심의실에서 〈줄리어스 시저〉의 최종 검열본은 물론 반려된 극본 초고와 수정본을 확보했다. 기준은 세 버전의 극본과 〈무대와 객석〉 2년 치 과월 호에 실린 그의 칼럼들을 비교했고 그가 출연한 학내 연극 팸플릿과 학보에 게재된 리뷰도 검토했다. 문장 속의 정확한 분석과 예리한 직관들이 최민석의 빈틈없는 일처리 방식을 보여주었다. 한편 노도칠과 박경수는 이태주에 대한 2교대 밀착 감시에 착수했다. 극단 〈커튼콜〉 사무실 전화선을 끊은 뒤 수리 기사를 사칭해 도청기를 설치한 김태호는 24시간 감청에 들어갔다.

2주간의 추적에도 특이점은 드러나지 않았다. 회의실 탁자에 둘러앉은 그들은 침묵 속에서 서로의 퀭한 얼굴을 노려보았다. 그러다가 눈을 내리깔거나 입맛을 다시거나 머리를 긁적이거나……. 노도칠이 당장 이태주를 덮쳐서 잡아들이자고 재촉했다.

"심문실에 데려다놓고 사흘만 굴리죠. 안 불고는 못 배길 거예요."

대학에서 법학을 전공한 노도칠은 비상한 지능에도 불구하고 발상의 폭이 좁고 상상력이 빈곤했다. 특정한 지시 사항에는 놀라운 집중력을 발휘했지만 창의적인 업무에서는 갈팡질팡했다. 기준은 그의 짙은 선글라스 알을 똑바로 쳐다보았다. 놈은 지금 잠수 중이야. 지금 잡아들여도 그 놈은 최민석이 아닌 이태주일 뿐이야. 겨울잠을 자는 곰처럼 자신이 최민석이라는 사실을 자신도 모른다고. 기준은 생각을 멈추고 말했다.

"증거가 없는 자백은 거짓이야. 놈이 최민석이라는 사실을 증명할 어떤 증거도 우리에게 없어."

"자백보다 명확한 증거가 어디 있습니까?"

"자백은 법정에서 손바닥처럼 뒤집힐 수 있어. 강압 수사의 증거로 역이용될 수도 있지."

"그럼 도대체 어쩌란 겁니까?"

먼저 이태주를 달래고 안심시켜서 동굴에서 나오도록 만들 시나리오가 필요했다. 이태주의 내부에 숨은 최민석의 냉혹함과 대담성과 악의를 드러내도록 유인하려면 그의 연극적 재능과 욕망을 자극해야 했다. 그러려면 그가 연극을 무대에 올리는 데에 필요한 조력을 다해야 했다. 최고의 극본을 쓰게 하고, 최고의 배우를 캐스팅하고, 든든한 투자자를 연결하고, 유능한 스태프를 갖추고, 최고의 공연장을 대관하고 관객을 동원하는 그 모든 일을 은밀하게 도와야 할 것이다. 그를 띄울수록 그는 더 자신감을 얻고 거침없이 행동할 것이다. 동시에 더 과감해지고 더 주의력이 떨어지고 결과적으로 더 많은 실수를 할 것이다.

"놈을 다시 최민석으로 만들어야 해."

기준은 자신의 공작이 위대한 작품은 아니지만 적어도 그 결말이 해피엔드일 거라고 확신했다.

공작은 살아 움직이는 유기체다. 하나의 사건은 세포분열하듯 새로운 사건을 파생시키고 각각의 사건은 스스로 살아 움직이며 예상하지 못한 국면으로 치닫는다. 이런 위험을 세밀하게 통제하고 기능적으로 관리하지 못할 경우 공작은 끔찍한 괴물이 된다. 기준은 계기판에서 눈을 떼지 않고, 윤활유가 충분한지 꼼꼼히 살피고, 끽끽거리는 소음에 귀를 기울이며 밸브의 작동과 벨트의 장력을 수시로 확인하는 기계공처럼 신경을 곤두세웠다. 그는 해야 할 일과 하지 말아야 할 일을 분류했고, 먼저 해야 할 일과 나중에 해야 할 일을 구분했다. 분석 결과를 체계적으로 정리했고 논점은 따로 가려 공작 얼개를 수립했다. 공작의 1차 목표는 이태주에게 행동을 유발시켜 최민석으로 만드는 것이었다. 주도면밀한 극본에 따라 적절한 인물을 적절한 시점에 투입해 서로 속고 속이며, 사랑하고 증오하도록 유도하는 것이었다. 그래서 교활하고 사악한 자신의 본성을 드러내게 만들어야 했다.

기준은 먼저 《플루타르크 영웅전》과 〈줄리어스 시저〉 대본을 입수해 분석했다. 그리고 그가 빌붙어 지내던 연습실, 극단 사무실, 자주 가는 분식집과 문구점, 한때 여자 친구와 만났다는 카페 등 이태주의 활동 반경 탐문에 나섰다. 다음 단계로 기준은 평범한 관객을 가장해 〈줄리어스 시저〉 공연장에 잠입했다. 100여 석 규모의 초라한 객석에는 남녀 대학생 대여섯 명과 30대 남짓의 극단 관계자 예닐곱 명이 수런거리고 있었다. 연극이 진행되는 동안 기준은 누군가가 어두컴컴한 무대 뒤에서 자신을 노려보고 있는 것 같은 불안감에 사로잡혔다. 어둠 속에서 자신이 아닌 다른 사람인 척하느라 안간힘을 쓰는 통에 그는 연극에 제대로 집중할 수 없었다.

안가로 복귀한 기준은 집필팀을 소집시켜 상황을 분석했다. 예상했던 문제들이 대두되었다. 개막 이틀 후에도 객석은 거의 빈 상태였다. 작품 완성도와 별개로 셰익스피어 고전극이란 근원적 약점에다 신인 연출가의 첫 작품이라는 점도 대중의 관심을 끌기에 역부족이었다. 노도칠은 언론 담당관을 접촉해 〈줄리어스 시저〉의 언론 노출을 요청했다. 두 일간지 주말판에 공연 소개 기사가 실렸고 공연 전문지 〈공연예술〉에는 「셰익스피어, 현실과의 불화」라는 제하의 리뷰가 실렸다. 손범훈이라는 필자의 이름은 공연 첫날 〈줄리어스 시저〉를 관람한 윤종민의 필명이었다.

주말을 지나자 예상대로 관객이 몰려들었다. 이태주는 젊고 촉망받는 연출자로 떠올랐다. 복잡한 공작의 플롯을 끌어갈 주인공의 존재감을 강화해두려는 사전 작업은 성공적이었다. 반전이 필요한 시점이었다. 연락원 노도칠은 종로경찰서장 앞으로 "대학로에서 공연 중인 연극 〈줄리어스 시저〉 관련자들을 공연법 위반 혐의로 체포하라"는 안기부발 협조 공문을 띄웠다. 경찰 측은 필요한 조치를 기능적이고 적절하게 수행했다. 전경 1개 중대가 외곽 경비를 서는 가운데 16명의 사복경찰이 피날레 공연 뒤풀이장에 들이닥친 것이었다.

다음 날 아침, 회의실 탁자에 수합된 여섯 종의 일간지들은 하나같이 주먹만 한 헤드라인으로 장식되어 있었다.

「화제의 연극 〈줄리어스 시저〉 제작진 전원 긴급체포」.

집필팀은 세심하게 〈심문〉의 대본을 짰다.

조사관은 재킷을 벗어 의자 등받이에 걸치고 자리에 앉는다. 조사관은 지나가는 말로 피의자 권리에 대해 설명하며 알아들었는지 되묻는다. 남자는 "네"라고 짧게 대답한다. 조사관은 남자가 사는 곳을 묻는다. 남자는 명륜동의 허름한 오피스텔 3층에 세 들어 산다고 말한다. 조사관은 다시 자세한 주소를 묻는다.

"서울시 종로구 명륜동 187-7번지."

우호적이고 일상적이지만 절제되고 정교하게 고안된 대사들이 오간다. 두 사람의 관계는 연극반 선후배 정도의 친밀감을 떠올리게 한다. "〈줄리어스 시저〉라고 했나? 그 연극이 말하는 바가 뭐야? 무엇을 노렸냐고?" 같은 거친 질문은 없다. 조사관의 태도는 단정하며 질문은 부드럽다. 가령 "최근에 재미있게 본 연극을 추천해달라"거나 "여배우와 연애를 한 적이 있는지" 묻는 식이다.

조사관 말런 브랜도가 나오는 〈줄리어스 시저〉를 본 적이 있소. 브루터스로 나온 배우 이름이 제임스 메이슨이던가? 시저 살해 후 안토니와 벌인 광장의 연설 대결이 압권이었지.

남자 브루터스와 안토니의 연설은 언어의 힘에 대한 두 입장이 첨예하게 맞서고 있습니다. 시저를 살해한 이유를 이성적으로 조목조목 밝혀 군중을 설득한 브루터스와 격정적인 어조로 시저의 죽음을 애도하며 군중을 선동한 안토니의 언어 전쟁이라 할 만하죠. 시저 암살의 명분을 논리적으로 설파했던 브루터스는 시민들에게 외면당했던 반면 피로 얼룩진 시저의 망토를 보이며 감성에 호소한 안토니는 시민들의 마음을 끌었습니다.

조사관 따지고 보면 로마의 역사는 독재자를 제거한 고결한 영웅과 시저의 피 묻은 망토 사이에서 부화뇌동한 군중의 우둔함에 의해 결정됐소. 군중을 움직이는 건 행위가 아니라 명분이고, 논리가 아니라 감정이니까. 브루터스는 안토니와의 전쟁에서 진 것이 아니라 군중들에게 졌던 거요. 끊임없이 선동하고 속이고 기만하고 조종함으로써 군중을 움직이는 행위야말로 정치의 핵심이지.

남자는 〈줄리어스 시저〉의 핵심적인 두 등장인물을 통해 명분과 선동, 권력과 군중의 관계를 명쾌하게 설명하는 조사관의 견해에 당황한다.

남자 군중들을 조종할 수 있다고 믿는군요.

조사관 그렇게 믿는 것이 아니라 셰익스피어가 그렇게 보았다는 얘기요. 셰익스피어의 관점은 플루타르코스보다 냉소적이었소. 시저를 미신을 믿고 전쟁의 두려움에 떠는 겁쟁이인데다 간질에 걸린 오만한 독재자로 묘사했으니까. 스페인 전쟁에서 열병에 걸린 시저가 계집애처럼 벌벌 떨며 신음했다고 한 캐시어스의 대사도 그렇고.

남자 냉소적으로라기보다는 시저를 인간적으로 본 게 아닐까요? 신적인 권능을 지닌 영웅을 현실적 인간으로 돌려놓은 거죠.

조사관 시저가 만들어진 영웅이었다는 말이오?

남자 모든 영웅은 만들어지는 거지요.

조사관 그건 영웅이란 존재하지 않는 존재라는 말과 같소.

기준은 벼락 스타가 된 주인공을 다시 진창에 빠뜨리는 단계로 넘어갔다. 이태주를 동료들로부터 이격시켜 감옥뿐만 아니라 사회와 고립시키는 단계였다. 예상 밖의 고립으로 그의 인지력은 무뎌질 것이고, 정신적 공황으로 내면의 허점을 드러낼 것이다. 심문이 끝날 무렵 기준은 셔츠 주머니에서 박하 향 껌 하나를 꺼내 태주에게 권했다. 육체적·정신적 극한 상황에 내던져진 수감자들의 예민한 후각은 강한 민트 향에 민감하게 반응할 것이다. 분비물로 영역을 표시하고 냄새로 피아를 판별하는 맹수처럼.

기준의 예상대로 태주는 본능적인 적개심을 보이는 동료들로부터 정서적으로, 공간적으로 이격되었다. 기준은 2주 뒤 태주를 석방시키고 일주일, 보름 간격으로 관련자 전원을 석방했다. 극단주 박주호와 브루터스 박희도는 개인 비위를 빌미로 검찰에 넘겼다. 그들이 죄를 지은 것은 사실이었고, 죄지은 자가 처벌받는 것 또한 당연했다. 거기까지가 집필팀이 구상한 연극 〈심문〉의 1막이었다.

새벽 6시, 희부윰한 빛이 거리 구석구석에 빠르게 스며들었다. 기준은 삼거리 어귀의 5층 빌딩 옥상 난간에 기대어 길 건너 건물 3층 창을 주시했다. 20분이 지나면 불이 켜지고 창문이 열릴 것이다. 기준의 스톱워치는 그 순간, 이태주의 일과와 함께 돌아갈 것이다. 그는 이태주가 깨어 있는 한순간도 놓치지 않을 것이다. 기준은 재킷 안주머니에서 가장자리가 심하게 닳은 사진을 꺼내 들여다보았다. 사진 속 형상은 알아볼 수 없을 정도로 흐릿했지만 누군가 거기에 있다는 사실만은 분명했다. 이거면 됐어. 놈이 존재하는 한 놈을 잡을 수 있으니까. 어둠에 잠긴 창을 내려다보며 기준은 1년 전 시위 현장의 창가에 어른거리던 이태주의 윤곽을 기억하느라 안간힘을 썼다.

형광등이 몇 번 깜빡이더니 방에 불이 들어왔다. 잠시 후 창이 열리고 잠을 덜 깬 사내가 두 손으로 창틀을 짚고 심호흡을 했다. 마디가 길고 하얀 손, 갸름하고 윤곽이 뚜렷한 얼굴. 지난 일주일 내내 그 시간이면 기준은 피가 거꾸로 솟았다. 사내는 잠시 창밖을 내다본 후 어두운 방 안으로 사라졌다. 기준은 깔깔한 입안을 혓바닥으로 우물우물 씻어내며 옥상을 내려갔다. 그는 1층 구멍가게에서 크림빵 하나와 250밀리짜리 우유 한 팩을 사서 색 바랜 파라솔 테이블에 앉아 입안에 욱여넣었다. 종일 이태주를 미행하려면 미리 배를 채워두어야 했다.

이태주는 8시가 되면 어김없이 집을 나섰다. 물 빠진 청바지와 윗단추 두 개를 푼 셔츠 차림이었다. 바지 뒷주머니에는 길쭉한 수첩, 셔츠 주머니에는 검은 볼펜 한 자루를 잊지 않고 꽂았다. 매일 조금씩 바뀌긴 했지만 그의 동선은 대학로 일대를 벗어나지 않았다. 타고난 조심성 때문인지 훈련의 결과인지 알 수 없었지만 태주의 보행 습관은 미행하기에 까다로웠다. 그는 영역 표시를 위해 초원을 어슬렁거리는 고양잇과 맹수처럼 느릿느릿하면서도 조심스럽게 움직였다. 천천히 걷다 느닷없이 멈추는가 하면 한 자리에 20분가량 서서 주변을 관찰하기도 했다. 간혹 그가 걸음을 멈추거나 뒤를 돌아보면 기준은 용수철에 튕긴 듯 가판대나 전신주 뒤에 몸을 숨겼다. 느린 데다 종잡을 수 없고 세심하게 주위를 경계하는 그의 걸음걸이에 맞추자니 몸이 근질근질할 지경이었다. 태주는 해가 질 때까지 지치지도 않고 거리를 서성거리며 연극 포스터를 들여다보고 극장들을 흘깃거렸다. 그러다 광장 벤치에 자리를 잡고 수첩에다 무언가를 쓰기도 하고 고치기도 했다. 특별히 만나는 사람은 없어 보였고, 뚜렷한 용무가 있는 것 같지도 않았다. 가끔 길에서 누군가를 만났지만 가벼운 목례로 스치거나 내키지 않는 악수를 하는 정도였다. 사람들은 이태주가 무엇을 실토했는지, 누구를 배신했는지는 몰랐지만 그가 변절자라는 소문만은 확고한 진실로 믿는 것처럼 보였다. 그들 모두는 〈줄리어스 시저〉 사건의 불운과 태주의 부도덕이 자신에게 전염될지 모른다는 두려움에 사로잡혀 있었다.

범죄자들을 쫓다 보면 기준은 때때로 그들이 영웅적이고 매혹적이라는 생각에 빠져들었다. 도둑질, 소매치기 같은 잡범들부터 세상을 뒤집으려는 불온분자들까지, 범죄자들은 자신의 욕망에 충실했고 자신의 판단에 따라 행동했다. 적어도 자신의 삶을 주체적으로 산다는 측면에서 기준은 그들을 동경했다. 때로 그들은 신문에 대문짝만 하게 얼굴을 내보였고 저녁 뉴스를 장식하기도 했다. 그에 비하면 자신의 행위는 범죄자들에게 전적으로 종속되어 있는 것이었고, 생각 또한 범죄자들의 행위에 대한 반작용에 불과했다. 그저 범죄자들을 따라다니거나 골목 모퉁이에 숨어 훔쳐보다가 그들의 말 한마디, 눈빛 하나에 반응하는 것이 고작이었다. 그들이 움직이면 같이 움직이고, 그들이 멈추면 따라서 멈추었으며, 그들의 발자국과 지문과 메모와 정액이 묻은 휴지 따위를 뒤적여야 했다. 범죄자들의 움직임에 따라 몇 끼를 연거푸 굶거나 끼니때가 아닌데 억지로 먹어두는 일도 흔했다.

극히 미약한 정보로 핵심에 도달해야 하는 그의 업무는 페널티킥을 막아야 하는 골키퍼처럼 원천적으로 불공정했다. 골키퍼는 키커가 공을 차기 전까지 움직일 수 없고, 설사 움직인다 해도 그 순간 방향을 읽힐 수밖에 없다. 할 수 있는 일이라고는 정적 속에서 바람의 방향을 읽고, 키커의 체격과 움직임과 눈빛을 관찰하고, 그라운드의 잔디 상태를 파악하고, 안간힘을 다해 공과 자신의 관계를 해석하는 것이 전부다. 그리고 단 한 번 반응으로 결과를 받아들여야 한다. 대부분의 경우 키커가 이긴다. 이건 공평하지 않아. 공평하지 않을 뿐 아니라 내가 원한 일도 아니야.

자신의 행동과 생각뿐 아니라 삶 전체가 이태주에게 예속되어 있다는 생각이 들 때마다 기준은 의기소침해졌다. 보이지 않는 사슬에 묶인 채 태주가 이끄는 대로 끌려가는 애완견이 된 것 같아 모멸감이 들었고, 때로는 미행을 눈치챈 태주가 자신을 이리저리 끌고 다니며 조련하고 있는 것은 아닌가 하는 의구심에 휩싸였다. 눈길을 끄는 행동이나 쓰다 버린 메모지 등으로 그가 자신의 생각을 의도적으로 유도해왔을지 모른다는 생각도 들었다. 그러나 그는 태주에게서 도망칠 수 없었다.

기준이 열등감에서 벗어날 수 있었던 유일한 근거는 미행 업무가 범죄자의 행동과 말에 결부된 의미와 의도를 발굴해 텍스트로 가공하는 지적 행위라는 점이었다. 행동이 의지의 반영이고 말이 생각의 표출이라면 중요한 것은 행동이 아닌 의도이며 말이 아닌 의미가 아니겠는가. 마찬가지로 눈에 보이는 현상은 그 자체만으로는 아무 의미 없는 사물의 즉흥적 표상에 지나지 않을 것이다. 현상이 바람에 날아가는 모래에 불과하다면, 살아남는 것은 모래가 날아간 돌판에 새겨진 텍스트다. 설사 현실이 남는다 해도 그것은 텍스트의 형태를 취할 수밖에 없는 것이다. 엘렉트라가 살았었나? 햄릿이 존재했던가? 그들은 존재하지 않는 인간들이었다. 그러나 그들은 실제로 그 시대를 살았던 어떤 인간보다 오래 살아남았다. 그들은 죽지 않았으며 설사 죽었다 해도 시대를 거쳐 다시 살아났다. 결국 텍스트는 현실의 반영일 뿐 아니라 현실을 구축하는 근거가 되는 것이다.

이후로 기준은 페널티킥의 불공정함이 떠오를 때마다 축구가 아닌 권투 경기를 상상하게 되었다. 코너에 몰린 선수에게는 비장의 카운터펀치가 있다. 상대의 위치와 스태프를 관찰하고 시선과 근육의 움직임을 고려해 기다렸다가 모든 것을 끝내버리는 일격! 기준은 또한 악당보다 늦게 총을 뽑는 카우보이가 악당을 쏘아 죽인다는 닐스 보어의 장난스러운 가설을 동원해 자신의 임무에 정당성을 부여했다.

바보 같은 생각이지만 그는 악당보다 늦게 총을 뽑고도 항상 이기는 게리 쿠퍼나 앨런 래드 같은 카우보이 영화의 주인공은 물론, 서부영화의 천편일률적인 결말을 사랑했다. 범죄자에게 종속될 수밖에 없는 근원적 약점에도 미행은 궁극적으로 쫓는 자에게 유리한 싸움이란 믿음을 어느 정도 뒷받침해주었기 때문이었다.

기준의 관찰에 의하면 이태주는 하루의 대부분을 공원 벤치에 앉아 수첩에 무언가를 끼적이며 보냈다. 그는 광장의 느티나무 그림자가 길게 늘어질 때까지 무언가를 썼고, 마음에 안 드는지 낱장을 뜯어 휴지통에 버리기도 했다. 기준은 그가 떠난 뒤 휴지통을 뒤져 구겨진 낱장을 주워 살폈다. 빽빽한 글씨와 지워진 볼펜 자국에는 최근 그에게 일어난 일들과 작품에 대한 상념이 뒤섞여 있었다. "시저는 왜 죽어야 하는가?" "브루터스의 고백" "그들은 아무도 모르게 들이닥쳤다." "체포의 순간 예수는 왜 저항하지 않았나? 무력감? 무시? 유도?" 같은 메모들이었다. 토막토막 부서진 메모들은 세상을 어지럽힐 비밀의 문건일 수도 있었다. 어쩌면 그는 세상을 뒤집어버릴 미치광이인지도 몰랐다. 그러나 몇 장의 메모를 대조하고 조합하는 것으로 그의 머릿속을 들여다볼 수는 없었다. 기준은 조급증에 사로잡혔다.

시간이 지나며 태주의 메모 글귀는 변모했다. "클리타임네스트라와 엘렉트라" "모성과 정욕, 살의와 애정은 어떻게 다른가?" "그녀는 아가멤논의 딸인가? 클리타임네스트라의 딸인가?" "두 여인이 등장하는 이인극" "대담한 코러스 편성" 같은 언급이 눈에 띄었다. 그가 구상하는 새 작품에 대한 암시들로 보였다. 메모를 종합하면 이태주는 엘렉트라를 주인공으로 한 새 연극을 염두에 두고 있는 것이 분명해졌다. 기준은 그 연극이 어떤 모습으로 구체화될지 궁금했다.

이태주의 새 작품에 대한 그의 호기심에는 이유가 있었다. 기준 또한 한때 창작의 꿈을 간직한 작가 지망생이었다. 고만고만한 규모의 중소기업을 그럭저럭 운영하던 장사꾼의 아내인 어머니는 자신이 이루지 못한 문학적 재능을 퇴화된 흔적기관처럼 그에게 물려주었다. 중·고등학교 시절 그는 연습장에 유치한 시구를 끼적였고, 법학도였던 대학 시절에는 문학과 연극에 빠져 단편소설 몇 편과 연극 대본을 습작하기도 했다. 몇몇 작품은 나쁘지 않다는 주변의 평을 들었지만 훌륭하다고 할 정도는 아니었다. 결국 그는 데뷔작을 내지 못한 소설가, 서너 편의 대본을 썼지만 무대에 올리지 못한 아마추어 극작가에 머무를 수밖에 없었다. 창조의 단계에 이르지 못한 범속한 재능은 곧 재앙이었다. 그는 창작의 영역에는 기예로만 되지 않는 무엇이 있으며, 예술가에겐 신의 가호가 필요하다는 사실을 받아들여야 했다.

위대한 예술가가 되지 못한 그였지만 유능한 요원이 될 수는 있었다. 때때로 그는 실패한 예술가도 예술가이긴 할 거라고 자신을 위로했다. 그러나 창작에 대한 좌절의 기억은 깊은 열등감으로 남았다. 그 감정이야말로 그가 태주에게 질투를 넘어 적의를 느끼게 된 근원이었다. 태주는 그가 그토록 열망했지만, 이루지 못한 모든 일—인물을 구축하고, 주제를 형상화하고, 상황에 생기를 불어넣고, 인물을 살아 움직이게 하고, 관객의 마음을 움직이는—을 어렵지 않게 해내는 것처럼 보였다. 단지 그 일을 해내는 것이 아니라 그가 인정하지 않을 수 없을 정도로 뛰어났다.

주변의 모든 것으로부터 소외당한 절망적 상황에도 흔들리지 않는 태주의 창작열 앞에서 그는 한없이 초라해졌다. 그것은 선망을 동반한 질투, 동경과 결부된 적의였다. 질투는 그와 태주가 같은 종류의 인간이라는 명백한 지표였다. 개는 닭의 날개를 질투하지 않고, 곰은 사자의 갈기를 부러워하지 않으니까.

늦은 밤, 안가로 돌아온 그는 자신이 그토록 되고 싶었던 인물에 대한 관찰기를 미행 일지에 기술했다. 그리고 혹시 자신이 멍청하게 스쳐 보냈을지 모를 중요한 단서나 실마리를 찾기 위해 그의 동선과 행동과 표정을 되새겼다. 아주 작은 몸짓이나 찰나의 망설임조차 태주의 심경을 해석하는 단서로 삼았고, 구겨진 메모지 한 줄도 그의 내면을 추측하는 근거로 활용했다. 태주가 하거나 하지 않은 모든 행위는 그의 관찰을 통해 의미를 획득했고, 태주의 메모는 그의 분석을 통해 특정한 맥락으로 규정되었다. 그는 한 권의 책을 읽듯 태주라는 인간을 읽었고, 기술을 통해 태주라는 존재를 재창조했다. 실재하는 태주와 미행 일지 속의 태주는 같은 인물이면서도 별개의 인격을 지닌 다른 인물이었다. 자신만의 해석을 통해 기준은 태주의 이미지와 행동과 언어를 반영한 새로운 이야기를 창조한 셈이었다. 그는 자신의 해석이 태주의 행동을 견인할 거라고 생각하며 이전에 경험해보지 못한 성취감을 느꼈다.

32세, 독신, 키 176센티미터, 몸무게 68킬로그램, 숱 많은 곱슬머리, 미남형 얼굴, 서울 말씨, 계획적이고 철두철미한 성격, 청바지에 트위드 재킷을 즐겨 입는 남자 주인공에게 어울릴 여자 주인공을 캐스팅하는 일은 쉽지 않았다. 향후 6개월간 대학로에서 공연될 모든 연극의 오디션 일정을 확보한 기준은 안지영을 통해 각 극단에 정책 공보용 영화에 출연할 배우 캐스팅을 위해 오디션을 참관할 수 있도록 협조를 구했다. 그는 문공부 공보관을 사칭하고 한 달간 8회의 오디션에 입회해 총 63명의 참가자들을 검토했다.

그가 진아를 처음 본 곳은 극단 '마당'의 연극 〈북회귀선〉 오디션장이었다. 포르노그래피를 방불케 하는 에로 연극이라는 소문 때문에 오디션장은 한산했다. 참가자는 달랑 여섯 명이었다. 모두 노출과 베드신에 대한 결정을 연출자에게 일임한다는 오디션 공지 사항을 확인하고 각오를 한 신인들이었다. 짙은 눈 화장으로 분위기를 낸 참가자들은 입장하자마자 재킷이나 카디건을 벗어 던지고 앵앵거리며 대사를 외웠다. 어떻게든 눈길을 붙들려는 부자연스러운 연기가 이어졌다.

다섯 번째 참가자가 들어서는 순간 심사위원 한 명이 자세를 고쳐 앉느라 의자가 삐걱거렸다. 아름답다고 말할 수는 없지만 눈길을 끄는 외모였다. 다른 참가자들과 달리 김진아는 헨리 밀러의 원작 대신 《북회귀선》과 《헨리와 준》을 반복해 읽고 그들의 성격을 추출해 직접 쓴 대본으로 연기했다. 대사와 독백은 포르노그래피와 에로티시즘 사이를 아슬아슬하게 오갔다. 눈썹 위로 가지런히 자른 머리카락과 서치라이트 같은 눈동자와 말할 때마다 시시각각 변하는 표정 때문에 그녀는 예민하면서도 자유분방해 보였다. 세 명의 심사위원들은 이맛살을 찌푸렸다. 그들의 눈에 그녀는 연기의 기본이 결여된 데다 잘난 척하는 천둥벌거숭이에 지나지 않았다. 그러나 기준은 역설적이게도 그 점에 끌렸다. 비록 연기의 기본조차 몰랐지만 그녀가 직접 쓴 대사는 상황을 제어하고 있었고, 선정적인 연기에는 어설프게나마 '성적 주체로서의 여성'이라는 주장이 담겨 있었다.

집필팀은 이어진 진아의 오디션에 심사위원으로 참관했다. 윤종민은 〈봄 소녀, 겨울 여자〉 오디션에서 그녀가 연출자에게 침을 뱉고 나갔다고 보고했고, 안지영은 〈어젯밤에 생긴 일〉 오디션에서 그녀가 심사위원의 다리를 허벅지로 감으며 목에 매달려 대사를 외웠다고 보고했다. 정보를 취합한 집필팀은 그녀가 참가했던 오디션의 공통된 캐릭터와 플롯을 토대로 가상의 연극을 상정하고 배우 모집 벽보를 작성해 그녀가 일하는 음식점 주변 게시판에 붙였다. 이틀 후, 마타도르의 오디션을 통과한 그녀는 링에 오를 날을 기다리며 60라운드짜리 스파링을 소화하는 권투 선수처럼 필사적인 연습에 돌입했다.

갑작스러운 해고에 관해서라면 처음부터 염두에 두었던 선택은 아니었다. 감정을 증폭시키고 죽음에 대한 성찰을 유도하기 위한 해부 참관에 그녀가 과잉 반응을 보인 것이 화근이었다. 그녀를 해고함으로써 기준은 설계에 없던 돌발 상황을 타개했다. 그 조치는 결과적으로 그녀에게 배역을 숙지시켜 공작에 투입하는 것보다 유리하게 전개되었다.

다음 단계는 그녀를 최민석에게 최대한 접근시킬 수단을 강구하는 일이었다. 안지영은 재정 문제로 개점휴업 중인 극단 네 곳을 물색했고, 윤종민은 최근 2년간 활동이 없는 세 명의 연출자 리스트를 작성했다. 3년 전, 유머와 선정성을 적절히 뒤섞은 멜로드라마 〈봄, 봄〉으로 짭짤하게 번 돈을 노름판에서 날린 뒤 무위도식하고 있는 극단 〈시그널〉의 대표 남종구가 선택되었다.

세종로의 한 호텔에서 남종구와 만난 윤종민은 작품 개발과 공연 경비는 실제 비용으로 정산하되 자신의 커미션 10퍼센트를 제외한 수익금을 반반씩 배분하는 조건으로 벗기기 연극에 투자하겠다고 제안했다. 그리고 착수금 조로 당장 급한 빚을 갚을 2백만 원을 우선 지급한 후 작품에 대한 세 가지 조건을 덧붙였다. 첫째, 여주인공 역 배우가 이미 정해졌다는 것, 둘째, 여주인공의 대사 분량을 전체의 3분의 2 이상으로 할 것, 셋째, 완성된 극본은 투자자의 최종 확인을 받을 것. 남종구는 난색을 표했지만 삼키기만 하면 되는 입안의 돈뭉치를 뱉을 수도 없었다.

남종구가 〈그녀의 우편배달부〉 초고를 건넨 것은 보름 후였다. 집필팀은 대본의 전체 흐름을 유지하면서 이태주의 저작물들과 연출작, 주변 탐문을 통해 추출한 그의 성격과 취향, 관심사를 극본에 적용시키는 수정 작업에 착수했다. 분석에 의하면 이태주는 대체로 고대극의 형식미에 천착했고 입센의 여주인공이나 체호프, 테네시 윌리엄스, 유진 오닐의 강렬한 여성 인물들을 선호했다. 리뷰를 쓸 때에도 강렬한 개성을 지닌 여주인공을 호평하는 데 많은 분량을 할애했다. 대학 시절 그가 연출한 연극에 출연했던 한 연극반 후배는 안지영과의 면담에서 연기에 대한 그의 집요한 요구로 이틀 동안 밥도 못 먹고 구토만 했다고 진술했다. 윤종민은 회의석상에서 나온 보고와 의견을 〈그녀의 우편배달부〉의 극본에 충분히 반영했다. 플롯이 엉망이 되든, 캐릭터의 일관성이 훼손되든 상관없었다. 연극은 이태주를 끌어들이기 위한 미끼에 지나지 않았으니까. 핵심은 주인공 정다래가 아니라 정다래를 연기할 김진아였다.

태주가 〈그녀의 우편배달부〉 객석에 앉는 순간 그들은 통속극의 남녀 주인공처럼 뻔한 관계가 되었다. 그것이 기준이 의도한 바였다. 그녀는 태주의 취향과 관심사, 이상형까지 감안한 맞춤형 캐스팅이었으니까.

태주가 집필한 〈엘렉트라의 변명〉은 고전극 구성을 계승하면서도 현대적 질문을 품고 있었다. 간결한 양식과 심오한 주제가 대립했고, 단순한 형식 속에 풍부한 세부 장치들이 배치되었다. 문제는 연극계의 기피 인물, 미운 오리 새끼가 된 그의 작품에 투자하려는 제작자가 없다는 점이었다. 맥 빠진 공작에 활력을 불어넣을 능청스러운 극단주 배역이 필요했다. 재력을 과시하며 그의 연극에 투자 의향을 보일 장강재 역에 부러진 갈비뼈가 붙어 갓 퇴원한 윤보암이 발탁되었다. 정합적 인과관계를 확보하기 위해 장강재의 등장은 최대한 자연스러워야 했지만 시간이 부족했다. 그렇다고 억지스러운 설정은 내키지 않았다. 주제넘은 생각일지 모르지만 기준은 공작을 세련된 지적 구조물로 여겼고 기능적인 효율성뿐 아니라 미적인 완성도를 동시에 확보하고 싶었다. 윤보암은 혀를 찼다.

"김 팀장은 어째 변하질 않나 몰라. 사람 사는 게 수학 공식도 아니고 어떻게 딱딱 맞아떨어진답디까? 생각지도 않은 데서 우연히 만날 수도 있고, 그게 인연이 되기도 하는 거지. 좀 편하게 가자고."

우여곡절 끝에 우연을 가장해 기준이 그녀를 마주치는 설정이 삽입되었다. 수정된 설계에 따라 기준은 태주와 진아를 미행했다. 기회는 이틀 후에 찾아왔다. 태주가 한 극단 대표를 만나는 동안 혼자 느긋하게 길가의 쇼윈도를 살피던 그녀는 출출해졌는지 근처의 포장마차로 들어갔다. 기준은 6미터 정도까지 접근해 떡볶이를 오물거리는 그녀의 옆얼굴을 뜯어보았다. 못 보던 사이에 그녀는 더 생기발랄해 보였고 대담해진 것 같았다. 까무잡잡한 얼굴과 민소매 아래 드러난 섬세한 근육은 건강미가 넘쳤고, 이마의 뾰루지에서 장난기가 엿보였다.

그가 다가가자 그녀는 놀란 눈치였으나 곧 아는 척을 했다. 그는 오랜만이라느니, 그동안 더 예뻐진 것 같다느니 하는 상투적 인사말을 주워섬겼다. 갑작스러운 해고에 대한 사과에 그녀는 자신이 빌미를 제공했으니 누굴 원망하겠냐며 대수롭지 않은 표정을 지었다. 바리시니코프가 나오는 영화 〈백야〉를 보았는지 묻는 그에게 그녀는 〈겨울 나그네〉에 나오는 강석우에게 빠졌다고 대꾸했다. 근처 카페로 자리를 옮기며 그는 생각났다는 듯 연극 〈리어 왕〉의 티켓을 안주머니에서 꺼내 건넸다. 그녀는 봉투를 열어 두 장이 든 것을 확인하고는 생긋 웃었다. 한 장밖에 없었으면 실망스러운 표정을 지었을 거라고 그는 생각했다. 그녀는 각기 다른 세 편의 〈리어 왕〉을 보았는데 이번 공연이 가장 기대된다며, 자기는 죽기 전에 매년 한 번씩 다른 〈리어 왕〉을 보는 것이 목표라고 말했다.

"배우들은 자신의 견해를 가지고 있죠. 그래서 같은 리어 왕이라도 각기 다른 리어 왕이 될 수 있는 거예요. 배역과 배우가 결부되면 전혀 다른 인물이 되는 거죠. 나는 그 모든 변화의 순간들을 목격할 거예요. 앞으로 내가 같으면서도 다른 수십 명의 리어 왕을 만날 거라는 사실이 도무지 믿기지 않아요."

분노나 반감이 들긴커녕 의외로 허심탄회한 그녀와의 대화가 기준은 마음에 들었다. 근황을 묻는 그의 질문에 그녀는 준비하고 있는 연극의 투자자를 찾지 못했다고 대답했다.

"아는 사람 중에 장강재 회장이라고 있어. 꽤 잘나가는 건설 회사를 운영하는데 문화 사업에 투자하고 싶어 해. 연극에 관심이 많은데 일을 맡길 만한 사람도 괜찮은 작품도 찾지 못하고 있더군. 당신이 원한다면 얘길 넣어볼 수 있을 것 같은데."

그녀는 말똥말똥한 눈으로 기준을 바라보았다.

"왜 내게 그런 얘길 하죠? 친절을 베풀어야 할 이유라도 있나요?"

마치 자신을 비정하게 걷어찬 기준에게 원망을 퍼붓는 것 같았다. 기준은 그녀가 자신의 친절을 달가워하지는 않겠지만 미끼를 물 거라고 확신했다. 연극에 대한 열망 때문이든 태주에 대한 사랑 때문이든, 아니면 배역에 대한 욕심 때문이든 그녀는 장 회장을 태주에게 소개할 것이다. 그리고 〈엘렉트라의 변명〉을 굴러가게 만들 것이다. 그는 식은 커피를 한 모금 홀짝이고 말을 이었다.

"이태주 그 사람, 운이 나빴지만 재능이 아까운 사람이야. 그리고 당신, 나와는 끝났지만 좋은 배우가 될 거라 믿어."

그때는 몰랐지만, 어쩌면 자신도 그런 줄 알았지만 그 말이 거짓이었다는 것을 기준은 나중에 깨달았다. 그가 그녀에게 친절을 베푼 이유는 그렇게 하면 기분이 좋을 것 같기 때문이었다. 좋은 사람이 될 것 같기 때문이었다. 그런 생각이 들었을 때 그는 임무에 사사로운 감정을 개입시키지 않는다는 수칙을 어겼다는 사실에 죄의식을 느꼈다. 나중에 든 생각이기는 했지만 그의 제안에는 성공의 모든 조건이 구비되어 있었다. 엘렉트라에 대한 새로운 해석, 든든한 투자자의 후원, 부침이 있지만 재능 있는 연출가……. 손해를 보는 사람은 누구도 없었다. 닷새 후, 태주가 장강재를 만나고 싶어 한다는 그녀의 전화가 오자 요원들은 각자 역할에 따라 시계태엽처럼 분주히 움직였다.

한 달이 지날 무렵, 최민석이 활동을 재개했다는 복수의 흔적이 감지되었다. 그의 저작을 자처하는 서신이 나돌고 유인물들이 산발적으로 배포되기 시작했다. 마침내 기준의 팀은 그를 굴 밖으로 끄집어내는 데에 성공했다. 그의 활동 재개를 뒷받침할 더 구체적이고 결정적인 단서가 필요했다. 통신요원 김태호가 틀어준 30초 분량의 감청 녹취 테이프에서 모두가 기다려왔던 그의 동태가 감지되었다. '코러스 캐스팅으로 정신이 없으니 무대미술을 맡은 인테리어업자에게 무대 기획서를 전달해달라'고 진아에게 부탁하는 이태주의 목소리였다.

노도칠과 박경수는 그녀가 서류 봉투를 전해준 인물의 인적 사항을 확인했다. 시위 도중 체포되어 1년을 복역하고 대학에서 제적된 전력이 있는 인테리어업자 김인만이었다. 기준은 그가 무대 디자이너가 아닌 일반 인테리어업자라는 사실에 주목했다. 의문은 일주일 후에 풀렸다. 김인만이 아닌 다른 무대장치팀과 미팅을 잡는 태주의 전화가 감청된 것이었다. 김인만에게 전달되었던 서류가 무대장치 기획서가 아니라는 사실이 분명해졌다.

사흘 뒤, 민민투 조직원을 자처하는 20여 명의 학생들이 붐비는 퇴근 시간에 종묘공원에서 소규모 기습 가두시위를 벌였다. 집필팀은 현장에서 반제, 반파쇼, 주한 미군 철수 등의 구호로 점철된 유인물을 수거해 분석했다. 단문 위주의 문장 형태와 이따금 보이는 괄호 안 지문은 선언문에서 보기 힘든 형태였다. 간결한 표현, 적절한 단어, 정연한 논리, 명확한 결론을 종합적으로 검토한 집필팀은 그 문건들이 최민석의 작품이라는 결론을 내렸다.

진아가 특정인을 만나 서류나 파일을 전달하는 횟수는 점점 늘었다. 감시를 강화한 지 8일 만에 그들은 꼬리를 잡았다. 진아가 신촌의 한 지하 다방에서 대본으로 보이는 봉투를 전해준 서강대 연극반 신입생 장인기가 이념 서클의 신입 회원이었던 것이다. 노도칠은 그 신입생이 서류를 운동권 핵심부로 전한 전달책이라며 당장 잡아들이자고 목소리를 높였다.

"아직 어리버리한 신입생이라니 두세 시간 겁을 주면 모든 것을 털어놓을 거예요."

기준은 어설프게 움직이다 꿩도 매도 다 놓치는 실수를 되풀이하고 싶지 않았다. 그 어리버리한 신입생은 자기가 무슨 일을 하는지도 모르는 점 조직의 말단 조직원에 불과할 것이다. 불고 싶어도 아는 게 없으니 말도 안 되는 거짓말이나 늘어놓을 게 뻔했다. 이태주가 최민석이라는 확실한 증거를 확보한 후 체포 행위 자체로 모든 범죄 사실을 증명할 덫으로 몰아야 했다. 그러려면 메시지를 받은 장인기는 물론 그와 접촉하는 제3의 인물까지 광범위하게 조사해야 했다. 장인기의 인적 사항을 확인한 박경수는 시간을 두고 그가 접촉하는 인물들을 체크했다. 2주 동안 두 고향 친구와의 술자리와 연극반 선배 다섯 명과의 토론 모임이 있었고, 마음에 둔 여학생과 두 차례의 어설픈 만남이 있었다. 기준은 밀착 감시를 지원할 전문 요원과 감청 장비 보강을 요청하는 보고서를 관리관에게 올렸다.

이틀 후 아침, 관리관의 직통전화가 걸려왔다.

기준은 신을 믿지 않았다. 교회는 낯설었으며 관리관은 마음에 들지 않았다. 그 셋을 동시에 맞닥뜨리기는 더욱 싫었다. 그렇지만 교회를 접선 장소로 제시한 관리관의 발상에는 기발함이 있었다. 예배가 끝나자 관리관은 신도들과 일일이 아는 척하며 인사를 건넸다. 그는 21년째 아내와 두 아이와 함께 주일예배에 출석하는 장로였다. 기준은 관리관이 왜 주일 예배에 그토록 열심인지 생각했다. 그는 죄를 지었을 것이다. 회개하지 않으면 안 될 수많은 죄를.

"하나님이 세상을 이처럼 사랑하사 독생자를 주셨으니 이는 저를 믿는 자마다 영생을 얻게 하려 하심이라."

회개하면 용서받을 수 있다는 이 단순하고도 절대적인 성경 구절을 그는 필요에 따라 적절히 이용했다. 그는 마치 용서받기 위해 죄를 짓는 것 같았다.

예배실에서 뜰로 이어진 대리석 계단 끝에 교인들이 삼삼오오 둘러서서 얘기를 나누고 있었다. 일주일 치 죄를 모두 씻은 그들은 죄지은 적 없는 아이처럼 천진했고, 설사 죄를 지었더라도 용서받은 기쁨을 마음껏 즐기는 듯했다. 2층 성가대실에서 성가 연습을 하는 중·고등부 학생들의 불안한 하모니가 들려왔다. 계단 아래 탁구대에서 서툴게 공을 주고받던 단발머리 여학생들이 갑자기 웃음을 터뜨렸다.

주차장은 뜰에서 100미터 정도 이어진 완만한 내리막길 끝에 있었다. 관리관은 코트 주머니 깊이 두 손을 꽂고 두툼한 어깨를 움츠린 채 내리막길을 앞장서 갔다. 기준은 교사의 처벌을 기다리는 문제 학생처럼 엉거주춤한 자세로 그의 뒤를 따랐다. 공기는 부드럽게 풀어졌지만 피부를 스치는 바람은 차가웠다. 길가의 마른 풀 사이에 새싹이 돋아났고, 개나리 가지에는 새순이 움트고 있었다. 기준은 두어 걸음 다가서서 보고를 시작했다.

"지난 나흘 동안 장인기란 놈을 감시한 결과 그의 고향 친구-사촌 형-애인이라는 세 단계를 거쳐 접선이 이루어졌고, 최종적으로 민민투 산하 조직원 도원기와 연결되는 것을 포착했습니다."

기준은 이태주라는 현실의 인물이 최민석이란 가상의 배역에 자연스럽게 녹아들 무대를 연출한 과정, 즉 최민석의 상대역 여배우를 캐스팅하고 주변 인물을 배치하고 소도구를 동원한 공작의 세부 사항을 낱낱이 보고했다. 그는 자신의 설명이 객관적으로 들리도록 최대한 냉정함을 유지했다. 보고가 끝나자 관리관은 고개를 끄덕였다. 충분히 이해했다는 뜻일까? 엉뚱한 소리 집어치우라는 뜻일까?

"좋아. 수수께끼의 영웅에다 매력적인 여자에다 사랑과 배신까지…… 손님깨나 끌겠군. 근데 그게 전부인가?"

기준은 그가 어떤 대답을 더 원하는지 알고 싶었다. 그것을 안다면 그가 원하는 대답을 해줄 수 있을 것이다. 뭐가 더 필요할까? 멋진 반전? 장엄한 결말? 신문에 최민석 체포 기사를 터뜨리면 어떨까? 학내 잠입요원들을 통해 그자가 죽었다는 소문을 퍼뜨리면? 그가 머뭇거리자 관리관은 힐난조로 말을 이었다.

"잠입요원들의 보고에 의하면 대학가에 최민석의 여자들에 관한 소문이 떠돌기 시작했어. 그자가 묘령의 여자들을 연락책으로 쓰고 있다는 거야. 주간 〈민주일보〉 편집국에 전달된 「분노는 어떻게 승리를 견인하는가?」라는 최민석 명의의 기고문을 전달한 20대 중반 여인에 대한 편집 기자의 목격담과 2월 17일 오후 한양대 집회에 뿌려진 〈그람시의 질문에 답함〉이란 유인물 초안을 집행부에 전달한 여고생에 대한 얘기지."

"이태주가 접선 대상의 나이와 신분, 접선 장소에 맞는 의상과 분장으로 김진아를 변장시킨 겁니다. 놈이 점점 대담해지는 징후니 우리에겐 잘된 일이죠. 그자는 접선을 게임처럼 하고 있습니다. 잡을 테면 잡아보라는 거죠."

"그럼 잡으면 되잖아. 묘령의 여자와 최민석의 정체를 아는데 뭘 더 망설이나?"

부드러운 음성이었지만 기준은 추궁당하는 기분이었다. 경험으로 보면 공작의 성공은 적이 아니라 조직 내부와 어떻게 대적하느냐에 달려 있었다. 기준은 지금껏 자신이 틀렸다고 말하는 상관을 구슬리고 부하를 달래고 동료를 부추기며 공작의 명맥을 이어왔다. 그는 신중하면서도 단호하게 대답했다.

"그자를 계속 주시하겠지만 시간이 더 필요합니다."

"언제까지 기다린다는 거지?"

"확실한 증거를 잡을 때까지요."

"증거보다 사람에 집중하도록 해. 축구 선수들이 볼이 아니라 사람을 보고 뛰는 것처럼 말이야."

"그자가 최민석이라는 더 확실한 증거가 필요합니다. 놈을 이태주가 아니라 최민석으로 체포해야 하기 때문이죠. 그자가 더 대담해져서 조심성 없이 자신의 본색을 드러내며 활개치도록 내버려두어야 합니다."

"증거는 놈을 잡은 후에도 얼마든지 찾을 수 있어. 그래도 못 찾으면 만들면 돼. 그러니 〈엘렉트라의 변명〉 초연이 끝나는 시점에 놈을 잡아들여. 미디어를 움직여 공연을 띄우면 근사한 그림이 나올 거야."

눈길을 돌려 교회 첨탑을 바라보는 관리관의 목덜미에 굵은 주름이 잡혔다. 먼지가 그의 검은 뿔테 안경에 뿌옇게 내려앉았다. 딱딱한 외피가 더덕더덕 일어난 나무 그루터기 군데군데에 연녹색 속살이 드러났다. 관리관은 잠시 잊고 있던 것을 기억해낸 것처럼 무의식적으로 내뱉었다.

"자네에겐 쉽지 않은 일이겠지. 저번 일은 안됐지만 이번에도 잡지 못할 수 있는 거고……."

복잡한 그의 표정은 난해한 암호들을 감추고 있었다. 기준의 자존심을 자극해 임무를 독려하려는 것일 수도, 그의 기를 꺾어 엿을 먹이려는 것일 수도 있었다. 기준은 관리관에게 격렬한 증오심을 느꼈다. 실체가 분명한 불안에서 비롯된 증오였다. 관리관의 말이 옳을지 모른다는 불안, 최민석을 잡지 못할지도 모른다는 불안, 정보 계통의 말직으로 썩을지도 모른다는 불안. 따지고 보면 그가 불안해야 할 이유는 없었다. 그는 24시간을 최민석과 함께, 어쩌면 최민석으로 살았다. 최민석의 눈으로 세상을 보았고, 최민석의 머리로 생각했고, 최민석의 눈에 비친 대상을 상상했다.

그런데도 그는 자신의 정보가 조작되었을지 모른다는 의구심을 떨칠 수 없었다. 만약 이 정보들이 자신을 유도하기 위한 최민석의 책략이라면? 확신을 가지고 쌓아 올린 지금까지의 공작이 놈의 덫이라면? 그는 원점으로 돌아갈 수밖에 없을 것이다. 기회를 놓친 낭패감과 일을 망친 굴욕감에서 벗어나기 위해 그는 안간힘을 다해 자신을 다독였다. 자신이 실패자일지 모르지만 패배자는 아니라고. 그랬다. 그는 어리석을지 모르지만 죄인은 아니었다. 운이 없었지만 겁쟁이는 아니었다. 그는 입언저리를 바르르 떨었다.

"반드시 잡을 겁니다."

기준은 자신이 무너지는 조직을 지키는 연약한 보루이며 법을 수호하는 해진 방패라고 생각했다. 관리관은 한동안 침묵하더니 마지못해 대꾸했다.

"그렇게 되길 바라네."

말을 마친 관리관은 모욕당한 사람의 표정으로 내리막을 따라 멀어졌다. 높다란 종탑에 걸린 태양빛에 암갈색 돌벽이 창백한 색을 띠었고 지붕에 반사된 햇살에 눈이 부셨다. 주차장에 다다른 관리관은 날개 밑에 병아리를 숨기는 암탉처럼 양팔을 벌려 자신을 기다리던 두 딸을 코트 자락에 품었다.

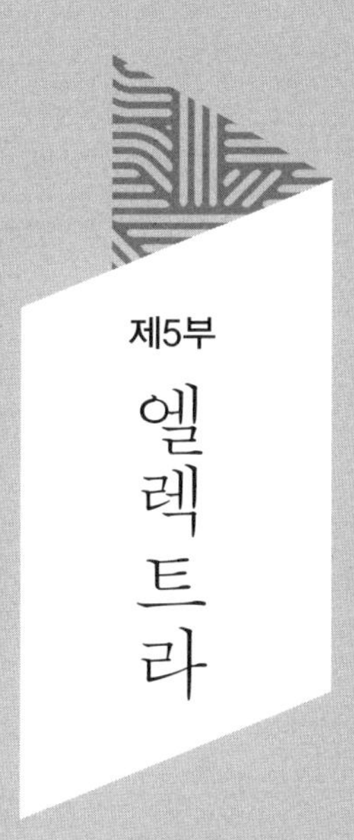

제5부

엘렉트라

1987년 4월 13일, 대통령은 개헌 논의를 유보한다는 특별담화를 발표했다. 대통령선거인단의 간접선거를 규정하고 있는 현행 헌법에 따라 권력을 이양하겠다는 호헌 조치는 달아오르는 시국에 기름을 부었다. 바로 다음 날, 추기경을 비롯한 각계 인사들이 시국 성명을 발표했다. 의원 70여 명과 함께 새 야당 창당을 추진한 양김의 동향이 시국 성명을 덮었고, 유명 여배우와 가수의 대마초 흡입 뉴스가 20여 개의 야당 지구당에 난입한 폭력배들의 뉴스를 가렸다. 5월 18일에는 정의구현사제단의 박종철 고문치사 사건 축소·은폐 폭로 회견이 모든 뉴스를 쓸어갔고, 시위 중 최루탄에 부상당한 대학생 이한열에 관한 소식이 여당 대선 후보로 노태우가 선출되었다는 뉴스를 밀어냈다. 새로운 뉴스가 낡은 뉴스를 잠재우고, 논란을 더 복잡한 논란으로 덮는 숨 가쁜 시국이 이어졌다.

태주는 복잡하게 꼬인 국면에서도 숙련된 재단사의 냉정함을 유지하기 위해 노력했다. 그는 지금껏 보지 못한 엘렉트라를 창조하고 싶었고, 자신이 연출한 엘렉트라에게 매혹당하고 싶었다. 어머니를 죽인 딸 혹은 비극적 운명에서 벗어나려고 몸부림치는 여인이라는 엘렉트라의 희생자적 면모에서 벗어나 스스로를 파멸로 이끈 그녀의 악의와 폭력적인 내면을 어떻게 형상화할 것인가에 태주는 깊게 천착했다.

그 결과 그는 에우리피데스의 〈엘렉트라〉에서 그녀를 범하지 않고 동생 오레스테스와의 만남을 돕는 조력자로 그려진 엘렉트라의 남편을 아이기스토스와 클리타임네스트라의 간계로 엘렉트라를 강간하는 인물로 설정함으로써 비극의 진폭을 확장시켰다. 또 3막에서는 어머니를 죽이기를 망설이는 오레스테스를 설득하는 대신 직접 어머니를 찔러 죽이게 함으로써 그녀의 폭력성을 강화했다. 에우리피데스를 모본으로 하면서도 그를 배반한 엘렉트라에 가학적이며 작위적인 각색이라는 비난이 쏟아질 것은 분명했다. 태주는 바로 그 점 때문에 〈엘렉트라의 변명〉이 논쟁의 중심에 설 것을 확신했다.

연습에 돌입한 진아는 신경쇠약이 염려될 정도로 긴장을 유지했다. 전체의 절반에 이르는 대사량과 세 페이지에 이르는 독백을 소화하며 엘렉트라의 내면으로 들어가는 작업이었다. 그녀는 엘렉트라의 행동을 비난했고, 엘렉트라의 생각을 바꾸려 했고, 엘렉트라의 운명을 조소했다. 그토록 변덕스러운 감정들이 사랑인지 질투인지 의심인지는 확실치 않았지만 엘렉트라와의 격렬한 정서적 충돌과 교감이 작중인물의 본질을 구현할 유일한 경로라는 점은 분명했다. 그녀는 너덜너덜해진 대본을 움켜쥐고 난해하지만 모순되지 않는 문장들의 리듬을 음미했다. 대사 한 줄 한 줄에 감정을 이입하는 동안, 그녀는 엘렉트라를 사랑할 수 있을 것 같다는 믿음을 얻었다. 엘렉트라를 사랑한다는 것은 그녀 자신을 사랑한다는 말과 같았다. 그녀는 엘렉트라의 불운, 그녀의 악행, 그녀의 복수, 그녀의 파멸을 통째로 사랑했고 자신을 극한까지 밀어붙이는 그녀의 패악마저

흠모했다.

일주일 후, 그녀가 어깨까지 내려오던 머리카락을 싹둑 자르고 연습실에 나타났을 때 태주는 자신의 눈을 믿을 수 없었다. 그냥 머리카락을 잘랐다기보다 거의 삭발에 가까운 그녀는 대본 속에서 막 걸어 나온 엘렉트라를 연상케 했다. 여성성을 버린 엘렉트라, 증오에 불타는 엘렉트라, 가진 것이 없는 엘렉트라, 자신을 버린 엘렉트라. 그녀는 소년처럼 순진한 표정으로 동그랗고 가무잡잡한 이마 선이 드러난 빡빡머리를 손바닥으로 문질렀다.

"1막 끝부분의 강간 장면은 엘렉트라를 변화시키는 중요한 계기야. 그 사건을 통해 그녀는 존재의 죽음을 경험하기 때문이지. 피상적인 차원에 머물던 아버지의 복수가 자신의 복수로 구체화되는 순간을 관객에게 전달할 외형적인 변화가 필요해."

그녀는 1막에서 쓴 긴 가발을 2막부터 벗음으로써 엘렉트라의 심리 상태를 시각화하겠다고 덧붙였다. 그날 오후 내내 그녀의 빡빡머리를 바라보며 태주는 1막의 마지막 장면에 엘렉트라가 복수를 결심하며 머리카락을 자르는 장면과 대사를 추가했다. 나의 목숨을 자르지 못해 나는 내 몸을 자른다. 죽어가는 내 몸의 조각들이여. 기억해다오. 네가 당한 죽음을, 네 우둔한 아비와 연약한 언니가 당한 죽음들을.

태주는 형식적으로도 다양한 변화를 시도함으로써 작품의 긴장감을 높였다. 먼저 〈엘렉트라〉의 주변 인물들을 모두 삭제하고 클리타임네스트라와 엘렉트라의 2인극으로 재구성했다. 농부와 노인, 아이기스토스와 카스토르, 필라데스 역은 코러스와 두 여인의 대사로 대치함으로써 모녀의 갈등을 선명하게 부각시켰다. 그리스 비극의 코러스는 뛰어난 배우이자 표준적인 관객이었고 관객 대신 질문을 던지는 작가였다. 적재적소에 배치된 코러스는 내러티브를 극적으로 전환하고, 주제를 견인하며, 관객의 감정을 고양시키는 연출가의 역할도 했다. 태주의 의도는 거기서 한 걸음 더 들어가 코러스를 무대 구성 요소이자 극에 리듬을 부여하는 음향 도구로 확장시키는 것이었다.

그러나 거기에는 몇 가지 문제가 있었다. 먼저 관객의 독자적 해석이 존중되는 현대극에 배치된 코러스가 구닥다리 형식으로 받아들여질 수 있다는 우려였다. 세 차례 오디션을 통해 겨우 확보한 배우들에게 코러스 형식을 훈련시키는 일도 만만찮았다. 젊은 배우들은 코러스의 목적과 기능을 이해했지만 실연에는 부담을 느꼈다. 그들에게 일사불란한 리듬감과 각각의 변별성을 동시에 부여하는 데에는 혹독한 엄격함이 필요했다.

"아니지. 목구멍을 좀 더 긁어! 아폴론은 친모를 살해한 엘렉트라에게 분노하고 있어. 자, 분노한 신의 목소리!"

극도의 긴장 상태에서 배우들을 다그치는 태주의 목소리가 감청기 헤드셋에서 들려올 때 기준은 그가 부러웠다. 태주는 배우를 통해 이전에 없던 새로운 인간을, 자신의 언어로 획기적인 내러티브를 창조하고 있었다. 추상적 영감을 작품으로 구현함으로써 세계를 재구성하려는 그의 야심에 기준은 증오가 뒤섞인 두려움을 느꼈다. 그것은 질투였을까? 아마 그럴 것이다. 그의 무모한 재능과 굳건한 독립성, 쫓기는 짐승처럼 도도한 야만성에 대한 질투. 기준은 태주의 고결한 열정을, 번득이는 영감을, 예측할 수 없는 무질서를 두려워하면서 증오했다. 자신이 그를 두려워한다는 사실이 더욱 두려웠다. 그렇다고 〈엘렉트라의 변명〉을 교착 상태에 빠뜨리고 싶지도 않았다. 그것은 자신의 공작이 교착 상태에 빠진다는 말과 같기 때문이었다. 그들은 달리는 열차 위에서 서로의 목에 목줄을 매달고 있는 두 명의 승객이었다. 누구라도 먼저 열차에서 뛰어내리면 남은 한 명도 파멸할 수밖에 없었다.

열세 명 중 네 명이 도중하차한 끝에 코러스 진용이 궤도에 오르자 공연 준비는 마무리 단계에 접어들었다. 각 일간지 문화면에 일급 배우 박인자에 대한 기대와 함께 〈엘렉트라의 변명〉에 대한 다양한 기사가 게재되었다. 「신예 연출가, 엘렉트라를 과감하게 벗기다」 같은 선정적인 제목부터 「〈줄리어스 시저〉의 이태주, 〈엘렉트라의 변명〉으로 돌아오다」라는 제하의 추천 평도 있었다.

공연 5일 전, 간단한 쇼케이스를 겸한 프리뷰가 열렸다. 기자와 평론가를 포함한 50여 명의 연극계 인사들이 초청되었고 극장 입구에 열 개가 넘는 화환이 늘어섰다. 출연진은 이날 행사를 위해 20분 분량의 작중 장면을 따로 연습했다. 남편을 죽인 죄를 묻는 코러스의 비난에 항변하는 클리타임네스트라의 독백과 농부에게 강간당한 엘렉트라의 비탄, 인간 행위에 대한 신들의 간섭을 둘러싼 코러스와 두 주인공의 논쟁이 그것이었다. 쇼케이스가 끝난 후 기자회견이 이어졌다.

"이 연극에 현대의 도덕적 잣대를 들이댈 수도 있을 것입니다. 엘렉트라의 모친 살해는 분명 패륜 행위니까요. 그런데 과거의 죄에 현재의 잣대를 들이대는 것이 마땅한 일일까요?"

엘렉트라의 살모(殺母) 행위를 어떻게 생각하느냐는 〈대한일보〉 정완종 기자의 질문에 대한 김진아의 대답은 이런 물음으로 시작되었다. 좌중을 둘러본 그녀는 중앙 통로의 카메라에 시선을 고정한 채 말을 이었다.

"그녀는 어머니를 죽인 살인자일까요? 아니면 아버지를 죽인 살인자에게 복수한 걸까요? 저는 어떤 시대에는 그 시대의 도덕적 잣대가 있다고 믿습니다. 저는 그녀를 도덕과 본성, 정의와 악, 세계와 자아 사이에서 갈등하다 몰락한 최초의 인간이었다고 말하고 싶습니다."

그녀는 덧붙인 답변에서 도덕률과 복수심 사이에서 갈등하다 어머니를 용서한 오레스테스와 달리 엘렉트라는 비난을 감수하고, 굴욕을 견디며, 생명의 위협을 무릅쓰고 살모의 죄를 기꺼이 짊어진 강인한 여성이라고 정의했다. 박인자는 클리타임네스트라의 성격에 대한 〈민주일보〉 윤두식 기자의 질문에 그녀가 남편을 죽인 것은 이유 있는 행동—즉 아가멤논이 트로이 출정 전 폭풍우를 잠재우기 위해 딸 이피게네이아를 제물로 바친 것과 트로이의 왕녀 카산드라를 데리고 미케네로 개선한 데 대한 복수—이었다는 취지로 답변했다. 두 배우는 배역이 지닌 성격의 개연성과 행위의 당위성을 통해 극적 대립을 이어간다는 태주의 의도를 설명했다. '후회하지 않는 여자들'이라는 두 주인공에 대한 관점은 태주가 〈엘렉트라의 변명〉을 집필할 때부터 염두에 둔 핵심 모티프였다.

〈줄리어스 시저〉 사건을 기억하는 기자들은 태주의 재기 여부에 관심을 보였다. 태주는 엘렉트라와 클리타임네스트라의 2인극 형식을 채택한 작가로서의 입장을 묻는 〈무대와 객석〉 기자 명노민의 질문에 대답했다.

"아이스킬로스가 위대한 이유는 신으로부터 인간을 독립시켰기 때문입니다. 그는 어머니를 죽이고 죽음의 위험에 몰린 오레스테스를 배심원들의 투표를 통해 살려냄으로써 인간의 운명을 불합리한 신탁이 아닌, 인간 스스로의 이성으로 결정하게 하는 새로운 인식의 틀을 제시했습니다. 그러나 세계와 결부된 인간의 근본적인 운명은 바뀌지 않았죠. 저는 남편을 살해한 여인과 어머니를 살해한 여인의 대립을 통해 세계의 틀에 강요된 인간 존재, 관습과 도덕이라는 폭력에 짓밟힌 인간의 의지를 제자리에 돌려놓고 싶습니다."

그는 자신의 목소리가 그렇게 활기찰 수 있다는 사실에 놀랐다. 답변이 끝나기를 기다렸다는 듯 〈매일신문〉 박인수 기자가 손을 들었다. 그는 〈엘렉트라의 변명〉이 에우리피데스를 모본으로 했지만 원작을 벗어났다고 지적한 후, 순수 창작극이나 에우리피데스 정본이 아닌 어정쩡한 스탠스를 취한 이유가 원작의 아우라에 기대어 손쉽게 작가적 역량을 확보하려는 의도가 아닌지 물었다. 또한 창작자의 시각에서 모방과 표절, 창조의 범위를 설명해달라고 덧붙였다. 작품에 대한 적확한 문제 제기였으며 정보기관의 일방적 취재 강요에 대한 불만 섞인 공격이기도 했다. 태주는 답변에 신중을 기했다.

"뛰어난 작품에도 수명은 있습니다. 그러나 위대한 작품에는 세대를 이어가는 생명이 있죠. 호메로스의 시는 베르길리우스와 단테, 밀턴으로 이어졌고, 소포클레스와 아이스킬로스는 초서와 라신과 셰익스피어를 거쳐 유진 오닐에게 영향을 미쳤습니다. 우리는 동생과 아내의 음모로 죽은 왕과 그 자녀의 복수라는 〈햄릿〉의 주제에서 〈오레스테이아〉의 흔적을 어렵지 않게 발견할 수 있습니다. 쫓겨난 늙은 왕과 딸이라는 점에서 리어 왕과 코델리아는 오이디푸스와 안티고네를 연상시킵니다. 원수 가문 간 사랑이라는 〈로미오와 줄리엣〉의 플롯은 초서의 〈트로일러스와 크레시다〉에서 찾아볼 수 있고, 아내의 정조를 의심하는 개선장군 아가멤논은 〈오셀로〉를 떠올리게 합니다. 그렇다고 셰익스피어가 호메로스를, 에우리피데스를, 소포클레스를 표절한 것일까요? 수많은 그리스비극의 복제품들은 사라졌지만 초서와 셰익스피어와 오닐은 살아남았습니다. 그들의 텍스트에 이전의 것들과 다른 혹은 그것들을 넘어서는 독자적 생명력이 있기 때문이죠. 그것이 모방과 표절, 창조를 판별하는 기준이 아닐까요?"

다음 날 아침, 신문들은 일제히 두 배우의 인터뷰를 실었다. 「두 명의 여배우, 무대 위에서 부딪치다」 혹은 「엄마와 딸의 대결」 「남편을 죽인 여인 vs 어머니를 죽인 여인」 등의 제목이 지면에 배치되었다. 제목 위에 눈을 부릅뜬 두 배우의 스냅사진을 대결하듯 나란히 배치한 신문도 있었다. 기준은 잉크 냄새가 채 가시지 않은 조간신문을 구겨 들고 팀원들이 집결한 회의실로 들어섰다. 전날 기자단으로 위장해 회견에 참석했던 윤종민이 현장 상황을 브리핑했다. 안지영은 아침 신문 논조를 종합해 보고했다.

공작은 구상대로 흘러가고 있었다. 기사가 나간 후 〈엘렉트라의 변명〉은 난해한 고전극이란 선입견을 떨치고 화제의 중심에 떠올랐다. 극단 사무실로 티켓 문의 전화가 폭주했다. 연극의 성공은 태주의 자신감을 살리고 명성은 그의 자의식을 흔들어 놓을 것이다. 공작은 경계심이 느슨해진 그를 체포하는 것으로 종료될 것이다.

그러나 이 같은 기준의 기대는 전날 밤 늦게 팩시밀리로 들어온 문화공보부 의전 담당관 명의의 협조전에 관한 노도칠의 보고로 흔들렸다. 몇몇 인사들의 〈엘렉트라의 변명〉 개막 공연 참관 계획이 결정되었으니 업무 혼선이 생기지 않도록 의전팀과 사전 조율하라는 지시였다. 대배우 박인자가 2년 만에 출연한다는 소식에 문화 예술계 인사들이 관람을 요청했다는 것이었다. 노도칠은 잔뜩 부어오른 얼굴로 전임 문공부 차관과 두 명의 사립대 학장, 연극협회 부회장을 비롯한 10여 명의 직함과 이름이 포함된 참관 인사 리스트를 회의 탁자에 내던졌다

"높은 양반들이 문제라니까. 아랫것들은 박박 기고 있는데 세월 좋게 공연이나 즐기겠다니. 그냥 조용히 왔다 가면 될 것이지 우릴 지네들 지키는 똥개 취급이나 하고……."

기준은 그의 불평이 잦아들기를 기다렸다. 갑자기 일이 단순하지 않을 것 같다는 예감이 그를 사로잡았다. 경찰 측에서 경호팀을 투입하겠지만

아무래도 팀원들의 활동은 제약을 받을 것이다. 그는 착잡한 심정으로 두 장짜리 참관 인사 명단을 훑었다. 두 번째 장에서 네 명의 외국인 이름을 발견했을 때 그는 신경이 곤두섰다. 하워드 존슨 주한 미 대사를 비롯한 세 명의 외국인 명단이었다. 성이 모두 존슨인 것으로 보아 그의 아내와 성인이 된 두 딸일 것이다. 무슨 일이 생기기라도 하면 책임을 져야 하는 것은 물론 외교 문제로 비화될 수도 있었다. 누군가가 쇠못으로 두개골 속을 긁는 것 같았다. 기준은 공연을 앞둔 태주도 지금의 자신처럼 긴장하고 있을지 궁금했다. 그자는 긴장하지 않을 것이다. 긴장하더라도 절대 남들이 눈치채지 못하게 할 것이다. 기준은 낮은 목소리로 경호팀 동선과 활동 범위에 대한 정보를 경찰 측과 공유함으로써 만일의 혼선에 대비하도록 노도칠에게 지시했다.

공연 한 시간 전, 태주는 박인자의 대기실에 들렀다. 분장을 끝내고 벽시계를 확인하는 그녀의 엄격한 표정에는 극도의 섬세함이 내재해 있었다. 그녀가 표현하는 클리타임네스트라의 애욕은 엘렉트라의 격렬한 증오와 팽팽한 앙상블을 이룰 것이다. 연습 과정에서 그녀는 많은 대화를 나누지 않고도 태주가 원하는 것을 파악했고, 대부분의 논점에 이견이 없었다. 그녀는 "나는 죄를 지었다기보다는 오히려 죄의 피해를 입은 사람이다"라는 리어의 대사를 인용하면서 클리타임네스트라가 남편을 죽인 자신의 행위를 신들의 탓으로 돌리며 정당화하는 대사를 칭찬하는가 하면, 대사 연습 도중 도전하듯 역할을 바꾸자고 제안하던 진아의 당찬 면모를 언급하며 한쪽 눈을 찡긋하기도 했다.

대화를 끝낸 태주는 곧장 분장실로 이동해 코러스 배우들의 컨디션을 점검했다. 몸에 끼는 검은 타이즈 차림의 배우들은 하얀 얼굴 분장 때문에 표정을 상실한 석고상처럼 보였다. 그들은 두 배우의 행위에 정당성을 부여해줄 것이며, 관객의 감성을 고양시키는 내레이터가 될 것이었다. 다음으로 그는 조정실과 음향실에 들러 상황을 점검했다. 모든 것이 양호했다. 장비는 정상적으로 작동되었고 스태프들도 믿을 만했다.

그 시각 진아는 여주인공 분장실에서 거울 속의 자신을 들여다보며 마스카라를 칠하고 있었다. 어깨까지 치렁거리는 가발과 짙은 립스틱이 창백한 분장과 대조를 이루었다. 그녀는 엘렉트라가 된 자신을 노려보는 사방의 거울 속 엘렉트라들에게 쏘아붙였다. 난 네가 거짓말을 하려는 걸 알아. 네가 아닌 다른 사람인 척하려는 것도. 그녀의 흰 목에 푸른 정맥이 부풀어 올라 팔딱팔딱 경련을 일으켰다. 그러자 거울 속 엘렉트라는 무심한 표정으로 받아쳤다. 바보 같긴. 사람들은 아무도 네가 너 자신이 아니라는 것을 알아차리지 못해! 자잘한 핀잔과 대꾸의 독백으로 이어진 언쟁은 혼자 두는 바둑처럼 인과관계가 허약했다. 누가 엘렉트라인지 누가 자신인지 또 누가 그들을 바라보는 제3의 인물인지 알 수 없었지만 그녀는 엘렉트라가 되었다가 다시 자신으로 돌아오는 혼자만의 역할극이 마음에 들었다. 그녀는 마스카라를 칠한 눈두덩에 힘을 주고 다시 엘렉트라가 되어 매몰찬 독백을 늘어놓았다. 거짓말이 뭔지 알아? 그건 진실이 아닌 것으로 진실을 덮는 거야. 하지만 뭐가 진실이고 뭐가 진실이 아니지?

노크와 동시에 분장실 문을 연 태주는 진아를 낯선 여자처럼 바라보았다. 늘 보아오던 그녀의 속눈썹이 처음 발견한 것처럼 새로웠다. 그녀의 미소와 눈빛은 물론 매끈한 손톱처럼 자신만 아는 은밀하고 사소한 아름다움까지 관객들과 공유해야 한다는 생각에 착잡했지만 모든 남자들이 숭배할 여배우가 자신의 여자라는 사실이 뿌듯하기도 했다. 당신은 나의 언어야. 화가가 색으로 말하고 시인이 문장으로 말하듯 나는 배우로 말할 거야. 당신은 객석으로 쏘아 보내는 나의 화살, 무대 위에 쓰는 나의 해피 엔드. 어깨와 허리에 붙은 살집 때문에 7년 전에 맞춘 단벌 정장이 꽉 끼었다. 요양 병동에서 죽어가던 아버지의 장례를 준비하며 태어나서 처음이자 마지막으로 맞춘 검은 양복. 나중에 그는 아버지의 죽음을 앞두고 장례식장에 올 조문객들에게 추레한 모습으로 비치기 싫어 새 양복을 맞추는 데 급급했다는 사실에 부끄러움과 가책을 느꼈다. 그녀는 미리 준비한 케이스에서 새로 산 푸른색 줄무늬 실크 넥타이를 꺼내더니 능숙하게 매어주었다.

분장실에서 나온 태주는 객석을 점검했다. 맨 뒷자리부터 무대 앞줄까지 눈에 띄는 이상은 없었다. 그때야 긴장이 풀리며 약간의 피로가 느껴졌다. 그는 중앙 객석 세 번째 줄에 털썩 앉아 무대를 응시했다. 배우도 관객도 없는 무대는 공허로 가득 차 있었다. 비어 있기에 오히려 모든 것을 담을 수 있는 충만. 시간이 천천히 흐르는 침묵의 저수지. 태주는 모든 기대와 가능성이 부유하는 연극 시작 전의 무대와 모든 것을 소진하고 연극이 끝난 후의 무대를 동시에 사랑했다. 객석을 향해 막을 열어젖히고 비난이든 찬사든 모든 것을 받아들이는 개방성과 일체의 개입을 허락하지 않는 결연한 폐쇄성을.

이제 시간은 잠들어 있는 침묵을 깨울 것이다. 막이 오르고 조명이 켜지면 남편을 죽인 아내와 어머니를 죽인 딸이 빛 속으로 걸어 나올 것이다. 공허하고 어두운 공간은 언어와 몸짓으로 차오를 것이고, 관객들은 삶의 비루함을 넘어 영속하는 진실과 아름다움을 마주할 것이다.

공연 시작을 알리는 안내 방송이 나오고 극장 안은 조금씩 어두워졌다. 기준은 출입구에서 네 계단 아래 통로 옆 빈자리를 찾아 앉았다. 복잡한 거리나 밝은 광장에서도 투명 인간처럼 자신을 감추어야 하는 그에게 어둠은 휴식처였다. 그는 안도감 속에서 모든 요소들이 제대로 돌아가는지 점검했다. 요원들은 극본에 따라 연기하는 배우들처럼 그의 설계에 따라 임무를 수행했다. 집필팀은 네 명의 사복형사와 함께 미리 확보한 좌석에 배치되었고, 장강재 역할을 맡은 윤보암은 투자자의 자격으로 무대 뒤에서 배우들과 스태프의 동태를 감시했다. 통신요원 김태호는 통신차에서 극장 내부 감청의 기술 점검을 마무리했고, 박경수는 도주극을 대비해 운전석에 대기했다. 연락원 노도칠은 사복 경찰 20명을 극장 주변 골목 곳곳에 배치해 검색을 강화했다.

기준은 캄캄한 어둠 속에서도 팀원들의 위치와 동선과 임무를 환하게 떠올릴 수 있었다. 그럼에도 그는 오늘 밤 무슨 일이 벌어질지 알 수 없었다. 다만 어떤 일이 벌어질 거라는 사실은 분명했다. 그는 자신이 그 상황에 적절히 대응할 수 있을지 궁금했다. 그러지 못할 것이 두려웠다. 작전이 끝나면 모든 순간이 지닌 의미와 숨어 있는 암시를 알아차릴 수 있을 것이다. 어떤 순간이 위험하고 어떤 순간이 중요했는지, 어떤 일을 해야 하고 어떤 일을 하지 말았어야 했는지 낱낱이 파악할 수 있을 것이다. 상황을 되돌려 언급되지 않거나 숨겨진 부분들을 복원해내고 비밀로 묻혀 있는 것들을 들춰내어 남아 있는 공백을 메울 수도 있을 것이다. 그러나 그것은 시간이 지난 후의 일이다. 지금은 필요 없는 것들을 솎아내 옳은 판단을 하고 필요한 행동을 취해야 할 시간이다. 이 혼돈스러운 시점에서는 쉬운 일이 아니다. 거의 불가능할 수도 있을 것이다. 그렇다 해도 그는 현장을 벗어날 수 없었다. 배우가 무대를 내려갈 수 없는 것처럼.

진아는 자신의 위치를 표시한 야광 테이프 위에 서서 객석을 똑바로 쳐다보았다. 어둠 속에서 검은 눈동자들이 쥐들의 그것처럼 반짝였다. 저 곳이 내가 가야 할 곳이야. 나의 목소리가 독수리처럼 날아가 저 어둠 속 은밀한 심장들을 날카로운 발톱으로 움켜쥘 거야. 붉은 살점이 뜯겨 나오고 억센 근육이 찢어질 때까지 놓아주지 않을 거야. 어깨까지 오는 가발을 쓸어 넘기며 그녀는 태주가 아닌 오영수의 얼굴을 떠올렸다. 이런 순간에서만큼은 그의 엄격함과 냉혹함이 필요했다.

무대가 밝아왔다. 하얗게 보디페인팅을 한 상반신에 타이즈 차림의 코러스 배우들이 어지럽게 몸을 뒤섞었다. 강건한 육체의 굴곡이 간결한 무대에 원시적인 생기를 불어넣었다.

기준은 객석에 배치된 요원들의 위치를 확인하고 대사와 요인들의 움직임을 주시했다. 대사 가족은 앞에서 셋째 줄에 나란히 앉아 있었고, 요인들은 바로 뒷줄에 자리 잡고 있었다. 대사 부부는 움직임 없이 연극에 집중했다. 한국어 대사를 알아듣지 못하는 20대 자녀들은 몸을 뒤틀거나 머리를 긁어댔다. 네 자리 건너 오른쪽에는 윤종민이, 세 자리 왼쪽에는 안지영이 있었다. 기준은 대사 쪽으로 주의를 집중하는 동시에 잡음과 뒤섞여 들려오는 요원들의 보고에 귀를 기울였다. 신들이여. 살해당한 왕의 딸의 기도를 들으시오. 추방되어 떠도는 동생을 생각하며 우는 누이의 통곡을 들으시오. 엄격하게 통제된 코러스와 윤보암이 차분히 보고하는 목소리가 뒤섞여 들렸다.

"P2 지점 현재 이상 무."

이상이 없다는 것은 평화의 표지일까? 아니면 더 큰 혼란에 대한 암시일까? 물처럼 차갑고 무덤처럼 적막한 평화. 검은 드레스 자락을 끌며 무대 앞으로 나서는 진아가 보였다. 그녀는 땀에 젖은 얼굴로 복수와 도덕적 규범 사이에서 갈등하다 결국 어머니를 용서하고 미케네를 떠나려는 동생 오레스테스를 저주하는 독백을 읊었다.

가련한 오레스테스, 너는 살인자가 되는 대신 결백한 남자가 되었다. 가증스러운 네 어머니 클리타임네스트라가 너의 순결을 지켜주었구나. 한 마리 매처럼 달려들어 아이기스토스를 죽인 너에게 네 어머니를 찌를 용기는 없는 것이냐? 그토록 건장한 아이기스토스를 한칼에 쓰러뜨릴 만큼 강하고 날쌘 남자였던 네가 왜 연약한 여인 앞에서 도망치려는 거지? 너는 나약하지 않지만 멍청하기 때문이야. 네가 대적한 적은 어머니가 아니라 어머니를 죽인 자라는 도덕적 비난이었어. 너는 어머니를 용서한다고 말했지만 세상이 심어놓은 도덕심에 굴복한 거야. 네가 택한 것은 비난받지 않는 삶, 욕망을 감추는 삶, 갈등하지 않는 삶. 죽음보다 가치 없는 그런 삶. 나는 검은 상복을 입고 너를 장사 지낸다.

무대 위의 그녀에게 태주가 할 수 있는 것은 아무것도 없었다. 손동작을 자제하라는 조언도, 허리에 힘을 더 주고 몸을 곧추세우라는 지시도, 대사에 힘을 주어 음절 하나하나를 또렷이 하라는 애원도 필요 없었다. 높은 무대 단 위에서 그녀는 스스로 살아 움직이는 엘렉트라였다. 쏟아지는 빛 속에서 그녀는 어느 누구도 아닌 자신의 삶을 살고 있었다. 돌연 태주는 지독한 무력감이 엄습해옴을 느꼈다. 그토록 높고 빛나는 공간에 우뚝 선 그녀가 자신이 그토록 사랑하는 여인이라는 사실이 믿어지지 않을 정도로 자랑스러우면서도 어둑하고 낮은 세계에 남은 자신이 부끄러웠다. 무대 위에서는 오레스테스의 입장을 대변하는 코러스가 이어졌다. 가련한 엘렉트라. 당신은 숭고한 신성을 버리고 비천한 인간이 되려는 건가요. 티 없이 고결한 신들의 목소리를 거부하고 오직 증오를 불태우려는 건가요?

기준은 이미 수십 번을 넘게 들어서 외다시피 하는 그 대사와 엄격하게 통제된 배우들의 몸짓과 동선 어느 한 부분도 낯설지 않았다. 사실 그는 어떤 출연진이나 제작진들보다 이 연극에 대해 잘 안다고 자부했다. 종종 이 연극을 자신이 만든 것이 아닐까 하는 착각을 할 정도였다. 그는 그러한 착각을 할 자격이 있다고 생각했다. 어찌 보면 지극히 당연한 일이기도 했다. 그렇지 않을 이유가 어디에 있단 말인가? 그는 〈엘렉트라의 변명〉의 검열을 통과시켰고, 주연배우를 캐스팅했고, 제작자를 매치시켰으며, 언론 홍보까지 도맡지 않았던가. 또한 태주가 버린 메모지에서 구상 단계의 아이디어를 훔쳤고, 끈질긴 미행으로 공연 준비 과정을 모니터링했고, 감청기를 통해 모든 대사를 익혀오지 않았던가. 이어폰에서 들려오는 사소한 지시나 작은 지적 하나도 놓치지 않기 위해 그는 매 순간 귀를 곤두세웠다. 그 결과 그는 앞에서 세 번째 코러스가 대사의 어느 부분에서 팔을 부들부들 떨어야 하는지, 뒤쪽 코러스 세 명이 어떻게 저음의 에코 효과를 내는지 누구보다 잘 알 수 있게 되었다. 그는 지금껏 무엇 하나 놓치지 않아왔으며 결말을 향해 순항하고 있다고 확신했다. 이어폰을 통해 들리는 노도칠의 목소리가 그의 믿음을 확인해주었다.

"극장 입구 반경 50미터 지역 점검 중. 이상 무."

차분하면서도 조소하는 듯한 엘렉트라의 대사가 이어졌다. 오레스테스! 신의 뜻이니 받아들여야 한다고? 만약 부정한 아내가 남편을 살해하는 것이 신의 뜻이라면 나는 신을 용서하지 않겠다. 너는 결백한 남자로 남겠지만 나는 죄를 지을 거야. 아비의 복수를 가로막는 세상의 비난을 히드라의 촉수처럼 베어낼 거야. 나의 의지로 어머니를 죽일 테니 네 칼을 나에게 다오. 네 어머니의 가슴에 칼을 꽂고 거기서 뿜어 나오는 피로 내 발목을 적실 거야.

그녀는 얼굴을 들었다. 돌출된 눈언저리의 오만, 빛나는 광대뼈의 관능,

두 눈에 박힌 악의. 그녀는 모르는 나라의 지도를 읽듯 객석 구석구석 관객들의 표정을 읽었다.

1막이 끝났다. 퇴장하는 배우들의 하얀 맨발이 어둠 너머로 물러갔다. 무대의 바닥 널에서 노를 젓는 것처럼 삐걱거리는 소리가 들렸다. 푸른 배경막 뒤로 아르고스 궁전 기둥의 실루엣이 우뚝 서 있었다. 기준은 비릿한 연무의 냄새를 음미하며 텅 빈 무대를 응시했다. 뜨거운 샤워가 간절히 그리웠다. 샤워기 아래는 혼자 있기 좋은 장소였다. 혼자 있어도 고독하지 않았고 불안하지 않았다. 일과가 끝나면 뜨거운 물로 몸을 데우고 곯아떨어지리라. 힘들고 불온한 임무, 비열함을 동원해야 하는 과업, 무시당하면서도 끈질기게 매달려온 공작, 실패해서도 안 되고 무위로 돌릴 수도 없는 작전에서 벗어나 그는 시체처럼 잠들고 싶었다.

죽음을 상징하는 검은 정장 차림을 한 코러스 배우들의 등장과 함께 2막이 시작되었다. 1막에서 보여준 물 흐르는 듯한 유동적 몸짓과 달리 코러스들은 고장 난 로봇처럼 경직된 동작으로 일관했다. 삭발에 가까운 짧은 머리로 변신한 그녀는 소리치고 가슴을 쥐어뜯고 버둥거렸다. 자신을 둘러싼 외피를 떨쳐낸 그녀는 연기를 하는 것이 아니라 새로운 양식을 만들어내고 있는 것처럼 보였다. 기존의 시각으로 감지하거나 정의할 수 없고 흉내 낼 수도 없는 그녀만의 독선. 엘렉트라가 가슴에서 칼을 뽑아 어머니의 가슴을 찌르는 순간, 관객석에서 두어 명의 여자가 비명을 질렀다. 기준은 자리에서 벌떡 일어나 그쪽으로 달려가고 싶은 충동을 억눌렀다. 그는 어두운 객석이 또 다른 연극의 무대는 아닐까, 그 순간이 누군가의 대본 속 장면이 아닐까 하는 의구심을 가졌다. 그렇다면 이 연극의 마지막은 어떻게 끝날까? 아니, 이 연극이 끝나기나 할까? 그때 이어폰에서 다급한 목소리가 들어왔다.

"P2, 상황 보고!"

다급한 목소리는 지지직거리는 잡음과 함께 끊어졌다. P2, 이 지점은 윤보암이 맡은 무대 뒤편 구역이었다. 무대 한가운데에 흥건하게 피가 고였다. 딸을 향해 내민 손을 바들바들 떠는 클리타임네스트라와 피가 떨어지는 단검을 쥐고 죽어가는 어머니를 지켜보는 엘렉트라의 가쁜 호흡이 기준의 눈과 귀를 사로잡았다. 잡음 사이로 윤보암의 얼떨떨한 목소리가 이어졌다.

"P2 상황 보고! F1 직할팀 진입. 상황 파악하겠음."

'F1 직할팀'은 경찰청 본청 경호팀을 의미했다. 앞쪽 줄에 앉은 안지영이 걱정스러운 표정으로 기준을 돌아보았다. 기준은 P2 상황에 정신을 집중하려 했지만 클라이맥스에서 눈을 뗄 수 없었다. 클리타임네스트라가 숨을 거둔 것을 확인한 엘렉트라는 피로 물든 얼굴로 객석을 바라보며 독백했다. 내 몸을 적시는 어머니의 피. 그녀의 몸에서 미끄러져 나올 때 나의 온몸을 적셨던 피. 이 피는 용서받지 못할 나의 자랑스러운 죄. 나는 이 피를 씻지 않을 것이다.

코러스의 탄식이 이어지는 동안 그녀는 관객 한 사람 한 사람의 눈을 들여다보았다. 자신을 똑바로 쳐다보는 그녀의 눈길에 기준은 숨이 멎었다. 그는 어둠 때문에 그녀가 자신의 얼굴을 알아보지 못했기를 기대했다. 만약 알아보았다 해도 어쩔 수 없었다. 그녀를 둘러싼 스포트라이트가 희미해졌다. 무대는 완전히 어둠에 잠겼다. 객석 어디선가 비명에 가까운 환호성과 박수가 터져 나왔다. 일제히 날아오르는 새 떼의 날개처럼 흰 손들. 기준은 환희에 찬 이 클라이맥스가 또 다른 장의 시작일지 모른다는 불안한 예감에 휩싸였다.

그때 무대 왼쪽 난간 아래에서 불꽃과 함께 강한 폭발음이 들렸다. 불켜! 누군가의 날카로운 고함 소리가 폭음의 잔향에 묻혀 스러졌다. 불은 들어오지 않았다. 극장 안은 혼란에 빠졌다. 관객들의 비명 소리, 우왕좌왕하다 넘어지는 소리, 바닥에 부딪치는 구둣발과 하이힐 굽 소리. 안내 방송은 나오지 않았다. 이게 뭐야? 사고인가? 아니면 의도적 테러인 건가? 예측하지 못한 돌발 상황에 기준은 화가 치밀었지만 감정을 제어하고 평정심을 유지해야 했다. 그는 우선 안지영과 윤종민에게 대사 가족과 요인들을 안내해 극장을 빠져나가도록 지시했다.

폭발음이 들린 무대 하단부에서 지독한 화약 냄새가 밀려왔다. 습기를 잔뜩 먹은 성냥을 긋는 냄새 같기도, 뭔가가 타는 냄새 같기도 했다. 연기가 객석 쪽으로 뭉텅뭉텅 밀려왔다. 다행히 폭발은 화재로 이어질 것 같지 않았다. 이어폰을 통해 무장 기동대가 극장 안으로 진입하고 있다는 노도칠의 보고가 들렸다. 곧이어 극장 뒷문이 열리더니 객석 천장에 불이 들어왔다. 공포와 놀라움으로 마비된 관객들의 멍한 표정이 물 위로 떠오른 시체처럼 드러났다. 마치 자신들의 몸이 산산조각 났거나 연기에 질식해 죽어간다고 생각하는 것 같았다. 객석으로 들이닥친 양복 차림의 사내들이 대사 가족과 요인들을 감싸고 극장을 빠져나갔다. 뒤를 이어 20여 명의 기동대원들이 극장으로 진입했다. 그들은 군더더기 없는 움직임으로 동선을 확보하고 위치를 잡고 관객들의 대피를 유도했다.

뿌연 연기와 화약 냄새 때문에 태주는 눈을 제대로 뜰 수 없었다. 무대 쪽에서 여자들의 비명과 남자들의 고함 소리가 뒤섞여 들렸다. 도대체 무슨 일이 일어나는지 알 수 없었다. 음향 기기나 스피커에 문제가 생겼을까? 아니면 합선이나 누전일까? 그런데 연기가 나는 건 무엇 때문이지? 좁은 복도 저편에서 남자들의 서슬 퍼런 목소리와 군인들의 발걸음 소리가 들렸다. 검은 정장 차림의 건장한 사내 예닐곱이 곧장 다가왔다. 태주는 얼핏 무대에 있어야 할 코러스 배우들이 왜 자신을 향해 걸어오는지 의아했다. 그들은 코러스 배우가 아니었다. 그럼 그들은 누구일까? 사내들 중 하나가 담배라도 권하는 것처럼 부드러운 목소리로 귓가에 속삭였다.

"이태주 씨?"

"네?"

질문도 대답도, 긍정도 부정도 아닌 목소리가 엉겁결에 튀어나왔다. 그러자 곧장 사내 하나가 그의 한쪽 팔을 틀어쥐었다. 또 다른 사내는 그의 허리띠를 잡고 허벅지를 후렸다. 그의 몸은 순식간에 공중으로 떠올랐다가 어깨부터 바닥에 거꾸로 처박혔다. 뒤이어 장작처럼 단단한 팔꿈치가 그의 머리통을 바닥에 짓이겼다. 지독한 통증이 꺾인 단단히 팔꿈치에서 뼈마디를 따라 온몸에 번졌다. 차가운 금속이 손목에 닿았고 철컥하는 잠금 쇠 소리가 났다.

"당신을 외교관 암살 기도 및 폭력행위 등 처벌에 관한 법률 위반 혐의로 체포합니다."

태주는 잠시 숨을 멈추고 지금 벌어지고 있는 상황을 정리했다. 누군가가 휘갈겨 쓴, 말도 되지 않는 연극의 한 장면 같았다. 아둔한 인물들의 어이없는 오해와 과장된 슬랩스틱으로 버무려진 한바탕 소동극. 태주는 어떤 근거도 동기도 없는 이 터무니없는 연극이 자신을 불가해한 운명의 틈 사이에 팽개칠 거라는 두려움에 사로잡혔다. 겨우 바닥에서 일어선 그는 몸을 비틀며 수갑 찬 두 팔을 완강하게 뿌리쳤다.

"당신들, 사람을 잘못 본 겁니다. 난 이 연극의 연출가입니다."

거짓말은 아니었지만 어리석기 짝이 없는 말이었다.

"알고 있소. 그렇기 때문에 당신을 체포하는 거요."

그들은 사람을 잘못 본 것이 아니었다. 그들이 찾는 사람은 다른 누구도 아닌 이 연극의 연출가였다.

기준은 관객들을 헤치며 무대 뒤로 돌아갔다. 좁은 통로 저편에서 세 명의 남자가 다가왔다. 두 명의 체포조와 등 뒤로 수갑을 찬 남자였다. 체포된 남자는 후줄근한 정장 차림에 앞머리가 헝클어져 있었다. 나이를 짐작하기 힘들 만큼 부어오른 눈두덩, 쥐어뜯긴 머리카락과 뜯어진 양복 단추, 잔뜩 겁을 먹었지만 이성을 유지하려고 안간힘을 쓰는 표정……. 어디선가 본 듯한 얼굴이었지만 어디서 보았는지는 떠오르지 않았다. 그가 지나갈 때 기준은 한쪽 옆으로 비켜섰다. 그들이 좁은 통로를 빠져나가 시야에서 사라진 후에야 그는 가까스로 두 개의 이름을 떠올렸다.

최태주? 이민석? 아니, 이태주? 최민석?

그 인물처럼 기준의 몸과 마음을 철저하게 사로잡은 존재는 이태껏 없었다. 기준은 그를 잡기 위해 강박에 가까운 집착으로 모든 의지와 능력을 쏟아붓고, 고역과 오명을 감당해온 세월을 생각했다. 조바심과 전략에의 두려움 속에서 최루가스 속을 달리고 이마가 깨지고 팀과 부하를 잃고 좌천을 당하고 불면에 시달리고 끼니를 거르며 자기혐오와 자괴감을 잇던 나날들. 최민석은 기준이 닿아야 할 유일한 항구였고, 이태주 추적은 그의 삶 자체였다.

그런 그가 눈앞에서 다른 체포조에게 끌려가고 있었다. 공작은 그의 통제를 벗어나 있었다. 기준은 지독한 피로감을 느꼈다. 어느새 관객들이 빠져나간 극장 안으로 방호복을 입은 폭발물 탐지요원들이 진입했다. 세 명의 탐지요원이 어기적거리며 무대 패널 하부를 검색했다. 또 다른 네 명의 탐지요원은 객석 여기저기에 탐침을 들이댔다. 통로 저편에서 바바리코트 차림을 한 키 큰 남자가 다가왔다. 그는 기준을 처음 본 사람처럼 힐끗 돌아보며 내뱉었다.

"일망타진이야. 수고했네."

관리관은 뚜벅뚜벅 계단을 올라갔다. 상황을 설명하기에는 턱없이 부족한 말이었다. 모호한 그의 말은 수많은 해석을 강요하는 골칫거리였지만 경탄스러운 데가 있었다. 공포와 침묵, 폭력과 회유를 자유자재로 이용하는 그의 화법은 다섯 개의 불방망이로 능수능란하게 저글링을 하며 관객을 놀라게 하고 겁주고 매혹시키는 광대 같았다. 관리관은 말해야 할 때와 말하지 않아야 할 때, 거짓말을 해야 할 때와 진실을 말해야 할 때를 알았으며 쉽게 타인을 믿지 않았고, 타인의 믿음을 얻으려 들지도 않았다. 심지어 신뢰하는 부하도 처음 보는 사람처럼 대하면서 언제든 버릴 수 있다는 암시를 주었다. 실제로 그랬던 일도 드물지 않았다. 부드러운 그의 미소를 곧이곧대로 믿었다가 봉변을 당한 요원이 한둘이 아니었다. 그는 타인의 신뢰를 얻지 못하는 데에 구애받지 않았고, 존경받지 못해도 신경 쓰지 않았다. 그가 타인에게 영향력을 행사하는 방식은 신뢰를 얻는 대신 공포를 심고, 존경받는 대신 조종하는 것이었다. 정보 업무를 수행하는 데는 그 편이 훨씬 효율적이었다.

정보기관 관리자로서의 전략적 태도와 능수능란한 화술은 그의 온화한 외모, 냉엄한 성격과 결합해 놀랄 만한 효과를 가져왔다. 한마디로 그는 믿을 수 없는 자였다. 그러나 기준은 관리관을 믿어야 했다. 그것이 그의 일이었다. 믿을 수 없는 자를 믿고, 보이지 않는 것을 찾고, 이룰 수 없는 목표를 달성하는 것. 기준은 관리관을 따라 계단을 뛰어오르며 생각했다. 도대체 무슨 일이 일어나고 있는 걸까? 극장에 난입한 미치광이들은 누구인가? 관리관이 왜 여기에 있는가? 그가 최민석 체포 임무를 가로챈 것일까? 그렇다면 왜?

후문 밖으로 뛰쳐나가니 요란한 사이렌 소리가 사방에서 울려댔다. 어지럽게 번득거리는 경광등 불빛 사이를 정복 경찰과 사복 차림의 정보요원들이 바쁘게 뛰어다녔다. 길 건너편에는 지나가던 사람들이 발길을 멈추고 호기심 가득한 얼굴로 상황을 지켜보았다. 관리관은 문에서 10미터쯤 떨어진 곳에 대기한 지휘차로 성큼성큼 다가갔다. 체포된 용의자들은 그 뒤에 정차된 호송용 승합차에 태워졌다. 관리관이 발판을 밟고 올라서자 검은 지프차의 한쪽이 심하게 꿀렁거렸다. 기준은 헐떡이며 지휘차로 다가가 조수석 차창 안으로 얼굴을 들이밀었다.

"어떻게 된 겁니까?"

관리관은 침묵했다. 요란한 엔진 소리와 함께 지프차가 앞으로 튀어나갔다. 이어폰에서 노도칠의 다급한 질문이 들렸다.

"팀장님 들립니까? 도대체 어떻게 된 일입니까?"

기준은 아무 대답도 할 수 없었다.

안가로 복귀한 기준은 뜬눈으로 관리관의 연락을 기다렸다. 새벽 2시가 넘어도 연락은 오지 않았다. 견디기 힘든 피로가 몰려왔다. 그는 회의실 탁자에 엎어져 곯아떨어졌다. 하지만 끔찍한 꿈 때문에 몇 번씩 선잠을 깼다. 서로 연결되지도 않고 아무 의미도 없는 토막 난 꿈들. 녹슨 배와 늙고 병들었지만 아름다운 여인, 낯선 여인을 정처 없이 따라가며 지나친 거리, 극장들, 서커스단원들, 불빛을 깜빡이며 돌아가는 회전목마들…….

새벽에 잠을 깨니 누군가에게 심하게 두들겨 맞은 듯 온몸이 뻐근했다. 그는 저린 다리를 끌며 현관으로 가 여섯 종류의 일간지를 차례로 펼쳤다. 거의 모든 조간신문이 〈문예극장〉에서 벌어진 대형 테러 기도 사건을 대서특필했다. "지난 7일 오후 10시 10분경 서울 종로구 동숭동 〈문예극장〉에서 폭발물을 이용한 미 대사 및 정부 요인 암살 시도가 있었으나 긴급 출동한 합동수사부와 폭발물 처리반에 의해 진압되었다"는 1면 머리기사가 4면으로 이어졌다.

범인은 연극 〈엘렉트라의 변명〉 공연 종료에 맞추어 테러를 계획했으나 결행 직전 저지되었다. 공연을 관람하던 미 대사 가족과 문공부 차관을 비롯한 요인들은 합수부요원들의 안내에 따라 무사히 대피했고 관객들의 피해도 없었다. 합수부는 현장에서 공연 관련자 24명을 비롯한 거동 수상자들을 체포해 심문하는 중이다. 알려진 바에 따르면 연출가 이태주는 대학 시절 학생운동에 깊이 관여했으며 졸업 후 연극계에 잠입 및 활동해온바, 합수부는 그의 행적에 수사의 초점을 맞추고 있다.

폭발물을 이용한 미 대사 및 정부 요인 암살 미수 사건은 불안한 정국을 뒤흔들기에 충분했다. 기사는 폭력을 이용해 사회 혼란을 부추기고 체제를 전복시키려는 불온 분자들의 악행으로 자유민주주의가 심각한 위기를 맞았지만 합수부의 신속한 대처로 인명 피해를 막았다는 논조로 이어졌다. 사건 배후에 북한 지령을 받은 용공 분자가 있을 가능성을 암시한 후 철저한 수사로 사건 진상을 밝히고 주모자를 색출할 것이라는 관련자 언급도 이어졌다. 2면에는 신문마다 각기 다른 보충 취재를 통해 사건의 중대성을 부각하는 박스 기사를 실었다. 「이태주는 누구인가?」라는 제목의 박스 기사는 태주의 인적 사항과 활동, 저작물 분석을 통해 그가 평소 정부 정책에 냉소적이었다고 주장했다. 또 다른 일간지의 「패륜 모녀가 부른 참극」이란 제하의 칼럼에서 어머니를 죽인 딸이라는 비윤리적 내용이 참극을 불러왔다고 비난했다. 또 다른 신문들은 익명의 관계자의 말을 인용해 극렬 테러분자를 서지한 합수부의 끈질긴 추적기나 극렬 지하조직 계보도 등을 게재했다.

이태주의 존재가 만천하에 까발려졌다는 사실에 기준은 혼자만 아는 새 둥지를 모든 마을 아이들에게 들켜버린 소년의 낭패감을 느꼈다. 공작의 모든 단계를 주도해오는 동안 그는 이태주의 내면을 장악했다고 자부했다. 이태주의 발자국을 쫓고 행적을 추적하며 그의 삶을 이해했다고 생각한 적도 있었다. 그의 글을 분석하며 그의 이상을 헤아렸고, 구겨진 그의 메모지를 주워 읽으며 질투와 연민을 동시에 느꼈다. 범죄자와 추적자 간 관계를 벗어난 내밀한 유대감이 이태주에 대한 독점욕으로 이어진 것도 사실이었다. 이태주는 쫓아야 할 대상인 동시에 다른 추격자로부터 보호해야 할 대상이기도 했다. 이태주를 다른 추적팀에 넘겨주느니 그가 도주하기를 바란 것이 솔직한 심정이었다. 놈은 내 거야. 아무도 건드릴 수 없어. 그러나 범죄자와의 정서적 결속은 혼자만의 상상에 불과했다. 기준은 허탈감을 잊기 위해 강박적으로 신문 기사를 파고들었다. 대부분의 기사들은 대동소이했고 개중에는 베낀 것처럼 똑같은 문장들도 눈에 띄었다. 사건에 대한 관리관의 관점과 의도가 각기 다른 매체의 거의 모든 문장을 일관되게 관장하고 있었다.

여론에 대한 관리관의 관점은 그것이 무엇이든 날뛰는 야생마처럼 철저히 통제하고 조정해야 한다는 것이었다. 정치가들이 전가의 보도처럼 내세우는 민심이라는 것조차 그는 근거 없고 불확실한 것으로 여겼다. 그는 이 사회가 그토록 종잡을 수 없고 허황된 척도에 끌려간다는 사실을 불쾌해 했다. 그나마 그것을 통제할 수단이 있다는 점을 다행으로 여겼다. 관리관은 노련한 마부처럼 채찍과 당근을 번갈아 이용해 여론과 민심의 고삐를 조절했다. 가공된 뉴스로 여론을 환기시키고, 필요하다면 날조한 뉴스로 불리한 상황을 반전시켰다. 양심적인 기자들과 편집인들이 저항했지만 대부분 그의 회유와 협박에 굴복하거나 파멸당했다. 그들의 입을 막는 데는 부당한 징계와 좌천, 고소와 파면뿐 아니라 고가의 선물과 돈과 같은 매수 수단이 동원되었다. 야당과 시민사회는 교활한 여론 조작이라고 공격했지만 그는 사회 총의를 옳은 방향으로 유도한다고 자부했다. 언어를 이용해 타인의 사고를 조종하고 특정한 이미지를 창조하는 그의 능력은 경탄스러웠다. 인터뷰, 르포르타주, 기획 기사, 논평 등 가능한 한 모든 형식이 활용되었다. 지속적이고 반복적인 언론 노출을 통해 그는 이태주의 이미지를 공포와 경이의 대상으로 만들었다.

그 불경스러운 작가, 악의적 집필자의 호출을 기다리는 기준의 머릿속에 수많은 질문들이 들끓었다. 결국 자신의 팀은 토끼몰이를 위한 개 떼에 불과했던 건가? 최민석을 체포하기 위한 별도의 팀이 존재했던 걸까? 어떻게 최민석의 테러 모의를 놓칠 수 있었을까? 한 가지 분명한 사실은 어떤 기사에서도 최민석이란 이름이 없었다는 점이었다. 이태주가 최민석이라는 사실 혹은 이태주가 최민석일 수 있다는 가능성조차 찾을 수 없었다. 관리관은 왜 최민석의 존재를 발표에서 제외했을까? 자신만의 카드로 간직하려는 의도일까? 아니면 실제로 최민석이 이태주와 관련이 없는 것일까? 만약 그렇다면 진짜 최민석은 어디에 있을까?

정오가 지나자 장대 같은 비가 내렸다. 거센 바람이 빗방울을 화살촉처럼 날카롭게 벼려 유리창에 흩뿌렸다. 빗물이 2층 슬래브 홈통을 타고 철철 흐르고, 현관에 매달린 외등이 바람에 절그렁거리는 소리를 냈다. 바람에 흰 커튼처럼 날리는 빗줄기 너머 카페 창가 자리에 마주 앉아 있던 태주와 진아의 모습이 떠올랐다. 그때 기준은 길 건너 구멍가게 차양 아래서 비를 피하며 그들을 미행하던 중이었다. 빗물이 흐르는 유리 너머에서 그들은 눈길로 서로를 애무하는 것 같았다. 어항 속의 물고기를 들여다보듯 서로의 생각을 살펴보는 것 같기도 했다. 어떤 주제를 놓고 열띤 토론을 벌이다가도 금세 둘이 함께 몸을 뒤로 젖히며 깔깔대고 웃었다. 오만함과 냉담함, 순수함과 영악함, 쉽게 건드릴 수 없는 연약하면서도 강인한 기질 때문이었을까. 그들은 같은 희귀병을 앓고 있는 오누이 같았다. 그랬기에 그들은 서로의 고통을, 자부심을, 히스테리를 이해할 수 있었으리라. 그들이 서로를 바라보며 맥주잔을 부딪칠 때, 서로를 놀리려 야한 이야기를 대놓고 주고받을 때, 기준은 몸을 숨긴 어둠 밖으로 걸어 나가 그들의 대화에 끼어들고 싶었다. 그들과 신화 속 인물에 대해 이야기를 나누고, 연극이 어때야 하는지 논쟁하고, 주인공의 행위와 배우의 역할에 대해 토론하고 싶었다. 병적으로 보이는 그들의 사랑이 그는 부러웠고 자신이 그들을 부러워한다는 사실에 얼굴이 뜨거웠다.

관리관의 전화가 온 건 오후 3시가 조금 지나서였다. 비는 그쳐 있었다. 열린 창으로 짙은 수액의 향기를 품은 축축한 공기가 쏟아져 들어왔다. 2층 슬래브 홈통에서 물웅덩이로 떨어지는 빗물이 시계 초침 소리를 연상케 했다. 관리관의 목소리는 차분하게 가라앉아 있었다.

그는 최민석 추적 공작이 소기의 목적을 달성했으니 이 시간부로 팀을 해체한다는 지령을 전달했다. 기준은 아무것도 끝나지 않았다고 반박하려 했지만 이태주를 심문하라는 관리관의 지령에 입을 열지 못했다. 물론 기준에겐 이태주를 심문할 권리가 있었고, 자백을 이끌어낼 자신도 있었다. 무엇보다 그는 끈질긴 공작의 결말을 자신의 눈으로 직접 확인하고 싶었다. 이태주가 어떤 경로로 폭발물을 구했는지, 어떤 방식으로 폭탄을 설치했는지, 그토록 힘들여 창조한 〈엘렉트라의 변명〉을 왜 스스로 날려버리려 했는지. 그는 모든 의문의 밑바닥을 남김없이 두 눈으로 봐야 했다. 그것은 생각보다 긴 이야기가 될지도 몰랐다. 그는 심문을 허락한 관리관의 의도가 궁금했다. 관리관은 이태주에게서 자신이 무슨 말을 듣기를 원하는 걸까? 또 무슨 말을 듣지 않기를 바라는 걸까?

기준은 못된 애인을 증오하면서도 벗어나지 못하는 어리석은 사람이 된 기분이었다.

심문실로 가기 전, 기준은 분장실의 배우처럼 꼼꼼히 거울을 들여다보았다. 튀어나온 광대뼈와 각진 턱, 악의에 찬 퀭한 눈. 목탄화처럼 거칠어진 얼굴에는 지금까지 살아온 그의 삶이 고스란히 새겨져 있었다. 한순간 그는 자신의 얼굴이 지금과 달랐던 시절이 그리워졌다. 아무런 의심 없이 세상이 반듯한 원리로 돌아가고 있으며 시간이 지날수록 나아질 거라고 믿던 시절, 근거도 없이 자신의 미래가 바르고 정의롭게 펼쳐질 거라는 확신을 지녔던 시절은 언제 끝이 났을까? 이태주를 알기 전? 관리관을 만나기 전? 대학가에서 프락치로 활동하기 전?

소년 시절, 그는 고집스럽지만 독립적인 아이였다. 실제로는 그렇지 않았는지 모르지만 그 자신은 그렇게 기억했다. 그는 18개국의 우표 240여 장을 수집했고, 학교에서는 우등생이었다. 선생님들이 자랑스럽게 내세우는 학생이었고, 아버지가 집에 온 손님들에게 인사시키고 싶어 하는 아들이었다. 밤이면 기준은 노트를 펼치고 감성적인 시구나 말도 안 되는 이야기를 끼적였다. 그는 세상이 잘 균형 잡혀 있으며 명백한 진실과 엄정한 정의라는 원리를 통해 조화롭게 운용된다고 믿었다. 대학에 갈 나이가 되었을 때, 그는 법학을 지망했다. 법이 세상의 균형을 유지하는 평형추이며 언어로 이루어진 세계의 잣대라고 생각했기 때문이었다.

그는 법이 인간의 삶에 실제적으로 개입하고 판단을 요구하는 특수한 상황, 즉 법정극이나 연극 속 재판 장면에 관심을 가졌다. 도덕적, 법적 질문을 던지는 대본과 작품들을 골라 읽었고 극장을 찾기도 했다. 그는 〈베니스의 상인〉이나 〈신의 아그네스〉 〈이방인〉은 물론 〈12인의 노한 사람들〉이나 〈앵무새 죽이기〉와 같은 법정 드라마가 제시하는 윤리적, 법적 딜레마를 숙고했다. 선왕 햄릿을 독살한 클로디어스, 클로디어스를 죽인 햄릿, 햄릿의 칼에 찔려 죽은 폴로니어스, 실성한 채 물에 빠져 죽은 오필리어와 결투 중 햄릿의 칼에 죽은 레어티즈 등 거의 모든 등장인물이 죽이고 죽는 〈햄릿〉은 미필적 고의가 결부된 다양한 살인죄에 관한 종합적인 교과서였다. 포셔의 기지가 돋보인 〈베니스의 상인〉의 인육(人肉) 재판은 관객들에게 카타르시스를 제공했지만 포셔가 피고의 지인이자 이해관계의 인물이라는 점에서 그것이 공정한 재판인가에 대한 의문을 남겼다. 당통의 혁명재판소 연설과 처형은 권력이 법을 도구로 삼아 자유를 억압하고 멸절시키는 방식을 보여주었고, 〈코카서스의 백묵원〉은 혈연에 근거한 법적 양육권보다 인간적 유대를 우선한 정의를 제시하는 듯했다.

연극 속의 재판들과 그것이 제시하는 법적, 도덕적 논점은 그에게 법과 정의, 권력과 자유를 숙고하게 하는 한편 현실을 변화시키지 못하는 법체계의 한계를 분명히 드러냈다. 세상은 법조문 몇 구절로 바로잡을 수 없는 모순투성이였다. 법은 쓰러진 자들을 일으켜줄 수는 있지만 그들이 혼자 힘으로 서 있도록 할 수는 없었다. 겨우 일어섰다 해도 그들은 다시 쓰러지고 짓밟힐 것이었다. 그는 도서관을 뛰쳐나왔다. 그러나 마땅히 갈 곳도 없었고 할 일도 없었다. 억압된 시대의 젊은이가 할 수 있는 유일한 일은 시위대 속으로 들어가 세상을 향해 돌팔매질을 하는 것뿐이었다.

몇 차례의 가두시위 끝에 그는 체포되었다. 취조를 담당한 형사는 그에게 입대를 권유했다. 기소유예 의견으로 검찰에 송치하는 조건이었다. 그렇게 유치장에서 바로 훈련소로 가는 것으로 기준은 죗값을 치렀다. 그러나 담당 형사는 복학 후에도 정기적으로 그를 찾아왔다. 형사는 수시로 아버지의 회사명과 세무조사를 들먹였다. 그가 마음먹기에 따라 집안이 풍비박산 날 수 있다는 집요한 협박인 동시에 유혹이었다.

물론 그에게는 가능성이 열려 있었다. 사법고시를 거쳐 검사가 될 수도 있었고, 삼성이나 현대 같은 대기업 사원이 될 수도 있었다. 그러나 그는 선택해야 했다. 아버지가 평생 일군 사업과 온 가족을 위험에 빠뜨릴 것인가, 아니면 그들의 권유 혹은 강압을 따라 정보기관원이 될 것인가. 어떤 선택을 하더라도 결정을 미루는 것보다는 나아 보였다. 선택할 수 있다는 사실이 그를 고통스럽게 했다. 졸업을 앞둔 그는 안기부에 입사했다. 그것이 끔찍한 선택이었다는 것을 안 것은 훨씬 후였다.

신입 요원 교육을 마친 기준은 명령에 따라 학원 정보 수집 담당으로 대학가에 잠입했다. 입대 전 학생운동에 관여했던 터라 잠입은 수월했다. 그는 운동권 내 인맥을 구축하고 조직에 접근했다. 조직 내 인물들의 면면을 파악했고 시위 정보를 수집했다. 습득된 정보는 유선으로 보고하거나 종합적인 보고서를 작성해 전달했다. 그러나 잘못된 선택을 신념으로 내면화시키고 그것을 정당화할 때 어떤 일이 벌어지는지는 굳이 확인할 필요가 없었다. 과거에 친구였던 이들을 뒷구멍으로 캔다는 자괴감이 그를 괴롭혔다. 6개월 만에 그는 보직 변경을 요청했다. 그때 그를 발탁한 사람이 관리관이었다. 그는 관리관이 설계한 다수의 공작에 투입되어 뛰어난 성과를 거두었다. 그런 그에게 최민석 체포 작전은 단 하나의 실수, 단 한 번의 예외였다.

기준은 실패의 쓴맛을 되새기며 넥타이 매듭을 조인 후 와이셔츠 옷깃을 가다듬었다. 그리고 손바닥에 물을 묻혀 머리카락을 넘기고 입을 벌려 치아 사이를 확인했다. 물방울이 튄 구두코를 티슈로 닦으며 그는 자신이 막이 오르기를 기다리는 배우 같다고 생각했다. 그의 무대는 막다른 복도 끝에 있는 심문실이었다. 그곳에는 상대의 성격과 심리를 세심하게 고려한 무대장치가 완비되어 있었다. 실내 곳곳에 녹취 장비를 설치했고 천장 모서리에는 스피커를 달았다. 팔꿈치를 올리기엔 어정쩡한 높이에서 다리가 잘린 회색 사무 탁자는 상대 배우의 긴장을 유발할 것이다. 정면에는 필요에 따라 조도와 조명 범위를 조절할 수 있는 강력한 조명 장치도 설치되어 있었다. 탁자 위의 낡은 타자기는 상대의 첫 대사를 이끌어낼 소품이었다. 막이 오르면 기준은 잔뜩 긴장한 상대 배우 앞에 모습을 드러낼 것이다.

심문은 흥미로운 퍼포먼스가 될 것이다. 대본도 동선도 없는 즉흥극이지만 그 대사는 신랄하고 그 감정은 격렬할 것이며, 그 진실은 어떤 연극의 주제보다 선명할 것이다. 그는 배우인 동시에 열성적인 관객으로서 미묘하게 변하는 상대를 관찰하고 그의 대사를 곱씹으며 그 내면을 들여다볼 것이다. 그들은 끊임없이 서로 추궁하고 회유하며, 수긍하고 반박할 것이다. 끈질긴 논쟁을 통해 기억을 되살려내고 행위의 원인과 결과를 분석할 것이다. 그리고 마침내 희미한 주제를 뚜렷이 다듬고, 엉성한 스토리에 설득력을 부여하고, 어렴풋한 결말을 명확하게 함으로써 이야기의 진실을 캐낼 것이다. 50년 동안 고도를 기다리는 블라디미르와 에스트라공처럼.

태주는 발갛게 언 양손을 겨드랑이에 끼우고 차고 딱딱한 마룻바닥에 몸을 움츠렸다. 헐렁한 잿빛 옷의 바느질 솔기가 피부를 파고들었다. 잠은 오지 않았다. 그는 자신이 처한 상황이 현실이 아닐 거라고 생각했고 설령 현실이라 해도 믿고 싶지 않았다. 이틀 전의 일이 먼 옛날처럼 느껴졌다. 그때는 모르는 사람들에게 팔을 꺾이지 않았고, 영문도 모른 채 검은 승합차 뒷자리에 처박히지 않았으며, 찬 마룻바닥에 웅크린 채 목숨이 어떻게 될지 걱정하지 않았다. 자신이 왜 그곳에 있는지, 어떤 죄를 지었는지 알 수 없다는 점이 자꾸 그를 괴롭혔다.

그나마 낙관적인 짐작은 이 터무니없는 상황이 모두 오해에서 비롯되었을 가능성이 없지 않다는 것이었다. 그들이 사람을 잘못 보았거나 어떤 단계에서 명령이 잘못 전달되었을 것이다. 그렇다면 그것을 푸는 일도 어렵지 않을 것이다.

그는 빨리 심문이 시작되기를 초조하게 기다렸다. 그러면 모든 오해를 풀고 아무런 일도 없던 것처럼 이곳을 걸어 나갈 수 있을 것이다. 따지고 보면 처음 당하는 일도 아니었다. 〈줄리어스 시저〉 사건도 별일 아닌 것으로 끝나지 않았던가. 오늘 저녁은 어차피 늦었지만 내일 공연이 끝나면 괜찮은 레스토랑으로 그녀를 데려가 성공을 자축할 수 있을 것이다. 낙관적으로 생각하자며 한시름 놓자 극심한 피로감이 몰려왔다. 그는 자신도 모르게 잠이 들었다. 꿈에서 젖가슴을 드러낸 그리스 여신과 피가 흐르는 단두대와 뿔이 큰 사슴이 각기 다른 영화의 장면들을 잘라 붙인 것처럼 맥락 없이 나타났다가 사라졌다.

얼마나 시간이 지났을까? 잠결에 덜걱거리는 자물쇠 소리가 들리면서 나무 문이 열렸다. 문밖에 제복 차림의 교도관 두 명이 서 있었다. 키 큰 교도관은 무표정했고, 볼이 유난히 발간 교도관은 상대적으로 친절해 보였다. 교도관이 되지 않았다면 오르간을 잘 치는 시골 초등학교의 저학년 담임교사에 어울렸을 얼굴이었다. 그러나 회색 제복이 부여한 권위 때문인지 그의 표정은 심각했고 보기에 따라 근엄하기까지 했다.

감방을 나선 그들은 나란히 이어진 나무 문들을 지나 나선형 계단을 내려갔다. 퀴퀴한 곰팡이 냄새, 죽은 동물이 썩는 듯한 냄새와 물비린내를 차례로 지나 그들은 복도 끝의 때 탄 나무 문 앞에서 멈추었다. 교도관들은 엉거주춤한 그를 밀어 방 안으로 들여보냈다. 침침한 실내에는 갖가지 서류 뭉치가 쌓인 탁자 양쪽에 팔걸이 없는 의자가 마주 보고 놓여 있었다. 교도관이 그의 겨드랑이를 감아쥐고 의자로 데리고 가 앉혔다. 딱딱한 의자 바닥이 엉덩이에 배겼다. 어디에선가 이따금 고함 소리와 양동이가 바닥에 내동댕이쳐지는 소리가 들렸다. 태주는 자신이 저지른 죄를, 저지르지 않은 결백을 되풀이해서 곱씹었다.

잠시 후, 금색 넥타이를 맨 말끔한 인상의 남자가 들어섰다. 중·고등학교 시절 학생회장을 했을 법한 용모에다 결벽적인 과묵함 때문에 좋아하는 여자를 일부러 못 본 척할 것 같은 남자였다. 그는 태주에게 맞은편 의자를 권한 후 벽으로 다가가 조도계 다이얼을 최고로 올렸다. 천장에 매달린 백열등 불빛이 점점 밝아지더니 눈이 부실 정도로 강해졌다. 모든 색을 표백시키는 불빛은 그가 실내의 모든 상황을 장악하고 있다는 사실을 분명히 암시했다. 대기하고 있던 교도관이 수갑을 풀어주고 방을 나갔다. 태주는 한시바삐 그가 심문을 시작하기를 기다렸다. 이미 모든 사실을 있는 그대로 시인하기로 작정했고, 가급적 빠르고 상세하게 답변하겠다고 다짐한 터였다. 남자는 한참 후 입을 열었다.

"이제부터 당신은 두 가지 말을 할 수 있소. 사실을 진술하거나 거짓말을 늘어놓는 거지. 빨리 가든 쉬엄쉬엄 가든 종착지는 결국 자백이오."

태주는 초조하게 두 손을 말아 쥐었다가 펼치기를 반복했다. 기준은 태주가 눈치채지 않게 그의 손을 주시했다. 책상 위에는 두툼한 파일 뭉치와 스크랩이 놓여 있었다. 파일은 〈줄리어스 시저〉 사건 당시의 자술서와 심문조서였다. 스크랩에는 태주의 연극반 활동과 시위 전력, 학보 기고문 목록과 두 차례 연행 당시 조서가 포함되었다.

기준은 먼저 태주가 대학 2학년 때 「배신하는 군중, 유혹하는 언어—연극 〈줄리어스 시저〉를 통해 본 군중의 태도」라는 칼럼을 학보에 기고한 적이 있는지 물었다. 〈줄리어스 시저〉 사건 관련 내용도 하나하나 확인했다. 태주는 자신이 연극의 등장인물이라면 무슨 생각을 할지, 어떻게 대답할지 자문하며 기준이 제시한 사실들을 시인했다. 부인할 수도 없었고 그럴 필요도 없었다. 이 모든 혼란이 누군가의 어이없는 착오임을 증명하기 위해서라도 실랑이를 피하고 싶었다. 기준은 서류 뭉치에서 두 장짜리 유인물을 꺼내 펼쳤다. 〈누가 줄리어스 시저를 죽였는가?〉. 시저를 살해한 브루터스의 연설문을 인용해 독재자를 심판하자고 선동하는 과격한 호소문이었다.

> (……) 왜 시저를 죽였느냐는 물음에 브루터스는 이렇게 답한다. 시저를 덜 사랑했기 때문이 아니라 로마를 더 사랑했기 때문이라고. 그는 두려움에 휩싸인 군중에게 되묻는다. 여러분은 시저가 죽고 모두가 살기보다는 시저가 살고 여러분 모두가 노예로 살기를 바랍니까? 그는 시저의 사랑에 울었고, 시저의 행운을 기뻐했고, 시저의 용맹함을 존경했다. 그러나 시저가 야심가였기에 그를 죽였다 (……)

기준은 속삭이는 목소리로 그것이 누구의 글인지 아느냐고 물었다. 태주는 강한 불빛 때문에 생각을 이어나갈 수 없었다. 기준은 그 글이 두 달 전 종묘 앞 기습 시위에서 뿌려진 유인물이며 저자가 최민석이란 인물이라고 스스로 대답했다. 그는 최민석의 저작으로 추정되는 별도의 선언문과 연설문, 두 건의 칼럼을 제시하며 질문을 계속했다. 태주는 그가 하는 질문의 의도를 알고 싶었다. 최민식이란 자의 소재와 행방을 묻는 것인가? 아니면 이 저작물들의 이적성을 추궁하는 것인가? 태주는 자신도 모르게 따지고 들었다.

"도대체 최민석이란 자가 누군데 절 이렇게 못살게 구는 겁니까?"

"최민석은 이틀 전, 문예극장 객석에 폭발물을 설치한 자요."

"그게 저와 무슨 상관입니까?"

"그 장소에서는 당신이 연출한 연극 〈엘렉트라의 변명〉이 공연되고 있었소. 그자는 점조직으로 연결된 제조책으로부터 사제 폭발물을 전달받아 극장에 설치했소. 다행히 폭발물은 불발되었지만, 미 대사가 손목을 삐었고 몇몇 관객이 찰과상을 입었소. 그래도 당신이 어떤 상황에 처해 있는지 모르겠소?"

태주는 알고 싶지 않았다. 다만 그 조사관이 싫다는 생각밖에 없었다. 그자는 자신과 닮은 점이 한 군데도 없었다. 그는 어리석지 않았다. 민첩하고 머리 회전이 빨랐다. 어렸을 때는 또래 남자아이들보다 일찍 코밑이 거뭇거뭇해져서 자신처럼 말수가 적고 걸음이 굼뜬 아이들을 끌고 다녔을 것이다. 태주는 그자의 시야에서 달아나고 싶었다. 그가 아닌 다른 사람과 얘기하고 싶었다.

"전 최민석이라는 사람을 알지 못하고 그가 어디에 있는지도 모릅니다. 말하고 싶지만 아는 게 없단 말입니다."

"그럴 만도 하오. 당신이 접촉한 인물들을 체크했지만 최민석의 행방은 오리무중이었으니까. 결국 우리 추적팀이 밝혀낸 건 최민석이란 인간이 존재하지 않는다는 사실이었소. 우습지 않소? 존재하지 않는 인간을 추적한 멍청이들이라니. 그런데 우리가 완전히 허탕질을 친 건 아니었소. 최민석이란 이름 뒤에서 그의 역할을 해온 제3의 인물을 포착했기 때문이오."

"도대체 그 빌어먹을 인물이 누군데 제게 이러십니까?"

"이태주란 자요."

태주는 무슨 말을 잘못 들은 것이 아닌지 의심스러웠다. 묻고 싶은 것들로 머릿속이 가득했지만 무엇부터 먼저 물어야 할지 그는 알 수 없었다. 기준의 추궁은 미리 준비된 치밀한 논리를 따르고 있었다. 그는 태주가 쓴 모든 글들—습작 대본과 소논문, 학보 기고문, 공연 리뷰 등 공개된 저작물에서부터 일기와 짧은 메모까지—을 주제별로 분류해 최민석의 것으로 추정되는 선언문이나 연설문과 대조한 터였다.

분석에 따르면 적어도 네 편 이상의 최민석의 연설문에서 태주가 과거에 쓴 문장들과 유사한 구조가 발견되었다. 태주가 기고한 잡지의 공연 리뷰에 언급한 작품 세 편이 격문에 인용되었고, 그가 즐겨 사용하는 문투와 유사한 문장들도 등장했다. 「배신하는 군중, 유혹하는 언어—연극 〈줄리어스 시저〉를 통해 본 군중의 태도」와 〈누가 줄리어스 시저를 죽였는가?〉의 소재 중복, 공연 리뷰 〈유사 권력의 종말〉과 연대 앞 시위의 대중 연설문 〈독재의 최후〉 간 논지의 유사성을 비롯한 저작물들 간의 연계성이 그것이었다. 최민석의 글들은 상당 부분 태주의 생각과 일치했고 논리 전개도 유사했다. 최민석이 쓴 글들은 자신이 하고 싶은 말이 아니라 태주가 했음 직한 말이었다. 억지처럼 여겨지던 추궁은 반박할 수 없는 논리를 갖추고 있었다. 문장으로만 본다면 이태주는 최민석일 수밖에 없었다.

"누가 이 글을 쓴 겁니까?"

그렇게 묻는 태주의 얼굴을 보니 갑자기 10년쯤 늙은 듯했다. 지난 2년간 도망자로서 겪은 감정들이 얼굴에 새겨져 있었다. 기준은 외로움과 두려움, 긴장과 불안의 틈에서 그가 느꼈을 강렬한 짜릿함에 대해 생각했다. 주변의 모든 사람은 물론 자기까지 속일 수 있을 거라는 자신감. 현실 속에 존재하면서도 또 다른 가상 세계를 활보하는 신비감. 그렇기 때문에 그는 어느 곳에도 속할 수 없는 외부자였다. 운동권에서는 숨겨진 인물이었고 연극계에서는 내쳐진 인물이었다. 현실 속에서는 가짜였고 가상의 세계는 헛것이었다. 그가 자기기만에 빠지지 않을 수 있는 유일한 세계는 무대뿐이었지만 모든 것을 바친 연극조차 한낱 허구에 지나지 않았다. 그는 자신의 연극이 어떻게 끝날지 알았을까? 자신에게 어떤 운명이 닥치고 자신의 삶이 어떤 방식으로 종결될지 생각해보았을까? 연극 속에서 그는 최민석을 연기한 이태주였을까? 아니면 이태주로 위장한 최민석이었을까? 이 모든 질문에 그는 답할 수 없을 것이다. 기준은 잠시 그가 가련하다고 생각했다가 냉정을 되찾았다.

"그걸 물을 사람은 당신이 아니라 나요."

태주는 문득 그 방이 자신에게 너무 크다는 생각이 들었다. 반대로 조사관에게는 그 방이 너무 좁은 것 같았다. 무거운 공기가 질식할 것처럼 그를 짓눌렀다. 누군가가 자신도 모르게 머릿속의 생각들을 훔쳐 갔다는 터무니없는 생각이 떠올랐다. 자신은 어떤 글도 쓰지 않았지만 내면에서 어떤 글을 써야겠다고 욕망했고, 쓰려 했지만 어떤 이유로 실패했으며, 쓰기를 포기했지만 어찌어찌 써냈는데 지금은 그 사실을 까맣게 잊은 것이 아닌가 하는 의심이었다. 엉망진창으로 취한 밤 괴발개발 끼적인 일기를 다음 날 아침 침대 머리에서 발견한 기분이었다. 그러나 글을 쓴 사람은 자신의 문장을 알아보는 법이다. 자신의 배설물 냄새를 아는 짐승처럼. 만일 그 서투른 글이 자신의 것이라면 그는 수치스러움을 느꼈을 것이다. 그러나 그는 수치스럽지 않았다. 그의 앞에 있는 글이 그의 배설물이 아니기 때문이었다. 그렇다 해도 그 사실은 그가 최민석이 아니라는 사실을 증명하기에는 턱없이 부족했다.

남영동 치안본부 대공분실 509호 조사실에서 발생한 서울대생 박종철의 죽음이 폭로된 후 폭력적 심문, 즉 고문은 한계를 드러냈다. 일손을 놓은 심문관들은 세상이 어떻게 변하든 할 일은 해야 한다고 투덜댔다. 기준은 피심문자의 불안을 이해하고, 감정을 고려하며, 생각을 막지 않는 것은 물론 그가 잊고 있던 생각까지 이끌어낸다는 심문 원칙을 견지했다. 이틀째 심문은 〈엘렉트라의 변명〉에 대한 견해로 시작되었다. 기준은 옆구리에 끼고 있던 갈색 서류철을 탁자 위에 내려놓으며 이야기를 꺼냈다.

"〈엘렉트라의 변명〉은 영리한 작품이었소. 〈일리아드〉에서 가장 입체적인 두 여성에 초점을 맞춤으로써 강렬한 극적 대비를 이끌어냈지. 클리타임네스트라와 엘렉트라를 단순한 증오와 질투가 아닌 신과 인간, 죄와 용서, 과거와 속죄라는 주제로 펼쳐낸 것도 좋았소."

말하는 동안 기준의 눈은 태주의 손을 한순간도 놓치지 않았다. 기준은 소묘하는 미대생처럼 집요하게 태주의 손 모양과 질감과 미세한 움직임에 주목했다. 긴 손가락과 굵은 손마디, 손톱의 빛깔과 모양, 손등에 불거진 정맥의 위치와 굵기, 크고 작은 잡티와 흉터. 기준을 조바심과 두려움에 몰아넣고 증오를 불러일으키고 나락으로 떨어뜨렸던 형상들이 그의 상상력을 자극하고 있었다. 건조하고 무뚝뚝하고 매사에 냉소적인 주인을 닮은 그 손은 온갖 비밀스러운 내력과 갖가지 감정을 지닌 독립적 인격체 같았다. 요란하게 타이프라이터의 키를 두드리는 난폭한 손, 여인의 허리와 가슴을 더듬는 섬세한 손, 시위 행렬 속에서 하늘로 치켜든 분노한 손, 문제의 시위 현장에서 기준의 카메라에 잡힌 어리석은 손. 태주는 두 손을 탁자 위에 포개며 대꾸했다.

"〈일리아드〉에서 가장 매력적인 인물은 칼카스입니다. 아가멤논도 아킬레우스도 엘렉트라도 아니죠. 그는 10년의 트로이전쟁과 아트레우스 가문의 저주를 촉발시킨 아가멤논의 예언자입니다. 클리타임네스트라의 아가멤논 살해와 엘렉트라의 복수로 이어지는 비극의 씨앗을 뿌린 장본인이죠."

기준은 태주가 자신에게서 대화의 주도권을 빼앗아 가려 한다는 생각에 긴장했지만 이야기가 물꼬를 찾아가고 있다고 판단했다. 심문은 기준이 듣고 싶은 것이 아니라 그가 말하고 싶은 것으로부터 시작해야 하기 때문이다. 그의 말이 질문의 요지에서 벗어나더라도 제지해서는 안 된다고 기준은 스스로에게 일러두었다. 태주는 말을 이었다.

"트로이 원정을 위해 아울리스에 집결한 그리스 함대가 바람이 불지 않아 발이 묶였을 때 칼카스는 아가멤논에게 딸 이피게네이아를 제물로 바쳐야 한다고 예언했습니다. 하지만 10년이 넘는 장구한 트로이전쟁사에서 그가 등장한 장면은 단 몇 줄에 불과했죠. 아이스킬로스가 그토록 미미한 존재로 그렸던 칼카스를 입체적이고 다층적인 인물로 재조명된 것은 셰익스피어였습니다. 트로이의 막내 왕자 트로일러스와 칼카스의 딸 크레시다가 주인공인, 〈트로일러스와 크레시다〉에서 칼카스는 트로이에 딸을 남겨두고 그리스로 전향한 트로이인으로 설정되었죠. 칼카스란 존재에 대한 의문은 바로 거기에서 시작됩니다. 그는 트로이인인가, 그리스인인가?"

그의 질문은 기준의 의중을 떠보려는 계략이거나 곤혹스럽게 하려는 함정일 수도 있었다. 그런데도 기준은 그의 질문이 불쾌하지 않았다. 도발적인 그의 질문은 칼카스가 트로이인이라는 전제로 그의 전향이 자의적인 귀순인가 아니면 위장 전향인가 하는 논점을 품고 있었다. 칼카스의 정체성을 어떻게 파악하느냐에 따라 트로이전쟁과 아트레우스가의 운명을 좌우한 예언의 성격이 완전히 달라질 수 있었고, 이피게네이아를 제물로 바치라는 그의 예언 또한 정반대의 의미로 받아들여질 수 있기 때문이었다. 그를 그리스에 위장 전향한 트로이의 첩자로 본다면 딸을 죽이라는 예언은 전쟁을 앞둔 아가멤논에게 심리적 타격을 가해 원정을 실패로 이끌 계책으로 볼 수 있을 것이다. 그러나 그의 전향이 진심이었다면 아가멤논의 함대가 출항할 수 있게 한 그의 예언은 트로이를 멸절시킨 끔찍한 배신행위였다. 딸을 트로이에 두고 그리스 진영으로 넘어간 것으로 보면 그는 트로이 왕 프리아모스가 그리스로 침투시킨 첩자일 수도 있었다. 그럴 경우 또 하나의 의문이 뒤따른다. 그는 첩자 활동 도중 변절한 걸까? 아니면 처음부터 이중 스파이였을까? 그 모든 가정과 의문은 별개의 사실이 아니라 하나의 진실의 각기 다른 버전에 지나지 않을지도 몰랐다. 각각의 경우가 모두 참이기도 하고 모두 거짓이기도 한 슈뢰딩거의 고양이처럼, 어떤 하나로 결정되는 순간 모든 의문은 사라지며 그 인물은 생기를 잃게 될 것이다. 태주는 고심하는 기준을 못 본 척하고 말을 이었다.

"그가 변절자든 첩자든 이중 스파이든 저는 관심이 없습니다. 10년 동안의 전쟁 통에서라면 누구나 이중 스파이 혹은 삼중, 사중 스파이가 되지 않을까요? 그의 행동은 이중적 의미를 지녔고, 그의 예언은 다층적으로 해석될 수 있어요. 다중성이야말로 인간의 원초적인 속성 아닐까요?"

기준은 태주가 칼카스에게 왜 그토록 중요한 의미를 부여하는지 의아했다. 선명성이 떨어지는 작중인물의 모호한 내면을 속속들이 해석하려는 작가적 호기심일까? 아니면 오랜 도피와 잠행으로 인하여 그리스와 트로이를 넘나든 칼카스의 이중성에 공감하게 된 것일까? 이유가 무엇이든 그가 칼카스란 이름을 언급했다는 점이 핵심이었다. 기준은 변절자와 첩자, 이중 스파이라는 칼카스의 면모를 태주의 다중적 정체성에 대한 고백으로 받아들였다.

사흘째 심문에서 그들은 공통적으로 아는 인물에 대해 이야기했다. 이야기하는 도중에 기준은 진아에 대한 각자의 관점에 의외로 많은 공통점을 발견했다. 그들은 그녀가 어떤 자음을 발음할 때 목소리가 갈라지는 발성의 결함을 이야기했고, 좀 더 큰 무대에 서는 경험이 필요하겠지만 너무 큰 무대에는 어울리지 않을 거라는 데에 의견을 같이했다. 태주는 그녀가 눈을 치켜뜨기보다 내리깔고 대사를 할 때 훨씬 효과적이라는 기준의 지적에 동의하며 어떤 여배우도 그런 눈매를 표현할 수 없을 거라고 대꾸했다. 기준은 첫 대사가 시작되는 순간부터 엘렉트라에게 몰입하던 관객들의 반응을 설명했고, 태주는 자신의 연출 의도는 관객들이 객관적인 거리를 유지한 채 작중인물이 제시하는 질문들을 숙고하는 것이었으므로 그렇다면 자신의 연극은 실패한 것이라고 대꾸했다. 기준은 칼카스의 이중적 정체성에 대한 화제를 재차 언급하며 스타니슬랍스키 연기론을 옹호했다.

"완벽한 작중인물이 된다는 건 배우가 타인을 재현하는 것을 넘어서 자신으로 현존하는 거요. 다시 말하자면 배우가 배역이 되는 것이 아니라 배역이 배우가 되는 거요. 그녀는 그걸 해냈소. 자신이 배역인지 배우인지 알 수 없는 순간을 창조한 거요. 칼카스 자신이 그리스인인지 트로이인인지 알 수 없었던 것처럼."

배우가 배역이 되는 것이 아니라 배역이 배우가 된다? 태주는 그 말을 들은 적이 있지만 언제 어디서 누구에게 들었는지는 기억해내지 못했다. 오랜 불면과 긴장 때문에 그의 기억력과 사고력은 엉망이었다. 하지만 그

짧은 문장은 태주를 흔들어놓기에 충분했다. 이유는 분명치 않았지만 기억해내야만 한다는 생각이 들었다. 그러다 불현듯 그의 머릿속에 진아의 표정과 억양이 떠올랐다. 그 말을 한 자 한 자 발음하던 그녀의 입술에서 새콤한 맥주 냄새가 났던가? 그런 것 같기도 했고, 그렇지 않은 것 같기도 했다. 그때 그녀는 마치 암기해둔 문장을 말하는 것 같았다.

그제야 동떨어져 있던 인물들의 연결 고리가 뚜렷하게 드러났다. 가난한 연극배우 지망생을 완벽한 엘렉트라로 만든 사람은 자신이 아니라 이 조사관이었다. 태주는 그가 진아를 알 뿐 아니라 그녀의 생각을 변화시켰고 그녀의 행동을 유도했다고 확신했다.

그들의 2인극은 이제 중요한 전환점을 지나고 있었다. 배우가 배역이 되는 것이 아니라 배역이 배우가 된다는 그 한마디가 그들 모두를 다른 사람으로 변모시키고 있었다. 그들이 믿었던 세상은 이제 어디에도 존재하지 않게 되었다. 태주는 그가 언제부터 진아를 알았는지, 그녀와 어떤 관계인지 묻지 않았다. 대신 그녀는 이 일과 아무 상관이 없으니 그냥 내버려두라고 말했다. 그것이 이 거래에서 그가 내밀 수 있는 유일한 카드였다.

기준은 알겠다고, 그렇게 될 거라고 대답했다. 더 이상의 복선은 그들에게 필요 없었다. 각자가 쥐고 있는 카드를 내보여야 할 시점이 되었다. 기준은 최민석에게 접근할 요원으로 그녀를 선발하고 훈련시킨 과정과 배우로서뿐만 아니라 스파이로서 그녀가 지닌 자질과 역량을 털어놓았다.

"그녀는 자신의 정체를 몰랐소. 훈련 중 폐기 처분을 당한 순간, 그녀는 아무것도 아니었지. 우린 그녀가 좀 더 완벽한 스파이가 되기를 바랐소. 최민석에게 접근할 스파이가 아니라 최민석의 애인이 되어버리는, 자신이 스파이인 줄도 모르는 스파이 말이오. 어떤 스파이가 그보다 완벽할 수 있겠소?"

기준의 말은 태주를 위로하려는 것처럼 들렸지만 화를 돋운 격이 되었다. 태주는 탄식 같은 질문을 내뱉었다.

"날 잡겠다고 사람을 붙였다는 거요?"

마치 세상이 말도 안 되는 농담을 걸어오는 것 같았다. 연극이라는 허구를 만들고 조작해온 자신이 어떻게 철저하게 가공된 허구의 장치에 놀아났는지 알 수 없었다. 기준이 대답했다.

"당신이 아니라 최민석을 잡으려던 거요."

"난 최민석이 아니오."

자의식으로 가득한 태주의 대답에 기준은 씁쓸한 미소를 지었다.

"그 말에 책임질 수 있소? 당신이 최민석이 아니라고 확신할 수 있냐는 말이오."

"날 무엇이라 불러도 상관없소. 내가 부인해도 당신은 그렇게 밀어붙일 테니까. 그렇다 해도 내가 다른 누구도 아닌 나 자신이란 사실은 변하지 않을 거요. 누가 뭐래도 내 속의 자아를 바꿔치기할 수는 없을 테니까."

"자신감이 대단하시군."

기준은 빈정대는 표정을 감추지 않고 중얼거렸다. 무슨 말인지 알아듣지 못한 태주가 눈썹을 움찔거리며 다가앉았다. 기준은 말을 이었다.

"모두가 그렇게들 말하지. 사람들이 어떻게 보든 뭐라고 말하든 그건 껍데기일 뿐이며, 중요한 건 자기 자신임을 잊지 말라고. 부모님들, 선생님들, 잘난 척하는 자들 모두 지겹도록 말해왔소. 그러나 자기 자신이라는 게 도대체 뭐요? 생각해보면 내면의 자아라는 건 그렇게 대단치 않고, 포기하거나 대치할 수 없는 절대적 가치도 아니오. 우리들 중 누가 자신에 대해 확신을 가지고 설명할 수 있겠소?"

"그럼 뭐가 대단하고 뭐가 중요하단 말이오?"

"난 포착할 수도 없으며 정의할 수도 없는 내면의 자아를 믿지 않소. 그토록 종잡을 수 없고 실체조차 없는 것을 어떻게 우리들 자신이라고 말할 수 있겠소? 오히려 타인의 눈에 비친 나의 존재야말로 확실하고 증명 가능한 자아의 실체가 아니겠소?"

"말도 안 되는 소리!"

단지 기준의 말을 막고 싶다는 생각에 태주는 입에서 나오는 대로 내뱉었다. 기준은 미리 연습해둔 대사를 읊는 것처럼 확신에 찬 어조로 말을 이어나갔다.

"당신이 그토록 감정적으로 최민석임을 부인하는 것이 그 증거요. 만약 당신 내면의 자아가 그토록 굳건하고 확고부동하다면 내가 어떤 이름으로 부르든 당신은 상관하지 않을 거요. 그러나 당신은 그렇지 않았소."

태주는 그의 말이 궤변이라고 생각했지만 적당한 반박을 찾기 어려웠다. 기준은 들고 온 파일에서 사진들을 꺼내 탁자 위에 한 장 한 장 카드패처럼 늘어놓았다.

"증거는 거짓말을 하지 않소. 당신이 쓴 글들과 문서들, 무엇보다 이 사진이 당신이 최민석이라고 말하고 있소."

태주는 그 사진들이 언제 어디에서 어떤 방식으로 촬영되었는지, 누구에 의해 어떤 목적으로 촬영되었는지 알고 싶었다. 그 사진들이 자신의 현재 상황과 어떤 관련이 있는지도.

"이 사진이 나와 무슨 상관이오?"

기준은 자리에서 벌떡 일어나 태주의 오른쪽 손목을 움켜잡았다. 저항하고자 하는 의지를 압도하는 악력이었다. 태주는 탁자 너머 기준을 노려보았다. 기준은 휘어잡은 태주의 손목을 탁자에 널린 사진 위에 찍어 눌렀다. 그의 손은 낚시에 걸려 올라와 죽어가는 물고기처럼 늘어졌다.

"잘 봐! 이 사진은 내 손으로 직접 찍었어. 가두 진출 시위 당시 대학 정문 맞은편 건물 2층 다방 창가 자리에 앉아 있던 최민석이지. 이 손을 모른다고 할 건가?"

태주는 자신이 우연히 혹은 업무상의 착오로 이 일에 연루된 것이 아님을 깨달았다. 그들은 의도적으로 자신을 감시했고 스파이를 붙였으며 조작한 정보와 가공된 증거로 자신을 테러범으로 몰고 있었다. 그 증거는 이치에 맞지 않는 것이 없었고, 논리적인 추궁은 반박할 여지가 없었다. 그는 최민석이 아닌 어떤 다른 인물도 될 수 없었다. 반박할수록 결백과 멀어졌고, 해명할수록 진실성은 훼손당할 뿐이었다.

그는 자신의 연극이 결말에 이르렀다고 직감했다. 놀랍고 갑작스러워 어쩐지 불안한 느낌을 주는 결말이었다. 이제 그는 관객들의 박수를 받으며 무대로 나갈 수도, 좁은 침대에 나란히 누워 진아의 눈을 바라볼 수도 없을 것이다. 그는 임무를 복창하는 군인처럼 말했다.

"나는 조국이 원하는 일을 했을 뿐이오."

자신의 말이 얼마나 궁색하게 들릴지 생각하자 태주는 수치스러웠다. 그를 잉태한 나라, 그가 죽었을 때 묻힐 나라는 독재자에게 살해당한 자들의 침묵이 도처에 떠돌고, 침묵이 살아남은 자들을 살해하는 땅이 되었다. 그는 억지로 말을 이었다.

"관리관을 만나게 해주시오. 그에게 모든 것을 말하겠소."

침묵이 손에 잡힐 것처럼 뚜렷하게 그들 사이에 자리 잡았다. 수많은 질문들이 기준의 머릿속에 떠올라 야광충처럼 어지럽게 돌아다녔다. 이 자가 어떻게 관리관이라는 직책을 아는 것일까? 관리관의 존재를 안다면 정보 조직의 계통과 기능을 알고 있다는 말일까? 설령 안다고 해도 왜 관리관을 만나겠다는 것일까? 도대체 관리관에게 무슨 말을 하겠다는 걸까? 관리관은 이자와 어떤 거래를 한 걸까?

기준은 관리관을 만나야 할 사람이 그가 아니라 자신이라고 판단했다.

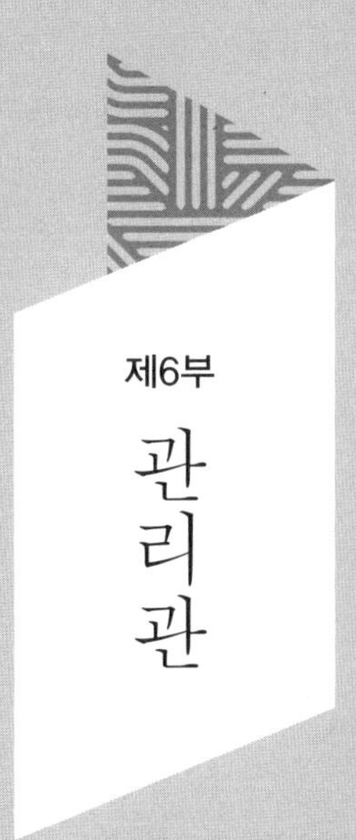

제6부

관리관

선과 악에 대한 흔한 오해는 그것이 눈에 보이는 실체로 존재할 거라는 생각이다. 세상이 선과 악이라는 두 영역으로 나뉘어 태초부터 영원까지 대결한다는 가정, 최후의 아마겟돈에서 선이 승리하고 악이 소멸되리라는 믿음. 그러나 그것은 말 그대로 가정과 믿음에 불과하다. 기준은 옳지 않은 행동을 수도 없이 목격해왔고 때로는 직접 나쁜 짓을 하기도 했지만 그것들을 선악의 개념으로 판단하지는 않았다. 선은 절대적인 가치가 아니라 악과 반대되는 개념일 뿐이며, 악에 의해 쫓겨난 선 또한 악 없이는 소멸할 수밖에 없을 테니까. 그런 생각에 빠져 본청 별관 1층 복도를 걷는 동안 기준은 관리관의 방문 앞에 다다랐다.

은밀한 만남일수록 공개적인 장소가 더 안전하다는 정보 세계의 철칙에 따라 경마장이나 대형 건물 주차장, 교회, 극장 등 사람이 모이는 공공장소에서 접선해온 터라 관리관의 집무실은 낯설었다. 네댓 평 정도로 보이는 방 안에 가구라고는 낡은 나무 책상과 작은 다탁 하나가 전부였다. 한쪽 벽을 덮은 책장에는 로마신화에서 야전교범에 이르는 책들이 빽빽이 꽂혀 있었다. 그 어두침침한 방에서 관리관은 매 순간 서류와 보고서, 지침과 법률을 검토하며 정보 세계의 혈류를 점검하고 비로처럼 얽힌 공작의 세부 구조를 축조했다.

서가에 기대어 두툼한 원서를 펼쳐 들고 있던 관리관은 기준이 들어서자 돋보기안경을 벗어 들었다. 다른 손에는 지난해 노벨 경제학상 수상자 제임스 뷰캐넌과 고든 털럭 공저의 《국민 합의의 분석(The Calculus of Consent)》을 들고 있었다. 저술의 핵심은 입헌경제학(Constitutional Economics)을 통해 정치 문제를 경제학적 방법론으로 분석한 공공선택론이었다. 뷰캐넌과 털럭은 정치가 집단적 이상을 추구하는 고결한 행위가 아니라 법을 이용해 이득을 얻는 거래 행위임을 내세웠다. 그리고 정치인과 공직자가 공공의 이익을 위해 이타적으로 행동한다기보다 재선이나 권력 같은 사익을 위해 이기적으로 행동한다고 주장했다. 관리관은 조금 전까지 읽은 내용을 스스로에게 되새기듯 중얼거렸다.

"한마디로 정치인들과 관료들이 도둑놈이란 얘기지. 도둑놈들이 모인 정당과 행정부도 마찬가지고……. 틀린 말이 아니야. 아니, 정확한 말이고 정직한 말이기도 하지. 모두가 아는 뻔한 사실을 학문적으로 까발린 거야."

그의 말은 자신이 관료이며 도둑놈이란 사실에 대한 고백처럼 들렸다. 그것은 어느 정도 사실이었다. 관리관은 윤리적인 사람이 아닐뿐더러 그것을 기대할 수도 없는 인간이었다. 그럼에도 요원들은 예외 없이 그를 사랑했다. 비록 속으로 욕할지라도 겉으론 그를 존경했고 따르는 척이라도 했다. 그가 도덕적이고 청렴해서도, 부도덕하고 부패했다는 것을 몰라서도 아니었다. 그가 유능한 모집책이었고 믿을 만한 관리자였으며, 탁월하고 합리적인 의사결정자였기 때문이었다. 그의 가혹함과 부도덕, 비밀주의는 엄격한 목표 지향, 민활한 임기응변 그리고 철저한 보안 의식이 요구

되는 집단 구성원으로서의 모범을 보여주었다. 그가 속한 세계에서는 비윤리성과 악덕조차 훌륭한 자질로 변모했다. 그는 마치 부도덕하고 부패했기 때문에 존경받는 것처럼 보였다.

기준 또한 관리자를 사랑했다. 그렇기에 그를 두려워했고 그럴수록 더욱 깊이 예속되었다. 이태주 체포에 관리관이 직접 나설 수밖에 없었던 불가피성 또한 그의 입장에서 충분히 이해할 수 있었다. 테러 모의를 적발했다면 모든 공작에 우선해 저지해야 하고, 공작 특성상 절대 기밀 유지는 당연한 처사니까. 그럼에도 기준은 공들여왔던 공작을 날려버린 허망함과 관리관의 설계에서 자신이 배제되었다는 소외감을 떨칠 수 없었다. 관리관은 도대체 무슨 일을 획책했던 것일까? 만일 일을 꾸몄다면 왜 한마디 귀띔조차 하지 않았을까? 기준은 의문을 누르고 자신이 최민석이라는 이태주의 자백을 끌어내는 심문에 약간의 진척이 있었다고 보고했다. 관리관은 고개를 가로저었다.

"핵심을 벗어났어. 최민석을 잡은 건 성과지만 문제는 외교관 및 정부 요인 암살 기도 사건이야."

관리관의 입에서 나온 최민석이란 호칭은 기준의 분석이 정확했다는 증언이었고, 끈질긴 그의 공작이 터무니없는 헛짓이 아니라는 증명이었다. 그가 쫓았던 자는 이태주가 아닌 최민석이었다. 그들이 체포한 자 또한 최민석이 틀림없었다. 그런데 왜 신문에서 최민석이란 이름을 찾을 수 없었을까? 어째서 최민석이 이태주로 둔갑한 것일까? 관리관은 느긋하게 말을 이어갔다.

"정보는 타이밍이야. 언제 터뜨리느냐에 따라 아무것도 아닌 휴지 조각이 특급 정보가 되기도 하고, 메가톤급 정보가 쓰레기가 되기도 하지. 지금은 최민석 카드를 내보일 때가 아냐. 그러니 폭탄 테러에만 집중하게."

최근 시국 상황을 감안할 때 관리관의 지시는 충분히 납득할 만했다. 시위 도중 경찰 최루탄을 맞고 사경을 헤매는 연세대생 이한열 사건으로 촉발된 〈살인적 최루탄 난사에 대한 규탄대회〉가 전국적으로 확산되고 있었다. 관리관의 복안은 터질듯 위태로운 시국에 쏠린 세인의 관심을 운동권 출신 연극 연출가의 폭탄 테러 뉴스로 어느 정도 희석시키는 것이었다. 최민석 카드는 따로 쓸 때가 올 때까지 아껴두기로 했다. 때가 되면 최민석을 그들 앞에 내던질 것이었다. 그러나 혈기 넘치는 젊은 부하는 그의 큰 그림을 이해하지 못한 듯했다.

"이태주가 폭발물 테러를 계획했다면 감청에 잡혔을 겁니다. 하지만 폭발물에 대한 언급이 감청에 포착되지 않았고 밀착 감시조도 단서를 적발하지 못했습니다. 그러니 이태주와 최민석이 동일인임을 확인하는 것이 우선입니다. 원인을 파악하면 결과는 금방 드러나니까요."

"요점이 뭔가?"

"폭탄 테러가 이태주의 작품이 아닐 수 있다라는 겁니다. 제3의 인물이 미 대사 습격을 실행한 후 그에게 덮어씌운 겁니다. 단순한 인화물 소동일 수도 있구요. 제대로 캐려면 보강 조사와 심문이 필요합니다."

관리관은 거래를 받아들이는 장사꾼처럼 담배를 물었다. 불을 붙이는 동안 그는 어디서부터 이야기를 시작해야 할지 망설이는 것 같았다. 담배가 3분의 2 정도 타들어갔을 때 관리관은 어렵게 입을 열었다.

"자네가 제대로 봤어. 폭발물을 설치한 건 이태주가 아니라 보안 검색을 위해 공연 당일 오후 극장에 진입한 우리 요원이었어. 약간의 소동을 유발하기 위한 폭음탄과 연막탄이었지. 그러나 공식 회견에서는 인명 살상을 목적으로 이태주가 설치한 사제 폭발물로 발표될 거야."

"말이 안 돼요. 이태주가 대사를 공격한 이유를 납득시킬 수 없을 겁니다."

"말도 안 되는 걸 말이 되게 하는 게 우리 일이야. 사람들에게 말도 안 되는 일이 일어날 수 있다는 믿음을 줘야 하는 거라고."

"공연 전에 대사의 관람 일정을 알고 대사의 객석 위치를 아는 사람은 극소수뿐이었어요. 그런데 이태주가 제 발목에 차꼬를 채우는 바보짓을 했다고 누가 믿어줄까요? 천만에요. 아무도 믿지 않을 겁니다."

"뭔가를 믿는다는 건 아이러니야. 사람들은 믿을 수 있는 것을 믿는 것이 아니라 믿을 수 없는 대상을 믿기 때문이야. 도저히 믿을 수 없어야 믿기 시작하는 거지. 요즈음 생각으론 어리석기 짝이 없지만 코난 도일이 요정을 믿고 강령술 모임에 빠졌던 건 당시엔 허무맹랑한 행동이 아니었어. 과학의 힘으로 많은 일들이 가능해진 시대였으니 과학이 불가능했던 일조차 가능하게 할 거라고 믿었던 거야."

"말도 안 됩니다. 선전을 위해 미 대사관에 불을 지르는 시늉을 할 수는 있지만 폭탄이라니 말도 안 돼요. 범행 과정에 의문이 제기되고 재판에서 문제가 불거질 겁니다."

지금 기준이 할 수 있는 행동은 기껏해야 말도 안 된다는 말을 거듭하는 것밖에 없었다. 관리관은 잠시 턱을 불끈거리더니 냉랭하게 대꾸했다.

"인간은 무언가에 사로잡히기를 원하는 존재야. 예수, 마르크스, 모택동, 무슨 주의니 무슨 주의니 하는 이념들, 하다못해 엉터리 점쟁이까지. 앎으로써 믿게 되는 진실이 있는가 하면 믿는 대로 알게 되는 진실도 있다는 거지. 그러니 중요한 건 진실이 아니라 진실이라고 믿게 만드는 거야."

"말씀드렸잖아요. 아무도 믿지 않을 겁니다."

"언론 담당관이 이미 움직이고 있어. 모든 신문과 방송이 하는 말을 믿지 않을 도리는 없겠지. 모두가 마음속으로 의심할 거야. 그런데 누구도 겉으로 말하지 못할 거야. 아무리 똑똑한 개인들이라도 모여서 대중이 되면 우매해진다네. 그렇기 때문에 우리 공작이 가능해지는 거지."

정보 세계에서는 일상의 규범이 통용되지 않았다. 사회적 통념과 도덕 또한 무시되었다. 거짓말과 눈속임, 이간질과 함정 파기, 유인과 술책이 아무렇지도 않게, 때에 따라 영웅적으로 활용되었고 부서 간의 대립과 요원 간의 알력도 드물지 않았다. 모두가 수긍하는 규칙은 없었고 있다 해도 일시적이고 제멋대로였다. 특정 인물을 판단하고 특정 사건을 해석하는 데에 다른 기준이 적용되었으며, 생산되고 유통되는 정보들은 어안렌즈에 비친 형상처럼 왜곡되었다. 시간은 흐르지 않거나 가끔 거꾸로 흘렀으며, 중요하지 않던 인물이 갑자기 중요해지기도, 존재하지 않던 사건이 발생한 것으로 처리되기도 했다. 관리관은 기준의 눈치를 살피며 말했다.

"잘 듣게. 오해해서는 안 돼. 난 오래전부터 상부로부터의 지시도, 상부로의 보고도 없는 정교한 공작을 진행해왔네. 최민석 추적 공작은 큰 그림의 일부분일 뿐이었어."

기준은 입을 다물고 그의 다음 말을 기다렸다. 관리관은 탁자로 다가와 다리를 꼬고 앉으며 말을 이었다.

"자네도 알다시피 지난 10여 년간 시국은 점점 악화되었네. 좋았던 적이 없었지. 최악의 사태를 대비해야 했어. 뻔한 얘기지만 공작의 기본 전략은 분리와 고립이야. 불온 세력을 선량한 시민들로부터 최대한 고립시키고, 단순 가담자와 과격분자를 분리하는 거지. 공작의 중심에는 당시 대학가에 떠돌던 수수께끼의 인물에 대한 소문이 있었어. 나는 운동권 인사들이 '최민석'이란 이름을 집단적으로 사칭하고 있다는 가설에 주목했지. 무장 경찰 30명의 포위망을 뚫었다는 무용담이나 경찰서장을 농락했다는 근거 없는 소문들이 그 증거였어. 실제로 최민석이란 가명으로 지하 유인물에 글을 실은 적이 있는 이구식이란 자는 이미 체포되어 복역

중이었거든. 난 최민석이 존재하지 않으며 그에 대한 소문이 반정부 진영의 날조라는 심증을 굳혔어."

관리관은 말을 멈추고 탁자 위의 담뱃갑에서 한 개비를 꺼내 문 후 불을 붙였다. 기준은 수년 전 단행된 대대적인 궤멸 작전으로 운동권 진영이 처했던 위기를 알고 있었다. 검경과 정보기관을 포함한 공안 당국의 강경책으로 당시 운동권 세력은 심각한 타격을 입었다. 무자비한 체포, 구금, 수배, 고문으로 말미암아 조직의 상당 부분이 와해되었고, 대대적인 지도부 검거로 인한 대규모의 인적 손실을 감내해야 했다. 엎친 데 덮친 격으로 불붙은 내부 노선 투쟁은 남은 조직마저 더욱 허약하게 했고 투쟁 의욕을 약화시켰다. 관리관은 때맞춰 과격 투쟁에 대한 시민들의 피로감을 유발시키려 프로파간다를 집행했고 눈에 띄는 성과를 거두었다. 위기에 몰린 운동권 지도부는 조직을 결속하고 저항 동력을 되살릴 돌파구를 찾아야 했다. 어떤 공권력의 위협에도 벼랑 끝 투쟁을 이끌, 신뢰할 만한 인물이 절실히 필요했다. 그 인물이 바로 최민석이었던 것이다. 관리관은 미간을 찌푸린 채 길게 연기를 내뱉으며 말을 이었다.

"그들은 의도적으로 최민석이란 폐기된 이름을 영웅적 투사로서 재가공했어. 존재하지 않는다는 사실 때문에 최민석은 누구보다 큰 존재감을 지니게 되었지. 더군다나 특정한 인물이 아니었기에 누구나 최민석의 일부가 될 수 있었지. 고결하고 영웅적인 투쟁담이 덧붙여지면서 그의 이름은 신화가 되었어. 당시 정보 당국 수뇌부는 최민석 관련 소문을 유언비어로 규정하고 경각심을 고취하는 메시지를 언론에 배포하려 했어. 그러나 난 거기서 공작의 가능성을 발견했지. 공작 목표는 분명했어. 그들이 만든 가공인물을 운동권의 우상으로 성장시켜 내부 동력을 뒤흔드는 정교한 역공작이었지. 나는 대언론 전담팀을 통해 몇몇 기자들에게 전설적인 운동권 투사에 대한 소스를 흘렸어. 한 중앙 일간지에 '정통한 소식통에 따르면……'이라는 모호한 취재원 표기로 짧은 가십성 기사를 게재했고, 한 시사 주간지에다가 감시망에 한 번도 노출되지 않고 잠행하며 치안 당국을 유린하는 투사에 대한 상세한 후속 기사를 내보냈지. 얼굴 없는 빨갱이를 잡아들이라는 전화가 경찰서장실로 걸려오고, 간첩이 활보하는데 경찰은 뭘 하느냐는 비난이 쏟아졌어. 적대적인 두 진영이 각자의 필요에 따라 공동으로 창조한 인물이 시대의 우상이 된 거지."

기준은 자신이 서 있는 공간이 마치 기하학적 확장과 순환을 반복하며 현실과 허상의 경계가 흐려진 에셔의 판화처럼 모호하게 느껴졌다. 그토록 안간힘을 다해 세계를, 타인을 그리고 자신을 이해하려 했지만 그가 알아낸 건 거의 없었다. 세계는 망상 위에 서 있었고, 삶은 진저리 나는 실수나 오해의 집적에 불과했다. 관리관은 여유 있게 말을 이었다.

"공작의 다음 단계는 그의 존재감에 필적하는 적을 등장시키는 거였어. 적은 우리가 누구인지를 가르쳐주는 거울 같은 존재라네. 인간은 타인의 강함을 통해 자신의 나약함을 보고, 타인의 너그러움을 통해 자신의 옹졸함을 알고, 타인의 아름다움을 부러워하며 자신의 추함을 깨달으니까. 영웅과 그 적은 한 몸뚱이를 가진 샴쌍둥이 같아. 불완전한 인간은 완전을 꿈꾸며 영웅을 만들었지만 결코 사랑하지 못했던 거야. 그렇다고 나약한 스스로를 미워할 수도 없는 노릇이니 대신 미워할 적을 만들었던 거지. 그런 뜻에서 자넨 최민석을 신출귀몰의 투사로 키운 완벽한 적대자였어. 어때, 동의하나?"

모든 주인공에게는 적이 필요함을 기준은 잘 알았다. 더 강렬한 주인공일수록 더 강하고 많은 적이 필요하다는 것도. 예수에게는 빌라도와 가야바, 바리새인들과 사두개인들, 로마군과 가룟 유다라는 적이 있었다. 페르세우스는 메두사를, 테세우스는 미노타우로스를 죽임으로써 영웅이 되었다. 그럼에도 기준은 선뜻 동의한다고 말할 수 없었다.

"제가 현실에 없는 인간을 뒤쫓았다는 건가요?"

"끼어들지 말고 기다리게. 지금 내가 이야기하고 있잖나?"

기준은 먹이를 앞에 두고 '기다려!'라는 주인의 명령에 꼬리를 내리는 골든레트리버처럼 눈을 깔았다. 기다리는 것, 그건 그가 가장 잘하는 일이었고, 지겹도록 해온 일이기도 했다. 그는 어둠 속에서 범죄자들이 나타나기를 기다렸고, 망원렌즈를 장착하고 파인더로 누군가가 뛰어들기를 기다렸으며, 작은 단서를 기다리며 무더기로 쌓인 조서철을 뒤졌다. 그런데 대체 무엇을 더 기다려야 한단 말인가? 관리관은 냉정한 태도로 돌아갔다.

"이태주는 최민석으로 태어나지 않았지만 완벽하게 최민석으로 만들어진 인물이야. 그게 어떻게 가능하냐고 묻지는 말게. 그가 최민석이라는 사실을 자네가 분명히 알 테니까. 자네는 시위 현장에서 그의 손을 찍었어. 또한 최민석의 이름으로 발표된 그의 글들을 분석했고, 그가 김진아를 통해 서신을 전달한 사실을 밝혀냈어. 그렇지 않나?"

기준은 고개를 끄덕일 수도 가로저을 수도 없었다. 관리관은 주제별로 분류된 책이 꽂힌 서가, 국기와 대통령 사진이 나란히 걸린 맞은편 벽을 번갈아 응시했다. 바로 그 방 안에 국가라는 거대한 장치를 움직이게 하는 보이지 않는 힘이 있었다.

관리관은 국가의 품격과 권위, 제도와 행정절차, 국민 통합과 애국심, 치안과 안보 등 국가를 유지하고 지속시키는 요소들을 세심하게 조정해왔다. 국가 체제를 영위하기 위한 고도의 수단을 아는 사람은 많지 않았다. 사실 대부분의 사람들은 알 필요가 없는 일이었다. 관리관은 민중들을 자동차의 원리—실린더의 구조와 밸브의 기능과 동력전달장치의 복잡한 역할과 브레이크의 작동 원리—를 모르면서도 그것이 과학적으로 작동하리란 믿음 하나로 시속 100킬로미터의 속도에 생명을 맡기는 비이성적인 존재들로 여겼다. 카뷰레터의 기능과 배전기의 역할과 브레이크 오일의 성질, 앞바퀴의 기울기와 크랭크의 메커니즘에 대해 아무리 설명해줘도 알려 들지도 않고 이해하지도 못하는 존재들. 관리관은 복잡한 기계장치를 몰라도 운전면허증만 따면 자동차가 잘 굴러갈 거라는 믿음을 그들에게 심어주는 것이 정보기관의 존재 이유라고 생각했다. 그는 지금부터 자신이 할 말을 감당할 수 있을지 가늠해보는 시선으로 기준을 바라보며 말했다.

"이태주는 내가 직접 발탁한 요원이었어. 고등학교를 졸업한 후 대구 변두리 판잣집에서 막노동으로 연명하는 처지였지만 강건하고 성실한 아이였지. 전국의 고등학교와 장학 재단을 통해 예비 요원을 물색하던 나는 그의 고교 교장을 통해 대학 학비와 생활비 후원을 제의했어. 제안을 받아들인 이태주는 이듬해 입시에서 대학에 합격했어."

관리관은 기밀 프로젝트에 대한 설명을 이었다. 전통적으로 문화 예술계는 언론 관심이 집중되는 데다 반정부 성향이 노골적이었기 때문에 공작에 있어 늘 취약한 분야였다. 만약 외부인을 폐쇄적인 예술계로 어설프게 접근시켰다가는 자칫 예술인 사찰 문제가 불거질 수도 있었다. 그렇다고 두고 볼 수만도 없었다.

'에라스뮈스 공작'은 이런 딜레마를 일거에 해소할 획기적 프로젝트였다. 고등학교를 갓 졸업한 예비 요원을 관련 학과에 진학시켜 전문 지식을 가진 세포요원으로 육성해 문화 예술 분야에 자연스럽게 잠입시킨다는 이 장기 공작에는 최소 5년 이상이 소요되었다. 요원 발탁을 위해 생활비 지원을 포함해 파격적인 장학금 혜택이 제공되었다. 출연 주체가 정보기관이라는 사실을 은폐하고 장학 재단이나 독지가 후원으로 위장한 공작금이었다. 관리관은 광범위한 예술 분야 중에서도 문학계와 연극계로 침투시킬 예비 요원 발탁을 맡았다.

"그는 여느 대학생과 다름없는 평범한 생활을 했어. 생활비를 벌어야 하는 현실 때문에 주저했지만 시위에도 참가했지. 가난한 수재에게 사법시험 아니면 학생운동 말고 무슨 길이 있겠나? 그의 운동권 진입이야말로 내가 원하는 바였고 장학금을 지원하는 이유였지. 몇 차례 시위에 가담하다 연행된 그는 실형을 면하는 조건으로 징집된 후 요원 교육 프로그램에 차출되어 훈련을 수료했어. 전역 후에는 다시 평범한 복학생으로 돌아갔지. 재능을 살려 전공과목에 매진하고, 학생운동에 몰입하고, 그러다 연애에 빠지고……."

관리관이 거기까지 말했을 때 인터폰이 울렸다. 비서가 다음 일정을 전했다. 관리관은 수화기를 든 채로 기준을 힐끗 쳐다보고는 엄격한 목소리로 출발을 20분 늦추라고 지시했다. 수화기를 내려놓은 그는 어디까지 이야기했는지 묻더니 이야기를 이어나갔다.

"이태주의 잠복은 완벽했어. 요원의 속성을 버리고 자기 본성에 충실함으로써 그는 존재하는 방식이 아니라 존재하고 싶어 하는 방식으로 존재했던 거야. 다시 말해 아무것도 하지 않는 동안에도 아무것도 하지 않는 임무를 수행했지."

"제가 진실이 아니라 진실이라고 생각하는 바를 믿었던 것처럼 말이죠?"

"우린 주로 경마장이나 한강변, 경기 중인 야구장이나 교회에서 만났어. 그때마다 그가 요원이 아닌 예술가로 존재한다는 생각이 들더군. 연극계에서의 존재감과 예술가로서의 열정이 요원으로서의 정체성을 약화시킨 거야. 상관없었어. 충실한 스파이든 임무를 팽개친 배신자든 그의 방식을 존중하면서도 이용할 방법은 무궁무진했거든."

"그래서 그를 유령으로 만들었군요."

"난 우리의 존재를 만드는 것이 우리 자신의 생각이 아니라 타인의 눈이라고 생각한다네."

"데카르트가 틀렸군요."

"경찰 포위망을 비웃는 지하활동가 최민석은 그에게 꼭 맞는 배역이었어. 극에 대한 일체의 정보 없이 무대에 올랐지만 그가 있는 곳이 곧 무대였고, 그의 말이 즉 대사였어. 유일하고도 완벽한 트로이의 목마였고, 에라스뮈스 작전의 결정적 성과물이었지. 이태주이면서 자신도 모르는 사이에 최민석이었던 그는 그들 모두인 동시에 누구도 아니었는지도 몰라."

관리관은 최민석 추적에 혈안이 된 기준에게 특정 시위 현장에 그가 나타날 거라는 정보를 하달했다고 밝혔다. 기준의 파인더에 잡힌 인물이 최민석이 아니라 관리관의 접선 통보를 받고 나왔다가 철수 지시에 따라 현장을 빠져나간 이태주였다는 사실도. 관리관은 적절한 시점에 필요한 정보와 심리적 자극을 기준에게 제공함으로써 의도적으로 최민석 체포 작전의 실패를 유도했던 것이다. 최민석 체포 작전의 실패와 경질성 전보 조치, 보안분실 발령은 물론 최민석을 잡지 못할 거라는 핀잔도 그의 추적 의지를 북돋우기 위해 의도된 극본이었다. 이태주에 대한 조작 또한 동시에 이루어졌다. 그에게 운동권 내 영향력 확보를 독려하며 접선 대상과 시간, 장소를 하달하고 전달할 문건과 물건까지 지정하는 방식이었다. 어리버리한 장인기 역의 신입 요원을 의도적으로 진아의 접선 대상으로 배치했다고 말할 때 관리관은 살짝 말을 더듬었다.

기준은 실소했다. 관리관은 앞과 뒤를, 동기와 행위를, 목적과 수단을 완전히 뒤집어버렸다. 증거를 만드는 것이 먼저였고 범행은 그다음이었다. 그 기만의 얼개 속에서 그들 모두는 미끼인 동시에 사냥개였다. 태주는 기준을 유인했고, 기준은 태주를 추적했다. 그들은 서로를 기만함으로써 서로의 믿음을 강화시켰고 엉성하던 공작의 얼개를 치밀하게 만들었다.

진아는 독립적으로 진행되던 그들의 개별적 플롯을 이어주는 연결 고리 역할을 했다. 그녀는 기꺼이 태주의 예술적·이념적 도구가 되기를 자처함으로써 자신을 이용해 태주를 추적하는 기준의 그릇된 판단을 강화시켰다. 이처럼 그들이 서로에게 제공한 감정적 변곡점은 단선적이었던 공작의 플롯을 예상치 못한 방향으로 몰아갔다. 자신의 의지를 부정하고 잠재의식으로 작중인물을 연기한 스타니슬랍스키의 배우들. 아무도 눈치채지 못한 건 물론, 자기 자신까지 속인 어리석은 스파이들. 독자적 판단이라고 생각했던 자신의 공작도, 철두철미한 태주의 도피 행각도 모두 관리관의 엄격한 통제의 결과물이었다는 생각에 기준은 머리가 어질어질했다. 모든 게 거짓말 같았지만 모든 것이 논리에 들어맞는 총체적 기만. 기준은 겨우 입을 열어 물었다.

"그럼 전 관리관님이 두는 장기판의 졸에 불과했군요."

"자네뿐만 아냐. 우리 모두 누군가의 말판 위에서 안간힘을 다하는 졸이지."

관리관은 위로가 부족하다고 생각했는지 장황한 이야기를 덧붙였다.

"자연을 관찰하다 보면 가르침을 얻게 된다네. 나무는 겨울이 오면 잎들을 떨어뜨리지. 증산작용을 계속하면 에너지 소모를 견딜 수가 없고 온도를 빼앗겨 결국 얼어 죽을 테니까. 아프리카 물소 떼는 일주일에 한 마리씩 주변의 사자 떼에게 잡아먹히지만 결코 늪을 떠나지 않아. 물을 먹을 수 있는 데다 사자 떼 때문에 다른 맹수들이 얼씬거리지 못하기 때문이지.

일정한 희생을 감수하고 무리를 지키는 적대적 공생이야. 인간이 나무나 짐승과 다를 것 같은가?"

수많은 질문들이 머릿속을 맴돌았지만 구태여 물어볼 필요는 없었다. 입에 발린 변명도, 속임수를 덮기 위한 또 다른 속임수도 더는 듣고 싶지 않았다. 자신이 서 있는 현실의 토대가 그토록 기만적이고 부실한 허구였다는 것을 기준은 믿을 수 없었다. 낙담한 그를 지켜보던 관리관이 입을 열었다.

"이태주와 자네는 내 손으로 뽑아서 키운 내 사람들이야."

차분한 그의 목소리에서 평온함이 느껴졌다. 듣기에 따라서는 조롱이나 나무람 같기도 했다.

"난 이태주가 그토록 완벽하게 최민석이 될 줄 몰랐고, 자네가 그토록 집요하게 최민석을 추적할 줄 몰랐지. 적당히 냄새만 피우며 비슷한 그림을 만드는 걸로 충분했는데 자네들은 진지한 실제 상황으로 만들었어."

최민석은 교활한 정보기관과 영리한 운동권 지도부, 무기력한 언론과 희망 없는 군중의 합작품이었다. 현실에 존재하지 않으면서도 굳건한 존재감으로 현실을 지배하는 괴물. 관리관은 미룬 약속이 생각난 듯 손목시계를 들여다보며 자리에서 일어났다. 더 이상 시간을 주지 않으려는 의도적인 행동이었다. 그는 외출에서 돌아와 나머지 이야기를 하자며 두툼한 손을 내밀었다.

"자네와 한 팀으로 일한다는 사실이 자랑스럽네."

관리관은 옷걸이에 걸려 있던 재킷을 걸치고 방을 나갔다. 기준은 그의 손을 뿌리치지 못한 자신을 경멸했다.

국본이 〈최루탄 추방의 날〉로 선포한 6월 18일, 전국 16개 도시에서

150만 명이 시위에 참가했다. 서울에서는 전경이 무장해제당했고 남대문 경찰서에 돌과 화염병 들이 날아들었다. 부산에서는 시위대가 서면에서 부산역까지 4킬로미터 구간을 6시간 동안 점거했다. '호헌 철폐' 구호는 '독재 타도' '민주 쟁취' '군부독재 지원하는 미국은 물러가라' 등으로 격렬해졌다. 당황한 정부는 계엄령을 검토하는 한편, 군 투입 시점과 규모를 저울질했다. 수도권 외곽의 충정부대는 서울 근교에 집결해 진입 명령을 기다렸다. 수방사 역시 출동 준비를 완료하고 대기했다. 무력 진압 정보를 접한 시위 지도부는 비상 연락망을 가동해 유혈 사태에 대비했다.

관리관은 세 차례에 걸친 태주의 면담 요청을 모두 거부했다. 첫 번째는 바쁘다는 변명을, 두 번째는 출장 중이란 핑계를 댔다. 세 번째는 이유조차 없었다. 관리관이 태주를 버렸으며 기준이 대신 상황을 설명하고 관리하라는 무언의 지령이었다. 관리관은 태주의 자백 여부와 상관없이 자신의 의도대로 가공된 시나리오를 손질하고 있었다. 그는 거물급 운동권 인사를 체포해 강도 높은 조사를 하고 있으며 배후에 대한 보강 수사가 마무리되는 대로 결과를 발표할 거라는 정보를 언론에 흘렸다. 뜨거운 투쟁 열기에 찬물을 끼얹고 혼란스러운 정국에 극적 반전을 가져올 만한 뉴스였다.

면담을 기다리는 며칠 동안 태주는 와이셔츠 어깨 자락이 헐렁해질 정도로 야위었다. 그는 매일 조금씩 작아져 셔츠 속으로 파고들다가 마침내 사라져버릴 것처럼 보였다. 관리관의 면담 거부 의사를 전하는 기준에게 한동안 침묵으로 항의하던 태주는 마침내 결심한 듯 입을 열었다.

"공작이 끝났으니 관리관의 약속대로 요원으로 복귀할 수 있겠지?"

기준은 밝은 표정을 지으려고 노력했지만 자신의 미소가 굳어가는 것을 느꼈다.

"공작은 끝나지 않았어. 그리고 관리관은 자네에게 지령을 내렸을 뿐, 약속을 한 적이 없네."

"그럼 지령이라고 해두지. 내가 받은 지령은 연극계 세포활동이었어. 연극을 만들고, 평론을 하고, 그 바닥에서 입지를 공고히 하고, 필요할 때 필요한 인사에게 접근하고, 정보를 수집했어. 그런데 내가 왜 미 대사와 정부 요인을 암살하려 한 테러리스트가 되어야 하지?"

그 물음에 대한 답은 누구보다 태주 자신이 잘 알고 있었다. 장학생으로 대학에 입학하면서 그는 원하지도 않고 가능할 것 같지도 않은 인물로 살아왔다. 대학 생활은 공부와 돈벌이 그리고 학생운동이라는 세 개의 수레바퀴를 동시에 굴리는 고역의 연속이었다. 2년 동안 악착같이 모은 돈은 여동생의 입학금으로는 어림도 없었다. 설상가상으로 시위 현장에서 연행된 그는 강제징집을 피할 수 없었다. 서울 근교의 모 정보부대에 배속되고 나서 그는 자신이 철저한 신원 조회를 통과할 수 있었던 이유가 군 당국의 중대한 착오 때문이었을 거라고 생각했다. 그 부대는 정보기관과의 협력하에 운영되는 예비 요원 양성 과정으로 교육생에게 적지 않은 액수의 수당이 제공되었다. 여동생의 등록금과 이제 때릴 힘도 가족도 없는 정신병원의 아버지가 생각났다. 그는 현재의 곤궁을 탈피하려면 미래를 담보로 내놔야 한다는 것쯤 알 만한 나이였다. 선택한 것이 아니라 선택당했다는 사실을 그는 다행스럽게 여겼다.

혹독한 군사훈련과 사상 교양이 병행된 교육과정을 수료하고 제대를 앞둔 그에게 첫 지령이 떨어졌다. 입대 전 생활을 그대로 유지할 것. 그것은 그가 잘하는 일이었고 하고 싶은 일이기도 했다. 복학한 그는 공부를 하고 아르바이트로 돈을 벌고 시위에 참여했다. 몇 차례 연행된 적이 있었지만 강영래 교수의 탄원서가 효과를 발휘했다. 강영래 교수가 장학금을 준 장학 재단 이사이자 우수 요원 포섭을 위해 외래 교수 자격으로 대학에 파견된 정보기관 간부라는 사실을 안 것은 졸업을 한 지 한참 지난 후였다. 관리관이 유리 어항 속의 금붕어처럼 그를 빤히 들여다보는 사이에 그는 괴물이 되어갔다.

"나 혼자 죽으라고? 그럴 수는 없어."

"그럴 수 없다면 어떻게 할 건데?"

태주는 아버지의 호통에 반발하는 사춘기 아들처럼 그의 눈길을 피했다. 그는 잠시 머뭇거리더니 말했다.

"법정에서 최민석의 정체와 폭탄 테러 사건의 전말을 얘기하겠어."

그것은 반박도 협박도 아닌 애원이었다. 태주는 그렇게밖에 말할 수 없는 자신의 비굴함이 수치스러웠다. 얘기를 하든 말든 그는 감옥으로 가게 될 것이다. 말하면 배신자가 되고, 말하지 않으면 테러리스트가 될것이다. 기준은 화제를 돌렸다.

"관리관은 자네를 교도소 잠입 공작에 투입할 예정이야. 국가보안법 위반과 이적 행위, 폭발물을 이용한 요인 암살 미수로 기소되겠지만 재판부에 정상 참작을 요청하겠다더군. 그럴 경우 사형에서 무기징역의 형이 10년에서 7년 정도로 줄 테고, 5년 후면 가석방도 가능할 거야. 수감된 후에는 교도소 내 주요 시국 사범의 동태를 근접 감시하는 임무가 하달되겠지. 통상 급여 외에 특별근무수당이 추가로 지급될 거야. 동시에 에라스뮈스 작전 파일은 폐기되겠지. 잊히거나 기밀로 분류되는 것이 아니라 완전히 말소될 거야. 다시 말해 우린 이제 상관없는 사람들이지."

태주는 닭이 울기 전 세 번 예수를 부인한 베드로가 된 기분이었다. 공작의 속성을 몰랐거나 알고도 모른 척했던 자신의 어리석음에 치가 떨렸다. 기준은 말을 이었다.

"최민석은 불의한 권력에 항거하고 독재를 끝장낼 희망의 신화였어. 아킬레우스나 로빈 후드처럼 말이야. 사람들은 그들을 살아 있는 존재보다 더 확고하게 믿지. 자신들의 욕망을 투영하고 그들의 현실을 위로할 우상이 사라지길 원하지 않기 때문이야. 갖은 타락과 부조리에도 사회가 유지되려면 구성원 전체가 수긍할 신화가 필요하니까."

"이제 와서 뭘 어떻게 하겠다는 거지?"

"난 관리관이 최민석을 미끼로 우릴 몰던 방법 그대로 덫을 빠져나갈 거야. 그를 살려내 대중의 욕망을 충족시키는 거지. 자네는 선택해야 해. 수수께끼의 민주 투사 최민석이 되든지, 폭탄 테러범 이태주가 되든지. 나는 자네가 최민석이라는 증거를 확보하고 있어. 최민석이라는 사실을 자백하면 자넨 폭탄 테러 혐의를 벗어날 수 있어. 관련 정보로 볼 때 그에게는 테러에 대한 어떤 예비 음모도 없었으니까. 하지만 자네가 최민석임을 거부하면 자네는 이태주일 수밖에 없고, 폭탄 테러 혐의를 벗어날 수 없겠지."

태주는 분노했지만 누구에게 증오를 퍼부어야 할지 알 수 없었다. 그가 미워할 수 있고 미워해야 할 유일한 대상은 자신뿐이었다. 그를 괴물로 만든 자는 관리관이 아니라 자신이었고, 에라스뮈스 작전 또한 자신이 선택해서 가담했던 공작이었으므로. 괴물이 되어버린 그는 또 다른 괴물과 맞서야 했다. 그는 그 괴물의 정체를 알지 못했다. 국가, 체제, 이념, 정보부, 조직, 요원들, 데모 군중…… 그 모든 것이 그를 망가뜨린 괴물들이었다. 그중에서도 가장 지독한 괴물은 시간이었다. 그것은 집요하고 끈질기게 영속하며 모든 것을 쓸어갔다. 아무리 강한 쇠도 녹이고 아무리 강한 의지도 무너뜨렸으며 결국 아무것도 남기지 않았다. 감정을 억누르는 그의 목에 파란 정맥들이 불끈거렸다.

"내가 존재하지 않는 인간이라는 말을 판사가 믿을 것 같나?"

"판사는 믿느냐 마느냐를 결정하는 게 아니라 진실이냐 아니냐를 가릴 뿐이야. 자네가 최민석이 아니라는 걸 그들이 증명하지 못하는 한 자넨 최민석이야. 물론 눈 밝은 기자들과 양심 있는 자들은 수사 발표 곳곳의 어설픈 짜깁기 흔적을 의심하겠지. 그러나 확실한 증거도 없이 자신들의 영웅적 투사가 날조된 인물이라고 폭로하진 못할 거야."

"그렇다면 진실은? 진실은 어디로 사라지는 거지?"

"진실은 사라지지 않아. 그딴 건 애초에 이 세상에 없었어."

기준의 목소리는 무언극처럼 공허했다. 태주는 자신의 이야기가 결말에 다다랐음을 알았다. 얽히고설키며 극을 이끈 배우들이 각자 운명을 찾아가는 단계. 누군가는 죽고 누군가는 눈이 멀며, 누군가는 추방당하고 누군가는 광인이 되는 순간. 그러나 태주는 더 이상 자신의 운명이 궁금하지 않았다. 그는 비로소 해방감을 느꼈고 자신의 죄를 정면으로 바라볼 수 있었다.

"우린 거짓말을 했어. 이미 한 거짓말을 뒤집고 또 다른 거짓말을 하다 보니 무엇이 거짓이고 무엇이 진실인지 알 수 없게 되어버렸어."

"우린 앞만 보고 달렸을 뿐이야. 국가를 위해 일한다는 믿음으로 조직하고 설계하고 실행했어. 그게 우리의 일이었으니까. 우린 우편배달부가 편지를 전하듯, 의사가 수술을 집도하듯, 용접공이 철근을 이어 붙이듯이 우리 일을 한 거야."

"그런 일을 부역이라고 하는 거야. 그런 일을 하는 자들을 부역자라고 하고……."

"그건 옳은 일이 아니었는지 모르지만 필요한 일이었어. 누군가는 꼭 해야만 하는 일이었다고!"

“문제는 그 누군가가 우리였다는 거지. 그래. 우린 일을 했어. 거짓말, 기만, 협잡, 염탐, 겁주기, 회유, 폭행, 고문……. 그건 일이 아니라 범죄였어. 그게 범죄라는 걸 알면서도 계속하기 위해 우린 스스로를 속였을 뿐이야.”

“설사 범죄라 해도 그건 상부의 명령이었고 지시였어. 알잖아? 조직의 일원으로서 우리에게 맡겨진 의무였다고.”

“거짓말을 한 건 우리가 아니라 관리관이었어. 날조된 정보와 언론 플레이로 판을 짜고 우리를 장기판의 말처럼 이리저리 옮긴 자 말이야.”

태주는 조국과 민족을 위해 옳은 일을 했다는 기준의 말을 간절히 믿고 싶었다. 그러나 자신이 한 일이 옳다면 거리의 학생들과 넥타이 부대가 폭도들일 것이고 군부독재를 끝장내려는 시민들도 나쁜 자들일 것이다. 어느 쪽이 옳은지 알려면 수십 년이 흘러야 할지도 모른다. 그동안 그들은 늙거나 죽을 것이다. 그리고 다른 인간들이 태어날 테고 그들은 누가 옳고 그른지 관심조차 없을 것이다. 설사 그가 옳은 일을 했다 해도 그 행동까지 옳다고 말할 수는 없었다. 그가 아무 일도 하지 않았다 해도 달라질 건 없었다. 하지 말아야 할 일을 하는 것뿐만 아니라 해야 할 일을 하지 않는 것 역시 죄라는 점에서는 다르지 않을 테니까. 세상을 지옥으로 만드는 건 살인자나 테러리스트 같은 악한이 아니라 자기 일에 최선을 다하는 선한 이웃들이다. 인간은 죽어서 지옥에 가는 것이 아니라 살아 있는 동안 지옥을 만드는 것이다. 그는 고해성사를 하는 죄인처럼 말했다.

“범죄를 규정하는 건 의도가 아니라 결과야. 강요에 따랐든 자발적이었든 간에 거짓말은 거짓말이고, 범죄는 범죄야. 선의의 거짓말도, 어쩔 수 없는 범죄도 없어. 진실을 감추고 사람들을 속이는 것은 그냥 악일 뿐이라고.”

"아냐. 우린 아무 짓도 하지 않았어. 우리에게 죄가 있다면 관리관에게 놀아난 죄밖에 없어. 지금 와서 우리가 대신 똥물을 덮어쓸 수는 없어."

기준의 머릿속은 더러운 덫을 빠져나갈 생각으로 가득했다. 유일한 방편은 거리에서 밀려오는 거대한 변화의 물결이었다. 기준은 이전에도 이후에도 그토록 생생하고 격렬한 분위기를 느껴본 적이 없었다. 맥줏집 주인들은 출입문에다 악당들이 물러가면 공짜로 술을 나눠주겠다고 써 붙였다. 민주헌법쟁취국민운동본부의 조직적 시위, 수십 개의 붉고 흰 만장, 이마에 동여맨 머리띠, 붉은 글자들, 분노한 얼굴들, 주먹 쥔 손들, 지나가는 자동차에서 시도 때도 없이 울리는 클랙슨, 곳곳의 관공서 피습, 수천 명의 연행자들…….

6월 29일 전격적으로 발표된 담화는 그토록 맹렬한 저항에도 꿈쩍 않던 대통령의 사실상 항복 선언이었다. 여야 합의하에 조속히 대통령 직선제로 개헌하고, 새 헌법에 의해 대통령 선거를 실시, 평화적 정부 이양을 실현한다는 첫째 조항에 다음과 같은 일곱 개 조항들이 이어졌다. (2) 자유로운 출마와 공정한 선거를 보장하기 위한 대통령선거법 개정. (3) 김대중 씨 사면 복권과 시국 사범 석방. (4) 기본권 강화와 인권 신장. (5) 언론기본법 폐지와 언론 자유를 위한 제도 개선. (6) 지방자치제 및 교육 자율화. (7) 건전한 정당 활동 보장. (8) 유언비어 추방, 지역감정 해소 등 사회 정화 조치.

신문과 방송에서, 와이셔츠를 입은 직장인들의 입에서 '개헌'과 '직선제'라는 말이 불온한 주문처럼, 승리의 구호처럼 전해졌다. 이제 어떤 불공정한 법규도 효력을 발휘하지 못하고, 어떤 부당한 권력도 작동하지 못할 것이다. 사람들은 더 이상 끔찍한 광주 학살 현장 사진을 숨어서 보지 않을 것이고, 독재자를 욕하느라 목소리를 죽이지도 않을 것이다. 시민들이 원하는, 더 공정하고 더 정의롭고 약자에 더 온정적인 규칙이 제정될 것이다. 누군가는 그 불살에 휩쓸려 가고, 누군가는 살아남고, 또 다른 누군가는 그 물결을 타고 나아갈 것이다.

기준은 자신에게 살아남을 자격이 있다고 자부했다. 무엇에 왜 쫓기는지도 모른 채 바닥까지 내려온 그에게 더 내려갈 곳은 없었다. 이제 걸음을 멈추고 돌아서서 끈질기게 자신을 몰아온 자에게 이빨을 드러내야 했다. 가장 낮은 곳에서 가장 높이 뛰어오를 수 있고 가장 약할 때 가장 절실해진다는 것을 기준은 경험으로 체득했다. 하지만 지금이 바닥이란 것을 어떻게 알지? 기준은 불안을 감추며 말했다.

"관리관을 만나겠어. 자네가 최민석이라는 사실을 자백했다고 보고한 뒤 담판을 지을 거야."

"그럼 뭐가 달라지나?"

"자넨 3년? 어쩌면 5년쯤 감옥에서 썩어야 하겠지만 특사로 출소할 수 있을 거야. 봐! 세상이 바뀌고 있어. 새로운 세상에서 최민석은 영웅이 될 수 있을 거야. 하지만 테러범은 세상이 바뀌어도 테러범일 뿐이지. 그러니 날 믿어. 우린 이 덫을 빠져나가야 해."

6·29의 물결은 구치소 안까지 밀려왔다. 시국 사범들뿐 아니라 일반 잡범들까지 다가올 세상에 대한 장밋빛 전망을 늘어놓았다. 마치 축제라도 벌일 분위기였다. 태주는 그들의 어리석음에 고개를 내저었다. 대통령 선거를 간선제에서 직선제로 바꾼다고 달라질 것은 없을 것이다. 거짓말이 좀 더 교묘해지고 협박이 좀 더 부드러워지고 속임수가 좀 더 정교해질 뿐, 국가가 시민을 속이는 건 여전할 테니까.

그는 모든 사람들로부터 동떨어져 혼자 있고 싶었다. 실패하고 이용당하고 상처 입고 버려진 후에야 그는 비로소 혼자 있을 수 있게 되었다.

기준은 자포자기에 빠진 그를 더 이상 채근하고 싶지 않았다. 아직 시간은 남아 있다. 일주일 안에 그의 자백을 받아내면 된다. 그래도 그가 끝까지 수렁으로 걸어 들어간다면 그때는 말릴 수 없겠지만…… 그는 아직 연극이 끝나고 있다는 사실을 받아들일 생각이 없었다. 이 무대 위의 누구도 자신의 의지에 따라 무대를 내려갈 수 없어. 누구도 죽어서는 안 되고 사라질 수도 없어. 설령 관객들이 돌아가고 조명이 꺼져도 연극은 계속되어야 해.

기준은 이 지긋지긋한 연극이 영원히 끝나지 않을지도 모르겠다고 생각했다.

열흘 후, 아침 신문들은 최민석 검거 관련 기사를 1면 머리기사로 내보냈다. 「거물급 반정부 운동가 체포」 「합동 수사본부, 얼굴 없는 빨치산 검거」 등의 제목으로 최민석 추적과 체포 과정이 장황하게 소개되었고, 기사 말미에는 2년 전 최민석 검거반을 구성하고 지휘한 '익명의 핵심 관계자'에 관한 언급이 덧붙었다. 관리관은 그 호칭이 음지에서 일하며 양지를 지향하는 자신과 어울린다고 생각하며 읽고 있던 신문을 접었다.

재판부에 의해 배정된 국선변호인은 어디선가 본 듯한 인상의 50대 남자였다. 망설이는 말투와 상대의 의중을 살피는 조심스러운 눈빛은 변호사라기보다 거래를 청하는 세일즈맨의 분위기를 풍겼다. 그는 후줄근한 회색 재킷을 벗어젖히더니 범죄 사실을 요약한 후 재판 일정과 대응책을 설명했다. 30여 매에 달하는 기소장은 피고의 운동권 전력과 〈엘렉트라의 변명〉 연출 경과, 개막 공연에서의 범행 모의와 실행을 적시하고 있었다. 폭발물 구입과 기폭 장치 설계, 요인 일정 체크, 폭발물 위치 선정, 공연장 반입, 폭발 시점 등등의 범죄 사실도 상술되었다. 혐의에 대한 별도의 쟁점은 없었다. 변호사는 와이셔츠 소매를 걷어붙이고 손수건으로 관자놀이에 밴 땀을 닦았다. 그는 혐의를 인정하고 뉘우치는 것을 근거로 정상참작을 요청하는 데 재판의 초점을 맞출 계획이라고 말했다. 6·29선언 후속 조처로 시국 사범에 관대해진 사회적 분위기가 우호적으로 작용할 거라는 위로도 덧붙였다. 태주는 자신이 맡은 배역의 성격과 운명을 숙지했다. 세상을 조금은 안다고 생각했던 자신이 수치스러웠다.

첫 재판, 법정은 100여 명의 기자들과 연극계 인물들로 붐볐다. 두 명의 삽화가가 각기 다른 각도에서 태주의 빡빡머리 두개골과 관자놀이 부근에 구불거리는 정맥을 꼼꼼하게 묘사했다. 판사가 입장하자 방청석에서 의자 끄는 소리, 옷깃이 스치는 소리가 났다. 그러다 한순간 물을 끼얹은 듯 조용해졌다.

검사는 머리말-사건의 의의와 성격-사실인정 및 법률적용-정상론-결론으로 구성된 50여 쪽의 논고를 통해 시대착오적 사회주의 이념에 경도된 피고가 북한 사주를 받은 용공 분자들과 접촉해 치밀하게 범행을 준비했다고 주장했다. 특히 피고가 정부 인사와 외교관 테러를 기도, 체제에 심각한 위협을 가한 것은 물론 외교 갈등까지 책동한 반국가적 범죄자임을 부각시켰다. 논고가 이어지는 동안 태주는 어지럼증을 느꼈다. 다음 날 조간신문들은 일사불란하게 「국가요인 암살 기도는 북한 지령을 받은 간첩 소행」이란 머리기사와 「어떠한 경우에도 테러는 용납될 수 없다」는 사설 등을 실었다.

두 번째 공판은 2주 후에 열렸다. 검사는 피고에게 〈엘렉트라의 변명〉이라는 작품을 공연한 이유가 무엇인지, 어떤 과정을 통해 작품을 선정했는지, 누구의 추천을 받았는지, 각색의 주안점은 어디에 있었는지, 다른 작품을 고려한 적은 없는지 캐물었다. 태주는 인류 최초의 복수극 〈엘렉트라〉를 현재의 시각으로 재창조하는 것은 예술가의 당연한 욕심이라고 대답했다. 각색 과정에서 타인의 조언은 없었으며 엘렉트라와 클리타임네스트라의 내적 갈등과 심리 대결에 주안점을 두었다고 밝혔다.

검사는 연극협회 김운용 이사를 증인으로 신청했다. 180센티미터에 가까운 키에 권투 선수처럼 넓은 어깨를 지닌 50대 남자가 법정으로 들어섰다. 옅은 주황빛이 도는 안경을 낀 그는 30여 편의 연극을 연출했고 대학의 연극영화과 학과장을 지낸 연극계 원로였다. 증인이 선서를 마치자 검사는 〈엘렉트라〉라는 희곡에 대한 간단한 작품 해설을 요청했다. 증인은 〈일리아드〉를 통해 엘렉트라의 비극성을 설명하고 아이스킬로스, 소포클레스, 에우리피데스는 물론 유진 오닐에 이르기까지 〈엘렉트라〉가 시대에 따라 어떻게 변모되었고 생명력을 부여받았는지 설명했다.

검사는 다시 태주에게 〈엘렉트라〉의 각색 과정을 물었다. 태주는 남편과 어머니를 각각 살해한 두 여인의 심리와 살인의 명분을 통해 죄와 벌, 내면의 악과 도덕적 인식을 담으려 했다고 대답했다. 검사는 증인에게로 돌아서 피고가 연출한 〈엘렉트라의 변명〉을 본 적 있는지 물었다. 증인은 그렇다고 대답했다.

"그렇다면 증인은 피고의 주장에 타당성이 있다고 판단하십니까?"

증인은 넥타이 매듭을 매만지며 30초가량 생각을 정리했다. 자신의 증언이 피고에게 미칠 영향을 고려하는 듯했다.

"그렇습니다. 〈엘렉트라의 변명〉은 근래 본 적이 없는 수작이라고 말할 수 있습니다. 극본과 연출, 연기 모두 나무랄 데 없이 기획 의도를 구현했죠."

조급해진 검사가 그의 말을 막았다.

"증인은 본 검사의 질문에만 대답하십시오. 본 검사는 예술에 대한 입문자의 입장으로 묻겠습니다. 어떤 예술 작품이든 드러나는 주제와 궤를 달리하는 이면의 의도가 있죠?"

"그렇습니다. 드러난 표상에 상징이 내포되어 있지 않다면 좋은 예술 작품이라고 할 수 없겠죠."

"그렇다면 피고가 연출한 〈엘렉트라의 변명〉에도 드러나지 않은 주제가 있다고 볼 수 있겠군요. 〈엘렉트라의 변명〉에서 무엇을 보셨는지 말씀해 주시겠습니까?"

증인은 어깨를 구부정하게 움츠리고 생각에 빠졌다. 흰 털이 듬성듬성 난 짙은 눈썹, 유인원처럼 튀어나온 눈두덩, 긴 세로 주름이 팬 홀쭉한 뺨은 호모사피엔스가 되기 직전의 우두머리 유인원을 떠올리게 했다. 증인은 습관인 듯 넥타이 매듭을 매만진 후 말했다.

"저는 엘렉트라를 부당한 권력 찬탈에 항거하는 연약한 여인으로 보았습니다. 그녀는 아가멤논의 부재를 틈타 권력을 찬탈한 아이기스토스와 클리타임네스트라에 의해 추방되어 소멸될 가혹한 운명의 여인에 불과했죠. 죽은 아버지를 살릴 능력도, 복수를 할 힘도 없었습니다. 그러나 그녀는 유일한 남동생 오레스테스를 끝없이 자극하고 설득해 권력 찬탈자들을 죽여 정의를 바로 세웠습니다. 물론 아가멤논은 모두에게 추앙받는 훌륭한 인물은 아니었습니다. 트로이 원정군 총지휘관이었지만 딸을 제물로 바치고 나서야 겨우 출정했고, 전쟁터에서는 아킬레우스의 연인 브리세이스를 차지하기 위해 아킬레우스와 싸웠습니다. 호메로스조차 총지휘관인 그를 아킬레우스보다 못한 주변 인물로 다루었죠. 하지만 그는 분명 탄탈로스와 펠롭스의 후예로서 신의 가계를 잇는 미케네의 왕이자 트로이 원정군의 총사령관이었습니다."

"증인은 30년간 연극을 연출했고 대학에서 연극을 가르친 전문가입니다. 좀 더 상세히 설명해주시겠습니까?"

"아가멤논은 불완전하지만 모두가 받아들인 국가 경영의 원리, 즉 정치권력으로 해석할 수 있습니다. 같은 맥락으로 아이기스토스와 클리타임네스트라는 권력을 찬탈하기 위한 권력욕과 육욕의 부도덕한 결합으로 볼 수 있죠."

엘렉트라의 살모 행위가 세계의 질서를 상징하는 미케네 왕 아가멤논의 출정으로 권력의 진공상태에 빠진 왕국을 찬탈한 아이기스토스와 클리타임네스트라에 대한 복수라는 의미심장한 알레고리. 승리감에 도취된 검사는 숨을 잔뜩 들이쉬어 가슴을 부풀리고 방청석을 돌아보았다. 방청객들이 웅성거리는 소리가 태주의 등 뒤에서 들렸다.

"그렇다면 다시 묻겠습니다."

검사는 재판정의 소란을 정리하듯 단호하게 물었다.

"엘렉트라의 모친 살해를 부당한 권력에 저항하는 여전사의 행위로 볼 수 있습니까?"

"해석에 따라 그렇게 볼 수도 있겠습니다."

"그렇다면 그것을 합법적인 절차를 거쳐 출범한 정부에 폭력적인 방법으로 저항하는 좌경 용공 세력의 불법행위에 대한 은유로 볼 수도 있겠군요?"

증인은 단지 자신이 본 작품에 대한 일반적인 의견을 말했을 뿐이며 작품이 내포한 다양한 의미 중 하나의 관점을 언급했을 뿐이라고 대답했다.

방청석에 앉아서 재판 무대—인위적인 법정 세트와 제 역할을 충실히 하고 있는 판사와 검사, 법정 경호관과 방청객들—를 지켜보던 진아는 〈엘렉트라의 변명〉의 초고를 처음 읽던 날 태주에게 했던 말을 떠올렸다. 그가 진지한 사람인 줄 알았는데 위험한 사람이었다는 얘기, 꼭 집어 말할 수는 없지만 작품 속에 무언가가 있는 것 같다는 얘기. 그 꺼림칙함의 징체가 김운용 이사의 말에 숨어 있었다. 태주는 그때 그 의미를 알았을까? 만약 알았다면 그 불온함은 그의 의도였을까? 검사는 증인의 대답 따위 상관없다는 듯 태주를 향해 돌아섰다.

"피고에게 묻겠습니다. 피고는 대학 재학 시 불법 시위에 연루되어 경찰에 구금되거나 조사받은 적이 있죠?"

"대학 시절 몇몇 집회에 참여한 일이 있었습니다. 독재 타도와 민주화에 공감했지만 깊이 뛰어들지는 못했죠. 저를 매혹한 건 연극이었습니다. 제가 심장이 차가운 인간이거나 시대의 아픔에 눈감고 편안함을 도모한 사이비인 탓이겠죠."

"그렇습니다. 대학 시절 다수의 시위에 가담하는 등, 체제에 불만을 품은 피고는 정부에 대한 저항을 부추길 의도로 연극 〈엘렉트라〉를 각색한 것은 물론 공연장에 폭발물을 설치, 국가 요인과 외교관 살해를 시도했으나 미수에 그친 것입니다."

어머니를 살해한 엘렉트라의 행위가 '살해된 민주주의의 회복'이라는 검사의 주장을 어떻게 해석해야 할지 태주는 알 수 없었다. 엄청난 상상력이라 해야 할까. 아니면 얼토당토않은 비약이라 해야 할까. 어떻게 하더라도 빠져나갈 구멍은 없었다.

세 번째 공판에서 증인으로 채택된 진아를 태주는 대번에 알아보지 못했다. 법정으로 들어선 그녀는 다소 어색한 걸음으로 증인석으로 향했다. 도중에 그녀는 잠시 걸음을 멈추고 태주가 앉아 있는 피고인석을 돌아보았다. 태주는 그토록 자신을 사로잡았던 그녀가 그토록 낯설 수 있다는 사실에 전율을 느꼈다. 검사는 그녀에게 정동 프란치스코회관에서 윤정수란 남자로부터 검은 가방을 받아 피고에게 전달한 적이 있는지 물었다. 검사의 질문에 어떤 가시가 숨어 있는지 그녀는 알 수 없었다. 온 마음을 다해 질문을 거부하고 싶지만 그럴 수도 없었다. 그녀는 태주를 구하는 유일한 방법이 자신이 아는 진실을 말하는 것밖에 없다고 생각했다.

"절 바보라고 생각하실지 모르겠지만 그 사람은 착해요. 착한 척했는지도 모르지만 그래도 착했어요. 가끔은 그가 착한 사람이 아니었다면 좋았을 거라는 생각이 들어요."

재판장이 핵심을 벗어난 감정적 진술은 무용하니 질문에 정확히 답변하라고 준엄하게 경고했다. 그녀는 두 눈을 부릅떴다.

"그래요. 그 사람 부탁을 들어준 적이 있어요. 누군가를 만나 어떤 서류를 전달하기도 했고 물건을 받아주기도 했죠. 정확히 그날이었는지는 모르지만 프란치스코회관에 간 건 기억나요. 1층 커피숍에서 윤정수라는 사람을 만나 가방을 받아 그 사람에게 전해주었어요."

그 가방에 무엇이 들었는지 알았느냐는 검사의 질문에 그녀는 무대에 설치할 특별한 조명기구였다고 대답했다. 그것을 어떻게 알았는지, 직접 확인했는지 묻는 검사에게 그녀는 태주가 그렇게 말했다고 대답했다. 검사는 독백을 끝낸 배우처럼 방청석을 한 번 돌아보더니 재판장을 향해 말했다.

"이상입니다!"

그녀는 방청객들에게 자신이 어떤 모습으로 보일지 상상할 수 없었다. 변호인은 그녀에게 그가 얼마나 뛰어난 예술인이었는지 물었다. 그녀는 그가 예술이 무엇인지 아는 남자라고 대답했다. 그것이 얼마나 부서지기 쉽고 정결한지 알기에 그것을 섬세하게 다룰 줄 아는 남자라고. 검사는 피고에 대한 동정심을 유발하는 의도적 질문이라며 그녀의 증언을 채택하지 말 것을 재판장에게 요청했다. 변호인은 그가 범행을 인정함으로써 예술가의 존엄을 지켰으며, 그가 어떤 예술가인지를 아는 것이 범죄 사실을 가리진 못하겠지만 최소한의 관용을 베풀 근거가 될 수 있다고 반박했다.

그녀는 태주가 어떤 사건에 어떤 방식으로 연루되었는지 몰랐지만 그가 결백하기를 간절히 바랐다. 그가 결백하지 않다면 자신의 증언으로 혐의의 작은 부분이라도 덜 수 있기를 기도했다. 그러나 그녀의 발언은 재판관들에게 그녀가 지적으로 또 정서적으로 그에게 예속되어 있다는 인상을 주거나, 검찰 측에 그들이 공모를 한 것이 아닌가 하는 의구심을 불러일으켰다. 게다가 검사의 의도적 곡해에 따라 그녀의 증언은 그를 구제하기는커녕 그가 목적을 위해 순수한 여인의 순정을 이용한 파렴치한이란 인상을 주었다.

팽팽하던 법정 분위기는 어느 시점을 지나며 급격히 검찰 쪽으로 기울었다. 안간힘을 쓰던 변호사는 대놓고 선처를 호소하는 전략으로 바꾸지 않을 수 없었다.

한편 재판정 밖에서는 연극계의 활발한 구명 활동이 전개되고 있었다. 대의를 위해 자신의 공연을 폭탄으로 날려버리려 한 그의 시도는 성공 여부와 관계없이 동정론을 불러일으켰다. 극단 연합회와 배우 조합은 물론 각종 문인 단체의 탄원서가 재판부에 전달되었다. 그래도 그가 사람을 죽이려 했다는 엄중한 사실은 변하지 않았다.

"존경하는 재판장님. 본 검사는 지금 읍참마속의 심정으로 피고에 대한 구형에 임하는 바입니다. 피고는 촉망받는 연극인으로 우리 사회에 꼭 필요한 인재이지만 중형이 불가피하기에 다음과 같이 구형하는 바입니다."

징역 12년에 자격정지 5년을 구형한 검사의 구형은 이렇게 시작되었다.

이어 검찰은 공소사실을 재확인하고 피고를 엄벌해야 하는지에 대한 사회적·법리적 당위성을 강조했다. 준엄한 구형이 이어지는 동안 법정은 물속처럼 조용했다. 태주는 12년이 지나면 세상이 어떻게 바뀔지, 사람들이 자신을 어떻게 생각할지 궁금해졌다. 그가 좋은 사람이었는지 나쁜 사람이었는지는 모르겠어. 하지만 시대에 뒤떨어진 사람이었던 건 확실해.

일주일 후 결심공판에서 재판장은 피고가 범행 일체를 자백하고 깊이 뉘우치고 있다는 점, 실질적인 피해가 경미했다는 점을 들어 징역 9년을 선고했다. 태주는 자신을 주인공으로 잘 짜인 한 편의 연극을 본 느낌이었다. 의도했던 모든 극적 효과들이 적재적소에서 발휘되었다. 인상적 등장인물이 일으킨 중대 사건, 실마리를 찾는 검사의 논리, 진실에 대한 검사와 변호사의 공방, 마침내 드러나는 범행의 전모, 의문의 해소, 판사의 판결, 방청객들의 술렁임……. 법정은 효과적인 무대였고 검사와 변호사, 판사와 서기, 법정 경관과 방청객들은 극본에 충실한 배우들이었다. 분장과 연기, 관객 대신 서류와 사진, 증인이 동원된다는 점이 다를 뿐, 한 명의 광대를 세워두고 조롱함으로써 구경꾼들에게 유희를 제공하는 꼭두각시극. 재판이라는 제도는 사건의 진실을 밝히고 범죄자를 처벌함으로써 정의를 실현하는 숭고한 절차가 아니라 보이지 않는 적을 놓고 벌이는 연희 의식에 불과했다. 잘 짜인 대본과 매끄러운 플롯, 심사숙고한 문장과 신중한 반박 그리고 생생한 연기로 가득했던 그 연극에는 단 한 조각의 진실도 없었다.

퇴정할 때 땀이 밴 고무신 바닥에 맨발이 미끄러지며 찔꺽거리는 소리가 났다. 태주는 이런 일을 예상하지 못한 자신의 미련함을 자책했다.

새벽까지 잠들지 못했던 진아는 퉁퉁 부은 눈으로 밝아오는 창을 지켜보았다. 아침은 먹을 생각도 못했지만 화장에는 한 시간 반을 잡아먹었다. 화려한 눈 화장을 했다가 지우기를 거듭하다, 결국 다시 세수를 한 뒤 간단하게 끝냈다. 어떤 옷을 입어야 할지 알 수 없어 옷장 거울 앞에서 40분을 망설였다. 여섯 벌의 옷을 입었다 벗고서야 검은 정장 재킷과 바지를 아무렇게나 걸치고서 집을 나섰다. 덜컹거리는 버스에서 멀미에 시달리며 그녀는 40분 동안 악착같이 생각을 이어나갔다. 그는 도대체 무엇을, 왜 날리려고 했을까? 무슨 생각으로 목숨같이 사랑했던 무대를, 작품을, 자신의 여자를 날리려 했을까? 정말 그는 자신의 존재를 송두리째 날려버릴 자폭을 꿈꾸었던 것일까? 그렇다면 왜?

면회 신청실에서 그녀는 신청서의 '관계'란에 어떻게 써야 할지 볼펜을 든 채 머뭇거렸다. 애인? 지인? 친구? 그 모두인 것 같기도 했고, 아무것도 아닌 것 같기도 했다. 오전 내내 차멀미에 시달린 탓에 기다리는 동안 속이 메슥거렸다. 20분 후, 사인보드에 315번이라는 접수 번호가 떴다. 그녀는 두꺼운 나무 문을 열고 유리벽이 쳐진 좁은 방으로 들어섰다. 흰 벽, 여러 번 덧칠해 울퉁불퉁한 페인트 자국, 구석구석에 밴 사람들의 체취, 무표정한 입회 교도관.

유리벽 맞은편 문이 열리고 고무신을 신은 태주가 들어섰다. 튀어나온 안와골과 앙상한 광대뼈를 찬찬히 살피자니 얼마 전까지 무대 구석구석에 미쳤던 그의 열정과 재능이 믿을 수 없을 정도로 허망했다. 무슨 말을 해야 할지 갈피를 잡지 못하고 있는 사이에 입회 교도관이 면회 시간이 1분 남았다고 경고했다. 급해진 마음에 그녀는 생각나는 대로 내뱉었다. 무슨 말을 했는지는 한마디도 기억하지 못했다. 집으로 돌아간 그녀는 그 다음 면회 때 할 말을 종이에 쓰고 밤늦도록 외웠다.

다음 면회 날, 진아는 유리벽 앞에서 대사를 읊는 배우처럼 간밤에 외운 과거의 기억들을 짧은 단막극으로 재현했다. 자기 머리카락이 얼마나 매끄러웠는지 모를 거야. 아무리 매듭을 지어도 금세 풀려서 손가락에 감을 수 없었거든. 그녀는 그를 웃길 수 있다면 어떤 이야기든 가리지 않았다. 사소하지만 진실한 일들, 사라졌지만 남아 있는 흔적들, 깨어졌지만 사라지지 않은 조각들. 그녀는 기억이 중요하며 중요한 것은 오로지 기억뿐이라고 믿었다. 유일하게 중요하지는 않을지 몰라도 가장 중요하기는 할 거라고. 그때 우린 무대 위에 서 있었어. 나의 목을 감싸 안고 자기가 말했어. 무대는 내가 살아가는 세상이야. 나를 쥐어 비트는 형틀이야. 자기 말이 맞았어. 무대는 우리의 과거, 우리의 침대, 우리의 지옥 그리고 우리의 관. 그곳에서 나는 회상하고 잠들고 목을 매고 고통받으며 죽어갈 거야.

입김에 섞여 나온 그녀의 말이 유리에 동그랗게 서렸다가 빠르게 사라졌다. 그는 과거의 자신에 대해 그리고 현재의 자신에 대해 생각했다. 미래에 대해서는 말하지 않았다. 과거에서 현재를 거쳐 미래로 흐른다는 시간의 선형적 개념은 그에겐 허상에 불과했다. 그는 이곳에서 9년을 보낸 후 지금을 돌아본들 무엇이 나아졌다고 말할 수 있을지 생각했다. 지금보다 조금 더 현명해지고 조금 덜 경솔해질 수는 있을 것이다. 지금 알지 못하는 어떤 것을 깨달을 수도 있을 것이다. 그래서 오늘의 생각과 행동을 후회할지도 모른다. 그러나 그것이 무슨 소용일까?

달라지는 것은 있겠지만 변하는 것은 없을 것이다. 자유로운 직접선거제는 항복할 수밖에 없는 권력자들이 던진 모이에 불과하다. 독재에서 벗어난 시민들은 곧 새로운 독재에 예속될 것이다. 자유롭고 윤택하고 유혹적인 자본의 압제가 체포와 고문을 대체하며 가차 없이 작동할 것이다. 자본의 사냥개 같은 법 조항과 매스컴 기사가 법조문과 논리를 앞세우며 멱살을 틀어쥐어도, 그들은 누가 자신들을 옥죄는지 모르고 심지어 자신들이 옥죄이고 있는지도 모를 것이다.

누구를 공격해야 할지, 누구를 옹호해야 하고 누구를 몰락시켜야 할지 모르는 시대, 누가 자기편인지 알 수 없어 모두를 적으로 규정해야 하는 시대. 그는 자식을 죽여 그 인육으로 연명한 그리스 신의 이름을 떠올렸다. 자신으로부터 창조된 모든 것을 남김없이 먹어치우는, 시간의 파괴적 면모를 형상화한 시간의 신 크로노스.

잔혹한 것은 현실이 아니라 과거라는 생각에 태주는 공포를 느꼈다. 과거가 잔혹한 것은 그것이 아름답기 때문이리라. 설사 아름답지 않다 해도 그것이 아름답다고 믿기 때문이다. 과거의 자신이 아름다웠는지 그렇지 않았는지 그는 알 수 없었다. 그러나 현재의 자신이 과거와 다른 인물인 것만은 분명했다. 절대로 자신이 아닐 것 같은 그 인간이 바로 자신이었다. 논리적으로 또 법률적으로 그는 테러리스트였다. 혐의를 벗어나려면 재판이란 체계적이고 공식적인 절차를 통해 결백을 증명해야 했다. 판사와 방청객들이 지켜보는 법정에서 이태주로 살아온 세월을 깡그리 부정하고 자신이 알지도 못하는 최민석이 되어야 했다. 그는 그것이 불가능한 일이라는 것을 알았다.

태주는 그때, 자신을 아는 모든 사람들뿐 아니라 자신 또한 서로의 사랑을 의심치 않았던 그때, 왜 그녀에게 결혼하자고 말하지 않았는지 궁금했다. 그때 왜 그녀에게 내 아이의 엄마가 되어달라고 우격다짐하지 않았을까? 그때 왜 우린 당신처럼 예쁘고 나처럼 똑똑한 아이의 부모가 될 거라고 허풍을 떨지 않았을까? 그녀가 어떤 대답을 했을지는 알 길이 없다. 다만 그는 그 말을 하지 않았고 지금 생각하면 그렇게 한 것이 다행이었다. 이제 그는 그녀를 사랑하는 만큼이나 그녀가 낯설었다. 그녀를 사랑한다고 생각했지만 사실은 그녀를 속여왔다는 가책 때문이었다. 그녀가 사랑한 남자는 이태주였지만 그는 최민석이었다. 그들 중 누가 그녀를 진정으로 사랑했을까?

만약 진아가 김기준의 끈 떨어진 끄나풀이라는 것을 그가 알았고, 태주가 예술계에 잠입한 요원이라는 걸 그녀가 알았다면 그들의 지금은 달라졌을지 모른다. 그러나 그들은 그것을 몰랐다. 그런데, 그들이 정말 몰랐을까? 알고도 모른 척한 것은 아니었을까? 그들이 서로를 속이지 않았을지 몰라도 진실을 외면한 건 분명했다. 서로 사랑한다고 확신했지만 각자 자신의 방식으로 사랑했을 뿐이었는지도 모른다. 그녀는 그가 꾸미고 있는 어떤 비밀스러운 일을 알아챘으면서도 배우가 되겠다는 욕심으로 정체 모를 사람들에게 내용물도 알지 못하는 봉투를 전달했다. 그들은 자신들이 발 디딘 현실이 스스로 만들어낸 허구라는 사실을 알면서도 거기에서 벗어나려 하지 않았다. 오히려 각자의 허구로 상대의 허구에 균형을 부여했다. 그렇게 하는 동안 더 크고, 더 믿을 만하고, 더 진짜 같은 허구가 구축되었다. 그 깨달음마저도 지금에 와서는 진실인지 또 다른 허구인지 알 수 없지만.

그녀를 속여온 내내 태주는 진실을 털어놓을 적당한 시간과 장소를 기다렸다. 그러나 그런 시간은 오지 않았다. 무슨 말을 하기에 시간은 늘 너무 늦지 않으면 너무 빨랐고, 공간은 너무 어둡지 않으면 너무 밝았으며, 너무 시끄럽지 않으면 너무 조용했다. 결국 그는 아무 말도 하지 않았고, 아무 행동도 하지 않았고, 아무 대답도 듣지 못했다. 무슨 말을 해야 한다고 생각했지만 무슨 말을 해야 할지 몰랐기에 결국 아무 말도 하지 않았다. 그때마다 그는 내일, 모레, 다음 주 혹은 다음 달에는 말해야지, 라고 생각했지만 막상 그때가 되면 기억하지 못했다. 기억날 때가 없지 않았지만 더 급하거나 중요한 이야기에 열중하느라 무시했다.

가끔 모호한 일화나 은유로 진실의 아주 작은 일면을 드러내도 그녀는 그 말을 단지 연극이나 연기에 대한 조언으로 받아들였다. 가령 그가 칼카스의 모순된 성격이나 프랑켄슈타인에 대한 괴물의 원망을 얘기할 때 그녀는 특유의 진지한 태도를 보였다. 또 배우가 작중인물이 되어야 하는가, 작중인물을 연기해야 하는가라는 주제에 대한 토론을 자신의 연기에 대한 칭찬으로 받아들이고는 웃어넘겼다. 그가 작중인물이 아닌 자신의 모순적인 내면을, 일그러진 사랑을, 잃어버린 진실을 말한다고는 꿈에도 생각지 않았다. 어쩌면 그 모든 가정들, 추측들, 기억들은 근거 없는 허상, 아니 그들의 입장에서 진실이기를 바라는 또 다른 거짓에 지나지 않았다. 그때 말했어야 하는 걸까? 자신의 모든 것이 허구의 산물이었다고, 그럼에도 자신의 거짓을 사랑해달라고. 그렇게 말했다면 지금의 상황이 달라졌을까?

유리벽을 사이에 둔 채 어색한 침묵이 두 사람을 짓눌렀다. 그는 석고상 같은 진아의 악의 없는 표정을, 죄 없는 짐승 같은 두 눈을 견디기 힘들었다. 그녀는 어떻게 해서든 그를 즐겁게 해주고 싶었다. 그래서 그녀는 무언가 떠올랐다는 듯 요란한 웃음을 터뜨렸다. 그가 영문을 모른 채 그녀를 따라 웃으면 그녀는 다시 그를 따라 웃었다. 웃음만이 그들을 연결하는 유일한 통로였다. 웃음이 아니면 그들이 할 수 있는 것은 없었다. 태주는 자신이 마지막으로 웃은 것이 언제였는지 생각했다. 기억이 나지 않았다. 그래도 그는 웃음을 그치지 않았다. 한참 후에야 그는 겨우 웃음을 멈추고 말했다.

"당신이 웃으니까 조금 행복해진 것 같아."

"우린 항상 그랬어. 늘 웃었고 늘 행복했잖아. 안 그래, 자기?"

그녀는 다시 자지러지게 웃었다. 웃음이 멈추는 순간 다가올 공허와 두려움을 알기에 그칠 수 없는 발작적인 웃음. 수많은 손자국으로 더럽혀진 유리창 너머에서. 뒤틀린 표정과 경직된 얼굴 근육들, 웃음으로 세상을 조롱했던 오만. 자신의 죄를 끌어안음으로써 결백해진 엘렉트라, 마스카라를 하지 않아 피곤과 고통이 그대로 드러난 표정. 그토록 오래 세상과 다투느라 기진맥진한 얼굴. 그래도 그녀는 계속 웃었다. 놀랄 만큼 쉽게 따라 웃게 만들던, 얼굴을 찡그리고 눈물을 흘리며 웃는 웃음. 유리에 비친 자신의 웃음이 말할 수 없이 비참하게 느껴져 그녀는 눈을 감고 말았다.

수감 기간 동안 태주는 모범수였고 특별한 사고를 일으키지도 않았다. 그는 수감 생활을 일종의 특별 공작 혹은 연장 근무로 받아들였다. 그는 관리관이 지목한 몇몇 수감자의 동태와 언사를 주의 깊게 관찰했다. 굵은 손마디의 노조원들과 창백한 재야인사에게 접근했고, 바지가 헐렁해질 정도로 야윈 노조 간부와 뿔테안경을 쓴 운동권 학생의 이야기에 끼어들었고, 선동죄로 들어온 재야인사의 걸진 농담에 맞장구를 쳤다. 수집된 정보는 매달 특별 면회 때 관리관에게 보고했다. 관리관은 그가 잘 지내는지, 수감 생활에 잘 적응하는지 살피고 억울해하지는 않는지, 가석방을 기대하는지 물었다.

관리관의 왕래는 6개월 후, 뜸해졌다. 다달이 찾아오던 그의 발길이 3개월, 6개월로 늘어지더니 2년째부터 아예 끊겼다. 마지막 면회 때 관리관은 그가 수집한 수감자 정보에 더 이상 관심이 없어 보였다.

진아는 일주일에 한두 번꼴로 면회를 신청했다. 그는 여전히 예전 그대로 보이기 위해 노력했지만 더 이상 예전의 이태주가 아니었다. 그녀에게 예전의 자신처럼 보이려고 노력하는 것이 그 증거였다. 면회 시간 동안 그녀는 떨어져 있던 시간의 틈을 말로 메우겠다고 작심한 듯 입을 다물지 않았다. 중요한 말이 아니어도, 의미 없는 말이라도 상관하지 않았다.

전도유망한 연기자로서 그녀는 썩 잘 해나가고 있었다. 〈유리동물원〉의 로라, 〈티파니에서 아침을〉의 홀리 골라이틀리, 〈벚꽃 동산〉의 바리야까지 그녀는 심사숙고 끝에 선택한 배역에서 강렬한 이미지를 선보였다. 〈엘렉트라의 변명〉은 거의 잊은 듯했다. 진아의 성공에 기뻐하면서도 태주는 그녀가 조금씩 자신에게서 멀어져간다는 느낌을 지울 수 없었다. 어쩌면 멀어지고 있는 쪽은 그녀가 아닌 자신인지도 몰랐다.

수감 2년째 가을, 그녀가 갈색 바바리의 허리띠를 잘록하게 묶고서 면회실로 들어선 순간, 그는 자신의 인생에 커다란 매듭이 지어지려 한다고 느꼈다. 벗어 든 바바리를 접으며 의자에 앉은 그녀는 잠시 머뭇거리더니 나쁜 짓을 하다 들킨 소년처럼 말했다.

"나…… 영화 하나 찍어야 할까 봐."

태주는 그 말에서 별 어려움 없이 변형된 작별 인사를 추출해냈다. 난 아직 자기를 사랑해. 앞으로도 영원히 그럴 거야. 하지만 우리에 갇힌 짐승 같은 당신을 더 이상 견딜 수 없어. 그 말은 그녀가 자신의 입으로 직접 얘기한 것처럼 분명하게 들렸다. 물론 그 말은 사실이 아니었다. 그녀는 그와 비슷한 이야기를 꺼내기는커녕 그런 마음을 먹었던 적도 없었다. 그런데도 다시는 그녀를 볼 수 없을 거라는 믿음이 그의 마음에 확실하게 뿌리내렸다. 눈앞의 모든 것이 선명하게 보였다. 그 여자는 사랑스러웠지만 그렇기 때문에 더 이상 그녀를 사랑할 수는 없을 거라는 사실이, 그들 사이엔 더 이상 어떤 일도 일어날 수 없을 것이며 일어나서도 안 된다는 것이. 그들은 침묵했다. 침묵이 깨지는 순간 자신들의 존재가 바스라지기라도 할 것처럼. 그는 희뿌연 유리 너머에 있는 공간을 물끄러미 내다보았다. 거기에 망가진 자신의 사랑이 있었다. 그래. 이런 만남은 당신에게 좋은 게 아냐. 나에게도 옳은 일이 아니고. 설사 이 일이 좋은 일이고 옳아도 내가 원하는 일은 아니야. 면회 종료를 알리는 벨이 울렸다.

이윽고 그녀는 편지를 보내왔다. 곧 촬영에 들어갈 영화의 배역, 여주인공의 성격과 행동, 감독과 상대역 배우의 신변잡기, 고된 로케이션 일정 같은 시시콜콜한 이야기들이 빼곡히 적혀 있었다. 영화와 삶에 대한 그녀의 기대와 애착에는 감탄스러운 무언가가 있었다. 가끔은 술에 취한 듯 글씨가 일그러지거나 줄이 삐뚤어진 편지가 왔다. 엉망진창인 문장이 그를 부르고 비난하다가 때로 앙탈을 부렸다. 다정하면서도 서툰 그녀의 문장 속에서 그는 길을 잃은 기분이었다. 편지가 수취인을 잘못 찾아왔다는 생각이 들었다.

어느 금요일 저녁, 작업을 마치고 돌아온 그는 놀랄 만큼 차분한 어조로 써내려간 그녀의 편지를 읽었다. 끝까지 읽었을 때 그는 편지에 묘사된 그녀의 미래에 자신이 결코 포함되지 않을 거라는 사실을 분명히 깨달았다. 그는 그동안 모아둔 그녀의 편지 뭉치를 챙겨 들고 세면실로 갔다. 그는 물을 받은 대야에 봉투를 하나하나 담갔다. 물에 번져 사라지는 자기 이름을, 푸른 잉크를, 그녀의 말들을 물끄러미 바라보며 그는 자신에게 물었다. 누군가에게 나의 이야기를 들려줄 수 있을까? 들려준다 해도 그가 나의 말을 믿기나 할까? 광야를 헤매는 리어의 절규가 떠올랐다. 여기 날 아는 사람? 이건 리어가 아니다. ……내가 누구인지 말할 수 있는 자는 누구인가? 광대가 말했다. 리어의 그림자요.

그는 광대의 대사에 내포된 두 가지 의미를 유추하느라 혼란스러워졌다. 광대의 말이 자신이 누구인지 말해줄 수 있는 자가 누구냐는 리어의 질문에 대한 대답인지, 아니면 왕국을 잃고 황야를 헤매는 실체 없는 그림자에 불과한 리어에 대한 경멸인지.

밤마다 그는 살점 하나 없는 뼈다귀를 밤새 갉아대는 강아지처럼 〈엘렉트라의 변명〉의 장면과 대사를 일일이 되새김질했다. 자신이 했어야 할 일과 하지 말았어야 할 일, 썼어야 할 대사와 쓰지 말았어야 할 지문 등을 숙고했다. 많은 장면이 수정되어야 했으며 많은 대사가 개선되어야 했다. 그는 16절지를 8등분한 작은 낱장에 각 장면의 일련번호를 쓰고 등장인물과 주제, 중요 대사를 적었다. 그리고 노련한 도박사가 카드 패를 깔듯 바닥에 배열한 후 맥락에 따라 위치를 바꾸고 빠진 장면을 끼워 넣고 대사를 수정했다.

저녁 식사가 끝나면 자신의 키보다 높은 창살 창에 까치발로 매달려 밖을 내다보았다. 맞은편 감방에서 새어 나온 불빛이 반쯤 삭은 달빛에 스러졌다. 그는 바닥에 흩어진 카드들을 순서에 맞게 챙겨 사물함에 넣었다. 그리고 새로 쓴 대사가 입에 잘 붙는지 알아보기 위해 반복적으로 중얼거리다 잠들었다.

진아의 편지가 언제 끊어졌는지 태주는 기억하지 못했다. 처음 몇 주 동안 그는 간헐적인 금단증상에 시달렸다. 억울하다는 느낌, 모략당했다는 느낌을 떨칠 수 없었다. 자신이 누군가의 죗값을 대신 치르고 있다는 사실을 받아들일 수도 없었다. 끔찍한 배신감과 소외감, 견딜 수 없이 격한 감정이 그의 몸과 마음을 들쑤셨다. 그러다 어느 순간 슬픔도 분노도 무덤덤해지는 순간이 찾아왔다. 그가 치르는 죗값이 다른 누구의 것도 아닌 자신의 몫이라는 사실이 또렷하게 다가왔다. 그의 죄는 폭탄을 터뜨려 사람을 죽이려 한 죄가 아니었다. 자신의 것이 아닌 삶을 살았던 죄,

눈앞의 삶을 위해 자신의 운명을 생각 없이 팔아넘긴 죄였다. 그렇게 생각하자 그녀의 부재가 더 이상 자신의 일이 아닌 것처럼 느껴졌다.

그녀를 생각하기 위해 애쓰던 그는 어느 순간부터인가 그녀를 생각하지 않으려고 안간힘을 썼으며 마침내 생각하려 해도 생각할 수 없게 되었다. 그는 세상을, 인간을 관찰하기를 멈추었다. 자신의 몸을 겨우 눕힐 수 있는 관처럼 작고 딱딱한 공간 속에서 그는 고요한 반추동물처럼 삶을 되새김질했고, 자신과 세계를 가르는 어둠의 깊이를 계산했다.

9년간의 형기를 마치고 출소한 태주 앞에는 보호관찰처분이 기다리고 있었다. 청송감호소로 이송된 그는 누적 전과범과 흉악범, 파렴치범과 함께 수용되었다. 감옥에서 나가고 싶은 욕망도, 다시 사회로 돌아갈 자신감도 남지 않았던 그는 차라리 다행이라고 생각했다. 7년을 초과할 수 없는 보호감호 기간 규정에 따라 그는 2003년 6월, 보호감호소를 나왔다.

그가 감옥에서 늙어가는 동안 혹은 죽어 있는 동안 세상은 더 젊어졌다. 김영삼과 김대중은 번갈아 대통령이 되었고, 국가안전기획부는 국가정보원이 되었다. 구소련은 덩치 큰 황소처럼 부위별로 해체되었다. 옐친은 주정뱅이가 되었고, 고르바초프는 잊혔으며, 레이건은 알츠하이머 환자가 되었다.

감호소를 나선 태주는 푸르스름한 구름이 바람에 천천히 밀려가는 하늘을 올려다보았다. 좁은 감옥에 익숙해진 눈은 먼 풍경에 적응하지 못했다. 그는 눈앞의 사물과 사람들을 제대로 보기 위해 주름진 눈꺼풀에 힘을 주었다. 변함없는 듯하면서도 모든 것이 변해 있었다. 건물들을 알아볼 수 없었고 거리에 쏟아지는 햇살마저 낯설었다. 자동차의 경적 소리, 굴삭기의 굉음과 드릴 소리가 뒤섞인 소음이 귀에 달려들었다. 최루탄 폭음과 사이렌과 구호 소리는 들리지 않았다. 그는 파멸한 지구로 돌아온 〈혹성탈출〉의 주인공처럼 이 행성이 낯설었다. 자신이 거대한 기계에서 빠져나와 덜걱거리다가 사라질 닳아빠진 나사처럼 여겨졌다.

6시가 지나자 거리는 퇴근하는 직장인들로 붐볐고 형형색색의 간판이 번쩍였다. 태주는 한 호텔 로비로 들어섰고 엘리베이터를 타고 12층으로 올라갔다. 아르누보풍 양식당이 있던 자리에는 고급 일식당이 영업 중이었다. 그곳에서 진아에게 했던 〈엘렉트라의 변명〉 출연 제안이 실제 있었던 일인지, 오래전에 전해 들은 남의 이야기인지 헛갈렸다. 그는 스시 테이블에 걸터앉아 도미와 농어, 성게알과 참치초밥을 시켰다. 생선회에서는 비린내가 났다. 그는 가벼운 구토기를 느꼈다.

계산을 끝내고 거리로 나오니 10시가 넘어 있었다. 취한 젊은이들이 어깨를 걸고 지나갔고 창문이 열린 술집에서 와자한 웃음소리가 흘러나왔다. 위압적으로 번쩍이는 불빛 사이에서 〈볼레로〉라는 간판이 빛났다. 감호소에서 만난 조직폭력배 부두목이 지겹도록 떠벌려대던 술집이었다. 이곳에서 나가면 〈볼레로〉 입구에서 내 이름을 대라고. 그럼 반반한 애들로 두 명은 공짜로 즐길 수 있을 거야. 그는 부두목의 이름을 대는 대신 잠시 쉬고 싶다고 했다. 종업원은 대리석 테이블과 가죽 소파가 있는 방으로 그를 안내했다.

잠시 후, 젊은 여자가 문을 열고 들어왔다. 그녀는 자신의 이름을 말한 후 그의 옆자리에 앉아 재잘거리고 의미 없는 질문을 하고 술잔을 들이밀었다. 그러더니 반주음이 나오는 버튼을 누르고 꽥꽥대며 빠르고 요란한 노래를 불렀다. 그녀의 웃음소리가 마이크에 왕왕 울렸다. 그는 내일이 없는 사람처럼 위스키를 들이마셨다. 쇳덩이처럼 무거운 몸이 한없이 가라앉았다. 여자가 그를 질질 끌고 낯선 방의 침대에 내동댕이치고는 함께 풀썩 쓰러졌다. 샤워실로 들어간 여자가 뭐라고 말했지만 물소리 때문에 알아들을 수 없었다. 오래전에 내리던 빗소리가 생각났다. 여름 오후였다. 그녀의 담배 연기, 젖은 머리카락 냄새, 그녀의 배꼽에서 나던 새콤한 냄새, 황금빛으로 부풀던 황혼……. 16년 동안 넘칠 만큼 생각했지만 충분치 않은 냄새와 소리와 빛깔과 감각들. 잊을 수 있는 것들이 있는 것처럼 절대로 잊을 수 없는 것들이 있다.

그다음 날, 그는 한 사회복지 단체가 주선해준 장기수 쉼터로 갔다. 서울 근교의 야트막한 야산 자락에 있는 2층 건물에는 10여 명의 무연고자와 6명의 장기수 들이 기거하고 있었다. 감옥에서 나왔지만 그는 여전히 무언가에 결박되어 있었다. 저항할 수 없는 시간에, 떨쳐낼 수 없는 과거에, 바로잡을 수 없는 오류에. 창으로 비쳐든 사각형 햇살이 한쪽 벽에서 평행사변형으로 일그러지며 방바닥을 지나 다시 반대쪽 벽으로 옮겨가는 동안 그는 돌베개처럼 단단한 사전을 펼쳐 단어들을 뒤졌다. 16년 동안 사라진 말이 있었고, 변형된 말과 새로 생긴 말이 있었다. 그가 예전에 알았던 말들은 쥐덫에 갇힌 쥐처럼 시간의 틀에 갇혀 엉뚱하게 변해 있었다. 민주주의는 다수의 독선이라는 의미로, 제국주의란 단어는 신자유주의와 FTA라는 용어로 위장되어 있었다. 찬찬히 사전을 뒤적이다 보니 시간을 따라잡지 못한 채 노쇠해진 말들이 낯설고 보잘것없는 위안을 주었다. 그는 단단하고 고요한 세계에서 화석처럼 고유의 의미를 간직한 말들의 기특함에 감탄하며 잠이 들었다. 꿈을 꾸지 않은 지는 오래되었다.

아침이면 그는 운동화를 신고 대학로로 나섰다. 길을 따라 갖가지 노점이 펼쳐졌고 광장 주변에는 젊은 개그맨과 거리 밴드의 공연이 벌어졌다. 사람들의 어깻죽지 사이를 피해 나아가면 전에 보이지 않던 것들이 선명하게 보였다. 가게들, 번들거리는 간판들, 바람에 나부끼는 알록달록

한 깃발들, 흰 발광띠를 두른 청소부들, 황금빛 햇살 아래 패션지 속 사진처럼 웃음을 터뜨리는 젊은이들. 세상은 젊어지고 있었다. 새로워지고 있었다. 그가 옛날에 알았던 것들은 사라지고 없었다. 오래전의 사람들은 이 거리를 떠났다. 남아 있는 사람들에게도 이곳은 예전의 그 거리가 아니었다. 그는 이 거리의 누구도 자신을 알아보지 못할 거라는 해방감에 들떠 걸었다. 뚜렷한 목적지는 없었다. 그는 한때 목공소였던 5층짜리 유리 건물과 문구점이었다가 카페와 소극장으로 변한 대형 빌딩을 지나쳤다. 길 건너편 서점이 있던 건물은 술집으로 바뀌어 있었다. 과거의 흔적은 어디에도 남아 있지 않았다. 낯선 거리를 걷고 있는 남자가 누구인지 그들은 알 수 없을 것이다. 그는 수십 번 죽었다 살아나며 다른 장소에서 다른 생을 살고 다른 사람과 사랑하다 100만 년 만에 돌아온 사람처럼 자신이 낯설었다.

그녀와 함께 불심검문을 받던 지하철 출구 앞에 멈춰 선 후에야 그는 자신의 발걸음을 이끈 것이 기억임을 깨달았다. 신분증 제시를 요구하던 경관과 가방을 뒤지던 땅딸막한 경관의 얼굴이 기억났다. 녹아내린 아이스크림을 핥다가 경관들의 등에 대고 자지러지게 웃던 그녀의 웃음소리, 쪼개진 입술 사이 살짝 비뚤어진 아랫니와 도드라진 대문니, 장난스럽게 찡그린 콧등의 잔주름. 바람에 부풀던 가로수의 짙푸른 이파리들……. 아이스크림 가게는 테이크아웃 커피점으로 바뀌어 있었다.

그는 그녀가 자신을 잊었을 거라고 생각했다. 그렇지 않을지도 모르지만 그러기를 원했고 그럴 거라고 믿었다. 꿈속처럼 익숙하면서도 낯선 그 거리에 그가 사랑했던 것들은 더 이상 없었다. 그렇다고 불안하지는 않았다. 무언가를 사랑하거나 어디엔가 적응하겠다는 욕망은 그를 떠난 지 오래였다. 어떤 후회도 어떤 두려움도 없이 그는 걸었다. 달아오른 빌딩의 유리 벽이 황금빛으로 빛나고 붉은 하늘로 새들이 어지럽게 날아올랐다. 깊이를 알 수 없는 바다 밑으로 잠기는 배처럼 그는 시간이 닿지 않는 어둠 속으로 가라앉았다.

이태주가 스스로 목숨을 끊은 것은 2007년 12월이었다. 죽기 이틀 전 새벽, 그는 머물고 있던 서울 시내의 한 모텔에서 잠을 깼다. 창으로 비쳐 든 옥외광고판의 LED 조명이 잠을 방해했기 때문이었다. 그는 창가로 다가가 어둠에 잠긴 도시를 내려다보았다. 빽빽하게 늘어선 고층건물들의 유리 외벽에 광고판 불빛이 흘러내렸다. 그는 성인 한 사람의 어깨가 겨우 빠져나갈 정도의 좁은 창 너머 희부연 도시의 밤을 바라보았다.

아무도 보는 사람 없는 광고탑 화면에서 끝없이 뉴스가 흘러나왔다. 얼굴을 모르는 정치인들이 자기가 세상을 바꿀 거라고 짖어댔다. 그들이 목청에 핏대를 세우고 뱉어낸 말들이 화면 아래 자막으로 흘러갔다. 흘러간 말들은 다시 돌아오지 않을 것이다. 뉴스는 이어졌다. 수십억의 공금을 횡령하고 휠체어에 탄 채 법정으로 들어서는 회사 사장의 뒤를 이어 아버지를 죽인 아들이 '국민 여러분께 죄송하다'며 고개를 숙였다. 제 아버지를 죽였는데 왜 국민들에게 사죄하는 거지? 그는 이해할 수 없는 삶에서 멀어지고 싶었다. 자신이 살아 있다는 사실과 앞으로 살아야 할 시간에 몸서리가 쳐졌다. 차가운 유리에 이마를 대고 눈 아래 펼쳐진 거리를 내려다보며 그는 예언자 칼카스의 최후를 생각했다.

트로이전쟁이 끝난 후 칼카스는 소아시아의 콜로폰으로 갔다. 그곳에서 새끼 밴 암퇘지의 새끼 수를 맞히는 시합에서 몹소스에게 진 그는 예언의 사명이 끝났음을 깨닫고 죽었다. 태주는 자살의 모티프를 등장시킨 다른 작품과 주인공들도 생각했다. 〈갈매기〉의 트레블레프와 〈안티고네〉

의 이오카스테, 〈세일즈맨의 죽음〉의 윌리 로먼……. 안티고네는 법을 어긴 죄인으로 죽는 대신 스스로 죽음으로써 부당한 선고에 항거했고, 〈상복이 어울리는 엘렉트라〉의 라비니아는 어머니와 남동생의 죽음에도 자살을 거부했다. 태주는 스스로에게 삶이라는 형벌을 내린 라비니아가 그 뒤 어떤 삶을 살았을지 궁금했다. 그는 또 사랑과 이념 사이를 헤매다 동중국해에 뛰어든 이명준과 영국해협에 몸을 던진 위니 벌록을 생각했다. 그리고 우즈 강으로 걸어 들어간 버지니아 울프와 권총을 물고 방아쇠를 당긴 헤밍웨이 그리고 자신의 배를 가른 미시마 유키오를. 그 모든 죽음의 기능과 의미에 관해 묵상했지만 태주는 자신의 죽음에 대해서는 생각하지 않았다.

조심조심 한쪽 발을 창틀에 올리며 그는 이유 모를 만족감을 느꼈다. 비로소 죽음을 자신의 것으로 소유할 수 있게 되었다는 안도감이었다. 남자의 몸으로 태어난 여자 혹은 그 반대의 남자처럼 그는 서로 배반당한 육체와 영혼을 이끌고 삶과 죽음 사이에서 방황했다. 그는 20년 전에 이미 죽었거나, 20년 동안 천천히 스스로를 죽여왔던 것이다.

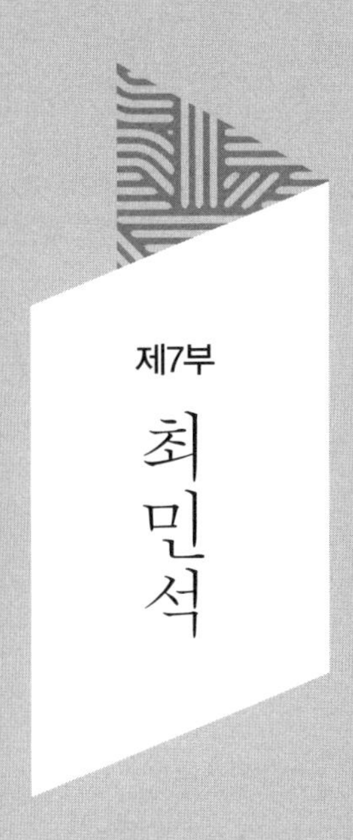

제7부

최민석

이태주의 죽음은 그날 저녁 뉴스에서 한 중소기업 사장 일가족의 물놀이 사망 사고에 이은 사건 사고 단신으로 처리되었다. 기자는 그가 16년의 수감 및 감호 생활 끝에 출소했지만 사회 적응에 실패했고, 머물던 장기수 쉼터를 나와 막노동으로 연명하며 행려병자로 떠돌다 신병을 비관해 투신했다는 리포트를 내보냈다. 경찰은 국립과학수사연구소에 부검을 의뢰했고 사인은 자살로 판명되었다. 그는 쉰한 살이었고 유서는 없었다.

뉴스가 나오던 시간에 진아는 자궁과 양쪽 난소를 절제하고 방사선치료를 받느라 입원과 퇴원을 반복하고 있었다. 젊었을 때 그녀는 태주를 지나치게 자주, 오래 생각했고 그 때문에 우울증 진단을 받기도 했다. 그러다 어느 순간부터 그를 생각하지 않게 되었다.

그동안 그녀는 〈엘렉트라의 변명〉에 대해 누구와도 이야기하지 않았다. 수많은 히트작과 문제작이 망라된 그녀의 출연작 목록에도 〈엘렉트라의 변명〉은 없었다. 그 연극은 그와 그녀의 삶을 산산조각 낸 폭탄이었다. 그녀는 엘렉트라를 놓아주고 싶었다. 그렇게 함으로써 자신으로부터 벗어나고 싶었다. 존재한 적조차 없던 것처럼 잊힌 그 연극은 간혹 구전되는 전설처럼 술자리 호사가들의 입에나 오르내렸다.

그동안 그녀는 두 번 결혼했고, 세 번의 임신중절수술을 경험했다. 첫 번째 남편은 이기적이고 무정한 운수회사 사장이었다. 4년 만에 이혼한 그녀는 6년간 독신으로 지내며 혼자 사는 삶에 꽤 익숙해지고 배우로도 자리매김했다. 두 번째 남편은 〈아가씨와 건달들〉의 VIP 초대석 옆자리에서 만난 심장 전문의였다. 그녀보다 스물일곱 살 많은 그는 나이보다 젊어 보였고, 자상하고 지적인 홀아비였다. 첫 결혼에서 자신이 누군가의 아내로 어울리지 않는 여자임을 뼈저리게 학습한 그녀가 두 번째 결혼을 감행한 이유는 그녀 자신에게도 미스터리였다. 나중에 그녀는 자신이 그의 아내가 되기보다 그의 가정에 속하고 싶었던 거라고 생각했다. 그녀는 30대와 20대인 세 자녀의 어머니가 되었고, 네 아이의 할머니가 되었다. 그러나 남편은 결혼 4년 만에 심장마비로 숨을 거두었다. 그제서야 그녀는 다 큰 자녀들과 그들의 배우자 그리고 그들의 아들딸과 털이 긴 세 마리의 개로 이루어진 대가족의 일원이 되려던 자신의 생각이 이기적이었을 뿐 아니라 어리석었다는 사실을 깨달았다.

그녀의 몸이 그녀를 배반한 것은 다시 혼자가 된 지 3년 만이었다. 건강검진 결과 자궁경부 안쪽에 희끗한 불연속면의 작은 반점이 보인 것이 시작이었다. 의사는 모니터의 거무스름하고 복잡한 사진을 가리키며 제품 설명을 하는 매장 점원처럼 생체검사 결과를 통보했다. 노화에 따른 호르몬 변화가 자궁암 발생에 영향을 미칠 수 있으며, 출산 경험이 없는 여성들일수록 고위험군에 속한다는 설명이 이어졌다. 의료진은 몇 차례의 검사를 통해 자궁 절제와 전이 위험 차단을 위한 양쪽 난소와 나팔관

절제, 방사선치료를 결정했다. 그들은 잡혀 온 물고기처럼 그녀의 배를 가르고 속살을 발랐으며, 내장을 손질한 물고기를 햇살에 말리듯 방사선을 쪼였다.

민머리에 빨간 털모자를 쓰고서 그녀는 자신이 태아 상태의 자식을 살해한 대가를 치르고 있다는 신화적 상상에 빠졌다. 이피게네이아를 죽인 아가멤논이 아내에게 죽음을 당하고, 두 아들을 살해한 메데이아가 독부가 된 것처럼. 그녀를 괴롭힌 것은 암세포나 방사선이 아니라 시간이었다. 시간은 그녀를 조이고 으깨고 찢어발기는 형틀이었다. 시간의 여러 속성 중에서 그것이 영속한다는 사실이 가장 그녀를 괴롭혔다. 그에 비하면 인간은 자신을 고통스럽게 할 능력조차 없었다.

병상에 있는 동안 진아는 〈엘렉트라의 변명〉 초고를 갈피가 너덜너덜해지도록 되풀이해 읽었다. 여백과 행간 사이에 낯선 손글씨가 끼적여져 있었다. 클리타임네스트라의 대사 아래에는 "후회? 변명? 반박? 저주?" 혹은 "그녀가 잃은 것과 얻은 것"이라고 적혀 있었다. "복수를 좌절시키는 유일한 방법은 무엇인가?" "그녀들은 도덕의 칼과 정념의 방패로 무장한 검투사들이다. 엘렉트라가 쳐든 복수의 칼날을 막을 클리타임네스트라의 방패는 무엇인가?" 같은 질문들. 자신이 태주의 글씨를 기억하지 못했다는 사실을 깨닫고 그녀는 충격을 받았다. 어떤 페이지에는 "25일 오후 3시 명동 이오네스코 커피숍"이라는 약속 시간과 장소가 휘갈겨져 있었고 "그녀는 은유가 불가능한 인간이다. 왜냐하면 그녀를 제외한 어떤 것도 그녀를 설명할 수 없기 때문이다"라고 적혀 있었다. 그녀는 메모에 등장하는 "그녀"가 자신인지, 자신이 아니면 누구일지 골똘히 생각했다. 그리고 태주의 오래전 메모를 통해 어머니와 딸, 늙은 여자와 젊은 여자, 애욕과 적의에 대한 상념들에 빠졌다.

5년이 지나도록 병은 재발하지 않았다. 그녀는 살아남았다. 그리고 연기를 재개했다. 긴 공백의 여파는 생각보다 컸다. 복귀 후 첫 영화로 재앙에 가까운 흥행 참패를 맛본 이후 그녀는 내용도 제대로 기억하지 못하는 몇몇 가십과 스캔들로 얼룩진 퇴물 취급을 받았다. 사람들은 그녀를 수렁에 처박아놓고 안전한 곳에서 지켜보며 즐겼다. 그녀는 자신을 위로하는 동시에 그들을 조소했다. 아무나 스캔들을 일으킬 수 있는 건 아냐. 스타만이 스캔들이라는 짐을 지고 갈 수 있는 거야. 스타가 하는 일이 그거라고. 하지만 언제부터인가 사람들은 그녀를 쳐다보지도 않았다. 그녀는 자신이 더 이상 스타가 아니라는 사실을 받아들였다. 그녀의 육체는 더 이상 당당하지도 생생하지도 않았다. 관절은 삐걱거렸고 눈은 침침해졌으며, 24시간 허리가 아팠고 시도 때도 없이 신트림이 올라왔다. 혹시나 남아 있는 암세포가 몸의 어느 구석으로 흘러가 다시 똬리를 틀지 알 수 없었다.

〈엘렉트라의 변명〉은 벼랑 끝의 김진아에게 남은 마지막 카드였다. 진아는 치료비로 쓰고 남은 얼마 안 되는 돈으로 극단을 꾸렸다. 연극판은 완전히 달라져 있었다. 젊은 연인들을 울리고 웃기는 기발한 연극과 브로드웨이와 웨스트엔드에서 직수입된 뮤지컬이 넘쳐났다. 캐스팅은 난항을 거듭했다. 퇴물 배우가 30년 전의 케케묵은 대본을 무대에 올리려고 안간힘을 쓴다는 조소가 대학로 여기저기를 떠돌다 그녀의 귀에까지 들어왔다. 그녀는 사슬로 몸을 묶고 수조에 뛰어드는 얼뜨기 마술사가 된 것처럼 수치스러워졌고 불안해졌다.

〈화이트클리프 엔터테인먼트〉 대표 박주호의 전화가 걸려온 것은 그 무렵이었다.

12년 전에 설립된 〈화이트클리프 엔터테인먼트〉는 1년에 한편 꼴로 꾸준히 영화를 제작해왔다. 유수의 해외 영화제에 꾸준히 출품하고 두어 차례 수상한 전력도 있는 탄탄한 영화제작사였다. 〈줄리어스 시저〉 사건으로 뜻하지 않은 감옥살이를 한 〈커튼콜〉 대표 박주호는 출소 후, 급속도로 번창하는 영화 업계로 옮겨온 뒤 독특한 기획력과 흥행 감각으로 승승장구하고 있었다. 그녀 또한 〈화이트클리프 엔터테인먼트〉의 몇몇 영화에 출연한 적이 있었다.

잠시 만날 수 있겠냐는 박주호의 정중한 목소리를 들었을 때 그녀의 머리에 가장 먼저 떠오른 생각은 캐스팅이었다. 그녀에겐 아직도 자신의 연기에 대한 믿음이 있었다. 주연을 고집할 자만심은 버린 지 오래였지만 허접한 조역이라도 맛깔나게 살려내겠다는 자신감은 남아 있었다. 충분히 만족스럽진 않지만 그 정도면 협상을 벌여볼 만했다.

다음 날 저녁, 그녀는 한강변의 한 호텔 라운지로 들어섰다. 몬드리안을 연상시키는 단호한 원색 면 분할 장식이 돋보이는 실내에는 곳곳에 갈색 서랍장, 램프가 놓인 원목 탁자, 소리가 나지 않는 하프시코드 같은 바로크풍 가구들이 세심하게 배치되어 있었다. 박주호는 석양에 물든 한강이 내려다보이는 창가 자리에서 그녀를 맞았다. 제목을 기억할 수 없는 한 영화의 시사회에서 마지막으로 본 후 거의 7년 만이었다. 근황을 묻고 최근 영화계 판도와 배우들의 행태를 이야기하는 동안, 그녀는 개런티 협상을 어떻게 해야 유리할지 골똘히 생각했다. 영화 내용과 배역은 나중 일이었다. 중요한 것은 돈이었다.

잠시 후 박주호가 서류가방에서 갈색 봉투를 꺼내 탁자 앞으로 밀었다. 그녀는 출연할 영화의 시나리오일 거라고 짐작했다. 봉투 안에는 가장자리가 누르스름하게 바랜 종이 뭉치가 들어 있었다. 변변한 표지도 없는 문서의 첫 장부터 글자들이 빽빽하게 채워져 있었다. 글자들이 너무 작아 읽을 수가 없었다. 핸드백에서 돋보기안경을 꺼내 쓰며 그녀는 노안 렌즈를 하고 나오지 않은 자신을 책망했다. 그러다 원고 맨 윗줄의 제목이 눈에 들어왔다.

〈엘렉트라의 변명〉.

그녀는 박주호의 의도를 짐작할 수 없었다. 30년 전 연극을 영화로 리메이크하겠다는 말인가? 그 난해한 연극을 어떻게 영화로 만든다는 것일까? 설사 그럴 수 있다 해도 관객이 얼마나 들어올까? 그녀는 의아하게 생각하며 다음 줄을 보았다.

이태주.

원고를 든 손이 부들부들 떨렸고 호흡이 가빠졌다. 그녀는 더듬거리며 핸드백에서 담배를 꺼내 물었다가 그곳이 금연 구역이라는 것을 깨닫고 가운데를 부러뜨렸다.

"이태주, 이 사람 지금 어딨어요?"

그녀는 돋보기안경을 벗어서 움켜쥐었다. 플라스틱 테가 부러지는 소리가 났다. 박주호는 한참 후에야 대답했다.

"10년쯤 전에 그 친구가 찾아온 적이 있었어요. 이런 말 하긴 좀 그렇지만 행색이 말이 아니었어요. 많이 여위고 주름도 늘고…… 마치 겨울 까치 같더군요. 찬 날씨에도 변변한 점퍼 한 벌 없이 얇은 옷을 더께더께 껴입고 있었어요. 머물 곳도 없어 보였고요. 나를 보자마자 미안하다고 말하더군요. 자기 때문에 감옥살이를 했다고. 정작 16년이나 감옥살이를 한 건 자신이면서도 말이에요. 감옥 안에선 물론 출소한 후에도 〈엘렉트라의 변명〉을 다시 쓰는 데 매달렸다며 원고를 내밀더군요. 다시 무대에 올리고 싶은 눈치였는데…… 그때 난 제작 중인 영화가 두 편이 있었고, 연극판을 떠난 지 오래되어서 어렵겠다고 말했어요. 그 친구가 실망하던 표정이 기억나요. 그 눈빛을 보니 그냥 말만이라도 '지금은 어렵지만 좀 기다려달라'고 할걸 하는 후회가 들더군요. 대본을 돌려주려 하자 그는 당분간 보관해달라더군요. 변변한 거처도 마땅치 않은 듯해서 그러겠다고 했어요. 그러다 한 달쯤 후에 종로경찰서에서 연락이 왔어요. 그가 자살했다고 하더군요. 그의 수첩에 죽기 얼마 전 나를 만났다는 메모가 적혀 있으니 간단한 조사를 받으라더군요. 한 차례 출두해 조사를 받았고 그게 끝이었어요."

그토록 천진한 소년 같았던 그 남자가 비루한 행려자로 죽었다는 것을 그녀는 믿을 수 없었다. 자신의 이름을 잃고 떠돈 그의 끔찍한 삶을 떠올리자 숨이 막혔다. 그녀는 스스로에게 박주호를 원망할 자격이 없다는 것을 잘 알았다. 그러나 그를 원망하지 않고는 견딜 수 없었다.

"그때 왜 내게 말해주지 않았어요?"

주름진 그녀의 목덜미에 푸른 정맥이 불룩거렸다. 박주호가 대답했다.

"그가 원하지 않았어요. 내가 당신을 만났냐고 물었더니 그는 고개를 가로저었어요. 투병 중인 당신 앞에 나설 수 없었던 거겠죠."

그녀는 박주호를 증오하고 싶지 않았다. 그는 그저 사실을 말했을 뿐이니까. 하지만 어떤 말은 사실을 담고 있기 때문에 치명적인 독성을 지닌다. 듣지 말았어야 해. 이 사람을 만나지 말았어야 해. 그러나 그녀는 들어버렸다. 독은 그녀의 영혼을 갉아먹고, 육체를 망가뜨리고, 시간을 뭉그러뜨릴 것이다. 창밖에 어둠이 내렸고 하나둘 가로등 불이 들어왔다. 박주호가 말을 이었다.

"난 그가 영원히 당신에게 말하지 않기를 원했다고 생각했어요. 그런데 얼마 전 내가 제작하는 영화에 출연하는 배우가 〈엘렉트라의 변명〉이란 연극의 코러스 제의를 받았다고 하더군요. 〈엘렉트라의 변명〉을 준비하는 당신에게 이 극본이 꼭 필요할 거라는 생각이 들었어요."

그 사람이 죽었어. 태주 씨가 죽었어. 잃어버린 물건을 찾는 사람처럼 내 눈에서 무언가를 골똘히 찾던 사람. 쉰이 넘고 예순이 될 때까지 순박한 소년처럼 천천히 늙어가야 했는데. 그녀를 고통스럽게 한 것은 그의 죽음 자체가 아니라 10년이 지나서야 타인을 통해 그 사실을 알았다는 점이었다. 그 없이 그토록 오랜 세월을 살았다는 사실이 믿기지 않았고, 그럴 수 있었다는 사실이 고통스러웠다. 국립도서관 정기간행물실의 2007년 12월 20일 자 신문 귀퉁이에서 그의 죽음을 확인했을 때 그녀는 세상이 자기 앞으로 기우는 것을 느꼈다. 삶의 한 시기가 종말을 맞는 기분이었다. 그와 나누었던 풍경과 물건 들이 선명한 사진처럼 눈앞에 그려졌다. 구겨진 침대보의 주름과 정체를 알 수 없는 얼룩들, 시큼한 땀 냄새와 달달한 입 냄새, 잊을 만하면 윙윙거리던 냉장고 소음과 사방연속무늬 벽지, 앉은뱅이책상과 해진 책들 그리고 구식 타자기…….

그녀는 2007년 12월 20일 밤을 어떻게 보냈는지 생각했다. 안간힘을 다했지만 생각나지 않았다. 그 시간은 그녀의 삶을 스쳐간 수많은 밤들 중 하나에 지나지 않았다. 그녀는 문득 30년 전에도 30년이 지난 지금도 그에 대해 전혀 모른다는 생각이 들었다. 마치 죽은 태주를 추모하는 것이 아니라 그렇게 하기로 되어 있는 배역을 연기하는 것 같았다.

진아는 박주호와 함께 공연 준비에 박차를 가했다. 캐스팅이 그 시작이었다. 먼저 엘렉트라 역에 6개월 전 개봉한 영화 〈화양〉의 여주인공 길소연이 캐스팅되었다. 아이돌 걸그룹 메인 보컬로 4년 남짓 활동했지만 크게 얼굴을 알리지 못했던 그녀는 3년 전 출연한 로맨틱 코미디 한 편이 히트하며 주연급으로 발돋움했다. 그 후 연기력보다는 상큼한 외모로 드라마와 영화를 오가며 인기를 끌었다. 소속사 사장 진수완은 그녀의 프로필에 무엇이 필요한지 정확하게 아는 연예계 수완가였다. 연극은 급조된 아이돌인 그녀에게 알찬 연기 수업은 물론 진중한 연기자의 이미지까지 심어줄 기회였다.

그러나 불미스러웠던 초연 후 30년 동안 묻혀 있었던 작품의 내력에 전혀 의구심이 없지는 않았다. 박주호는 진수완에게 바로 그 점, 불완전한 과거의 작품을 연기로 완성한다는 점이 세간의 주목을 끌고 배우로 발돋움할 디딤돌이라고 역설했다. 작중 대사 비중이 많은 타이틀롤이라 연기력을 공인받기에 유리하다는 말도, 한물갔지만 연기파 김진아의 상대역이 나쁠 것 없다는 점도 빠뜨리지 않았다. 진수완은 〈화이트클리프 엔터테인먼트〉의 차기작에 길소연을 캐스팅한다는 조건을 수락한 후 출연에 합의했다. 길소연의 캐스팅 소식을 들은 그녀는 돌연 배신감에 사로잡혔다.

"엘렉트라는 당연히 나라고 생각했어요. 내가 아닌 엘렉트라도, 엘렉트라가 아닌 나도 받아들일 수 없었거든요."

그녀를 배신한 사람은 이태주도 박주호도 아니었다. 그녀를 배신한 사람은 그녀가 그토록 믿었고 그토록 애정을 쏟아부었고 그토록 오래 잊지 못했던 엘렉트라였다. 단 한 번 엘렉트라를 연기했던 오래전의 자신이었다. 그녀는 세상이야 변하든 말든 영원히 엘렉트라로 남을 것이며 그럴 수 있다는 생각을 의심해본 적이 없었다. 그런데 시간이 그렇게 안하무인이었던 그녀의 멱살을 질질 끌고 이곳까지 와버렸다. 그녀를 배신한 것은 바로 시간이었다. 그 사실을 깨달은 그녀는 희미하게 헛웃음을 지었다.

"우습지 않아요? 이렇게 늙고 병든 엘렉트라라니."

박주호는 그녀가 여전히 아름답고, 엘렉트라로 손색이 없다고 생각했지만 그렇게 말하지는 않았다. 물론 그녀가 아직 아름다운 건 사실이었다. 도톰해진 턱 때문에 날카롭던 인상이 한결 부드러워졌고 짧게 자른 단발은 나이를 종잡을 수 없었다. 그렇다고 해도 젊은 것과 젊어 보이는 건 다른 문제였다. 젊어 보인다고 그녀가 젊지 않다는 사실을 부인할 수는 없었다.

새 극본을 읽을 때 그녀는 너무도 자연스럽게 태주와 함께했던 여름날의 기억을 떠올렸다. 벗고서 이리저리 돌아다니던 방 안의 한증막 같은 공기가 생생하게 느껴졌다. 한 구절 한 구절 대사를 뜯어보며 그녀는 어쩌면 그가 엘렉트라가 아닌 클리타임네스트라로 자신을 설정했던 게 아닐까 하는 생각이 들었다.

공연 일주일 전, 박주호의 조언에 따라 프리뷰 공연이 결정되었고 일간지 문화면에 관련 기사가 게재되었다. 그중 "〈엘렉트라의 변명〉이 어떻게 30년 동안 우리의 뇌리에서 잊혀왔는지 생각하면 미와 사유에 대한 우리의 무신경이 얼마나 잔인한지 말하기 어렵지 않을 것이다"라는 문장으로 시작한 연극 평론가 장민상의 리뷰가 이목을 끌었다. 초연 당시 연극영화과 대학생이었던 그는 솟구치는 연무와 폭음을 객석 뒷자리에서 직접 보고 들었었고 그 때문에 정보기관에 끌려가 이틀간 밤샘조사를 받았다. 현재 모교 교수이자 연극협회 이사이기도 한 그는 30년 전의 관극 노트를 뒤져 작품에 대한 신화적 해석에다 비극적 초연과 사라진 연출가의 후일담을 덧붙였다.

……〈엘렉트라의 변명〉은 한 시대의 종언을 선포한 폭발이었으며, 한 남자의 삶을 어둠 속으로 몰아간 폭력이었다. 1986년 6월 7일 대학로 문예극장에서 터진 폭음은 유망한 젊은 연극인을 철창에 가두었다. 16년 후 출감한 그는 장기수 쉼터를 뛰쳐나와 행려자로 전전하다 자살했다. 오만하면서도 강렬한 두 여인을 무대 위에서 충돌시킨 재능 있는 연출가가 고스란히 잊힌 30년

동안 우리는 무엇을 향해 달려왔을까? 그동안 우리는 얼마나 진보했을까? 아니, 진보라는 걸 하기는 했을까? 낡은 것에 새로운 것을 더한다고 새로워질 수 있는 것일까? 우리는 오래된 틀 안에서 새로움을 추구하며 새로워졌다고 착각하는 것은 아닐까.

그해 6월, 우리가 얻은 것은 직선제 카드 한 장뿐이었지만 우리는 모든 것을 얻었다고 생각했다. 민주주의의 필요조건에 불과한 대통령 직선제를 충분조건으로 받아들였다. 우리는 더 높은 비전을 가지지도, 더 새로운 생각을 하지도, 더 나은 체제를 만들어내지도 못했다. 그리하여 싸워야 할 적도, 혁명으로 무너뜨릴 정부도 없는 찬란한 폐허 위에 서 있다. 정치인들은 장사꾼들처럼 제 상품을 팔고, 공직자들은 상인들처럼 최선의 서비스를 제공하기에 바쁘다. 시민들은 왕 대접을 받는 고객들처럼 그들이 제공하는 잘 포장된 정치 상품을 소비하고 최상의 서비스를 즐기면 그만이다. 이토록 민주주의가 만개한 시절이 언제 있었던가? 그러나 우리의 진보가 여기서 그쳐서는 안 된다. 우리는 더 나은 민주주의를 건설해야 한다. 지도자가 마음에 들지 않을 때 정치인들이 대신 교체해주고 공직자들—경찰, 군인, 정보원—이 시민을 대신해 반정부 운동이라는 충실한 서비스를 해줄 때까지. 이것이 진보인가? 이것이 진보라면 누구를 위한 진보인가?

〈엘렉트라의 변명〉은 우리 모두가 지난 30년 동안 외면해온 추한 진실을 드러낸다. 우리가 그토록 진보하기를 원했지만 한 발자국도 내딛지 못했음을. 클리타임네스트라가 된 엘렉트라는 30년 동안 늙고 무력해진 우리의 모습이다. 그녀는 엘렉트라에서 클리타임네스트라로 변한 것이 아니라 처음부터 클리타임네스트라였다. 결코 소멸되지 않는 원죄, 현재 시점에서 결코 용서받을 수 없는 과거의 잘못에 대한 변명. 그러므로 이 연극은 〈엘렉트라의 변명〉이 아닌 〈클리타임네스트라의 변명〉으로 읽혀야 한다.

공연 시간이 다가오자 사람들이 서둘러 자리를 찾아 앉았다. 그 사람들 중엔 김기준도 있었다. 기준은 휴대폰을 꺼내 시간을 확인하고 전원을 껐다. 조명이 꺼지고 무대 뒤에서 사람들이 뒤꿈치로 조심스럽게 걷는 소리가 들렸다. 밝아오는 빛 속에 코러스 배우들의 희끄무레한 보디페인팅이 드러났다. 무대는 텅 빈 단순함 때문에 더욱 강렬한 존재감을 발산했다. 30년 전 태주가 의도했던 바로 그 효과였다. 머리카락 한 올도 내려앉을 곳 없이 공허로 꽉 찬 공간. 검은 옷을 입은 클리타임네스트라와 엘렉트라는 무대 양쪽에서 마주 보고 있었다. 힘차고 섬세한 코러스.

나는 믿지 않았지만 사람들은 말했네. 한 사람의 죄악으로 모든 사람이 불행해진다는 것을. 나는 예언자의 노래를 믿지 않네. 다만 내 눈에 보이는 것의 증인이 되어 노래할 뿐. 칼카스의 예언은 이루어지지 않음이 없다네. 아르고스의 아비는 딸을 바치고 바람을 얻었지. 죽은 딸의 어미가 딸을 죽인 아비를 죽였으니 내가 말할 수 있는 건 거기까지뿐. 이제 나는 그녀가 돌아온 것을 본다네. 그녀는 자식을 버린 어미의 딸, 죽임당한 언니의 동생. 수금의 반주도 없이 복수의 여신들은 슬픈 노래를 부르네. 두려움을 속일 수는 없으나 나의 두려움이 예감과 다르기를. 부디 정의가 성취되지 말고 헛되이 사라지기를! 가련한 두 여인의 증오가 피와 복수가 아니라 용서와 구원으로 마무리되기를.

진아는 30년 전 무대의 반대쪽, 클리타임네스트라의 자리에 서 있었다. 무대의 한쪽 끝에서 다른 한쪽 끝, 딸이 어머니가 될 정도로 무자비한 시간의 거리. 기준은 가벼운 현기증을 느꼈다. 길소연의 연기는 확실히 30년 전의 진아보다 힘이 넘쳤다. 어머니를 용서하려는 오레스테스를 저주할 때 길소연은 어머니에 대한 분노와 동생에 대한 배신감으로 볼을 부들부들 떨며 검은 드레스의 가슴을 쥐어뜯었다. 기준은 그녀의 과도한 연기야말로 모든 것이 과잉된 이 시대가 요구하는 미덕이 아닐까 생각했다. 1막 마지막 장면에서 길소연은 단도를 들어 자신의 머리카락을 잘랐고, 2막에서는 같은 칼로 욕실의 아이기스토스를 찔렀다. 코러스들은 조명이 켜진 흰 막 뒤에서 몸을 뒤틀며 절규했다.

3막에서 클리타임네스트라는 속이 비치는 가운을 걸치고 등장했다. 전체적으로는 탄력을 유지한 몸매였지만 아랫배의 도도록한 윤곽은 감출 수 없었다. 몸이 빳빳하게 경직된 코러스들이 시종의 전언을 전했다.

큰일 났다. 아르고스의 왕, 아트레우스 가문의 주인이 살해되셨다. 아이기스토스 님은 더 이상 이 세상 사람이 아니다. 어서 왕비 궁으로 가는 문의 빗장을 열어라! 클리타임네스트라 님은 들으시오. 죽은 사람이 산 사람을 죽였습니다. 그녀는 긴 가운 자락을 말아 쥐고 자신의 몸을 감싸 안았다. 마치 스스로를 위로하려는 듯, 스스로를 정죄하려는 듯. 아! 나는 알았다. 수수께끼 같은 시종의 말뜻을. 내가 예전에 간계로 남편을 죽였듯 이제 간계가 날 죽이려 한다는 것을.

엘렉트라는 피가 뚝뚝 떨어지는 단도를 들고 어머니에게로 다가갔다. 그녀는 남편을 죽이고 원수의 품으로 뛰어든 어머니에게 고아처럼 외롭고 노예처럼 짓밟히고 창녀처럼 더럽혀진 자신의 삶을 읊었다. 클리타임네스트라는 그것이 운명 탓이었다고, 신들의 예정이었다고 변명했다.

네 아비는 내 소중한 딸을 죽였다. 그러고도 모자라 진중에서는 브리세이스를 두고 아킬레우스와 다투었고, 전쟁이 끝난 후에는 트로이 왕녀를 이 성안에 끌어들였다. 그런데도 너는 네 아비가 아니라 내가 죽을죄를 지었단 말이냐? 내게 더 이상의 순종을 요구하지 마라. 순결한 여신 아테나도 분노할 줄 안다. 내가 남편의 동생과 놀아나지 않았냐고? 물론 그랬지. 내게는 증오를 실현시킬 도구가 필요했으니까. 그러므로 나는 나의 죄가 부끄럽지 않다. 치욕을 감당해야 할 자들은 사내들이지.

클리타임네스트라는 고전 강독 교수처럼 낮고 단조롭지만 격렬한 목소리로 외쳤다. 그녀는 복종하는 여인의 삶을 받아들이지 않았다. 억압을 강요하는 남편을 죽임으로써 남편의 죄를 응징했고 바람둥이 남편의 여성 편력을 끝장냈던 것이다. 그녀의 행위는 남성 중심의 세계에 대한 저항이었고, 신이 중심이 된 질서에 대한 반란이었다. 엘렉트라는 날카롭게 소리치며 칼을 쳐들었다. 코러스들은 쥐처럼 몸을 웅크린 채 두 눈을 반짝이며 두 여인을 번갈아 주시했다.

엘렉트라가 가슴을 찌르려는 순간 클리타임네스트라는 객석의 누구도 들어본 적 없는 비명을 질렀다. 가책과 비통함, 배신감과 두려움이 뒤섞인 절박한 목소리였다. 무대 위의 모든 움직임이 사라졌다. 한참 후에야 클리타임네스트라는 알을 품듯 자신의 몸을 감쌌던 팔을 풀었다. 허리까지 흘러내린 가운 자락 사이에 한쪽이 무너진 가슴 윤곽이 드러났다. 객석 여기저기 의자가 삐걱거리는 소리가 났다. 검고 단단한 유두가 자신을 찌르려는 딸을 향해 분노한 듯 꼿꼿이 서 있었다.

보아라, 내 딸아. 너를 기른 이 젖가슴을. 잠결에도 네 작은 입술로 빨던 어미의 젖가슴을. 너를 먹이던 젖가슴에 부드러운 입술 대신 칼을 꽂으려느냐? 너를 길렀던 생명의 젖줄에 흰 젖이 아니라 붉은 피를 흘리게 하려느냐? 그렇게 하려무나. 피 흘리는 젖가슴이 한때 내가 누군가의 어미였음을, 어떤 남자의 아내였음을 상기시킬 테니. 나에겐 젖가슴이 없다. 어떤 아이도 나의 젖을 빨지 못하고, 어떤 남자도 나의 가슴을 핥지 않을 것이다.

30년 전 박인자가 연기한 클리타임네스트라는 남편 살해가 딸을 죽인 데에 대한 정당한 복수였으며 신들의 예언에 따른 것이라고 강변했고, 엘렉트라 역의 그녀는 그렇다면 어머니를 죽이는 행위 또한 아버지를 죽인 데 대한 정당한 복수이며 신들이 정해놓은 운명이라고 응수하며 어머니를 찔렀다. 그런데 진아의 입에서 나온 대사는 자식을 헌신짝처럼 버린 클리타임네스트라에게 역설적으로 강렬한 모성을 부여했다. 눈앞에 직면한 죽음을 피하기 위해 모성을 이용한 계략이었는지도 모르지만 그렇다 해도 그녀가 어미라는 사실은 변하지 않았다. 극본에 없는 대사와 행동에 길소연은 당황해했다. 그 머뭇거림은 복수와 모정 사이에서 갈등하는 엘렉트라의 극적인 고통을 돋보이게 했다.

어쩔 줄 몰라 하던 그녀는 모든 것을 포기한 것처럼, 보기에 따라서는 결심을 굳힌 것처럼 칼을 들었다. 칼날은 허공에서 번득일 뿐 목표를 찾지 못한 채 망설였다. 그때 클리타임네스트라가 두 팔을 뻗어 칼을 쥔 엘렉트라의 손목을 움켜쥐었다. 엘렉트라는 반사적으로 그녀의 손아귀에서, 운명의 올무에서 빠져나가려고 안간힘을 썼지만 어머니의 완력을 벗어날 수 없었다. 예상할 수 있는 다음 장면은 클리타임네스트라가 칼을 빼앗아 바닥에 팽개치거나 엘렉트라에게 도로 겨누는 것이었다. 그러나 그녀의 행동은 관객들의 예상을 벗어났다. 그녀는 칼을 쥔 딸의 손을 움켜쥐고 있는 힘을 다해 끌어안았다. 그리고 무대 위의 모든 움직임이 멈추었다. 그녀의 가슴에서 나온 피가 아랫배를 타고 흘러내렸다. 클리타임네스트라는 극본에 없던 짧은 독백을 했다.

엘렉트라. (다정한 목소리로) 네가 죽인 것이 아니다. (엘렉트라의 눈을 바라보며) 내가 나 스스로를 죽였을 뿐이야.

죄책감과 원망이 뒤섞인 독백은 객석 뒤쪽까지 가닿기에는 너무 작은 목소리였다. 모든 갈등이 해결되어야 할 결말 단계의 예상치 못한 전개에 관객들은 술렁였다. 그녀의 독백은 관습적으로 받아들여지는 엘렉트라의 살모 행위를 클리타임네스트라의 자살 행위로 치환시키려는 의도적 질문이었다. 클리타임네스트라는 엘렉트라의 살모 행위를 도운 것인가? 그렇지 않으면 방해한 것인가? 그녀가 엘렉트라를 도왔다면 자살을 감행한 것이고, 그녀가 자살했다면 결과적으로 엘렉트라의 살모 행위를 좌절시킨 셈이었다. 딸의 살모 행위를 도움으로써 좌절시킨 이율배반적 행위로 인해 이야기는 끝난 곳에서 다시 시작되고 있었다.

관객들은 대체로 두 가지 의미로 클리타임네스트라의 죽음을 받아들였다. 첫째, 클리타임네스트라가 마지막 순간 자신의 죄를 인정하고 받아들임으로써 어머니로서의 존엄을 회복했다는 관점이었다. 엘렉트라의 모친 살해를 인정하지 않음으로써 딸을 살모의 죄에서 구했으며, 자신의 죄에 대가를 치름으로써 도덕적 공정함을 실현했다는 것이었다. 이로써 아트레우스가는 아비가 자식을 죽이고 아내가 남편을 죽이고 자식이 어머니를 죽이는 비극의 고리를 끊고 도덕적 질서에 편입하게 되었다.

둘째, 클리타임네스트라가 마지막까지 엘렉트라에게 저항함으로써 자신의 죄가 신들의 예언을 따른 정당한 행위라는 입장을 관철했다는 주장도 있었다. 자신의 죽음을 타살이 아닌 자살로 규정함으로써 엘렉트라의 복수를 좌절시켰다는 해석이었다. 모성에 대한 도덕적 자각으로 보든 복수의 좌절로 보든 클리타임네스트라의 행위는 딸의 복수를 실패로 돌렸고 그녀에게 엘렉트라를 능가하는 존재감을 부여했다.

조명이 꺼지고 스포트라이트가 희미해졌다. 클리타임네스트라는 자신의 피 웅덩이에 잠겨 홀로 죽어갔다. 정적이 객석을 짓눌렀다. 한참 후에야 드문드문 박수가 터져 나왔다. 박수와 환성은 점점 커져 극장을 가득 채웠다. 30년 전 그 순간이 편집되지 않은 필름처럼 두서없이 그녀의 머릿속을 지나갔다. 어둠과 갈채 속에서 그녀는 깨달았다. 30년 전 태주가 되살려낸 수천 년 전 인물들에 비하면 자신의 삶은 하룻밤 네온사인의 경박한 번쩍임에 지나지 않는다는 것을. 그 단순한 사실을 깨닫는 데 너무 오랜 시간이 걸렸다는 것을.

10시가 조금 지난 시간에 기준은 관객들이 모두 빠져나간 극장을 나섰다. 로비에는 몇몇 공연 관계자들과 젊은 여성 팬들이 둘러서서 웅성거렸다. 로비의 회전문을 나와 화강석 계단을 내려가는 그의 머릿속에 엘렉트라와 클리타임네스트라가, 이태주와 김진아 그리고 오영수의 잔상이 어지럽게 맴돌았다. 그들은 30년 동안 의식 속에 방치해온 〈엘렉트라의 변명〉을 완성시켰다. 그렇다면 그들은 승리한 것일까? 승리했다면 무엇에 승리한 것일까?

진입로 왼쪽에서 중형차 한 대가 비상등을 켜고 천천히 다가왔다. 그가 계단 끝에 내려서는 것과 동시에 차 문이 열리고 운전기사가 다가왔다.

"댁으로 모실까요, 의원님?"

최민석 의원은 지난 7년 동안 자신을 모셔온 기사에게 미소를 지었다. 재판에서 5년 형을 선고받고 복역하던 그는 4년 2개월 만에 가석방되었다. 그가 감옥에 있는 동안 정권이 바뀌었고, 매스컴은 출소한 그를 민주화의 숨은 영웅으로 만들었다.

존재하지 않는 괴물을 쫓던 그는 결국 스스로 괴물이 되었다. 자신이 발 디딘 현실을 너무도 사랑했기에 가혹한 감옥 생활과 최민석의 삶을 선택했던 것이다. 영웅이 되고 싶었던 것은 아니었다. 영웅이 필요한 시대는 지나갔다. 지금은 모두가 스스로 영웅이 되는 시대다.

인터넷에 최민석이란 이름을 검색하면 다섯 개의 관련 사이트와 만 건이 넘는 신문 기사와 수천 장의 사진이 떴다. 프로필상 그의 최종 학력은 미국 존스홉킨스 정치연구소 석사였다. 출소 후 대기업 기획실에서 근무하던 그는 늦은 나이에 미국 유학 후 2005년 보궐선거에서 당선되었다. 이후 한 번의 낙선을 거쳐 재선에 성공했고 초·재선 의원 모임을 중심으로 야당 지도부의 쇄신을 이끌었다. 기사 속의 그는 변두리 임대 아파트를 찾아 주민들을 위로하고, 재래시장에서 상인들의 손을 잡아주는 모습이었다. 다수의 TV 토론 프로그램에서는 웃는 얼굴로 상대를 조롱하면서 다감한 말투로 상대의 논리를 파고들고 있었다. 대부분의 사진과 동영상 속에서 그는 웃는 얼굴이었고 심지어 화를 내는 순간에도 온화한 표정을 잃지 않았다. 그는 자신이 당내 핵심 인사가 될 것임을 믿어 의심치 않았다. 5년 후에는 서울시장이, 10년쯤 후에는 대선 후보가 될 수도 있을 것이다.

때때로 그는 이렇게 잘나가도 되는지 스스로에게 물었고 그때마다 자신에게 그럴 자격이 있다는 결론을 내렸다. 그렇다 해도 인터넷에 뜬 자신의 프로필을 보면 그는 어떤 극본의 맨 앞에 실린 등장인물 소개를 읽는 듯한 느낌을 지울 수 없었다. 그 사람이 되고자 하지만 완벽하게 그 사람이 될 수 없는, 연극 속에만 등장하는, 현실에 없는 인물. 야당 국회의원 최민석이 과거의 정보요원 김기준이라면 그는 개과천선한 것일까? 아니면 어느 한쪽이 다른 한쪽을 연기하는 것일까? 만약 그렇다면 누가 누구를 연기하는 것일까? 그는 정중한 자세로 대기한 기사의 어깨를 두드렸다.

"늦게까지 수고했네. 오늘은 그냥 들어가게. 좀 걷고 싶군."

그는 밤의 부드러운 대기 속으로 걸었다. 푸른 장막처럼 펼쳐진 밤하늘, 빌딩의 유리 외벽을 타고 흐르는 색색의 빛, 도로를 질주하는 차들의 속도감, 선명하게 빛나는 차선, 이따금 풍기는 장미 향기.

30년 동안 이 도시는 수억 년의 지질학적 시간이 이루지 못한 변화를 이루어냈다. 아무것도 아니었던 계집아이는 여배우가 되었고 아내가 되었고 미망인이 되었고 암 환자가 되었다. 영리한 정보요원은 사상범으로 복역했고 유학생이 되었고 국회의원이 되었으며 곧 대선 후보가 될 것이다. 그들은 세상이 변하는 것보다 더 빨리, 더 많이 변했다. 무엇을 위해서가 아니라 단지 변하기 위해서였다. 20세기와 함께 모든 것이 끝날 거라는 우울과 새로운 시대가 올 거라는 기대의 틈바구니에서 슬그머니 다가온 두 번째 밀레니엄은 시간의 공허함을 역설적으로 보여주고는 이내 과거 속으로 사라졌다.

결국 이렇게 되고 말았어. 장난감을 만지작거리는 아이처럼 지나간 과거나 매만지며 기뻐하고 슬퍼하는 꼰대가 된 거야. 장난감 자동차가 진짜 자동차가 아니고 장난감 기차가 진짜 기차가 아닌 것처럼 과거는 진짜가 아니지. 하지만 그에게 남은 것은 그것밖에 없었다. 땀에 젖은 그녀의 머리카락과 니나와 엘렉트라의 대사들, 푸르스름한 시체의 입술과 맑고 노란 그녀의 구토물. 그 빛깔과 냄새가 불러일으킨 기쁨과 수치, 슬픔과 역겨움…….

기준은 쇼윈도에 비친 자신의 얼굴을 들여다보았다. 30년 전의 젊음은 찾아볼 수 없었다. 아쉬움은 없었다. 약간 혼란스러울 뿐이었다. 그는 30년 전에 자신이 어떤 꿈을 꾸었는지 기억나지 않았다. 생각해보면 그때 꿈 같은 건 없었다. 단지 오지 않을 것 같은 미래를 간절히 기다렸을 뿐이었다. 그것이 미래이기만 하면 어떤 미래든 상관없다는 듯이. 그에게 다가온 미래는 낡은 미래, 거짓에 오염된 미래였다. 그는 자신이 변절했는지, 만약 그렇다면 어떤 대상으로부터 변절한 것인지, 그로 인해 가책을 느껴야 하는지에 관하여 자문했고 어렵지 않게 결론을 얻었다.

애초부터 배반해야 할 대상 같은 것은 없었다. 왜냐하면 그는 어떤 대상도 사랑하지 않았기 때문이었다. 그는 어떤 대상—국가, 조직, 동료, 과업—도 믿지 못했다. 단지 적절한 시점에 적절한 선택을 했고, 필요한 시점에 필요한 행동을 했을 뿐이었다. 그것은 확실히 비겁한 행위라고 할 수 있을 것이다.

하지만 그때는 많은 사람들이 얼마간 비겁할 수밖에 없었던 시대였다. 조국의 이름으로 사람들을 미행하고 잡아들여 패고, 아무도 모르게 죽이고 아무도 모르는 장소에 갖다 묻는 일이 비일비재했던 때였다. 어떤 사람들은 못 본 척했고, 어떤 사람들은 애써 보지 않으려 했다. 그들은 모두 자신의 일에 열중할 뿐이었다. 그것만이 악을 몰아내기 위해 할 수 있는 유일하고 절대적인 해결책인 양.

어둑한 길가에서 머리카락을 갈색으로 염색한 여자와 오른쪽 귀에 작은 귀고리를 박은 20대 초반의 남자가 입을 맞추고 있었다. 여자가 속이 메스꺼운지 입을 떼더니 벽을 짚고 몸을 숙였다. 남자는 구토를 하는 여자의 등을 쓸어주었다. 여자가 구토를 마치자 그들은 다시 키스를 하더니 길가의 어둠 속으로 사라졌다. 그때, 그의 등 뒤에서 요란한 엔진 소음과 쾅쾅대는 음악 소리가 들렸다. 두 대의 자동차와 세 대의 오토바이에 나눠 타고 미친 듯이 질주하는 한 떼의 젊은이들이었다. 빡빡머리 남자아이들은 청바지에 러닝셔츠 차림이었고 빨갛고 노란 여자아이들의 머리카락이 차창 밖으로 날렸다. 기준은 공간적 거리에 따른 인종 간의 외형적·문화적 차이보다 시간적 괴리에 따른 세대 간의 이질성에 더욱 충격을 받았다. 생각해보면 그들은 30년 전 이 땅에 살았던 세대와는 다른 종이었다. 그들은 진화하고 있었다.

희미한 가로등 불빛 아래에서 발길을 멈추고 그는 내일의 일과를 떠올렸다. 오전에 카지노 개설을 둘러싼 관광진흥법안 표결이 끝나면 독립영화 관계자들과의 오찬이 있다. 오후에는 한-EU FTA 후속 저작권 법안 6차 심의와 문화예술진흥원 임원들과의 미팅을 비롯해 두 건의 약속이 잡혀 있다. 바쁜 하루가 될 것이다. 그러나 아직은 서두르고 싶지 않았다. 우선은 집으로 돌아가 델 정도로 뜨거운 물로 샤워를 하고 싶었다.

아이들은 그때까지도 길 위에서 한바탕 라이딩 쇼를 벌이고 있었다. 아스팔트에 둥근 타이어 자국을 그리며 스피닝을 하고 오토바이를 탄 채 보도블록 위로 뛰어오를 때마다 요란한 마찰음, 엔진음과 함께 타이어 타는 냄새가 났다. 길옆에 차를 댄 아이들은 창턱에 팔을 고인 채 그 모습을 바라보며 낄낄거렸다. 열린 창에서 요란한 음악 소리가 흘러나왔다. 한바탕 쇼를 벌인 아이들은 엔진음을 울리며 멀어져갔다. 그는 아이들에게서 눈을 떼지 않았다. 뗄 수 없었다. 생각 없는 무모함과 난폭함, 좋게 말해봐야 낙천적이기만 한 거친 열정. 그들은 그들만의 방식으로 이전 세대가 남겨준 세계와 대적하고 있었다. 오염되고 뒤틀어지고 기울어지고 망가지고 거덜 났지만 아직 사라지지 않은 세계에 그들은 맨몸으로 덤비고 있었다.

배기가스 냄새가 자욱한 거리에 서서 기준은 희망이 있다면 바로 그들, 그토록 무모하고 생각 없고 경박한 그 아이들이라고 생각했다. 그들이 세상을 구원하기는커녕 오히려 더 망가뜨린다 해도 상관없을 것이다. 연극은 끝나지 않고 계속될 테니까. 그렇게 생각하자 그는 비로소 과거의 자신과 화해할 수 있을 것 같다는 생각이 들었다. 길 건너편 신호등에 파란불이 들어왔다. 그는 여유로운 걸음으로 천천히 횡단보도를 건넜다.

작가의 말

이 이야기는 허구의 산물이다. 그러므로 전적으로 사실과 부합하지 않는다. 에라스뮈스 공작은 내가 아는 한 현실에 존재하지 않았다. 〈엘렉트라의 변명〉 또한 공연된 적이 없는 연극이다. 주인공들은 소설을 위한 가공인물들로 당시 정보기관이 실제로 저질렀던 불법적 인권침해 행위를 반영하지 못한다.

나는 1984년 9월 벌어진 서울대 프락치 사건에서 이 글의 아이디어를 얻었다. 법리적 판결과 별개로 그 사건은 당시 운동권 동향을 감시하기 위해 학생으로 가장하고 캠퍼스에 침투한 가짜 대학생들에 대한 우려로 촉발되었다. 그러나 소설의 등장인물들은 실제 사건과 어떤 연관성도 없다.

〈당통의 죽음〉이 〈단톤의 죽음〉이라는 제목으로 초연된 것은 1983년 4월 대학로 문화예술회관소극장에서였다. '당통'이라는 표기가 박정희 전 대통령을 지칭하는 '박통'을 연상시킨다며 제목을 바꾸라는 한국공연윤리위원회의 요구 때문이었다. 당시 공연에선 혁명가(歌)였던 프랑스 국가라마르세예즈(La Marseillaise)가 삭제되었다.

일부 변용을 거쳤지만 나는 80년대의 분위기를 지금 독자들에게 전달하려 애썼다. 1987년 6월이라는 시점이 2017년 6월을 비추는 거울이 되었으면 하는 바람에서였다. 인간답지 못한 시대를 인간답게 살아간다는 것은 가능할까? 87년을 살아낸 사람들은 그것이 가능하다는 확신을 준다. 그해 여름 시민들은 최루탄에 얼룩진 광장에서 희망의 노래를 불렀고 진압경찰에게 쫓기면서도 삶을 찬미했다. 그들은 민주주의가 가혹하게 짓밟히던 시절에 공동의 열망이 연대할 때 어떤 일을 이룰 수 있는지 보여주었다. 작은 물방울이 바위를 뚫는 것처럼, 오랜 세월의 바람이 절벽을 깎는 것처럼 그들은 강고한 세상에 부딪쳤고 불어 닥쳤다.

1987년 6월 29일, 대통령 후보였던 민정당 노태우 대표는 시국 수습을 위한 특별선언을 발표했다. 대통령 직선제는 새로운 세상이 왔다는 복음처럼 들렸다. 더 자유로운 나라, 더 정의로운 사회, 더 나은 삶…….

새 헌법에 따라 여섯 명의 대통령이 뽑혔다. 그러나 30년 전에 광장에서 꾸었던 꿈은 낡고 해졌다. 공동체는 해체되었고 뿔뿔이 흩어진 개인들은 불안과 두려움에 직면했다. 그들은 이전에 본 적 없고 들은 적도 없는 새로운 적과 대적하고 있다. 눈부시지만 따라갈 수 없는 첨단 IT 기기들, 인간을 하찮은 도구로 내모는 자본, 괴물이 되어버린 기업들, 강자의 야만과 포악함을 눈감아주거나 조장하는 권력, 선거 때마다 입 발린 소리로 표를 긁어모으는 정치인들, 외줄타기처럼 위태로운 하루하루의 밥벌이…….

30년 동안 이 사회에 무슨 일이 일어났나? 이 질문은 우리를 괴롭히고 부끄럽게 한다. 자학적이라고밖에 할 수 없는 지난 9년 동안의 과거 회귀로 이 질문은 더욱 절실해졌다. 그러나 나의 이야기는 그 질문에 대한 답이 아니다. 어쩌면 그 비슷한 것조차 될 수 없을지 모른다. 다만 나는 이 이야기가 그 질문의 수많은 다른 버전 중 하나가 되었으면 한다.

이 이야기를 처음 구상한 시점은 2012년 가을 무렵이었다. '대통령 후보가 된 비밀 정보원'이란 소재로 시작한 집필은 2014년 4월까지 이어졌다. 그 기간 동안 인터넷 여론 감시, 언론통제 강화를 비롯한 공안정국이 이어졌고 세월호 참사는 우리 사회를 탈진 상태로 몰아넣었다. 불완전한 초고 상태의 원고는 후속 수정 없이 잠정적으로 중단되었다. 오래 묵혀 둔 원고를 꺼내 다시 수정할 수 있게 된 것은 2016년 봄이었다. 최종 수정을 막 끝낸 시점에 대통령과 민간인 최순실의 국정농단 사건이 터졌고 블랙리스트 사건이 뒤를 이었다. 마치 1987년에서 시간의 필름을 잘라 2017년에 이어붙인 것 같았다. 개인적으로는 이 이야기가 1987년이 아닌 지금, 2017년의 이야기로 느껴지기도 한다.

작업을 진행하는 동안 많은 저작물과 연극인들의 도움을 받았다. 아이스킬로스, 소포클레스, 에우리피데스의 극본들, 연극과 연기에 대한 브레히트와 스타니슬랍스키의 다양한 저작물들, 체호프와 유진 오닐, 테네시 윌리엄스의 작품들. 연출가 김광보의 〈줄리어스 시저〉, 전훈의 〈벚꽃 동산〉, 〈바냐 아저씨〉, 〈차이카〉 등에서 다양한 등장인물에 대한 모티브를 얻었고 연출가 한태숙, 이윤택, 조광화의 연극들을 통해 작품 해석에 관한 도움을 받았다.

〈당통의 죽음〉은 1987년 12월 두 번째 공연 이후 한국 무대에 오르지 못했다. 26년의 세월이 흘러 게오르그 뷔히너 탄생 200주년을 맞은 2013년 11월에야 예술의 전당에서 다시 빛을 보았다.

선한 이웃

1판 1쇄 발행 2017년 5월 29일
1판 3쇄 발행 2017년 6월 23일

지은이 · 이정명
펴낸이 · 주연선

총괄이사 · 이진희
책임편집 · 양석한
편집 · 심하은 백다흠 강건모 이경란 최민유 윤이든
디자인 · 김서영 이지선 권예진
마케팅 · 장병수 김한밀 최수현 김다은
관리 · 김두만 유효정 신민영

(주)은행나무
04035 서울특별시 마포구 양화로11길 54
전화 · 02)3143-0651~3 | 팩스 · 02)3143-0654
신고번호 · 제1997-000168호(1997. 12. 12)
www.ehbook.co.kr
ehbook@ehbook.co.kr
잘못된 책은 바꿔드립니다.

ISBN 978-89-5660-178-6 03810